btb
Aus Freude am Lesen

ULF HOLTZ arbeitet in der forensischen Abteilung der Stockholmer Kriminalpolizei. Er ist Witwer und Vater zweier erwachsener Töchter. Bei seinen Kollegen gilt er als Einzelgänger, einer, der verbissen an seinen Routinen festhält und penibel jeder noch so kleinen Spur nachgeht. Als er eines Morgens an einen Tatort gerufen wird, bietet sich ihm ein grausames Bild: Eine junge Frau treibt tot in einem Stadtbrunnen, offenbar wurde sie aus einiger Entfernung erschossen. Kurz darauf gibt es einen nächsten Toten, nach demselben Muster regelrecht hingerichtet. Der Mörder geht kaltblütig und mit äußerster Präzision vor. Als Holtz eine Todesliste zugespielt bekommt, beginnt ein Wettlauf mit der Zeit …

VARG GYLLANDER, 1964 in Skåne geboren, ist in seiner Kindheit und Jugend oft umgezogen, sein Vater war Kapitän eines Öltankers. Gyllander versuchte sich später unter anderem als Lehrer, Offizier der Marine und Koch. Schließlich besuchte er eine Journalistenschule und arbeitete anschließend zwei Jahre bei der Zeitung Norrköpings Tidningar. In der Nachrichtenagentur TT (Tidningarnas Telegrambyrå) war er als Kollege von Stieg Larsson tätig. Heute ist er Pressesprecher der schwedischen Kriminalpolizei und wohnt mit seiner Frau und zwei Söhnen auf einer Insel nahe Stockholm. »Der lächelnde Mörder« ist der Auftakt einer Krimiserie um den genialen, aber introvertierten Kriminaltechniker Ulf Holtz.

Varg Gyllander

Der lächelnde Mörder

Roman

Aus dem Schwedischen von
Holger Wolandt und Lotta Rüegger

btb

Die schwedische Originalausgabe erschien 2009
unter dem Titel »Somliga linor brister« bei Bra Böcker,
Malmö.

Mix
Produktgruppe aus vorbildlich bewirtschafteten
Wäldern und anderen kontrollierten Herkünften
www.fsc.org Zert.-Nr. GFA-COC-001223
© 1996 Forest Stewardship Council

Verlagsgruppe Random House FSC-DEU-0100
Das für dieses Buch verwendete
FSC-zertifizierte Papier *Munken Pocket*
liefert Arctic Paper Munkedals AB, Schweden.

1. Auflage
Deutsche Erstveröffentlichung November 2010

Umschlaggestaltung: semper smile, München
Umschlagmotiv: plainpicture / Lisa Robinson
Satz: Uhl + Massopust, Aalen
Druck und Bindung: CPI – Clausen & Bosse, Leck
SL · Herstellung: SK
Printed in Germany
ISBN 978-3-442-74146-5

www.btb-verlag.de

Dies ist in jeder Hinsicht ein Roman.

Danke, Monika, für deine Unterstützung und Ermunterung.

Sie umklammerte sein Handgelenk fester. Die Haut spannte.

»Komm, jetzt tun wir es«, sagte Jenny und zog ihn kichernd hinter sich her.

Er wehrte sich.

»Der Künstler glaubte, er würde funkeln, aber das funktioniert nicht bei der Größe. Das mit dem Funkeln.« Sie zog ihn weiter.

»Was meinst du?«

Sie antwortete nicht.

Jenny hörte ihn nicht oder tat vielleicht nur so.

»Pass auf! Die Taxifahrer fahren um diese Tageszeit wie die Irren«, sagte sie lachend und trat in den zweispurigen Kreisverkehr, ohne sich auch nur umzusehen.

Tobias wehrte sich noch mehr.

»Warte, was sollen wir denn da? Das gibt doch nur Ärger. Ich habe keine Lust, den ganzen Vormittag in einer Ausnüchterungszelle zu sitzen.«

»Komm schon. Die Bullen haben um diese Zeit was Besseres zu tun. Kein Mensch wird sich um uns kümmern.«

Sie runzelte die Stirn, starrte ihn gespielt angestrengt an und zog erneut an seinem Arm. Dann ließ sie ihn los und rannte lachend in die Mitte des Kreisverkehrs.

Er gab nach und lief hinterher.

Das Wasser schimmerte hellgrün. Es wurde von Lampen am Boden des Beckens beleuchtet. Die Wasserstrahlen, die sonst glitzernde Bögen bildeten, waren abgestellt, vielleicht war irgendwas kaputt. Aus wenigen Metern Entfernung sah er, dass der Glasobelisk aus gegeneinander verschobenen, unterschiedlich dicken Glasplatten bestand. Straßenstaub und Abgase lagen wie eine Fettschicht auf der Oberfläche des Obelisken und dämpften das strahlende Licht in seinem Inneren. Er erreichte sie und folgte ihrem Blick zur Spitze des Glaspfeilers. Eine Weile standen sie nebeneinander da und betrachteten ihn.

Sie brach das Schweigen.

»Mitten ins Herz.«

»Was?«

»Mitten ins Herz. Das denke ich manchmal. Ein Speer, der mitten ins Herz getroffen hat, ins Herz der Stadt.«

Er schüttelte den Kopf, als wäre sie ein kleines Kind, das unfreiwillig etwas Lustiges gesagt hatte.

»Ich würde es eher als das Arschloch der Stadt bezeichnen. Ein Speer ins Arschloch der Stadt. Ich kann mir kaum einen schlimmeren Ort vorstellen. Hier oben verdreckt, und ein Stockwerk tiefer voller menschlichem Abfall«, sagte er mit einer Mischung aus Abscheu und Zärtlichkeit in der Stimme.

»Nein, es ist das Herz. Alles beginnt hier, sowohl das Schöne als auch das Hässliche, genau wie im Leben selbst«, sagte Jenny.

Er grinste.

»Wie viel hast du eigentlich getrunken? Komm, lass uns abhauen.«

»Nee, zuerst gehen wir baden. Wenn wir schon mal hier sind, können wir genauso gut ins Wasser springen. Runter mit den Klamotten.«

Ein paar Taxis, die vorbeifuhren, hupten, aber keiner schien sich ernsthaft an den Nachtschwärmern mitten im Kreisverkehr zu stören. Ein Streifenwagen mit eingeschalteter

Sirene fuhr vor einem Krankenwagen her. Es dröhnte in den Ohren.

»Wovon redest du? Sollen wir uns ausziehen?«, sagte er, als die Sirenen verstummt waren.

»Ja, klar, willst du nachher etwa nass durch die Gegend laufen?«

»Wir müssen ja nicht baden gehen. Das wäre das Allereinfachste.«

»Stell dich nicht so an.«

Jenny zog sich ihren Pullover über den Kopf. Ihre Brüste hoben sich weiß von der übrigen sonnengebräunten Haut ab. Sie stieg aus ihrer Hose, behielt jedoch den Slip an. Dann trat sie mit einem großen Schritt auf die niedrige Betonmauer und sprang entschlossen ins Wasser.

»Du kannst alleine baden, ich habe keine Lust«, sagte er bockig zu ihrem Rücken.

Tobias ging der Spaß langsam zu weit. Er sehnte sich weg, wurde langsam müde.

Jenny watete ein Stück ins Wasser hinein, das ihr bis zu den Knien reichte. Sie legte sich auf den Bauch und tat so, als würde sie kraulen, stieß aber mit den Knien auf den Boden des Beckens. Der Beton war rau, und sie schrammte sich ein Knie auf. Es begann zu bluten. Das war ihr egal. Ein heller Blutstreifen bildete sich im Wasser, löste sich aber wieder auf, als sie mit den Armen auf das Wasser eindrosch.

»Super«, rief sie und bewegte sich mit gespielten Kraulbewegungen weiter von Tobias weg.

Ein Flyer flog vom Asphalt auf und drehte ein paar Pirouetten in dem lauen Wind, der zwischen den hohen Häusern heranwehte, die den Brunnen umgaben. Tobias folgte dem Handzettel mit dem Blick, bis er neben der niedrigen Beckenkante landete. Er schaute wieder zu Jenny hinüber und sah, dass sie aufgestanden war. Das Wasser tropfte silberglänzend an ihr herab. Sie lachte, und es schauderte sie, als der Wind über ihren nackten nassen Körper strich. Ihre Brustwarzen wurden steif, und ihre dünnen hellen Arme überzog eine Gänsehaut.

»Das Leben ist zu schön. Jetzt kann es kaum noch besser werden«, rief sie.

Aber er hörte sie nicht, er hatte aufgegeben. Er ließ sie gewähren und blickte stattdessen auf die Glasfassade des Kulturhuset auf der gegenüberliegenden Seite. Dahinter verschaffte sich die Stadt ein kulturelles Alibi. Ihm gefiel das Gebäude jedoch. Es repräsentierte in gewisser Weise etwas Neues, eine Zukunft.

»Ich begreife nicht, warum so viele dieses Haus hassen«, sagte er laut. »Immer dieses verdammte Gejammer darüber, wie schön es war, bevor sie alles plattgemacht haben. Dafür gibt es ja verdammt noch mal die Altstadt.«

Jenny war auf der anderen Seite angelangt und stand jetzt wieder auf dem Rand des Brunnenbeckens. Das Wasser funkelte auf ihrer Haut, und die roten Lichter leuchteten grell, als die Autofahrer bremsten, um einen Blick auf die Verrückte der Nacht zu werfen.

Keine anderen Menschen waren zu sehen. Tobias kam der Gedanke, dass es hier seltsam ausgestorben wirkte, obwohl sie sich mitten in der Hauptstadt befanden. Eine Unruhe erfüllte ihn, ein seltsames Gefühl des Unbehagens.

»Komm jetzt, wir gehen«, rief er.

Jenny ging langsam auf der Umrandung des Beckens entlang. Sie hielt die Arme ausgestreckt, als wollte sie fliegen.

Fast wie eine Seiltänzerin.

»Ich komme«, rief sie. »Tobias, ich komme jetzt zu dir.«

Ihre Stimme trug nicht recht über das Wasser. Die Worte wurden vom Wind davongeweht.

Ulf Holtz stand am Rand des Beckens und sah hinein. Ihr blondes Haar schien zu schweben, zumindest um den sichtbaren Teil ihres Kopfes herum. Sie lag auf dem Rücken eingekeilt zwischen zwei Scheinwerfern und einem dicken Rohr auf dem Bassinboden. Die obere Kopfhälfte wurde von dem Rohr verdeckt.

Sie trug nur einen Slip. Der Körper war graugrün, und die Augen starrten ihn mit leerem Blick an.

Ertrunken, dachte er. Sie könnte ertrunken sein, oder sie hat sich den Kopf irgendwo angeschlagen.

Oder beides.

Ein vertrautes Gefühl der Trauer drang durch sein beruflich bedingtes dickes Fell. Wie sinnlos, wie verdammt sinnlos! Er betrachtete sie lange, und seine Gedanken schweiften ab. Die Gesichter seiner eigenen Mädchen tauchten vor seinem inneren Auge auf. Obwohl beide schon vor langer Zeit von zu Hause ausgezogen waren und ihr eigenes Leben führten, machte er sich ständig Sorgen um sie. Sie hänselten ihn deswegen. Er schloss die Augen und schüttelte den Kopf, um diese Gedanken zu vertreiben und sich ganz auf das tote Mädchen auf dem Grund des Beckens zu konzentrieren.

Ihre Nacktheit brachte ihn in Verlegenheit.

Verdammt sinnlos, dachte er wieder.

Der gesamte Kreisverkehr war abgesperrt. Blauweißes Plastikband war in einem Kreis um das Becken die Gehsteige entlang aufgespannt. Der Verkehr wurde umgeleitet. Es war immer noch früher Morgen, und kaum ein Mensch hielt sich auf der Straße auf. Obwohl Sonntag war, würde es zu einem Verkehrschaos führen, wenn sich die Busse und Autos andere Wege suchen mussten. Holtz hatte, als er in der Morgendämmerung eingetroffen war, einen Augenblick lang erwogen, vorsichtshalber auch die U-Bahnstation unter dem Kreisverkehr absperren zu lassen, es dann aber bleiben lassen. Es handelte sich vermutlich um einen Unfall, und eine solche Maßnahme würde zu Protesten führen. Nichts verärgerte die Großstädter so sehr, wie wenn der öffentliche Nahverkehr lahmgelegt wurde. Eine tote junge Frau änderte daran nichts.

Er hatte ganze Bahnhöfe absperren lassen, sowohl Fernverkehr als auch U-Bahn, um nach Raubüberfällen Spuren zu sichern. Aber den Polizeichef hatten diese Maßnahmen oft nur wenig begeistert und zu der Frage veranlasst, ob das wirklich nötig sei, deswegen hatte er immer häufiger auf Absperrungen verzichtet. Außerdem war schwere Kriminalität inzwischen so alltäglich, dass ständig irgendein Bahnhof gesperrt sein würde, wenn er und die anderen Kriminaltechniker ihren Willen durchsetzen würden. Das würde allerdings überwiegend die Vororte betreffen, in denen die Räuber immer in die U-Bahnhöfe flüchteten, nachdem sie einen bemitleidenswerten Kioskbesitzer um eine vernachlässigbare Summe erleichtert hatten. Hass und Abneigung richteten sich dann meist gegen die Polizei und nicht gegen die Räuber. So gesehen war es also das Beste, auf Absperrungen zu verzichten.

Er wandte sich wieder dem Becken zu.

Holtz wollte eigentlich nichts dem Zufall überlassen, musste sich aber eingestehen, dass er diesen Einsatz nicht sonderlich ernst nahm. Vermutlich ein Unfall, vielleicht ein Spiel, das schiefgelaufen ist, dachte er und kratzte seine Bartstoppeln. Er hatte es morgens eilig gehabt, nicht einmal zum Duschen war ihm Zeit geblieben. Er fühlte sich klebrig.

Holtz machte den Fotoapparat los, der um seinen Hals hing, und schoss eine Serie Fotos. Eines nach dem anderen, überlappend, einmal im Kreis. Dann bekam er die Tote auf den Monitor und drückte auf den kleinen Metallknopf auf der Oberseite der Kamera. Ein zur Hälfte gefülltes rotes Quadrat zeigte an, dass sich der Akku zu leeren begann. Es blinkte eindringlich, Aufmerksamkeit heischend. Ulf Holtz hatte zwar den Akku gewohnheitsmäßig über Nacht aufgeladen, er wurde aber langsam alt. Er hatte sich vorgenommen, ein paar Reserveakkus zu kaufen, woraus jedoch bislang nichts geworden war. Das ärgerte ihn jetzt. Es blitzte. Er schaltete den Blitz aus, damit das Wasser nicht reflektierte und um den Akku zu schonen. Ich kann die Fotos später am Bildschirm aufhellen, dachte er.

Ulf Holtz verließ die Tote und folgte langsam dem Beckenrand. Er achtete genau darauf, wo er hintrat. Seine Schuhe steckten in schwarzen Überzügen. Er verabscheute die hellblauen, unförmigen, die vor langer Zeit in riesigen Mengen gekauft worden waren. Sie schienen nie zur Neige zu gehen, vielleicht kaufte auch jemand nach. Sie raschelten, und das ging ihm auf die Nerven. Außerdem rutschte man leicht in ihnen aus. Er hatte sich stattdessen Überzüge aus schwarzem Wildleder nähen lassen. Entscheidend war, keine eigenen Schuhabdrücke zu hinterlassen, und dazu eignete sich Leder genauso gut. Seine Kollegen von der forensischen Abteilung schüttelten über seine Eigenwilligkeiten den Kopf und spotteten sogar darüber.

Sein erfahrener Blick suchte nach Ungewöhnlichem, Dingen, die fehl am Platz waren, doch obwohl er um das ganze Becken herumging, fiel ihm nichts Besonderes auf. Ich werde die Runde noch ein paar Mal abgehen müssen, dachte er. Als Ulf Holtz wieder zu der Stelle gelangte, an der das Mädchen lag und zu ihm hochstarrte, hielt er inne. Ohne es zu merken, kratzte er sich wieder die Bartstoppeln.

Das Gesicht des Mädchens war nur verschwommen zu erkennen, da der Kopf ein paar Zentimeter unter der Wasseroberfläche lag. Ihr Haar erinnerte ihn an Seegras. Dünnes und leichtes Seegras.

Holtz setzte sich mit dem Rücken zu ihr auf den Beckenrand, zog die Schuhschoner, seine dunklen Lederschuhe und die Strümpfe aus. Er stellte die Schuhe auf den Rand und legte die Strümpfe ordentlich darauf. Die Überzüge steckte er in die Tasche. Dann krempelte er seine dunkelbraune Cordhose auf, drehte sich um und stieg neben dem Mädchen ins Wasser.

Es war kalt.

Die Hose wurde nass.

Ich hätte sie noch weiter hochkrempeln sollen, dachte er und setzte sich auf den Rand. Nach ein paar Minuten rief er eine der Polizistinnen, die bei der Absperrung standen, zu sich. Sie sieht kräftig aus, dachte er.

Die Polizistin deutete mit einem fragenden Gesichtsausdruck auf sich. Er nickte. Schlendernd, fast zögerlich, kam sie auf ihn zu und achtete dabei darauf, auf die Leichtmetallroste zu treten, die Holtz bei seinem Eintreffen ausgelegt hatte. Die Gitter führten von der Absperrung in rechtem Winkel zum Becken. Niemand durfte, solange Holtz das Sagen hatte, innerhalb der Absperrung diesen provisorischen Weg verlassen.

»Können Sie mir helfen, sie herauszuziehen?«

»Muss das sein?«

»Ja, zu zweit geht es leichter, nicht wahr?«, sagte er mit freundlicher, aber unnachgiebiger Stimme.

Sie antwortete nicht, sondern kletterte auf den Rand und von dort ins Wasser. Bläschen stiegen auf, als sich ihre schwarzen, hohen, gewienerten Stiefel mit dem kalten Wasser füllten.

»Was soll ich tun?«, fragte sie gleichmütig, aber Holtz konnte ein leichtes Zittern in ihrer Stimme ausmachen.

»Wenn Sie ihren Arm und Oberkörper fassen und sie zu sich drehen, während Sie sie herausziehen, dann stütze ich ihren Kopf. So können wir die Leiche auf den Bauch wenden, ohne dass sie irgendwelche Schäden davonträgt. Abgesehen von denen, die bereits vorhanden sind.«

Ihr Gesichtsausdruck ließ darauf schließen, dass sie es unangenehm fand, die junge Frau im Wasser mit dem Gesicht nach unten zu drehen.

»Packen Sie an«, sagte Holtz.

Die Tote drehte sich im Wasser, blieb aber an einem der Scheinwerfer hängen. Holtz musste ein wenig an dem Körper rütteln. Dann fiel der Leichnam platschend auf den Bauch und erzeugte dabei kleine Wellen.

»Eines ist sicher. Ertrunken ist sie nicht. Jedenfalls nicht danach«, sagte Holtz.

Die Polizistin starrte auf die Leiche im Wasser.

Das Bild stellte ein Haus in fröhlichen, vorwiegend rötlichen Farbtönen dar. Die Sonne war mit gelber, leuchtender Wachsmalkreide gemalt und warf vier spitze Strahlen über die Idylle, eine flatternde Fahne an einer Fahnenstange verkündete, in welchem Land das Haus stand. Pia Levin trug Gummihandschuhe, während sie das Bild in das weiße Licht der Lampe hielt. Sie drehte das dicke Papier hin und her, ohne etwas anderes als den abgebildeten Sommertag entdecken zu können. Dann legte sie das Bild mit der Vorderseite auf eine Metallplatte und bedeckte die Rückseite mit einer dünnen Plastikfolie. Als Pia Levin das DLI, das Dustprint Lifting Instrument, oder den Staubheber, wie sie ihn nannte, über das Plastik führte, begannen ihre Gedanken abzuschweifen.

Warum war er ihr gegenüber in letzter Zeit so unleidlich? Obwohl sie kein konkretes Beispiel hätte anführen können, hatte sie das Gefühl, dass er einen Abstand zwischen ihnen geschaffen hatte.

Sie erinnerte sich an die erste Begegnung mit dem legendären Ulf Holtz. Damals war sie nervös gewesen, Anfängerin, ihr erster Tag bei der forensischen Abteilung. Gerüchteweise hatte sie schon von diesem Genie der Kriminaltechnik gehört und anfänglich fast Angst vor ihm gehabt, dann aber recht bald, nach nur wenigen Monaten, begriffen, dass auch er kein Übermensch war, sondern nur sehr kenntnisreich und genau.

Und etwas seltsam.

Sie verstanden sich und hatten jahrelang ein effizientes

Team dargestellt. Damals war er der King gewesen. Dann war sein Stern ziemlich gesunken. Aber sie hatte ihrem Kollegen in guten wie in schlechten Zeiten den Rücken gestärkt. Und schlechte Zeiten gab es reichlich. Der Fall mit dem Minister nahm ihn sehr mit. Die ganze Abteilung bekam es ab. Sie nahm ihn jedoch immer in Schutz, obwohl sie gelegentlich überlegte, ob dies so klug sei. Ihre Freundschaft siegte jedoch immer über ihre Sorge um ihre eigene Karriere. In letzter Zeit überlegte sie jedoch, ob es die ganzen Streitigkeiten wert gewesen war. Holtz war mittlerweile wieder mehrheitsfähig, aber irgendwas an ihm kam ihr seltsam vor. Bereits mehrfach hatte sie ihn darauf ansprechen wollen, aber irgendwie war dann nie etwas daraus geworden. Morgens war sie immer fest entschlossen gewesen. Sie wollte sich Klarheit verschaffen, eine direkte Frage stellen. Dann kam ihre Entschlossenheit stets abhanden, wenn sie ihm gegenüberstand. Ihre eigene Unsicherheit ärgerte sie.

Pia Levin stellte das DLI ab, und das kräftige, vom Gleichstrom erzeugte Spannungsfeld verschwand. Sie zog die Folie, die sich nur widerstrebend von der umgedrehten Zeichnung löste, vorsichtig ab.

»Tralala. Ich wusste es«, sagte sie laut.

Das Spannungsfeld hatte einen kaum sichtbaren Abdruck von dem Papier auf die Folie übertragen. Sie legte die Folie auf eine schwarze Pappe, so dass der graue Staubabdruck eines Schuhs oder vielleicht eines Stiefels besser zu sehen war.

Sie hatte den süßen Geschmack des Triumphes auf der Zunge. Es spielte keine Rolle, ob es um fortschrittliche DNA-Technik, einfache Fingerabdrücke oder ballistische Geschossuntersuchungen ging. Oder um Schuhabdrücke. Es war jedes Mal gleichermaßen aufregend, wenn sich ein Rätsel seiner Lösung näherte.

Sie klemmte die Pappscheibe unter eine Kamera, die fest auf ein Stativ montiert war, und machte eine Reihe Schwarzweißaufnahmen.

Der Auslöser klickte bei jedem Bild.

Pia Levin hatte den Soundeffekt selbst so eingestellt, da es ihr so am echtesten, wirklichsten vorkam. Sie änderte einige Male die Tiefenschärfe und machte mit der neuen Einstellung jeweils weitere Aufnahmen. Der Abdruck war perfekt.

»Was machst du?«

Sie drehte sich der Stimme zu.

Holtz stand in der Tür und sah sie an.

»Dieses Lächeln kenne ich doch. Du bist auf etwas gestoßen, stimmt's?«, sagte er, als sie nicht antwortete.

»Einbruch in ein Einfamilienhaus. Sah aus wie ein Schlachtfeld. Alle Schubladen herausgerissen und die Schränke geöffnet. Ich habe leider keine Abdrücke gefunden, obwohl ich fast alles präpariert habe. Sie müssen also Handschuhe getragen haben. Dafür habe ich das hier gefunden.« Sie hielt das Bild in die Höhe.

»Was ist das?«

»Das lag vor dem aufgebrochenen Küchenfenster auf dem Fußboden. Vielleicht hat das Bild ja am Kühlschrank gehangen und ist runtergefallen, als die Einbrecher gewütet haben. Einer der Einbrecher muss draufgetreten sein, als er durch das Fenster wieder aus dem Haus geklettert ist.«

»Blöd wie immer also. Aber solange sie nicht fliegen lernen«, meinte Holtz.

Den Abdruck würde sie später auf Anhaltspunkte darüber absuchen, ob der Absatz seitlich abgetreten war und ob sich irgendwo das Logo des Herstellers erkennen ließ. Jede Schuhsohle war einzigartig, und falls es einem eifrigen Polizisten wider Erwarten irgendwann gelang, die Einbrecher aufzuspüren, würde man sie vielleicht mit Hilfe eines Schuhs überführen können. Vielleicht würde man sie auf frischer Tat ertappen und konnte dann zwei Einbruchsdelikte auf einmal lösen. Hatte man erst einmal eine Spur gesichert, dann knickten sie häufig ein und legten ein Geständnis ab. Sonst bekam man nicht viel aus ihnen heraus. Das hatten sowohl Levin als auch Holtz oft erlebt. Deswegen gaben sie nie auf, unternahmen nie einen nur halbherzigen Versuch, egal wie aussichtslos das Unterfangen wirken mochte.

Selbst die winzigste Spur, die einem Täter zugeordnet werden konnte, war wichtig, manchmal wichtiger als alles andere.

»Schon seltsam, dass die Schurken fast immer ihre Schuhe behalten, aber alles andere wegwerfen, oder?«, sagte Pia Levin und konzentrierte sich wieder auf die Kamera.

»Es dauert eine Weile, bis man ein Paar Schuhe eingelaufen hat. Jacken und Mützen mit Augenschlitzen kann man sich leicht wieder beschaffen, aber ein Paar eingelaufene Stiefel wirft man auch dann nicht weg, wenn einem die Bullen auf den Fersen sind.«

»Die Bullen? In was für Kreisen verkehrst du eigentlich?«, fragte sie, immer noch mit dem Rücken zu ihm. Als er nicht antwortete, drehte sie sich um, um nachzusehen, ob er Witze machte. Aber er schien in Gedanken schon woanders zu sein.

Sie nahm die letzte Aufnahme und betrachtete zufrieden das Ergebnis. Eigentlich war sie nicht sonderlich optimistisch, dass sie das Sommerbild zu dem Täter führen würde. Aber es tat ihrem Berufsstolz gut, eine handfeste Spur zu haben. Der Einbruch würde wahrscheinlich nach ein paar Tagen mit der Begründung, Anhaltspunkte zur Strafverfolgung fehlten, zu den Akten gelegt werden, falls dies nicht schon passiert war. Die Anzeige bei der Polizei war ohnehin eigentlich nur eine

Formsache für die Versicherung, und normalerweise befassten sich die Kriminaltechniker auch nicht mit einfachen Einbrüchen, aber jetzt war gerade wieder einmal alles im Umbruch. Die Alltagskriminalität habe nun Vorrang, hieß es. Außerdem hatte sie am Wochenende Bereitschaft gehabt, und es war sonst nicht viel zu tun gewesen.

»Ich habe was Kniffliges für dich«, sagte Ulf Holtz, als hätte er ihre Gedanken gelesen.

Sie sah ihn ein wenig misstrauisch an. Es war mehrere Wochen her, dass er sie zuletzt um Hilfe gebeten hatte.

»Der Brunnen in der Innenstadt, der mit der Glassäule, muss geleert und das Wasser sorgfältig gefiltert werden. Du könntest damit anfangen, denjenigen zu suchen, der für die Wartung zuständig ist«, sagte er.

»Was ist passiert?«

»Eine junge Frau ist dort irgendwann heute Nacht gestorben. Nackt und mit einer großen Kopfwunde.«

»Wie groß?«

»Viel zu groß. Ein Drittel des Kopfes ist weg. Das halbe Gehirn ist in den Brunnen gelaufen. Du müsstest unter anderem nach Resten des Kopfes suchen. Und anderen Auffälligkeiten. Auch normalen Dingen, versteht sich, aber das weißt du ja.«

»Was wissen wir bis jetzt?«

»Du kannst das Wenige, was bislang bekannt ist, lesen. Ich habe dir die Notizen übers Intranet geschickt«, sagte Ulf Holtz und ging mit einem Kopfnicken.

Pia Levin stellte das DLI ab und verstaute es sorgfältig in einer schwarzen, schaumstoffgepolsterten Tasche, die sie neben das Kamerastativ in einen Schrank stellte. Sie musste etwas drücken, damit die Tasche hineinpasste, und stellte verärgert fest, dass ein Metallteil des Stativs auf der Tasche eine

Schramme hinterließ. Bevor sie ihr Büro abschloss, verstaute sie auch noch die dünne Stahlplatte, auf der eben noch das Sommerbild gelegen hatte. Den Schuhabdruck legte sie einstweilen beiseite. Er würde in die nationale Datenbank eingespeist werden, aber das konnte warten.

Pia Levin nahm eine dünne Plastikschüssel mit Salat aus einem weißen Kühlschrank, auf dem stand: »Proben! Finger weg!« Auf der Schüssel stand »Pastasalat mit Huhn«. Ein kleiner Behälter mit Dressing war auch dabei. Currydressing. Zuunterst lag ein Nudelklumpen, der immer gleich schmeckte, egal welchen Salat man wählte.

Mit dem Salat in einer, einer Flasche Mineralwasser in der anderen Hand sah sie an ihrem Computer Holtz' Notizen durch. Das dauerte nur wenige Minuten. Dann entschloss sie sich, ein paar Telefongespräche zu führen. Es gibt sicher auch am Wochenende einen Brunnenverantwortlichen, dachte sie und spießte ein Stück mit Zuckerlösung gesättigtes Huhn auf ihre Plastikgabel. Enttäuscht stellte sie fest, dass es mehr an Gummi als an Hühnerfleisch erinnerte.

Das Wasser sah hellgrau aus. Es enthielt nicht die geringste Menge Blut, zumindest nichts, was mit bloßem Auge zu sehen gewesen wäre. Es roch nach sonnenbeschienenem Asphalt und Chlor. Der Sommer war früh angebrochen.

»Die Filterleistung beträgt mehrere Tausend Liter in der Stunde. Das klingt vielleicht nach viel, aber es dauert trotzdem, bis das ganze Wasser ausgetauscht ist, das kann ich Ihnen sagen.«

Der Polizist an der Absperrung schien an der Vorlesung nur mäßig interessiert zu sein. Er bemühte sich, den aufdringlichen Mann, so gut es ging, zu ignorieren. Am liebsten hätte er ihn zum Teufel gejagt.

Börje Andersson, der ohnehin nur widerwillig die Wochenendbereitschaft übernommen hatte, stand außerhalb der Absperrung und versuchte, den uniformierten Polizisten zu überreden, dass er ihn vorbeiließ. Obwohl er immer wieder erklärt hatte, dass er und sonst niemand die Verantwortung für den Betrieb des Springbrunnens habe und er außerdem von einer Beamtin gebeten worden sei zu erscheinen, ließ man ihn nicht vor. Deswegen war Börje Andersson dazu übergegangen zu erklären, wie der Springbrunnen funktionierte.

Er stieß auf taube Ohren.

Börje Andersson war daher nicht sonderlich sonniger Laune, als eine Frau mittleren Alters mit Kurzhaarschnitt auf ihn zutrat und sich als Kriminaltechnikerin Pia Levin vorstellte. Sie begrüßte ihn, ohne ihm die Hand zu reichen.

»Kommen Sie mit«, sagte sie kurzangebunden und hob das blauweiße Absperrband an. »Zeigen Sie mir, wo das Wasser in die Filter gesaugt wird, und halten Sie sich dabei auf den ausgelegten Rosten.«

Andersson zog den Kopf unter dem Absperrband ein und folgte Levin. Er warf dem Polizisten in Uniform einen triumphierenden Blick zu.

»Sind Ihre Kollegen immer so unfreundlich?«

»Sie machen nur ihre Arbeit. Können Sie mir jetzt alles zeigen?«, sagte Pia Levin. Sie hatte keine Lust, sich auf eine unmögliche Diskussion über die Arbeitsmethoden der Polizei einzulassen.

»Was ist eigentlich passiert?«, fragte Andersson aufgeregt und betrachtete ein gelbes Zelt, das im Becken stand. Er hatte eine Hand in der Hosentasche und in der anderen eine Zigarette. Nicht angezündet. Sein graues, fettiges Haar klebte am Kopf. Er roch ungewaschen.

Das Zelt, eigentlich handelte es sich um zwei gelbe Persenninge, war ein Stück über das Becken und auch auf die Straße hinaus gespannt.

»Jemand ist tot«, sagte Levin abweisend.

»Aber warum haben Sie dann ein Zelt aufgebaut?«

Seine Stimme war heiser und überschlug sich zum Satzende hin.

Pia Levin seufzte und nahm sich zusammen.

»Das ist wegen der Schaulustigen und der Sonne. Können Sie mir jetzt alles zeigen?«, wiederholte sie, und eine gewisse Ungeduld lag in ihrer sonst immer gleichmütigen Stimme.

Ihr Telefon klingelte. Sie kannte die Nummer.

»Warum rufst du von deinem privaten Handy an?«

»Ich habe mein anderes nicht gefunden«, sagte die Stimme am anderen Ende.

Pia Levin konnte nur den Kopf schütteln. Schon seltsam, dass er bei der Arbeit ein solcher Perfektionist war, aber seine eigenen Sachen nie fand.

»Ich dachte, wir könnten diesen Fall gemeinsam bearbeiten. Man hat mich zum Tatortkoordinator ernannt, und ich hätte dich gerne dabei. Das Okay von oben gibt es schon. Bist du einverstanden?«, sagte Holtz.

»Klar. Natürlich bin ich einverstanden. Wo bist du überhaupt?«

Sie versuchte, ihre Stimme so unbeteiligt wie möglich klingen zu lassen. Wollte ihre Freude darüber, dass er sie gefragt hatte, nicht zu deutlich zeigen.

»Dreh dich um«, erwiderte Holtz.

Holtz stand zwanzig Meter von ihr entfernt. Er winkte ihr zu und steckte sein Handy in die Tasche.

»Könnten Sie vielleicht so freundlich sein und mir ein paar Sätze darüber aufschreiben, wie die Reinigung des Beckens funktioniert und wie viel Wasser es enthält«, sagte sie an Andersson gewandt. »Schreiben Sie alles auf, was Sie für wichtig halten, dann sprechen wir später noch einmal miteinander. Wenn Sie mir Ihre Handynummer geben, rufe ich Sie an.«

Übertrieben langsam schrieb er seine Nummer auf den Zettel, den Levin aus ihrem Notizbuch gerissen hatte.

»Danke. Wenn Sie jetzt die Absperrung bitte wieder verlassen würden. Könnten Sie dann noch den Polizisten dort drüben bitten, Ihren Namen auf die Liste der Personen zu schreiben, die den Tatort betreten haben?«, bat sie, nahm den Zettel entgegen und steckte ihn in ihre Jackentasche.

Börje Andersson wollte protestieren, kam aber nicht mehr dazu. Pia Levin hatte ihm bereits den Rücken zugekehrt und ging auf ihren Kollegen zu. Dann drehte sie sich noch einmal um, als wäre ihr etwas Wichtiges eingefallen.

»Übrigens, bevor wir Ihr Revier absperren, könnten Sie zusehen, dass niemand den Raum mit den Pumpen und der Filteranlage betritt. Und ergreifen Sie keinerlei Maßnahmen. Keine eigenen Initiativen.«

Letzteres war unnötig, das wusste sie, aber sie konnte es nicht lassen.

Andersson sah wenn möglich noch verdrossener aus, als er ihr hinterherblickte. Verdammte Lesbe, dachte er, für wen hält die sich eigentlich? Widerwillig machte er sich daran, ihrem Wunsch Folge zu leisten. Er kam sich erstaunlich wichtig vor, obwohl er gerade rumkommandiert worden war.

Noch dazu von einer Frau.

Ulf Holtz stand auf dem Beckenrand und schaute über das Wasser, als sie zu ihm trat.

»Wir gehen eine Runde«, meinte er.

Langsam folgte sie ihm um das Becken herum. Alle paar Schritte blieben sie stehen und sahen sich um. Dann gingen sie weiter. Aus der Ferne betrachtet sahen sie seltsam aus. Zwei Personen, den Blick zu Boden gerichtet, als wären sie ungemein an ihren Schuhen interessiert. Pia Levin hatte im Unterschied zu ihrem Chef nichts gegen blaue Schuhüberzüge einzuwenden. Es wäre ihr nicht im Traum eingefallen, eigene anzufertigen.

»Hast du deinen Fotoapparat dabei?«, wollte Holtz wissen.

»Natürlich. Hast du schon Bilder gemacht?«

»Ja, aber ein paar mehr können nicht schaden. Außerdem habe ich keine Videosequenzen aufgenommen. Mein Akku ist leer«, erwiderte Holtz.

Der Rundgang dauerte gute zehn Minuten.

»Jetzt gehen wir noch eine Runde, aber diesmal richtig«, meinte Holtz.

Pia Levin nahm ihre Kamera aus dem Rucksack und hängte sie sich um den Hals. Es handelte sich um eine kleine Kompaktkamera mit einem roten, glänzenden Gehäuse. Ferrarirot. Sie verfügte über einen riesigen Speicher, und man konnte sowohl Einzelaufnahmen als auch Videos mit ihr aufnehmen. Levin zog einen Skizzenblock und ein Paket Plastiktüten aus ihrem Rucksack, der für seine geringe Größe ein erstaunliches Fassungsvermögen besaß.

»Ich bin bereit«, sagte sie dann, etwas fröhlicher, als sie beabsichtigt hatte.

Seit jenem Augenblick, als Holtz das nackte Mädchen auf den Bauch gedreht hatte, war ihm klar, was sie erwartete. Alle seine Sinne waren geschärft, und die Sorglosigkeit, die er am Anfang empfunden hatte, war verschwunden. In seiner Welt bedeutete das Durchkämmen des Tatortes außergewöhnliche Gründlichkeit. Und durchkämmen würden sie ihn.

Sie begannen erneut ihre Wanderung um das Becken herum, aber dieses Mal äußerst langsam. Ab und zu blieben sie stehen, um sich eine Zigarettenkippe, ein Stück Papier, eine Zigarettenschachtel oder ein paar leere Bierdosen, Snus-Tabakverpackungen und anderen Müll näher anzusehen.

Holtz sammelte alles von Interesse mit Gummihandschuhen auf und legte es in eine kleine Tüte, die ihrerseits später in eine größere Tüte kam. Jede Fundstücktüte erhielt eine Nummer, und diese Nummer wurde auf einer Skizze des Springbrunnens eingezeichnet.

Damit waren sie fast zwei Stunden lang beschäftigt. Es war weder gewiss noch wahrscheinlich, dass irgendetwas von dem, was sie aufsammelten, zur Lösung des Falls beitragen würde, aber sie taten es trotzdem. Die Funde würden erst einmal nur sortiert werden, um dann später gegebenenfalls eingehender betrachtet zu werden. Sowohl Levin als auch Holtz waren sich schmerzlich bewusst, dass nur ein äußerst geringer Teil ihrer Arbeit von Bedeutung für die Ermittlung sein würde. Aber sie wussten auch, dass es anfänglich unmöglich war, auch nur Mutmaßungen darüber anzustellen, aus welchen Teilen sich später bei der komplizierten und zeitraubenden Arbeit, die vor ihnen lag, ein Gesamtbild zusammenfügen würde.

Am bemerkenswertesten war, was sie nicht fanden.

Die Kleider des Opfers schienen spurlos verschwunden zu sein. Einen Ausweis oder etwas anderes, das einen Hinweis auf ihre Identität gab, fanden sie ebenfalls nicht. Mülleimer, Müllräume, Gassen und die meisten anderen dunklen Ecken in der Nähe waren von Polizisten durchsucht worden, ohne Resultat.

Holtz hatte nach anfänglichem Zaudern verfügt, die äußere Absperrung zu entfernen, aber darauf bestanden, die Fahrspur direkt neben dem Becken weiterhin abgesperrt zu belassen. Zu viele Behinderungen durch blauweiße Absperrbänder erregten nur unnötig viel Aufmerksamkeit. Es galt immer abzuwägen. Er brauchte Bewegungsfreiheit. Außerdem machte ihm die Befürchtung, irgendetwas könne außerhalb der Absperrung liegen, zu schaffen. Seine Erfahrung oder auch nur sein Gefühl hatten schließlich entschieden, wie groß die Fläche war, die er absteckte.

Ulf Holtz hielt es für unwahrscheinlich, hoffte aber dennoch, dass sie eine Weile ihre Ruhe haben würden. Ein ihm wohlbekanntes, erwartungsvolles Gefühl machte sich in seiner Brust breit. Ein Fund nach dem anderen würde die Ermittlung ergänzen. Fotos, Gegenstände und Analysen würden sie der Aufklärung des Falls näherbringen.

Er betrachtete die vor ihm liegende Aufgabe als Rätsel, das es zu lösen galt.

Der erste Polizist, der am Tatort eingetroffen war, hatte die Dienstanweisungen genauestens befolgt. Mehr abzusperren, als auf den ersten Blick nötig erscheint, alle, einschließlich der Kollegen, fernzuhalten, alles, was auffällig erscheint, aufzuschreiben und die Augen nach Leuten offenzuhalten, die verdächtiges Interesse an den Tag legen, auch wenn sie sich auf Abstand halten.

Es herrschte die Vorstellung, dass Leute, die sich schwerer Vergehen schuldig machten, wie Mörder und Pyromanen, in der Nähe des Tatorts blieben, um den Aufruhr zu betrachten. Um das Ergebnis zu sehen, die Spannung zu spüren. Es hieß sogar, dass Personen, die selbst am Verbrechen beteiligt gewesen waren, die Beamten vor Ort ansprachen, um eine Zeugenaussage zu machen. Aber das hielt Holtz für ein Gerücht. Er selbst hatte es jedenfalls noch nie erlebt. Und auch sonst niemand, den er kannte.

Das Zelt über dem toten Mädchen war errichtet worden, um ihre Leiche abzuschirmen, vor allen Dingen von oben, aber natürlich war es ihnen nicht gelungen, Aufmerksamkeit zu vermeiden. Außerhalb der Absperrung standen Schaulustige, die nicht zögerten, auf die Fahrbahn zu treten, um näher an das Geschehen heranzukommen und besser sehen zu können. Die Großstädter, die es normalerweise so eilig hatten und sonst immer taten, als wäre ihnen alles egal, verlangsamten ihre Schritte. Touristen machten Fotos, und Alkoholiker und Junkies rotteten sich zusammen. Es würde ein ziemlicher Zirkus werden, das wusste Holtz.

Die Presse war zur Stelle.

Die ersten Journalisten waren schon in den frühen Morgenstunden eingetroffen. Müde, jung und auf eine Sensation hoffend. Angestellte eines privaten Wachdienstes scheuchten sie weg und versuchten gleichzeitig, selbst vollkommen uninteressiert zu wirken. Die Wachleute gingen ab und zu wie zufällig die Absperrung entlang, um den Fotografen, die sich aufgereiht hatten, die Sicht zu versperren. Mit etwas Glück würden sie ja mit aufs Bild kommen. Dann konnten sie es im Pausenzimmer aufhängen und hatten etwas, worüber sie mit ihren Kollegen reden konnten.

In den Redaktionen arbeiteten bereits die Sommervertretungen, obwohl die Ferien noch nicht richtig angefangen hatten. Sonntagmorgen war ihre Zeit. Holtz, der sich manchmal überlegte, ob es bei der Journalistenausbildung womöglich Kleidervorschriften gäbe, fand, dass sich alle erstaunlich ähnlich sahen. Als Erstes war natürlich der übliche Trupp der freiberuflichen Fotografen, die mit dem Handy auf dem Kopfkissen schliefen und auf Tipps ihrer bezahlten Informanten bei der Einsatzzentrale warteten, eingetroffen. Die Fotografen wurden von den Journalisten, für die sie unentbehrlich waren, als Geier und Unglücksraben verhöhnt. Keine Fotos, keine Neuigkeit. Die Geier und Unglücksraben waren bereits zur Stelle gewesen, ehe Holtz geweckt worden und das kurze Stück in die Stadt gefahren war. Danach trafen die Reporter der Boulevardzeitungen mit ihren Fotografen und ihrem Web-TV-Team ein. Mit der Zeit wurden es immer mehr. Die Reporter vom Lokalradio erschienen mit hoch erhobenen Mikrofonen, ebenso die Leute von der Nachrichtenagentur. Schließlich trafen die Kleinbusse mit den Logos des Lokalfernsehens ein.

Allmählich füllten sich auch die Fenster des gegenüberliegenden Kulturhauses mit Menschen.

Niemand wurde hinter die Absperrung gelassen, und die Polizisten vor Ort weigerten sich, Fragen zu beantworten. Das zwang die Radio- und Fernsehreporter Plattitüden in ihre Mikrofone zu sprechen, die sich auf vage Informationen stützten, die ihre Redaktion von der Nachrichtenagentur erhalten hatte.

Aber immerhin waren sie vor Ort, und das galt es den Zuschauern zu zeigen. Je mehr Reporter, desto wichtiger die Nachricht. So lautete die sich selbst erfüllende These. Dadurch wirkten Vorfälle in der Hauptstadt, wo sich fast alle großen Redaktionen befanden, immer wichtiger als die gleichen Ereignisse in der Provinz.

Die Sonntagsflaute steigerte das Interesse zusätzlich, denn im Übrigen hatte sich nichts von Bedeutung ereignet.

Der Verkehr war mäßig. Taxis, Kurierfahrer, Busse und eine Kehrmaschine waren unterwegs. Ansonsten war es erstaunlich still. Die Lokalsender hatten die Autofahrer den ganzen Vormittag offensichtlich mit Erfolg aufgefordert, eine andere Strecke zu wählen.

»Wir erledigen so viel wie möglich bis heute Abend, vielleicht auch heute Nacht. Sie wird bald abtransportiert, und wenn das Wasser erst einmal abgelassen ist, können wir uns den Boden des Beckens näher ansehen. Schaffst du das?«, fragte Holtz, nachdem sie ihre Runden gegangen waren.

»Klar.« Levin hielt ihm die Wasserflasche hin, die sie immer dabeihatte. Er schüttelte den Kopf. Sie trank einen großen Schluck, schraubte die Flasche zu und steckte sie wieder in ihren Rucksack. Dann nahm sie einen Apfel heraus, rieb ihn an ihrer Hose ab und biss herzhaft hinein. Ein Tropfen des saftigen grünen Apfels lief ihr über das Kinn. Sie wischte ihn mit dem Ärmel ab.

Pia Levin hatte wieder das Gefühl der Zusammengehörigkeit, das ihr in letzter Zeit gefehlt hatte. Sie war eigentlich müde und hatte andere Pläne, aber diese Chance wollte sie sich nicht entgehen lassen.

Holtz bat sie, sich um die Filtrierung des Beckeninhalts zu kümmern, und ging dann auf das Zelt zu.

Sie blieb allein auf dem Beckenrand stehen und aß den Apfel auf.

Bis auf die Tote war das Zelt leer. Die Gerichtsmedizinerin war bereits dagewesen und hatte eine vorläufige Untersuchung durchgeführt. Sie hatte sich darüber geärgert, dass Holtz die Tote umgedreht hatte. Jetzt lag die Leiche wieder mit dem Gesicht nach oben. Man hatte jedoch etwas unter die Leiche geschoben, so dass sie genau an der Wasseroberfläche lag. Ein starker Scheinwerfer tauchte sie in weißes Licht.

Die Pathologin hätte die Leiche eigentlich gerne sofort mitgenommen, aber Holtz hatte mehr Zeit haben wollen. Jetzt bereute er das. Die Haut der Toten hatte einen Grauton angenommen. Das kann allerdings auch am Licht liegen, dachte er, wollte sie aber schnellstmöglich aus dem Wasser bekommen. Es war ihm unangenehm, dass sie so lange dort gelegen hatte, obwohl er wusste, es würde wahrscheinlich keine Rolle spielen. Er zog Schuhe und Strümpfe aus, stieg ins Wasser und beugte sich über die junge Frau. Er betrachtete sie und ihre nähere Umgebung eingehend, um eventuell etwas zu entdecken, was er bislang übersehen hatte. Sie war blond mit halblangem Haar und hübschen, noch mädchenhaften Gesichtszügen. Eine kurze, gerade Nase, die etwas nach oben zeigte. Kleine, silberne Ohrringe, keine Tätowierungen und, soweit er erkennen konnte, auch kein Piercing. Er hatte sich so weit zu ihrem Gesicht hinuntergebeugt, dass er ihren Geruch wahrnehmen konnte. Erst glaubte er, sich das nur einzubilden, aber sie roch nach Parfüm. War das möglich? Nach so langer Zeit im Wasser? Vermutlich ein teures Parfüm, dachte er.

Der Kopf wirkte auf eine Art gekappt, wie er es bisher noch nicht gesehen hatte. Im Übrigen war die Leiche vollkommen unversehrt. Die Augen waren geöffnet, und auch die Lippen waren nicht ganz geschlossen. Sie besaß sehr weiße, gleichmäßige Zähne.

Wem und was bist du begegnet?, dachte er.

Die Persenning bewegte sich im Wind, und die Geräusche der Stadt waren nur gedämpft zu hören. Der Geruch des Zelttuches störte ihn plötzlich, aber dann holte er tief Luft und beschloss das Unbehagen mit Willenskraft zu unterdrücken.

Lange stand er so da. Dachte nach. Versuchte, sich ein Bild ihrer letzten Augenblicke im Leben zu machen. Und davon, wer sie gewesen war.

Dann zog er sein Handy aus der Tasche und ging das regelwidrig angelegte Verzeichnis mit den Nummern aller Kollegen durch. Er hatte sich noch nie Telefonnummern merken können.

Der Zeiger auf dem großen roten Metallbehälter bewegte sich ruckartig, fast zitternd vor und zurück. Auf beiden Seiten waren dicke Kupferrohre befestigt. Ein leises Brummen war zu hören, als das Wasser durch den sandgefüllten Behälter gepresst wurde.

»Durch diesen Filter kommt nichts, was größer als eine Laus ist«, sagte Börje Andersson.

»Wohin fließt das Wasser für gewöhnlich? In den Abfluss?«, wollte Pia Levin wissen.

»Nirgendwohin, es handelt sich hier um ein geschlossenes System, durch das immer dasselbe Wasser gepumpt wird. Der gesamte Brunneninhalt wird innerhalb weniger Stunden gereinigt, und das ist wirklich nötig, das kann ich Ihnen sagen, bei den ganzen Idioten, die ständig Waschpulver ins Becken kippen, wobei unendlich viel Schaum entsteht«, sagte Andersson und klang geradezu so, als würde er das persönlich nehmen. »Aber jetzt fließt natürlich alles in den Abfluss. Sie wollten ja, dass wir das Becken leeren.«

»Was passiert mit größeren Gegenständen?«

»Die kommen nie bis hierher. Die bleiben vorher schon hängen. Es gibt drei Filter unterschiedlicher Größe, der gröbste befindet sich im Becken. Wenn Sie wüssten, was man da manchmal rausfischt. Bierdosen und Flaschen, aber auch Kondome. Ich habe da sogar mal einen Tampon gefunden. Benutzt, glaube ich.«

Er grinste.

»Und was ist mit den Sachen, die da durchrutschen?« Pia Levin ignorierte seine Bemerkung über den Tampon, fragte sich aber, wie er wissen wollte, ob er gebraucht war. Schließlich war er von Tausenden von Litern Wasser durchgespült worden.

»Ich habe doch gesagt, dass es mehrere Filter gibt.«

Andersson sah beleidigt aus. Hörte sie ihm nicht zu? Verdammtes Weibsbild.

»Und wo befinden sich die anderen Filter?«

Andersson deutete in das Dunkel eines Arbeitstunnels.

»Da drin. Wollen Sie sie anschauen?«, sagte er mit einem weiteren unmotivierten Grinsen. Er hielt immer noch eine unangezündete Zigarette in der Hand.

»Gleich.«

Levin dachte eine Weile nach. Sie schien etwas sagen zu wollen, überlegte es sich dann aber anders. Schließlich kehrte sie zu dem roten Stahlzylinder zurück und klopfte dagegen. Es klang dumpf. Sie ließ ihre Hand auf dem Metall ruhen und spürte das hindurchfließende Wasser.

»Wie macht man den sauber?«

»Das braucht man nicht. Die meisten kleinen Partikel bleiben darin hängen. Einige verschwinden natürlich, wenn man das Wasser in der anderen Richtung durch den Filter laufen lässt. Der Zylinder ist verschweißt, um dem hohen Druck standzuhalten.«

»Um an den Inhalt zu gelangen, muss man den Zylinder also aufschneiden?«

»Genau.«

Nachdem das Becken geleert worden war, bat Levin Andersson, die Wasserpumpe abzustellen und ihr die drei Filter zur Grobreinigung zu zeigen. Erst holte sie noch einen Plastikbehälter und ein paar schwarze Müllsäcke aus ihrem Auto. Sie hielt den Behälter mit einer kleinen weißen Plastiktasche mit der roten Aufschrift »Forensik« in der Hand.

Sie brauchte eine ganze Weile, bis sie gemeinsam mit Andersson die Filter herausgeschraubt hatte, die aus Netzkörben in Metallrahmen bestanden. Sehr vorsichtig legte sie jeden der Filter in eine Tüte und diese dann in den Plastikbehälter. Für jeden Filter nahm sie ein neues Paar Gummihandschuhe aus der weißen Tasche. Die Handschuhe legte sie dann ebenfalls in die Müllsäcke, die sie von eins bis drei durchnummerierte.

Dazwischen machte Levin immer ein paar Fotos.

»Warum wechseln Sie die ganze Zeit die Handschuhe?«, wollte Andersson wissen.

»Es ist wichtig, dass Spuren nicht von einem Gegenstand auf einen anderen geraten. Im Augenblick scheint das keine Bedeutung zu haben. Aber man kann vorher nie wissen, was einmal wichtig ist. Können Sie mir mit dem da helfen?«, fragte sie und nickte Richtung Plastikbehälter.

Börje Andersson brummte etwas, nahm dann den Behälter mit beiden Händen und ging los.

Als der Behälter ordentlich festgebunden an seinem Platz im Lieferwagen stand, dankte ihm Levin für seine Hilfe und bat darum, sich mit eventuellen weiteren Fragen wieder an ihn wenden zu dürfen.

Andersson trottete davon.

Citymord. Mehr stand nicht auf dem Whiteboard, wenn man von der schwachen Planungsskizze absah, die jemand versehentlich mit einem wasserfesten Filzstift darauf gemalt hatte und die nie mehr ganz verschwunden war. Mit dünnen Strichen verbundene Kästchen hatten den unbegreiflichen Hintergrund der etwa zehn Morde ausgemacht, die während der letzten Jahre auf dieser Tafel skizziert worden waren. Niemand hatte sich die Mühe gemacht, die sicherlich schon längst veraltete Planung gänzlich zu entfernen. Vermutlich war die neue Struktur der Polizei bereits wieder umstrukturiert worden.

Citymord. Ulf Holtz legte den Kopf zur Seite und sah aus, als hielte er einen inneren Monolog.

Hübsch.

Dieses Wort definierte den Mord. Er war wichtig.

Brunnenmord hätte nicht diesen Klang besessen.

Im Augenblick befand sich der Name jedoch noch in einem krassen Missverhältnis zum Ermittlungsstand. Was auf den ersten Blick wie ein Unfall ausgesehen hatte, hatte sich als etwas ganz anderes erwiesen. Die Kopfverletzung war der jungen Frau keinesfalls von jemandem zugefügt worden, der es gut mit ihr gemeint hatte. Dass es sich um einen Mord handelte, stand außer Zweifel. Es war zwar erst Sonntagnachmittag, aber Holtz kam es so vor, als wäre die junge Frau schon vor mehreren Tagen gefunden worden. Die Ermittler hatten sich auch nicht unbedingt auf diese Aufgabe geworfen.

Das Ermittlerteam, das aus drei Personen bestand, hatte erst jetzt eine Konferenz anberaumt, um die Richtlinien aufzustellen, und Holtz war gebeten worden, bei dieser Gelegenheit die wichtigsten Erkenntnisse vom Tatort zu referieren.

Seltsame Stelle, um jemanden zu ermorden, dachte Holtz, während er darauf wartete, seinen Teil vorzutragen. Obwohl der Mord in der Nacht verübt worden war, musste es viele Zeugen, nicht zuletzt Taxifahrer, geben. Holtz hatte die Erfahrung gemacht, dass Taxifahrer viel hilfsbereiter waren, als man bei der Polizei gemeinhin glaubte. Die Ermittler hatten pflichtschuldig alle Taxiunternehmen verständigt. Man suche Zeugen. Alle hatten versprochen, behilflich zu sein. Man ging die Liste der Fahrer durch, die in der fraglichen Nacht gearbeitet hatten, dann konzentrierte man sich auf diejenigen, die sich in der City befunden hatten. Die Informationen strömten bereits herein.

Das relativ schwache Interesse der Ermittler ließ sich dadurch erklären, dass es unwahrscheinlich zu sein schien, dass der Mörder davonkommen würde.

Außerdem war Sonntag.

Holtz trug rasch vor, was er wusste, und überreichte dann eine Kopie seiner Notizen, auf der er die besonders interessanten Punkte deutlich markiert hatte, weil er wusste, dass man seine Aufzeichnungen sonst nur überfliegen würde. Da keine Fragen gestellt wurden, verließ er raschen Schrittes den Raum, ohne die Tür zu schließen.

Er dachte über die Überwachungskameras nach. Es gab in der Nähe des Tatorts Kameras zur Verkehrsüberwachung, allgemeine Überwachungskameras und sicher auch einige, die illegal angebracht worden waren. Irgendwo konnte der Mord aufgezeichnet worden sein, die meisten Überwachungsfilme wurden jedoch nicht oder nur eine kurze Zeit aufbewahrt.

Was haben wir?, dachte er auf dem Weg zum Labor. Eine tote, nackte junge Frau mit einer großen Kopfwunde. Ein Tatort vor den Augen unzähliger Menschen.

Holtz entschloss sich, bei der Verkehrsüberwachung anzurufen, obwohl das eigentlich nicht seine Aufgabe war. Es würde Ärger geben, dessen war er sich bewusst. Aber da Levin noch am Tatort beschäftigt war und er die Bilder vom Morgen bereits auf seinem Computer gespeichert und sortiert hatte, brauchte er eine konkrete Aufgabe. Er hatte das Gefühl, dass die Überwachungsvideos schnellstmöglich beschafft werden mussten, bevor sie gelöscht wurden. Die Ermittler hatten nicht den Eindruck erweckt, als hätten sie es übermäßig eilig. Falls jemand Streit mit ihm anfing, konnte Holtz die Sache mühelos als eine kriminaltechnische Untersuchung ausgeben.

»Sieh dir das an.« Holtz hatte sich zu dem Monitor, der die halbe Schmalseite seines Büros bedeckte, vorgebeugt.

Pia Levin stellte den Plastikkasten, den sie mitgebracht hatte, schräg hinter Holtz auf den Fußboden.

Ein schwacher Chlorgeruch breitete sich aus, und ein dünnes Rinnsal aus dem Kasten bildete eine kleine, ovale Pfütze unter Holtz' Stuhl.

Holtz sah erst die Pfütze und dann Levin entrüstet an, aber sie beachtete ihn nicht weiter. Damit musste er leben.

»Was ist das?«, fragte sie stattdessen und nickte Richtung Monitor.

Er hätte fast gesagt: »Wasser auf meinem Fußboden«, verkniff sich aber die Bemerkung.

»Videos von Überwachungskameras, allerdings nicht unseren eigenen. Sie stammen von der Verkehrsüberwachung. Erst hat der Verantwortliche gesagt, es gäbe keine Filme, aber schließlich wussten wir beide, dass das nicht wahr war, und nach einigem Hin und Her hat er mir die Kopien geschickt. Ich kann gut verstehen, dass sie ungern darüber reden, wer will schon die Paragraphenreiter am Hals haben, die sich wegen der Persönlichkeitsrechte aufregen.«

»Was gibt es zu sehen?«, fragte sie neugierig.

»Vier Filme, die aus unterschiedlichen Richtungen nacheinander aufgenommen worden sind. Die Kameras sind auf die Fahrbahn ausgerichtet, aber der Brunnen ist trotzdem auf allen zu sehen.«

Auf dem Monitor tauchten mehrere Bildsequenzen auf. Holtz schob mit Hilfe einer schnurlosen Maus den Cursor auf den ersten Film und klickte ihn an. Ein größeres Fenster öffnete sich, und der Film begann. Am unteren Rand zeigten weiße Ziffern in rasendem Tempo die Zeit an. In einer Ecke des Bildes war der Glaspfeiler im Brunnen zu sehen. Obwohl es recht hell war, konnte man erkennen, dass es Nacht war. Einige Autos fuhren an der Kameralinse vorbei. Die Kennzeichen waren deutlich zu sehen. Vielleicht würde man sich nach und nach mit einigen Fahrern in Verbindung setzen müssen, vermutete Holtz. Hauptsächlich waren Taxis unterwegs, aber ab und zu kam auch ein normaler Pkw vorbei, nicht selten mit überhöhter Geschwindigkeit. Meist handelte es sich um einen BMW oder einen Mercedes.

»Beschreib mir, was du siehst«, sagte er, wobei ihm erneut der Chlorgeruch in die Nase stach.

Sie räusperte sich.

»Es sind nur wenige Autos unterwegs, der eine oder andere Fußgänger lässt sich im Hintergrund erahnen. Dort geht ein Paar, und da hinten sehe ich eine Gruppe, glaube ich. Es ist schwer zu sagen, aber es scheint eine Gruppe junger Männer zu sein.«

Ihre Stimme war fest und eintönig, ohne deswegen einschläfernd zu sein.

Der Stummfilm ging weiter, und Pia Levin erzählte, was sie sah. Vier Augen und eine Stimme ließen Details einprägsamer werden. Auf diese Weise waren sie schon viele Male vorgegangen, und es war fast immer Pia Levin, die sprach, während Holtz in tiefer Konzentration neben ihr saß.

Der Film dauerte über eine Stunde. Schließlich blieb die Uhr auf 03.45 Uhr stehen. Nichts Merkwürdiges oder Ungewöhnliches war auf der Aufzeichnung zu erkennen gewesen. Holtz klickte auf ein rotes Kreuzzeichen am oberen Rand des Monitors. Das Fenster schrumpfte zusammen und gesellte sich zu den drei anderen Rechtecken, die jetzt wieder auf dem Monitor auftauchten.

»Jetzt wissen wir also, dass vor Viertel vor vier nichts geschehen ist«, sagte Holtz und klickte auf das nächste Rechteck, das sofort den ganzen Bildschirm einnahm.

»Warte, ich brauche etwas Energie. Willst du auch was?«, fragte Levin.

Holtz schüttelte den Kopf.

»Geh nur. Ich warte noch.«

Pia Levin erhob sich von ihrem Stuhl und ging auf den Korridor. Dort leuchtete ein Kaffeeautomat in einer dunklen Ecke. Es saß niemals jemand dort, obwohl nach mehrjährigen Klagen endlich Sessel angeschafft worden waren. Die Ecke war nie der Treffpunkt geworden, auf den alle gehofft hatten oder von dem sie angenommen hatten, dass er nötig sei.

Pia Levin warf eine Zehn-Kronen-Münze in die Maschine und stellte eine blaue Tasse, auf der CIA stand, auf die Halterung. Dann drückte sie den Cappuccino-Knopf.

Nichts geschah.

»Verdammt«, sagte sie laut und starrte die Maschine an, als könnte sie sie mit reiner Willenskraft in Gang setzen.

Auf dem roten Display stand immer noch, dass sie ihre Wahl treffen solle.

»Das habe ich verdammt noch mal eben getan«, sagte sie und drückte ein weiteres Mal den Cappuccino-Knopf. Fest.

Nichts geschah.

»Ich glaub, ich werd verrückt.«

»Lieber nicht.«

Sie zuckte zusammen. Holtz stand hinter ihr.

»Musst du dich so anschleichen? Du wolltest doch nichts.«

»Ich habe es mir anders überlegt«, sagte Holtz, legte die Hand unter die Tassenhalterung und schob sie ein paar Zentimeter nach oben.

»Versuch's noch mal. Die Maschine hatte nicht bemerkt, dass eine Tasse auf der Halterung stand. Das hat was mit den Photozellen zu tun. Versuch's noch mal.«

Pia Levin sah ihn zweifelnd an, drückte dann aber zum dritten Mal den Cappuccino-Knopf. Erst geschah nichts, dann ertönte ein Surren, und dampfender Kaffee ergoss sich in einem Strahl in ihre Tasse. Weißer Schaum beendete die Prozedur.

»Nicht schlecht. Wie bist du da drauf gekommen?«

Holtz sagte nur: »Köpfchen!«

Dann zog er sich eine Tasse Kakao. Pia Levin zauberte aus einem Schrank im Labor eine Tüte Zwieback hervor, und sie nahmen wieder Platz. Film Nummer zwei begann. Eine weitere Stunde lang geschah nichts Bemerkenswertes.

»Jetzt nehmen wir Nummer drei. Es ist also bereits kurz vor fünf Uhr morgens«, sagte Ulf Holtz und ließ das Video anlaufen.

»Etwas weniger Autos, aber immer noch Verkehr, Nachtschwärmer auf dem Weg von der Kneipe nach Hause vermutlich. An der Fassade gehen drei Personen entlang und verschwinden hinter einer Mauer. Ein Streifenwagen fährt vorbei und … Warte mal«, sagte sie plötzlich mit scharfer Stimme.

Am äußeren Rand des Bildes tauchten zwei Personen auf, eine Frau und ein Mann. Sie bewegten sich hin und her und verschwanden ab und zu aus dem Bildausschnitt.

»Sie scheinen zu diskutieren, aber nicht zu streiten. Sie geht zuerst auf die Straße, kehrt dann aber zu dem Mann zurück. Sie reden, und dann rennt sie plötzlich auf den Kreisverkehr und den Brunnen zu. Er zögert … und dann läuft er ihr nach.«

Wir werden den Mord aus der ersten Reihe miterleben, dachte Levin und verspürte den dringenden Wunsch, von ihrem Stuhl aufzustehen und dem Mädchen zuzurufen wegzugehen. Ihr Puls galoppierte.

Fasziniert betrachtete Holtz den Monitor und hörte gleichzeitig Pia Levin zu.

»Sie sind jetzt beide am Rand des Beckens. Sie schauen hoch in den Himmel … Die Frau, sie ist blond, zieht sich aus und geht ins Wasser. Sie trägt nur einen Slip. Der Mann gestikuliert, macht aber keine Anstalten, ihr zu folgen«, sagte Levin. Ihre Stimme wurde deutlicher, aber leiser. Sie flüsterte fast.

»Ein Streifenwagen und ein Krankenwagen fahren schnell vorbei. Die junge Frau steht auf dem Rand des Beckens und dreht sich Richtung Kamera um. Der Mann steht auf der anderen Seite und ruft ihr etwas zu. Sie streckt die Arme aus, als wollte sie fliegen, und verschwindet dann hinter dem Obelisken aus Glas, aber jetzt ist sie wieder zu sehen und …«

Pia Levin unterbrach sich mitten im Satz.

»Verdammt! Was war das?«

Sowohl Holtz als auch Levin beugten sich zum Monitor vor.

»Spul zurück und halte dann an.«

Die Uhr am unteren Rand stand auf 05.12 Uhr.

Die Pfütze auf dem Boden war getrocknet, aber es roch immer noch deutlich nach Chlor im Zimmer.

Es war dunkel. Tobias konnte kaum etwas sehen. Er war nassgeschwitzt. Seine Kleider, auf die er am frühen Abend so viel Mühe verwendet hatte, waren blutbeschmiert und schmutzig. Das weiße Hemd und die verwaschene Jeans sahen aus, als hätte er sie bereits seit Wochen an. Es kam ihm wie eine Ewigkeit vor, dass er durch seine Wohnung getanzt war und laut gesungen hatte. Immer wieder war sein Lieblingssong durchs Zimmer gedröhnt, und jedes Mal, wenn er am Spiegel in der Diele vorbeigekommen war, war er stehengeblieben, hatte verschiedene Posen ausprobiert und mitgesungen.

Endlich waren die Prüfungen vorüber, und er musste nicht mehr nächtelang büffeln. Jetzt wartete ein langer, sorgenloser, genauer gesagt arbeitsloser Sommer auf ihn. Er hatte noch ein wenig von dem Geld übrig, das ihm seine Großmutter vererbt hatte, aber wahrscheinlich würde es der letzte Sommer in Freiheit werden. Er hatte sich nicht einmal um einen Job bemüht, das hatte bis zum Herbst Zeit. Tobias wusste, dass Sozialarbeiter Mangelware waren und dass er frei würde wählen können, wenn er erst einmal den Entschluss gefasst hatte, sich ins Arbeitsleben zu begeben.

Aber bald war Sommer, und das Fest konnte beginnen.

Der Abend hatte so gut angefangen. Dann ging alles schief, alles ging zum Teufel.

Er tastete mit den Fingern die Wand ab, entdeckte jedoch neben dem Metalltürrahmen keinen Lichtschalter. Die Tür des Müllraums war glücklicherweise aufgebrochen gewesen, als er panisch nach einem Versteck gesucht hatte, nachdem er eine Ewigkeit gerannt war. Er wusste nicht, wie lange er dort eingeklemmt zwischen zwei Sammelbehältern für Altglas auf dem Fußboden gesessen hatte, ohne Ordnung in seine Gedanken zu bringen. Es könnten Stunden gewesen sein. Seine Gedanken drehten sich im Kreis, und er versuchte, sich zu konzentrieren und sie wieder in den Griff zu bekommen. Aber immer und immer wieder blitzte in seinem Kopf das Bild von Jenny auf. Er sah sie auf der anderen Seite des Beckens auf der Kante stehen und ihm etwas zurufen.

Dieselbe Szene, immer wieder.

Er hatte keine Lust mehr gehabt zu warten und schon erwogen zu gehen, einfach zu gehen, dann konnte sie sich allein so kindisch aufführen. Er hatte nicht die Kraft, daran zu denken, was dann geschehen war.

Sie kannten sich seit Beginn des Semesters, aber eigentlich wusste er nicht viel über sie. Nichts Genaueres. Sie war intelligent, hübsch, schlagfertig und tat, als wäre sie mit allen Wassern gewaschen, obwohl sie eigentlich eher wie ein braves Mädchen gekleidet war. Lebensfroh, ja, lebensfroh, das war sie auch.

»Hallo, ich heiße Jenny«, hatte sie gesagt, als sie sich am ersten Tag im Vorlesungssaal auf den Platz neben ihm fallen ließ.

Seitdem machten sie alles zusammen. Sie waren jedoch nur befreundet. Keiner von beiden wollte mehr.

An diesem Abend war es jedoch anders. Das Fest begann recht früh, und sie waren unter den Ersten, die in dem von der Fachschaft gemieteten Lokal eintrafen. In ihrer Gesellschaft fühlte er sich wohl, und sie standen stundenlang an der Bar und unterhielten sich, ohne andere an ihrer Unterhaltung teilhaben zu lassen.

Unter der Oberfläche ahnte er etwas.

Je mehr Stunden vergingen und je mehr Gläser geleert wurden, desto mehr begann er, sie in einem anderen Licht zu sehen.

Merkwürdig, dass mir noch nie aufgefallen ist, wie sie das Glas hält oder wie sie es an die Lippen führt, dachte er gerade, als sie sich ihm plötzlich zuwandte.

»Komm, wir verschwinden.« Es lag etwas in ihrem Blick. Zusammen gingen sie in die helle Nacht der Stadt.

So war es gewesen, und jetzt war alles anders.

Sein Kopf dröhnte, und er wusste, dass das nicht nur vom Alkohol kam. Er hatte Hunger und Durst, aber vor allen Dingen Angst. Er hatte größere Angst als je zuvor in seinem Leben. Plötzlich bemerkte er den Müllgeruch. War der die ganze Zeit da gewesen? Er bedrängte ihn. Erstickend. Stach ihm in die Nase. Mit Mühe richtete er sich an der Wand auf. Ihm wurde schwindlig. Er presste die Augen zu, um nicht das Gleichgewicht zu verlieren. Dann stieß er die Tür auf. Die Nachmittagssonne blendete ihn, und er hob den Arm vor die Augen, als er sich umschaute. Die Stadt lärmte.

Er zögerte. Aber dann formte sich ein Gedanke, ein Entschluss. Er ging Richtung Zentrum, auf den Platz zu, an dem alles schiefgegangen war, zum Teufel gegangen war. Er hatte immer noch den Gestank von Müll in der Nase, er verfolgte ihn.

Er ging schneller, versuchte vor dem Müllgeruch davonzurennen.

Das Telefon auf seinem Tisch klingelte. Holtz hob den Hörer ab und verfluchte sich innerlich dafür, dass er sein Büro noch nicht verlassen hatte. Eigentlich hatte er aufbrechen wollen, als Levin ein weiteres Mal zum Tatort gefahren war, um dann nach Hause zu gehen und ein paar Stunden zu schlafen. Sie war eben erst am Tatort eingetroffen, als sie ihre Pläne schon wieder hatte ändern müssen.

»Es gibt hier jemanden, den du sicher treffen willst«, sagte sie.

Er erahnte die Anspannung in ihrer Stimme. Oder war es Triumph?

Holtz hörte sich an, was Levin zu sagen hatte, und überlegte dann, ob er sich mit den Ermittlern in Verbindung setzen sollte, entschied sich jedoch dafür, erst einmal zum Tatort zu fahren. Die Ermittler können warten, dachte er, während er seine beiden Taschen hervorsuchte, die Kamera um den Hals hängte und sein Büro verließ.

Pia Levin erwartete ihn außerhalb der Absperrung.

»Er sitzt da drinnen«, sagte sie und deutete mit dem Daumen über ihre Schulter und auf den Teil des Zeltes, der sich auf dem Trockenen befand.

Tobias saß mit dem Rücken an die Persenning gelehnt. Er wirkte müde und verängstigt, und jemand hatte ihm eine graugrüne Decke umgelegt. Auf dem Campingtisch vor ihm stand ein leerer Pappbecher. Eine blauweiße Papiertüte verriet, dass ihm jemand ein belegtes Brot ausgegeben hatte. Seine Miene zeigte eine Mischung aus Angst und Erleichterung, vielleicht war es aber auch nur Erschöpfung.

Seine Kleider wirkten unordentlich und schmutzig. Er riecht komisch, fand Holtz, verlor aber weder darüber noch über den Zustand seiner Kleidung ein Wort.

Holtz erkannte ihn vom Video der Überwachungskamera wieder.

»Ich habe mich schon gefragt, wann Sie auftauchen würden«, sagte er, als wäre das eine Selbstverständlichkeit.

Tobias sah Holtz mit einem wachsamen, abwartenden Blick

an, dann hielt er ihm mit einer fast automatischen Bewegung die Hand hin.

»Wir warten noch einen Augenblick mit dem Händeschütteln«, sagte Holtz freundlich, öffnete eine seiner Taschen und nahm kleine Umschläge heraus, die je ein sterilisiertes Plastikstäbchen enthielten.

Tobias ließ die Hand wieder auf den Tisch fallen. Er war verärgert, aus nichtigem Grund, oder eigentlich fühlte er sich gedemütigt, weil sein Handschlag nicht erwidert wurde. Aber ehe er sich diesem Gefühl hingeben konnte, wurde er abgelenkt.

»Ich muss ein paar Proben entnehmen, reine Routine. Dann sehen wir weiter«, sagte Holtz, als ihm auffiel, dass Tobias' Gedanken abschweiften.

Er bat ihn, die Hände mit den Handflächen nach oben auf den Tisch zu legen. Dann fuhr er Tobias nacheinander mit einem Plastikstäbchen unter den Fingernägeln entlang, erst bei der rechten Hand, dann bei der linken. Die Stäbchen legte er zurück in die Umschläge, die er verschloss und nummerierte. Anschließend fuhr er Tobias mit einem Kamm durch die Haare und streifte Partikel und Fasern auf einem Papier ab, das er ebenfalls in einen weißen Umschlag legte. Schließlich bat Holtz Tobias, die Kleider abzulegen.

»Warum?« Tobias hatte gerade noch die Kraft zu protestieren, tat dann aber doch, wie ihm geheißen worden war.

Der Beamte in Uniform, der die ganze Zeit ein wachsames Auge auf ihn gehabt hatte, stand starr, aber aufmerksam in einer Ecke, ohne weiter Aufhebens von sich zu machen.

Holtz schoss eine Reihe Aufnahmen von Tobias' Oberkörper. Von vorne, von hinten und von der Seite. Währenddessen machte sich Pia Levin Notizen in ihrem kleinen schwarzen Buch, einem Logbuch, später würde sie ihre Aufzeichnungen für eine schriftliche Tatortanalyse verwenden.

»Ihnen ist bewusst, dass wir Ihre Einwilligung brauchen?«

»Ja, das hat sie mir gesagt«, sagte Tobias und nickte in Levins Richtung.

Holtz bat Tobias, den Mund zu öffnen, um eine DNA-Probe entnehmen zu können. Er strich ihm mit dem Schaumstoffende eines Stäbchens durch die Mundhöhle. Anschließend zog er es über ein Stück Pappe, wartete ein paar Sekunden, bis die chemische Reaktion in Gang kam, überdeckte die Fläche mit dem Abstrich und legte die Probe dann in einen dünnen, braunen Umschlag.

»Dann würde ich Sie gerne um noch etwas bitten«, sagte Holtz und öffnete die andere Tasche.

Er zog einen Trainingsanzug älteren Schnitts aus der Tasche, und reichte ihn Tobias.

»Ich bräuchte alle Ihre Kleider.«

Langsam entledigte sich Tobias seiner Hose, seiner Unterhose und seiner Strümpfe. Holtz steckte die Kleidungsstücke in braune Papiertüten.

Das Hemd kam in eine Plastiktüte.

»Da es feucht ist, muss es erst getrocknet werden, bevor man es ebenfalls in eine Papiertüte legen kann«, sagte Holtz zu Tobias, der nicht den Eindruck erweckte, als interessierte ihn das sonderlich.

»Das sieht aus wie Blut, trifft das zu?«

Die Frage kam plötzlich, fast beiläufig. Tobias hob langsam den Kopf und sah Holtz in die Augen. Dann nickte er langsam.

»Es ist Jennys.«

Jenny Svensson wurde 23 Jahre alt. Sie hatte ihr Studium beendet, Altes hinter sich gelassen, und als ihr Gefühl von Freiheit und Zukunftserwartung den Höhepunkt erreicht hatte, starb sie.

Die Ermittler waren bereits im Bilde.

Junger Mann tötet junge Frau.

Eifersucht.

Knut Sahlén, den man mit der Leitung der Voruntersuchung betraut hatte, bis sich ein Staatsanwalt dafür fand, hielt den Fall bereits für gelöst. Mehrere Zeugen hatten eine junge Frau mit einem jungen Mann mitten im Kreisverkehr beim Brunnen gesehen. Im vorläufigen Obduktionsbericht war von starker Gewalteinwirkung auf den Kopf die Rede. Mit unverzüglichem Tod als Folge.

Der junge Mann war verschwunden. Es war nur eine Frage der Zeit, wann Knut Sahlén und seine Mannen, so bezeichnete er sie selbst, sich wieder einem richtigen Mord, einem Mord mit unbekanntem Täter, widmen konnten.

Jenny Svensson wurde mit Hilfe ihrer Fingerabdrücke identifiziert. Obwohl sie nie eine Straftat begangen hatte, fand sie sich in der Kartei der Polizei. Man hatte sie und ein paar ihrer Freunde vor einigen Jahren um ihre Fingerabdrücke gebeten, nachdem in ihrer Schule ein Diebstahl begangen worden war. Trotz des ständigen Geredes über Rechtssicherheit und Datenschutz befanden sich diese Abdrücke und die vieler anderer unbescholtener Bürger in der Kartei. Seit Jahren forderten Politiker, dass die Polizei nicht mehr benötigte Daten lösche, was dort aber niemanden gekümmert hatte.

Jennys Eltern waren informiert worden. Ihr Vater wohnte in den USA, wollte aber mit der nächsten Maschine nach Schweden kommen. Die am Boden zerstörte Mutter war von einer Kriminalbeamtin, die dabei gleichzeitig Informationen über ihre Tochter und deren Lebensumstände eingeholt hatte, getröstet worden. Die digitale Aufzeichnung des Gesprächs mit der gebrochenen Mutter war bereits zusammen mit einer Abschrift in einem Ordner gespeichert. Eine Kopie davon befand sich auch in der Datenbank »Mimers-Brunnen«, in einer Mappe, die den Namen der toten jungen Frau trug. Mit der Zeit würden sämtliche wesentlichen Informationen, die den Mord an Jenny Svensson betrafen, in diesen Brunnen gelangen und sich dort im Laufe der Ermittlung katalogisieren und sortieren lassen.

Es war ein langer erster Tag für die Ermittler gewesen, und Knut Sahlén wollte nach Hause.

»Ihre Kommilitonen haben ausgesagt, dass sie mit einem Tobias aus ihrem Jahrgang zusammen war. Seht zu, dass ihr diesen Burschen herschafft. Ich wette ein Krabbenbrot darauf, dass er es war«, sagte Knut Sahlén.

»Wir haben ihn bereits.«

Adrian Stolt sah aus wie immer. Abwartend. Und müde.

»Wir haben ihn bereits. Er hat vor einer Stunde einen der Streifenbeamten bei der Absperrung am Tatort angesprochen«, fuhr er fort, da ihn Knut Sahlén beim ersten Mal nicht verstanden zu haben schien.

»Was? Vor einer Stunde? Wieso in aller Welt sitzt er dann nicht hier hinter Schloss und Riegel?«

»Holtz hat ihn. Er wollte eine Untersuchung durchführen«, antwortete Stolt.

»Dieser verdammte Holtz. Immer mischt er sich ein. Wetten, dass er uns diese Sache auch wieder vermasselt«, meinte Knut Sahlén mit hochrotem Gesicht.

Er trat gegen den Stuhl neben seinem Schreibtisch.

»Schafft ihn mir her. Und zwar dalli.«

»Wen? Holtz?«

»Wen glaubst du wohl? Den Verdächtigen, verdammt noch mal!«

Adrian Stolt trottete los. Die Ausbrüche seines Kollegen gingen ihm auf die Nerven, aber es war trotzdem das Einfachste zu tun, was er sagte.

Holtz begleitete Tobias zu dem wartenden Streifenwagen.

»Ruhen Sie sich aus, es wird alles wieder gut. Sie werden sehen«, sagte er, ohne eigentlich zu wissen, wie sich für den vollkommen niedergeschmetterten jungen Mann alles wieder einrenken sollte.

»Was geschieht jetzt?«

»Man wird Sie vernehmen, aber vermutlich erst morgen früh. Nutzen Sie also die Gelegenheit, und schlafen Sie aus, auch wenn es nicht gerade bequem wird. Dann sehen wir weiter.«

Tobias setzte sich neben einen stämmigen Beamten auf den Rücksitz. Er sah unglücklich und übernächtigt aus.

»Handschellen können wir uns sparen«, sagte Holtz, was der Beamte jedoch geflissentlich überhörte und Tobias' Handgelenke aneinanderkettete.

»Ich glaube, so ist es am besten«, meinte er in einem Tonfall, der andeutete, dass er ja wohl besser wisse, wie Verdächtige zu transportieren seien.

Holtz seufzte, ging zurück ins Zelt und holte seine Sachen. Die Proben lagen ordentlich verpackt in verschiedenen Fächern der Tasche. Einige würde er sich selbst näher anschauen, andere würden eventuell später an das Gemeinsame Forensische Forschungscenter, GFFC, geschickt werden, das die komplexeren Untersuchungen für sämtliche Polizeidistrikte des Landes durchführte. Das GFFC arbeitete immer auf Hochtouren, und Holtz schickte nur dann Proben dorthin, wenn es unbedingt nötig war.

Das Einzige, was er nicht weggepackt hatte, war die Plastiktüte mit dem blutigen Hemd. Holtz nahm die Tüte mit einer Hand, die immer noch in einem Gummihandschuh steckte, stellte sicher, dass er nichts vergessen hatte, und ging mit müden schweren Schritten zu seinem Lieferwagen. Die Tüte legte er auf den Beifahrersitz.

Die Fahrt dauerte nur wenige Minuten. Als er in die Tiefgarage des Präsidiums fuhr, begannen die 24-Uhr-Nachrichten. Der Todesfall im Brunnen wurde nur kurz erwähnt.

Die mit rostfreiem Stahl verkleidete Fahrstuhlkabine roch wie immer nach Erbrochenem, niemand wusste, warum. Holtz steckte seinen Schlüssel in das Schloss für den sechsten Stock und drehte ihn herum. Die Tür ging hinter ihm zu. Dann legte er seinen Daumen auf den Scanner, damit sich die Tür im sechsten Stock wieder öffnete. Das Gerät war nur versuchsweise installiert worden. Man konnte auch eine Magnetkarte verwenden, aber seit der Fingerabdruckscanner vor einem halben Jahr angebracht worden war, hatte er seine Karte nicht mehr benutzt. Die Technik funktionierte über Erwarten gut. Jetzt sollten sämtliche Stockwerke damit ausgerüstet werden.

Falls der Etat das zuließ.

Holtz hatte noch mehrere Stunden Arbeit vor sich. Er würde erst ins Bett kommen, wenn die Sonne aufging.

ERMORDETE NACKTE IN BRUNNEN

Die nicht ganz verständliche Schlagzeile wurde in kleinerer Schrift näher erklärt:

Liebhaber des Mordes an Jenny verdächtig

Das Bild der jungen Frau in einer Latzhose mit Farbklecksen füllte die andere Hälfte der Zeitungsseite. Es war Sommer, und sie kletterte eine Leiter hoch. Ihr Blick richtete sich schräg nach oben auf einen Punkt außerhalb des Bildes. Sie lächelte. In einer Hand hielt sie einen Pinsel. Die Bildunterschrift bestand aus einer Frage:

»Warum wurde Jenny ermordet?«

Das frage ich mich auch, dachte Holtz, der einen ganzen Stapel Zeitungen vor sich auf seinem Bürofußboden ausgebreitet hatte. Die Meldungen der großen Tageszeitungen waren zurückhaltender. Außer der Tatsache, dass eine Tote in einem Brunnen im Zentrum gefunden worden sei, war dort nur zu lesen, die Polizei schließe ein Verbrechen nicht aus.

Die Boulevardzeitungen hauten dagegen richtig auf die Pauke.

In ein aus großer Höhe aufgenommenes Bild des Brunnens war ein roter Kreis eingezeichnet, um dem Leser genau zu zeigen, wo die Tote aufgefunden worden war.

»Ich habe sie gefunden.«

Eine Zeugin namens Annika, die keinen Nachnamen zu haben schien, erzählte, wie sie am frühen Sonntagmorgen quer über den Kreisverkehr gegangen und dabei am Brunnen vorbeigekommen war.

»Ich bin am Brunnen stehen geblieben, und da habe ich sie unter der Wasseroberfläche liegen gesehen, das war ein schreckliches Erlebnis. Ich habe natürlich sofort mit dem Handy die Polizei verständigt.«

Um diese Aussage zu unterstreichen, hatte der Fotograf Annika dazu gebracht, sich das Handy wie ein Ausrufezeichen vor das Gesicht zu halten.

Die Zeitung berichtete eingehend über den Mord und wies auf eine Quelle mit Einblick in die Ermittlungsarbeit hin. Eine lange Reihe Porträts, fünf Stück, unten auf der Seite, zeigte alle Reporter, die an der Story gearbeitet hatten.

Ulf Holtz ließ die Zeitung mit einem Seufzer zu Boden fallen. Er wusste, was geschehen würde. Oder geschehen konnte. Wenn nichts anderes das Interesse der Nachrichtenredaktionen auf sich zog, dann würde eine haarsträubende Enthüllung nach der anderen für Schlagzeilen sorgen. Ein Mord war genau das, was sie bei der gerade einsetzenden Sommerflaute benötigten. Der einzige Vorteil an der Sache war seiner Meinung nach, dass niemand wissen konnte, was wirklich wahr war. Weder die Leser noch die Mordverdächtigen. Die Wahrheit wurde mit erfundenen Geschichten vermischt, und das war fast genauso effektiv wie Geheimhaltung und Informationssperre. Außerdem glauben die Leser ohnehin, dass das, was da steht, erfunden ist, auch wenn es zufälligerweise einmal wahr sein sollte, dachte er.

Ulf Holtz war froh, dass nicht er gezwungen sein würde, die Fragen der Journalisten zu beantworten. Aus irgendeinem Grund hatte sich nie jemand bei ihm gemeldet, vermutlich weil er als Techniker formell nicht zum Ermittlerteam gehörte. Das machte ihn fast unsichtbar. Er war dankbar für seine anonyme Rolle, aber er wusste auch, dass sich das jederzeit ändern konnte. Wenn das Interesse zunahm, würde der Pressesprecher Anders Sylén zwischen die Ermittler und die Journalisten geschaltet werden. Und da Sylén im Regelfall weniger wusste als die Reporter, wurde die Information, die von der Polizei kam, mehr oder minder wertlos.

Holtz hatte gehört, dass Sylén in letzter Zeit die erste Worthälfte »Presse« wegließ und sich nur noch, schnittiger, »Sprecher« nannte oder noch lieber »spokesperson«. Damit wollte er andeuten, dass er über direkte Kontakte zur Führung verfügte, sein Wissen aber aus ermittlungstaktischen Gründen nicht preisgeben konnte. Es ärgerte ihn, dass ihn die Journalisten weiterhin als Pressesprecher bezeichneten.

Verhängte man eine Informationssperre, dann würde die Suche nach Einzelheiten ganz andere Wege nehmen. Das beunruhigte Holtz. Aber man weiß nie, dachte er. Nachrichten führen ein undurchschaubares Eigenleben. Manchmal geschehen schwere Verbrechen fast ohne zur Kenntnis genommen zu werden, und andere unkompliziertere und weniger spektakuläre Fälle sorgen für eine Sensation. Es war ihm unbegreiflich.

Immer wieder hieß es, Polizisten ließen sich für Gespräche mit Journalisten bezahlen, aber niemand wusste etwas Genaues. Holtz glaubte eher an die Macht der Eitelkeit.

»Vermutlich genießen sie es, eine enthüllende Schlagzeile zu sehen und zu wissen, dass sie daran teilhatten«, sagte er wenig später zu Pia Levin, als sie in ihrem Büro die Zeitungen durchgingen.

»Vielleicht, ich weiß nicht …«, murmelte sie und las weiter.

»Wer hat ihnen bloß die Information geliefert, sie sei erschlagen worden? Was glaubst du?«, fragte sie, legte die Zeitung weg und nahm sich die nächste.

»Keine Ahnung, vielleicht jemand, der die Verletzung gesehen hat. Vielleicht konnte man sie vor unserem Eintreffen besser sehen. Vielleicht wird aber auch nur gemutmaßt.«

»Es kann uns doch nur recht sein, wenn der Mörder glaubt, dass wir davon ausgehen, sie sei auf den Kopf geschlagen worden, oder?«

»Hm«, erwiderte Holtz.

Knut Sahlén war wütend wie immer.

»Wer zum Teufel hat mit der Presse geredet? Informantenschutz, da scheiß ich drauf, wer hat geredet?«

Niemand im Raum antwortete.

»Wie sollen wir einen verdammten Mord aufklären, wenn wir nicht mal dichthalten können?«

Im Zimmer war es immer noch still.

Keiner wagte es, die Aufmerksamkeit auf sich zu ziehen, da man das als eine Art Geständnis hätte auffassen können.

»Von jetzt an werden Informationen nur noch in diesem Raum ausgetauscht. Niemand, Presseleute und Techniker eingeschlossen, erfährt mehr als nötig. Bei diesen Spurensuchern weiß man ohnehin nie, woran man ist.« Er zog sein Handy aus der Hosentasche, verließ das Zimmer und ließ ein ziemlich niedergeschlagenes Ermittlerteam zurück.

Das Telefon in Holtz' Büro klingelte, als er gerade seine Jacke an den Haken an der Tür hängte. Er griff zum Hörer.

»Kannst du runterkommen?«, fragte Knut Sahlén.

Stets gleichermaßen freundlich, dachte Holtz und holte tief Luft.

»Ich komme.« Er sah sich um, ob er etwas mitnehmen musste, und ging dann, ohne sich sonderlich zu beeilen.

Knut Sahlén brauchte zwanzig Minuten, um seine Sicht der Dinge kundzutun.

»Ich habe natürlich nichts mit den Informationen in den Zeitungen zu tun, und wenn du fertig bist, darf ich vielleicht endlich vortragen, was die Spurensicherung bisher ergeben hat«, sagte Holtz daraufhin gelassen.

Knut Sahlén nickte und betrat vor Holtz das Zimmer der anderen Ermittler.

Holtz erläuterte kurz, welche Funde vorlagen und welche Proben entnommen worden waren. Dann erzählte er von den Kleidern und Blutspuren.

»Es fehlt eigentlich nur noch eine Zusammenfassung, dann kann der Staatsanwalt den Fall übernehmen«, meinte Sahlén.

»Ihr habt den falschen Mann. Dieser Tobias hat niemanden ermordet, zumindest nicht Jenny Svensson«, meinte Holtz.

Die Polizisten am Tisch wandten sich ihm zu.

Ihre Skepsis war fast mit Händen zu greifen.

»Sie wurde erschossen«, fuhr er fort. »Ihr könnt aufhören, nach einem scharfen Gegenstand zu suchen. An eurer Stelle würde ich nach einem Gewehr suchen. Großkalibrig, sicher sperrig.«

»Aber …«, begann Knut Sahlén, »die Pathologin hat doch gesagt, sie hätte einen Schlag auf den Kopf bekommen. Das hast du übrigens auch behauptet.«

»So sah es auf den ersten Blick aus, aber es ist eine Schussverletzung. Hohe Geschwindigkeit und Spezialmunition, würde ich sagen.«

»Könntest du das vielleicht etwas präzisieren?«

»Die hohe Geschwindigkeit des Projektils erzeugte wahrscheinlich eine Kavitation, also eine Schockwelle beim Einschlag ins Gewebe, die die Wundhöhle vergrößert. Der Treffer war wahrscheinlich ziemlich weit oben, so dass Ein- und Austrittsstelle zusammenfielen. Daher die klaffende Wunde.«

»Bist du dir sicher?«, fragte Sahlén.

Holtz antwortete nicht. Stattdessen warf er eine silberne Minidisc auf den Tisch. Sie beschrieb einen eleganten Bogen, schlitterte ein Stück über die Tischplatte und blieb dann vor einer halbleeren Mineralwasserflasche liegen.

Die vier Beamten am Tisch betrachteten sie interessiert, keiner machte jedoch Anstalten, sie zu nehmen.

»Seht euch das mal an. Das ist ein Video von der Verkehrsüberwachung«, sagte Holtz nach einigen Sekunden der Stille.

»Und wie bist du daran gekommen?«, fragte Knut Sahlén.

Wie immer hatte er dunkle Schweißflecken unter den Armen.

»Technisches Beweismittel«, sagte Holtz. »Es steht auf der Asservatenliste. Ich habe es überprüft. Es ist nicht manipuliert. Bislang gibt es nur zwei Kopien. Diese und die auf meiner Festplatte. Schaut es euch an«, wiederholte er.

Knut Sahlén streckte die Hand nach der Scheibe aus und schob sie in den Laptop, der am Kopf des Tisches stand. Nachdem er ein paar Tasten gedrückt hatte, erschien ein Bild auf der weißen Tafel am Ende des Raumes. Er ließ das Video laufen.

»Fang bei 05.05 Uhr an«, sagte Holtz.

Knut Sahlén gab die Zahlen ein, und der Film begann erneut. Die Aufnahme war etwas körnig, aber der Ablauf ließ sich mühelos erfassen.

Die Frau befand sich am oberen Bildrand, auf der Umrandung des Brunnens. Sie streckte die Arme aus und balancierte über die Mauer. Dann verschwand sie einen Augenblick hinter dem Glaspfeiler, tauchte aber auf der anderen Seite wieder auf.

Die Stille im Raum war drückend.

Plötzlich sah die Frau zu den Zuschauern hinüber und schien etwas zu rufen. Sie lächelte über das ganze Gesicht, als sie überraschend mit gewaltsamer Kraft nach vorne geworfen wurde.

Sie fiel seitlich ins Wasser und verschwand aus dem Bild.

Alle begannen, durcheinanderzureden.

»Drück auf Stopp, spul etwas zurück, und vergrößere dann ihr Gesicht in dem Augenblick, bevor sie fällt«, sagte Holtz.

Knut Sahlén hieb so fest auf die Tastatur, dass das Geklapper deutlich zu hören war.

Erneut tauchte das Bild von Jenny Svenssons lächelndem Gesicht auf, dieses Mal größer.

Der Film lief wieder an.

Das unscharfe Gesicht blickte direkt in die Kamera. Plötzlich verschwand der obere Teil des Kopfes in einem Schwall aus Blut.

»Wenn ihr euch den Film weiter anschaut, dann versteht ihr, warum Tobias, den ihr unten eingesperrt habt, nicht der Täter gewesen sein kann. Ihr werdet auch verstehen, warum Jennys Blut an seinen Kleidern klebt«, sagte Holtz, packte seine Unterlagen zusammen und verließ die Ermittler.

Holtz öffnete den Ordner mit den Audiodateien und klickte auf das Verhör mit Jenny Svenssons Mutter. Sein Büro im sechsten Stock war wie immer sehr aufgeräumt. Holtz nahm in dem Borgholm-Sessel Platz, den er selbst gekauft hatte. Dort konnte er am besten nachdenken. Im Zimmer duftete es leicht nach Hagebutte. Holtz fischte den Teebeutel aus dem heißen Wasser und drückte ihn vorsichtig zwischen Daumen und Zeigefinger aus. Es war so heiß, dass seine empfindlichen Finger es kaum aushielten. Den ausgedrückten Teebeutel legte er in die gelbe Porzellanschale auf dem Tisch.

Er klickte auf Play.

Man hätte sich bei Mutmaßungen über die Beschäftigung des Mannes mit den Kopfhörern leicht vertun können. Obwohl es den Anschein hatte, als entspannte er sich und hörte Musik, war Holtz hochkonzentriert.

Das Verhör war recht kurz. Nach einer Stunde hatte er es zweimal angehört und sich ein paar Notizen auf einen Block gemacht.

Wer war sie?, dachte er.

Eine junge Frau, die gerade an der Fachhochschule für Sozialarbeit ihr Examen abgelegt hatte. Gute Noten, allgemein beliebt. Sie interessierte sich für Jugendliche, die auf die schiefe Bahn geraten waren, war aber selbst in geborgenem und harmonischem Umfeld aufgewachsen, zumindest bis zur Scheidung der Eltern. Die Ehe war vor allem daran zu Grunde gegangen, dass die Eltern selten zusammen gewesen waren. Ihr Vater verbrachte als Schiffskonstrukteur Monate im Ausland. Im Augenblick befand er sich in Miami, um den Bau eines Luxuskreuzfahrtschiffes zu überwachen und die Besatzung anzuheuern. Jenny hatte ihren Vater in ihrer Kindheit und Jugend kaum gesehen, und auch die Scheidung hatte ihr laut ihrer Mutter nicht sonderlich viel ausgemacht.

Sie war ein Einzelkind, und ihre Erziehung hatte unter dem Motte »Freiheit mit Verantwortung« gestanden.

Jetzt war sie tot.

Ihre Mutter konnte das nicht verstehen. Sie war doch so lebendig gewesen, hatte mitten im Leben gestanden.

Es war deutlich zu hören, dass ihre Mutter nicht begriffen hatte, dass ihre Tochter ermordet worden war. Das Verhör hatte wenige Stunden, nachdem Jenny tot im Bassin aufgefunden worden war, stattgefunden. Der Polizist hatte sich vage ausgedrückt und angedeutet, dass es sich vielleicht um einen Unfall gehandelt habe.

Jenny Svensson hatte auf dem Gymnasium den künstlerischen Zweig besucht. Sie war in dieser Hinsicht begabt gewesen, aber nicht in ausreichendem Maße, um davon leben zu können. Deswegen hatte sie dann begonnen, an der Hochschule für Sozialarbeit zu studieren. Sie hatte als Sozialarbeiterin arbeiten wollen.

Jetzt war sie tot.

Holtz nahm den Kopfhörer von den Ohren und erhob sich schwerfällig. Sein eines Bein war eingeschlafen. Die Teetasse war fast leer. Er überlegte, ob er noch eine Tasse trinken sollte, entschied sich dann aber dagegen. Er sah aus dem Fenster. Fast die ganze Hauptstadt lag ihm zu Füßen. Grüne und schwarze Dächer, die zusammengewürfelt wirkten, und unzählige Sendemasten, die immer zahlreicher wurden, ohne dass er je jemanden gesehen hätte, der sie montierte. Plötzlich tauchte wieder so ein grauer Kasten an einem Schornstein oder an einer Wand auf. Weit in der Ferne zwischen den Häusern ahnte er das Meer.

Wer erschoss eine Dreiundzwanzigjährige mitten im Zentrum? Hatten sie es mit einem Verrückten zu tun? Das bezweifelte er. Nur im Kino knallten die Mörder willkürlich Leute ab. Wenn man jetzt einmal von diesem Irren absah, der vor vielen Jahren alle Einwanderer in Angst und Schrecken versetzt hatte, indem er ein Laserzielfernrohr auf sie gerichtet hatte. Aber auch er hatte ein Motiv besessen, so abwegig es auch immer gewesen sein mochte.

Holtz kam ein Gedanke. Er rief sich die Nahaufnahme

Jennys ins Gedächtnis. Vor seinem inneren Auge sah er, wie ihr Gesicht zerrissen wurde.

Oder eigentlich nicht ihr Gesicht.

Widerwillig wandte er sich von der Aussicht ab und trat an seinen Schreibtisch. Er griff zum Hörer und wählte eine interne Nummer.

»Gerichtsmedizin, Ulla Fredén«, sagte eine Frauenstimme am anderen Ende.

»Hallo. Mir geht da so etwas durch den Kopf. Wie ist die Kugel eigentlich eingeschlagen? Ich meine, exakter.«

»Hallo Ulf, sagst du am Telefon nicht deinen Namen?«

Sie kannten sich schon sehr lange.

»Entschuldige, aber mir geht dieser Gedanke nicht aus dem Kopf. Jenny Svensson, die junge Tote. Wie wurde sie von der Kugel getroffen?«

»Du hast doch bei der vorläufigen Untersuchung gesehen, wie sie aussah. Zuerst hatte ich den Eindruck, jemand hätte den Kopf mit etwas Scharfem gekappt, mit einer Axt oder vielleicht mit einer Machete. Aber wie du weißt, hat es sich dann ja herausgestellt, dass es sich um eine Schussverletzung handelt. Die große Geschwindigkeit der Kugel hat zu einem sehr umfassenden Trauma geführt. Vermutlich ist die Kugel jedoch nicht zersplittert. Obwohl die Verletzung so umfassend ist, sind die Kanten recht glatt. Dass die gesamte obere Kopfhälfte verschwunden ist, liegt daran, dass die Kugel recht weit oben einschlug und zwar von hinten. Vielleicht sogar schräg von unten«, meinte Ulla Fredén.

»Schräg von unten? Also niemand auf einem Dach?«, hakte Holtz nach.

»Das kann ich nicht sagen. Das ist nicht mein Job, aber ... nein, schräg von unten. Wenn sie aufrecht gestanden hat, und das hat sie doch wohl?«

»Ja, stimmt. Pulverspuren, Kugelfragmente?«

»Nein, nichts dergleichen.«

»Okay, vielen Dank, bis später.«

Holtz legte auf und setzte sich wieder auf den Sessel am Fenster. Auf dem niedrigen Tisch neben ihm lagen ein Stoß großer weißer Papierbögen und eine Schachtel Wachsmalkreiden. Er legte sich einen Bogen auf die Knie und wählte sorgfältig eine Kreide, eine lilafarbene. Dann schrieb er ganz oben auf ein Blatt »Citymord«. Anschließend saß er fünfzehn Minuten lang da, bevor er das Papier mit einer Vielzahl von Worten in unterschiedlichen Farben füllte.

Mit dem Blatt unter dem Arm trat er auf den Korridor und ging zu Levins Büro ein paar Türen weiter. Sie war nicht da. Er hätte gerne mit ihr geredet, aber eigentlich hatte das auch Zeit. Holtz dachte ein paar Sekunden darüber nach, was er tun sollte, und ging dann in sein Zimmer zurück. Er faltete das mit Wachsmalkreide beschriebene Blatt zusammen und steckte es zusammen mit dem Fotoapparat, dem Lasermessgerät und einigen anderen Sachen in eine Tasche, ehe er sich zum Fahrstuhl begab.

Dolly stand am Rand des Beckens und hatte ihr Gesicht Holtz zugewandt. Von ihren Gesichtszügen war nichts zu sehen. Ihr Körper war von Geschossen durchbohrt.

Das Zelt war inzwischen abgebaut, und immer noch blieben Passanten neugierig stehen. Er musste sie festhalten, damit sie nicht nach hinten kippte. Wer sie Dolly getauft hatte und warum, wusste niemand mehr, aber es existierten darüber verschiedene Vermutungen. Die Dolly-Parton-Theorie hatte im Hinblick auf ihren üppigen Busen die meisten Anhänger. Holtz war sich jedoch sicher, dass die Erklärung viel einfacher war. Dolly war eine Puppe, englisch *doll*. Ihr mit

Gelenken versehener Körper bestand aus Styropor, und ihr hartes Leben hatte seine Spuren hinterlassen. Eigentlich hätte Dolly in Rente gehen sollen, weil es neuere Puppen aus einem haltbareren Material gab, die es besser verkrafteten, durchbohrt zu werden, aber Holtz mochte Dolly und beabsichtigte, ihre Dienste in Anspruch zu nehmen, bis sie auseinanderfiel.

»Wunderbar«, sagte er, nachdem er sie richtig positioniert hatte. Er verglich ein weiteres Mal die in seiner Digitalkamera gespeicherten Bilder vom Tatort mit Dollys Position und verschob sie dann ein Stück. Dann schaltete er die Kamera ein, um die Aufnahmen später mit den Bildern der Überwachungskamera vergleichen zu können. Er zog einen etwa einen Meter langen Plexiglasstab aus seiner Tasche und dachte nach. Der Stab war an einem Ende angespitzt, an dem anderen befand sich eine kräftige Laserlampe. Das Gerät erinnerte an einen Laserpointer. Holtz hatte seit einiger Zeit Kinder mit diesen Dingern spielen sehen und fragte sich, ob sie nicht gefährlich waren.

Er setzte die Spitze auf Dollys Hinterkopf, rückte den Stab etwas hin und her und drückte dann fest. Der Stab drang in den Kopf ein und kam oberhalb der Stelle, an der sich das Auge hätte befinden müssen, wieder zum Vorschein. Holtz schaltete den Laser ein und legte seinen Kopf an den Stab, um dem roten, unter diesen Lichtverhältnissen jedoch unsichtbaren Strahl zu folgen.

Er sah keinen roten Punkt.

Kein Wunder eigentlich, da der Stab über die Straße hinwegdeutete. Holtz bezweifelte, dass der Schütze im Freien gestanden hatte, wo alle ihn hätten sehen können. Der Schuss war wahrscheinlich aus der Deckung heraus abgefeuert worden, und wenn er diesen Ort finden wollte, musste er dem

Strahl folgen, bis er den roten Punkt fand. Er ließ Dolly am Beckenrand zurück und machte sich auf die Suche.

Holtz entdeckte den Punkt auf einer grauen Granitmauer an der Ecke eines Parks vielleicht vierhundert Meter entfernt.

Was soll das, dachte Holtz, ein einziger Schuss aus diesem Abstand? Ist das überhaupt möglich?

Eine Viertelstunde später waren die Mauer und das Areal dahinter und davor abgesperrt, alles in allem etwa zehn Quadratmeter. Holtz wartete, bis die beiden Beamten in Uniform, die er angefordert hatte, um die Absperrung zu bewachen, eingetroffen waren, ehe er zu Dolly zurückkehrte, die immer noch mit durchbohrtem Kopf auf dem Beckenrand stand. Er ließ seinen Gedanken freien Lauf, während er sie von dem Plexiglasspeer befreite, sie zusammenklappte und wieder in ihrem Spezialkoffer verstaute.

Da war etwas. Etwas, das er gesehen, worüber er aber nicht weiter nachgedacht hatte.

Er packte die Ausrüstung in seinen Kleinbus, schloss ihn gewissenhaft ab und ging noch einmal zu dem Platz zurück, an dem der Schütze vermutlich gestanden hatte. Von der Mauer bis zur Beckenkante waren es 385 Meter, wie ihm sein Fernglas mit eingebautem Distanzmesser verriet. Zwei Stunden lang suchte er die Stelle ab, ohne etwas Ungewöhnliches zu entdecken. Er sammelte etwas Unrat auf und verstaute ihn in nummerierten Tüten. Nicht mal gesagt, dass das wirklich der richtige Platz ist, dachte er missmutig und überlegte, warum an einem Ort, an dem insbesondere am Wochenende so viele Menschen vorbeikamen, nicht mehr Müll herumlag. Er hielt den Schraubverschluss einer Plastikflasche in der Hand, als sich die Erinnerung, die er hatte wachrufen wollen, plötzlich einfand. Er zog sein Handy aus der Tasche und wählte Levins Nummer. Sie war fast sofort am Apparat.

»Du musst noch mal bei der Stadtverwaltung anrufen«, sagte Holtz.

»Warum?«, erwiderte sie verdrossen.

»Die Straßenkehrer. Irgendjemand muss wissen, wann die Gehsteige gefegt werden. Ich habe am Sonntagmorgen so eine kleine gelbe Kehrmaschine gesehen. Kannst du überprüfen, wann beim Park gefegt wird und was mit dem Kehricht geschieht?«

»Ich rufe an, aber ich mache mir keine allzu großen Hoffnungen«, erwiderte Levin knapp.

Die Metallkugel schlug von innen an die Spraydose. Nach einigen Sekunden begann sie, mit einem zischenden Geräusch um den abgerundeten Boden zu kreisen. Eine Minute genügte, das wusste er, um die Farbe ordentlich durchzumischen, also hielt er inne. Es kribbelte in seinem Arm. Die Skizze mit der länglichen blau-roten Schlange bewegte sich leicht im Wind. Greco, wie er von allen genannt wurde, warf einen Blick auf das Blatt Papier in der Sichtmappe, die ihm an einer Schnur um den Hals hing. Er hielt sich die Skizze vors Gesicht, um sie genauer betrachten zu können, und die Schnur kratzte ein wenig in seinem Nacken. Die Muskeln seines rechten Unterarmes spannten sich reflexartig an, als er sich die ausholende Bewegung vorstellte, die er bis zur Perfektion eingeübt hatte. Er sah sich um, blickte über den Rand hinweg, musste seinen Blick aber rasch wieder der Grasfläche zuwenden, auf der er stand, weil ihn der Schwindel erfasste. Die Schlange, die aus den in kompliziertem Muster zusammengefügten Buchstaben seines Namens bestand, schien ihm zuzulächeln. Die gespaltene Zunge zuckte, und die Augen der Schlange waren zusammengekniffen, als betrachtete sie ein Opfer.

Greco war guter Dinge. Das Bild würde ihm nicht nur in seinen Kreisen zu Ruhm verhelfen. Er wusste, dass sich sein Name weiter verbreiten würde, und zwar weit über den kleinen Kreis von Graffitikünstlern hinaus, die seine Größe anerkannten. Er war wieder da, und er gedachte, noch lange im

Rampenlicht zu verweilen. Greco war klar, dass ihm nur noch wenige Stunden blieben, um das Bild fertigzustellen. Aber es würde ihm gelingen, dessen war er sich sicher. Ein warmes Gefühl der Aufregung breitete sich in ihm aus, als er sich Tausende von Autofahrern vorstellte, die im morgendlichen Stoßverkehr zum oberen Rand der Tunneleinfahrt hinaufblicken und das Kunstwerk, sein Kunstwerk betrachten würden. Mit ein bisschen Glück würden mehrere Tage, wenn nicht sogar Wochen verstreichen, ehe die Graffitireinigung in Aktion trat. Ein letzter Blick auf die Skizze, dann hob sich sein rechter Arm ein paar Dezimeter vor die graue, grobe Granitfläche.

Er lächelte.

Der Zeigefinger drückte auf den kleinen, weißen Plastikknopf.

In dem Moment, in dem das Gas die dunkelblaue Farbe aus der Dose drückte, starb Greco.

Der Körper wurde gegen die Bergwand geschleudert und blieb einige Sekunden lang vornübergebeugt an den Felsen hängen. Dann glitt er langsam auf den Rand zu. Fünfzig Meter weiter unten donnerte ein Lastwagen nach dem anderen mit einem dumpfen, aber deutlichen Brummen in den Tunnel.

Auf der kleinen Grasfläche blieb nur eine Tasche mit einem weißen Puma darauf zurück.

Vollkommene Stille. Die Atmung langsam, kontrolliert. Der Mund fast geschlossen. Die Minuten verstrichen. Dann erhob sich die Person, die geschossen hatte, klappte die Waffe zusammen, legte sie routiniert in die Tasche und ging ihrer Wege. Die Schritte der schwarzen, elastischen Schuhe waren, obwohl sie sich über Laub und Äste bewegten, fast lautlos. Der Schütze legte mit geschmeidigen Bewegungen die fast fünfzig Meter zum Pfad unterhalb des Bootlagerplatzes zurück. Die Tasche hing auf dem Rücken, der grüne Umhängegurt lag fest über der Brust an. Der Gurt war so eingestellt, dass keine losen Enden, keine Metallteile irgendwo anstoßen konnten.

Kleine, kleine Pünktchen, vielleicht Sommersprossen, über die blasse, fast durchsichtige Haut verstreut. Die Hand. Seine Hand? Sie bewegte sich auf die Brust zu, schien vor ihm zu schweben. Weiter und weiter weg. Warum konnte er die Brust nicht erreichen? Die dunkle Brustwarze war steif, das konnte er erkennen. Die Brust wurde größer, wuchs über das Gesichtsfeld hinaus, verbarg sich aber hinter seiner Hand. Obwohl es nicht seine Hand war. Es war überhaupt keine Hand. Eine Klaue, eine schwarze Klaue. Sie näherte sich der weißen, straffen Haut. Die kleinen Pünktchen schienen zu wachsen, ineinanderzufließen. Die Brust war nicht mehr weiß, sie war dunkel, fast schwarz. Und wieder weiß. Die Klauen. An den Fingerspitzen glänzten Rasierklingen. Es funkelte, als sich das Licht im Metall spiegelte. Wo kam das Licht her?

Die Brust war überall, über allem. Eine Brust, nicht zwei. Nur eine. Die Klaue schürfte die große, weiße Brust auf, die weiße Brust, die jetzt keine Brustwarze mehr hatte. Sie war dem Platzen nahe. Klang wie ein quietschender Ballon. Aus dem Inneren der Brust stieg der Schmerz auf, der eiskalte Schmerz. Die Klaue wurde immer fester gegen die weiße Brust gedrückt. Blut, nein, Eiter. Dunkler Eiter drang zwischen den rasiermesserscharfen Klauen hervor. Die Brust platzte. Blut, Eiter und eine helle Flüssigkeit quollen aus den gleichmäßigen Schnittwunden. Das Loch in der Brust war schwarz, ein bodenloses schwarzes Loch. Die Wundränder waren gerade und sauber.

Sein Mund war trocken, er konnte nicht sprechen. Feucht. Wo kam die Feuchtigkeit her? Das Gesicht war zugedeckt, etwas raubte ihm den Atem.

Ein tiefer Atemzug, ein Atemzug wie von einem Ertrinkenden.

Ulf Holtz hob sein Gesicht aus dem feuchten Kissen und setzte sich im Bett auf.

Er atmete tief ein, und dann noch einmal.

Die Augen weit geöffnet.

Die Dunkelheit um ihn herum schien ihn zu umarmen. Nicht warm und zärtlich, sondern fest und feindlich.

Kalter Schweiß stand auf seiner Stirn. Er wischte ihn mit dem Handrücken ab. Sein Atem beruhigte sich. Er ließ den Blick im Zimmer umherschweifen und sah die kleine Lampe, eingesteckt.

Er legte sich wieder hin. Die Augen nach wie vor weit geöffnet.

Meine Liebste, dachte er. Wo bist du jetzt?

Nach einigen Minuten setzte er sich wieder auf. Die Tränen waren getrocknet. Der Puls war fast normal, der Durst trieb ihn aus dem Bett.

Ulf Holtz schob langsam die Beine über die Bettkante und stellte seine Füße auf den Boden. Er verspürte ein leises Stechen. Er blieb eine Weile einfach sitzen. Die kleine Lampe verbreitete ein gedämpftes orangefarbenes Licht.

Der Kopfschmerz näherte sich langsam. Nahm ihn ein. Sollte er sich wieder hinlegen? Die Augen schließen und es nochmals mit Schlafen versuchen? Es wirkte verlockend, aber er wusste nur allzu gut, dass es nicht klappen würde.

Sie kamen nicht mehr so häufig, die Alpträume. Aber er hatte vor langer Zeit die Hoffnung aufgegeben, dass sie vollkommen verschwinden würden. Er stand auf. Hob den Pullover vom Boden auf und zog ihn an. An den Beinen spürte er die kalte Zugluft. Die kurzen, weißen Unterhosen schlackerten um seine dünnen, blassen, recht langen Beine.

Gedankenlos streckte er den Arm nach dem Lichtschalter im Eingang aus. Der milde Schein der Wandlampen beruhigte ihn. Der Schmerz und die heißen Tränen warteten auf ihren nächsten Einsatz. Er schluckte.

Ulf Holtz ging langsamen Schrittes zu dem hellen Sofa, legte sich darauf und zog sich eine Decke über. Bloß ein wenig ausruhen und mich beruhigen, bevor ich mir etwas zu trinken hole. Durst, ich müsste eine Tablette nehmen.

Die Decke wärmte ihn.

Die Trauer und das Selbstmitleid schlugen mit voller Kraft zu. Die Tränen traten ihm langsam in die Augen, füllten sie, bis der Druck unter den Lidern verschwand.

Meine Liebste, meine Liebste, dachte er.

Dann schlief Ulf Holtz.

»Ein was?«

Ulf Holtz sah verwirrt aus.

»Ein Bergsteiger?«

»Ja, das hat sie gesagt«, sagte Ellen Brandt. Sie stand auf der Schwelle des Pausenzimmers der Kriminaltechniker, obwohl sie sich gemäß der neuesten Regeln ohne Sondergenehmigung überhaupt nicht in der forensischen Abteilung aufhalten durfte.

»Welche sie?«

Er hatte verschlafen und bemühte sich darum, die anderen gedanklich einzuholen.

Brandt seufzte und fing noch mal von vorn an.

»Eine Frau, die in einem der Häuser oben auf dem Berg über dem Autobahntunnel an der Nordumgehung wohnt, hat ihre entlaufene Katze gesucht. Ich glaube, sie heißt Lindex, die Katze also. Manchmal läuft sie hinunter und versteckt sich im Gras über der Tunneleinfahrt. Wie auch immer, die Katze hat sie nicht gefunden, dafür aber einen Toten. Einen Bergsteiger, sagt sie, der in einem Seil hängt.«

Wer kommt auf die Schnapsidee, einen Berg mitten in einer großen Stadt zu besteigen?

Er hatte viel Böses und viele Unfälle gesehen, aber zumeist bestanden seine Arbeitstage aus reiner Routine.

Katalogisierungen, das Warten auf Testresultate und Nachdenken füllten seine Tage. Von außen betrachtet wirkte Holtz wie ein hart arbeitender Polizist, den nichts erschütterte. Aber nicht einmal seinen Töchtern gegenüber, denen er doch das meiste anvertraute, hätte er zugegeben, dass es ihn tatsächlich mit Spannung erfüllte, wenn er es mit einem brutalen oder spektakulären Verbrechen zu tun bekam. Selbst Verkehrsunfälle oder Brände konnten trotz aller Tragik seine Stimmung heben.

Er fuhr mit seinem Lieferwagen aus der Garage und schaltete das Radio ein. Brandt, die zum Ermittlerteam gehörte, hatte ihn umfassend informiert, und er hatte beschlossen, den Ort aufzusuchen, an dem sich der tote Bergsteiger befand.

Holtz fuhr fast immer alleine und versuchte, auf jede erdenkliche Weise zu vermeiden, dass ihm jemand Gesellschaft leistete. Wie immer hörte er Radio, um nicht über seine Arbeit nachzudenken. Er nannte das ein weißes Blatt Papier. Kein Gedanke an das Verbrechen, keine Theorie, keine vorgefertigte Meinung. Nichts durfte sich in seinem Kopf einnisten, bevor er den Tatort gesehen hatte. Teamarbeit in Ehren, aber Aufgeschlossenheit und ein ruhiger Tatort waren die optimalen Voraussetzungen für den Beginn einer Ermittlung.

Diese Arbeitsweise lief den Anweisungen für Kriminaltechniker vollkommen zuwider, die besagten, dass man sich so umfassend wie möglich über den Fall informieren sollte, bevor man sich auf den Weg machte. Das bekümmerte Holtz jedoch nicht.

Er parkte auf der Anhöhe vor den hell verputzten Reihenhäusern. Unter ihm donnerten die Fahrzeuge auf der meistbefahrenen Autobahn des Landes vorbei. Frühmorgens kroch hier der Verkehr, wenn Tausende Pendler auf dem Weg zu ihren Arbeitsplätzen in oder jenseits der Stadt waren. Jetzt am späteren Vormittag ging es jedoch zügig vorwärts. Der Lärm der Autobahn schlug ihm entgegen. Er wunderte sich darüber, dass es so laut war.

Ulf Holtz kletterte über die niedrige Mauer und ging auf einer kleinen Wiese weiter, die nach ein paar Metern leicht abfiel. Etwas weiter weg lag die nächste Wiese. Sie war mit einem blau-weißen Band abgesperrt, das die erste Streife vor gut einer halben Stunde angebracht hatte. Ein uniformierter Beamter mühte sich den Hang hinauf auf ihn zu und wollte Holtz schon wegschicken, ehe er ihn erkannte.

»Hallo«, sagte er. »Ich zeige dir, wie man am besten runterkommt.«

Holtz hatte nicht wie sonst immer seinen schweren Koffer dabei. Den kann ich später holen, dachte er. Doch seine Kamera trug er an einem Riemen um den Hals. In der Tasche hatte er einen Skizzenblock.

»Wir haben ihn hochgezogen. Schließlich konnten wir nicht wissen, ob er noch lebt. Er hing an einem Seil nur etwa einen halben Meter unterhalb der Kante. Mausetot«, sagte der Polizist.

Schon aus etlichen Metern Entfernung sah Holtz, dass der Tote auf dem Gesicht lag und dass ihm der größte Teil seines Kopfes fehlte. Er trug eine weite Hose und ein dunkelrotes T-Shirt. Ein Vogel zwitscherte unbekümmert, ein anderer antwortete ein Stück weit entfernt.

Ein Bergsteiger ist das nicht, dachte Holtz.

Er achtete darauf, keine Äste zu berühren und nicht mehr als nötig auf den Rasen zu treten. Ein paar Meter vor dem Toten blieb er stehen. Er versuchte, seinen Kopf vollständig zu leeren.

Was sehe ich?, dachte er. Und was ist es, das ich nicht sehe?

Die Person, die geschossen hatte, erwachte langsam und setzte sich nach ein paar Minuten im Bett auf. Die beiden Metallschränke neben dem Feldbett waren mit stabilen Vorhängeschlössern versehen. Eine langsame, fast meditative Bewegung, und die Kette mit den Schlüsseln, die um den Hals hing, wurde über den Kopf geführt und der rechte Schrank lautlos geöffnet. In einem Fach lagen eine Jeans und ein T-Shirt. Unten im Schrank standen ein Paar braune, stabile, blankpolierte Schuhe, in denen zusammengefaltete Strümpfe lagen. An einem Haken hing eine dunkelblaue Windjacke. Das war alles.

Das Bett aus grünen Metallrohren, Metallfedern und einer dünnen Schaumstoffmatratze wurde peinlich genau gemacht. Nach etwa einer Viertelstunde verließ der Schütze das Zimmer und schloss die Tür ab.

»Du bist früh dran.« Der Mann mit der Piepsstimme freute sich, dass er gestört wurde. Er hatte die ganze Nacht dagesessen, und langsam taten ihm die Knochen weh.

»Tja.«

»Gesprächig wie immer«, meinte er. Obwohl er sich nun schon seit einigen Wochen um eine Unterhaltung bemühte, hatte er bislang nur einsilbige Antworten erhalten.

Auch heute lief es nicht besser.

»Dann bis morgen früh«, meinte der Mann und verschwand pfeifend um die Ecke.

Ulf Holtz hatte eine Stunde lang unbeweglich dagestanden, als er eine bekannte Stimme hinter sich hörte.

»Bist du zur Salzsäule erstarrt?«, fragte Pia Levin.

Er war in der Regel als Erster am Tatort, um diesen auf sich wirken zu lassen. Pia Levin traf dann meist eine Stunde später ein, damit er seine Eindrücke mit ihr diskutieren konnte. So hielten sie es schon seit vielen Jahren, in letzter Zeit jedoch etwas seltener. In der Forensischen Abteilung waren sie wegen ihrer Vorgehensweise verspottet worden, obwohl sie sich als effektiv erwiesen hatte.

»Hallo?«, sagte Levin, als Holtz nicht antwortete.

Er drehte sich zu ihr um.

»Kopfschuss. Ein Schuss, perfekter Treffer. Der Mann ist im Gurt hängen geblieben, als er über die Kante fiel. Vermutlich hat er den Klettergurt aus Sicherheitsgründen getragen. Der Schuss kam bestimmt aus dem kleinen Gehölz da unten.«

»Woher willst du das wissen?«

»Ich weiß es nicht, ich denke nur laut nach. Es erscheint mir am logischsten.«

Die beiden Kriminaltechniker näherten sich vorsichtig der Kante, unter der der Tote gehangen hatte, ehe die Streifenbeamten ihn hochzogen.

»Wissen wir, wer er ist?«

»Nein. Es handelt sich um einen jungen Mann mit altersgemäßer Kleidung.«

»Was ist das für eine Farbe an seinen Kleidern?«

»Sprühlack vermutlich«, meinte Holtz und deutete auf die Spraydose, die auf dem Hang lag.

Sie betrachteten den Toten, ohne ihn anzufassen, und besprachen eine Weile den möglichen Tathergang. Dann streiften sich die beiden Techniker die weichen, sterilen Handschuhe über, die Levin aus dem Rucksack gezogen hatte, den sie immer bei sich trug. Sie drehten den Toten um.

»Es wird nicht leicht sein, ihn ohne Ausweis zu identifizieren«, meinte Holtz und betrachtete eingehender die Stelle, an der einmal das Gesicht gewesen war.

Auch das Durchsuchen der Hosentaschen und der Sporttasche des Toten lieferte ihnen keine neuen Informationen über die Identität der Leiche.

»Keine Brieftasche, keine Papiere, keine Quittungen oder sonst was. Ist das nicht merkwürdig?«, meinte Levin

»Vielleicht ist er ja beraubt worden?«

»Wirkt etwas außergewöhnlich für einen Raubmord, oder?«

»Wenn er nicht beraubt wurde, dann hatte er nichts bei sich, was Rückschlüsse auf seine Identität zulassen würde«, meinte Holtz.

»Eigentlich haben doch nur Leute, die Angst haben, festgenommen zu werden, keine Papiere dabei, oder?«

»Weswegen hätte man ihn festnehmen sollen?«

»Wegen Sachbeschädigung, ich denke an die Spraydosen mit der Farbe«, meinte Levin.

»Wer kommt schon auf die Idee, einen dieser Schmierer mitten in der Nacht ausgerechnet hier zu erschießen?«, wollte Holtz wissen.

»Einen Graffitikünstler.«

»Wie bitte?«

»Graffitikünstler heißt das und nicht Schmierer.«

»Nenn es, wie du willst, aber Schmierfinken sind sie trotzdem.«

»Dieser Künstler wird jedenfalls nicht mehr sprühen«, meinte Levin und legte die Puma-Tasche in eine große Papiertüte. Dann kletterte sie vorsichtig zur Kante des Abhangs hinunter, sammelte die Spraydose und die blutbespritzte Skizze ein und verpackte sie ebenfalls in braune Papiertüten. Die Kriminaltechniker vermieden es, Plastiktüten zu benutzen, da eventuelles Kondenswasser Spuren zerstören konnte, die der Mörder hinterlassen hatte. Es war schon oft vorgekommen, dass Streifenbeamte, die zu viel Fernsehen geschaut hatte, gemeint hatten, sie müssten den Kriminaltechnikern helfen, obwohl Holtz immer wieder darum bat, doch die Anweisungen im Handbuch zu befolgen oder gar nichts zu unternehmen. Levin packte ihre Sachen zusammen und ging. Holtz hingegen wollte noch auf den Gerichtsmediziner warten.

Er holte tief Luft, genoss die Stille und begann dann, sich die Umgebung einzuprägen. Das hohe Gras ließ darauf schließen, dass das Grünflächenamt hier nicht sonderlich oft vorbeikam. Gebüsch machte außerdem der Wiese ihren Platz streitig. Der wenige Müll, der herumlag, war wahrscheinlich vom Wind hergetragen worden.

Ein Vogel begann zu zwitschern und erhielt Antwort.

Einige größere Bäume ragten etwa fünfzig Meter von der Leiche entfernt auf. Holtz begab sich dorthin. Er achtete darauf, wo er hintrat. Von hier ist der Schuss möglicherweise abgefeuert worden, dachte er.

Später würde er mit Hilfe des Einschusswinkels, des Gewichts des Projektils und einer berechneten Mündungsgeschwindigkeit den Standort des Schützen sicherer bestimmen können. Einstweilen musste er sich mit einer Mutmaßung zufriedengeben. Es war auch nicht gesagt, dass sie die Kugel fanden. Und ohne das Geschoss war es sehr schwer, überhaupt irgendwelche Berechnungen anzustellen. Der Schütze könnte sich an einem der Bäume abgestützt haben, dachte er. Etwa eine Stunde lang ging Ulf Holtz von Baum zu Baum, um nach Spuren zu suchen. Er hielt Ausschau nach losgerissener Baumrinde, niedergetretenem Gras, abgebrochenen Ästen oder am allerliebsten weggeworfenen Zigarettenkippen. Aber so dumm sind die Verbrecher kaum noch, dachte er. Außerdem wussten die Kriminellen, dass man die Polizei sehr gut in die Irre führen konnte, indem man aufgesammelte Kippen oder leere Dosen und Flaschen am Tatort zurückließ.

Er fand nichts, keine einzige Spur.

Unglück lag in der Luft. Die Autos kamen kaum vom Fleck. Holtz konnte nichts sehen, war sich aber ziemlich sicher, dass es weiter vorne zu einem Unfall gekommen war. Vielleicht bei der Baustelle am Anfang der Brücke. Um diese Tageszeit hätte der Verkehr eigentlich fließen müssen. Er hatte den ersten Gang eingelegt, und der Motor war kaum zu hören, während sich sein Wagen langsam, Meter um Meter, weiterbewegte. Holtz hatte Durst. Vermutlich lag das am Mittagessen. Kassler in Käsesauce. Er hatte immer noch den salzigen Geschmack auf der Zunge. Viel zu salzig. Er fuhr sich mit der Zunge über die Lippen.

Im Wagen war es still. Ich hätte die Antenne nach der Waschstraße sofort wieder anbringen sollen, dachte Holtz. Sie lag, kurz und mit schwarzem Gummi überzogen, neben zwei Einkaufstüten auf der Rückbank.

Der Mord an Jenny Svensson ließ ihm keine Ruhe. Den zweiten Mord, den Tunnelmord, hatte er vorläufig an Levin abgegeben. Der Schuss auf Jenny Svensson war vermutlich von der Mauer oder aus noch größerem Abstand zum Brunnen abgefeuert worden. Er versuchte, seine Gedanken zu ordnen und Schwächen und logische Mängel zu finden.

Ein einziger Schuss konnte nur bedeuten, dass der Schütze entweder sehr viel Geschick oder sehr viel Glück gehabt hatte. Oder Pech. Es konnte sich schließlich auch um einen Unfall handeln, obwohl das ziemlich unwahrscheinlich war. Der Verkehr beschleunigte sich. Er legte einen höheren Gang ein und warf einen nervösen Blick auf die Temperaturanzeige. Die Nadel näherte sich gefährlich dem roten Bereich. Wenn der Kühler jetzt bloß nicht zu kochen anfing.

Wenn der Schütze einen Menschen auf fast vierhundert Meter Entfernung mit einem einzigen Schuss erschießen kann … was bedeutet das dann? Und wieso ging er ein solches Risiko ein, wenn er sein Opfer auch aus der Nähe erschießen konnte? Zwischen der toten jungen Frau und dem Ort, an dem der Täter vermutlich gestanden hatte, gab es keine Hindernisse, der Schütze hätte auch näher herangehen können, dachte Holtz.

Je größer der Abstand zwischen Mörder und Opfer, desto einfacher ist das Entkommen. Keine Zeugen, keine Spuren, nichts. Das lässt allerdings nur den Schluss zu, dass er noch weiter weg gewesen sein kann. Ist es überhaupt möglich, auf noch größeren Abstand zu treffen? Kannte der Mörder die junge Frau, oder war der Schuss ein Zufall? Was konnte er für ein Motiv gehabt haben?

Holtz wusste, dass sein Unterbewusstsein auf Hochtouren arbeiten würde, wenn er nur genügend Fragen stellte. Die Antworten würden sich einstellen, wenn er am wenigsten damit rechnete. Das war immer so, fast immer.

Es ging schneller, das Fahrzeug vor ihm hatte bereits einen ordentlichen Vorsprung. Er legte den dritten Gang ein und schaltete dann direkt in den fünften hoch. Der Stau war plötzlich verschwunden, nichts deutete auf einen Unfall hin. Staus, eines der Geheimnisse des Lebens, dachte Holtz und stellte dankbar fest, dass die Nadel der Temperaturanzeige rasch auf ein beruhigendes Niveau sank.

Auf der Brücke musste er bremsen, obwohl sich ein Lastwagen hinter ihm befand, der ihn dazu nötigen wollte, entweder Gas zu geben oder die Spur zu wechseln. Holtz ließ sich nicht aus der Ruhe bringen und trat ein paar Mal rasch auf das Bremspedal, um zu bedeuten, bleib mir vom Pelz. Das führte nur dazu, dass der Lastwagenfahrer wütend aufblendete. Unter ihm lag die Stadt in einem hellroten Schimmer. Die Sonne ging unter. Er trat aufs Gas und ließ den übellaunigen Lastwagenfahrer weit hinter sich, während er geistesabwesend die Hand ausstreckte, um das Radio einzuschalten. Er hielt inne, als ihm einfiel, dass ihn nur ein Rauschen erwarten würde. Beide Hände fest auf dem Lenkrad fuhr er in Stille nach Hause.

Die Reihe von Häusern an der schmalen Straße erinnerte an eine andere Zeit, die Zeit des sogenannten Volksheims.

Eigenheime für alle.

Das war damals gewesen. Jetzt wohnten ganz andere Leute in diesen Häusern und zwar solche, die es sich leisten konnten. Nur in ein paar wenigen wohnten noch die ursprünglichen Besitzer. Die vielen frischrenovierten Gebäude deuteten darauf hin, dass der Generationswechsel beinahe abgeschlossen war. Die Häuser, die einmal fast identisch gewesen waren, zeichneten sich jetzt durch Individualismus aus.

Aber nicht alle. Holtz liebte sein Haus, es war weißverputzt mit klaren Linien und hatte nach einer Renovierung durch den vorherigen Besitzer sein ursprüngliches Aussehen wiedererhalten. Ob man wohl für tote Dinge so etwas wie Liebe empfinden kann?, hatte Holtz sich vor einigen Jahren gefragt, als er das Haus besichtigt hatte. Es war teuer gewesen, aber nicht zu teuer. Er konnte es sich leisten, und es bot außerdem genug Platz, falls die Mädchen ihn besuchen wollten, was zu seiner Überraschung tatsächlich der Fall war. Außerdem war das Haus in Anbetracht der steigenden Immobilienpreise eine gute Investition gewesen. Aber das war eine eher theoretische Erwägung, da er vorhatte, so lange in dem Haus zu bleiben, wie er sich auf den Beinen halten oder noch selbst entscheiden konnte.

Er bog auf seinen Parkplatz ein, schaltete den Motor aus und blieb am Lenkrad sitzen. Die Stille war ein Genuss, und er hatte seinen Durst fast vergessen.

»Und? Woran denken Sie?«

Die Stimme klang entfernt. Sie wurde durch das Glas gedämpft. Holtz drückte auf den Knopf des Fensterhebers, um die Scheibe ein paar Zentimeter herunterschnurren zu lassen, aber nichts passierte, da die Zündung nicht eingeschaltet war. Der Nachbar blieb zwar immer auf seiner Seite, hatte aber ständig an seinem Auto zu tun und war immer gleich neugierig.

Holtz öffnete die Fahrertür.

»Sind Sie eingeschlafen?«

Holtz nickte ihm kurz zu.

»Nein, ich musste gerade über etwas nachdenken«, erwiderte er.

»Gibt es irgendwelche aufregenden Morde?«

»Nein, so ist es irgendwie nie.«

Diese Frage stellte der Nachbar immer und erhielt stets dieselbe Antwort.

Holtz ging ins Haus, sein Nachbar machte sich weiter an seinem Auto zu schaffen. Holtz hatte gelegentlich ein etwas schlechtes Gewissen, weil er sich nie die Zeit für eine längere

Unterhaltung mit ihm nahm. Eigentlich müsste er sich darum bemühen, ein besserer Nachbar zu sein. Vielleicht ist er vereinsamt, dachte Holtz, schob diesen Gedanken dann aber beiseite, ehe er sich festsetzen konnte.

Die Luft war etwas feucht, obwohl es so warm gewesen war, es roch nach Erde. Er ging eine Runde durch seinen Garten. Er war nicht groß, aber Holtz mochte ihn. Er interessierte sich eigentlich nicht sonderlich für Gartenarbeit, aber es gefiel ihm, den Pflanzen beim Wachsen zuzusehen, insbesondere den Bäumen. In der rechten Ecke des Grundstücks blieb er stehen, so wie er es jeden Nachmittag tat, wenn er von der Arbeit nach Hause kam. Die letzten Sonnenstrahlen fielen auf diese von einem niedrigen Bretterzaun geschützte Stelle.

»Ihr wachst und gedeiht. Es ist bald an der Zeit, euch in Kästen umzusetzen«, sagte er.

Ein paar kleine, unscheinbare Kiefern standen ordentlich in einer Reihe. Sie waren hoch aufgeschossen, und man würde sie erst in zehn bis fünfzehn Jahren als richtige Bäume bezeichnen können. Aber Holtz hatte anderes mit ihnen vor.

Holtz wrang den Spüllappen aus, faltete ihn zusammen und legte ihn zum Trocknen an seinen Platz auf dem Abtropfgestell aus Plastik. Er fühlte sich beklemmt, unerklärlich beklemmt. Er wusste nicht recht, warum. Er ging eine Runde durchs Zimmer, setzte sich auf die Küchenbank und erhob sich sofort wieder.

Was ist das für ein Leben? Ich habe eine gute, wichtige und interessante Arbeit, allerdings nicht sonderlich viele Freunde, zumindest keine intimen Freunde, aber trotzdem.

Die Gedanken wanderten.

Er setzte sich auf den großen weißen Fußschemel des Sessels vor seine Stereoanlage und suchte einen passenden Sender. Ohne Erfolg.

Hoffentlich bekomme ich noch ein paar Enkel, dachte er. Mit den Mädchen ist ja alles in Ordnung, obwohl Linda vielleicht endlich mal regelmäßig Geld verdienen sollte. Und warum ist Eva eigentlich so rastlos?

Er erinnerte sich an die Zeit, als die Mädchen noch klein gewesen waren. Irgendwo am Strand. Magere Mädchen. Schrille Schreie. Eva hatte Linda mit Sand beworfen.

Holtz lächelte bei dieser Erinnerung.

Jemand hatte sie ermahnt, sich wieder zu vertragen und nicht länger zu streiten.

Er meinte, ihre Stimme zu hören. Sie veränderte sich in seinem Kopf etwas. Die Erinnerung rückte sie zurecht. Genau so, ganz genau so hat sie geklungen, dachte er und versuchte mit Willenskraft, die Stimme festzuhalten, sie dazu zu bringen, etwas zu ihm zu sagen, aber sie entglitt ihm. Sie ließ sich nicht bewahren.

Seine Hände fielen ihm schwer auf den Schoß. Die Einsamkeit überwältigte ihn mit einer solchen Kraft, dass er sich nicht dagegen wehren konnte. Holtz ließ den Blick über seine Plattensammlung schweifen. Ich muss mich ablenken, mich zerstreuen. Ihm fiel jedoch nichts ein. Die Stille wurde immer bedrückender, und die Trauer übermannte ihn. Erinnerungen, die er meist unterdrückte, brachen an die Oberfläche. Seine Empfindlichkeit erschreckte ihn. Stimmenfragmente kehrten zurück. Ihre fröhliche und seine verzweifelte. Ihr mutiger Tonfall und ihre letzten Worte.

»Pass auf die Mädchen auf, versprich mir das.«

»Und wer soll sich um mich kümmern?«, hatte er mit gebrochener Stimme erwidert.

Er saß vornübergebeugt.

Obwohl er diese Szene gerne verdrängt hätte, suchte sie ihn heim, und obwohl zwanzig Jahre verstrichen waren, seit sie mit dieser Miene ins Haus getreten war, war das Bild glasklar.

Ihm war aufgefallen, dass sie seit einiger Zeit unruhig war. Reizbar und verstimmt. Er hatte das jedoch nicht recht deuten können, damals nicht, und heute nicht. Er hatte geglaubt, dass es vorübergehen würde.

Er würde diesen Blick nie vergessen.

»Ich war beim Arzt«, hatte sie gesagt.

»Beim Arzt?«, erwiderte er, während es ihm kalt den Rücken herunterlief. »Warum das?«

Ihre Augen blickten ihn an, ohne ihn zu sehen. Er versuchte, etwas in ihnen zu entdecken, das ihm Klarheit verschaffen würde, und nahm eine unermessliche Trauer wahr. Trauer, Resignation und Angst.

Er bekam selbst Angst.

Langsam liefen ihr die Tränen über die Wangen. Er war hilflos, vollkommen hilflos.

Das war jetzt lange her, aber er konnte sich noch an die Gerüche erinnern. Wie es damals in der Diele gerochen hatte. Nach dem Essen aus der Küche und nach ihrem regennassen Haar. Der Geruch des nassen Haares war so stark, dass er zurückwich, obwohl er wusste, dass es sich nur um seine Erinnerung handelte.

»Wer soll sich um mich kümmern?«, wiederholte er und schämte sich für seinen Egoismus.

Sie sahen fast gleich aus, aber in ihrer Art waren sie so unterschiedlich wie Tag und Nacht. Eva und Linda Holtz hatten sich schon als kleine Kinder und Teenager sehr gut verstanden, und jetzt als Erwachsene war es immer noch so. Aber aus irgendeinem Grund hatten sie sich in vollkommen verschiedene Richtungen entwickelt, obwohl der Altersunterschied zwischen ihnen nur ein Jahr betrug.

Ulf Holtz liebte sie abgöttisch.

Er hatte angekündigt, das Essen sei um acht Uhr fertig, und wie immer war Eva auf die Minute pünktlich. Linda kam eine halbe Stunde zu spät. Ihre Miene zeigte keinerlei Schuldbewusstsein.

»Ich bin in der Gamla Stan aufgehalten worden«, sagte sie nur.

»Was hattest du da verloren? Ich dachte, du verabscheust den ganzen Kommerz und die Touristenläden?«, meinte Eva lächelnd.

»Ach was, mir gefällt es in der Gamla Stan. Nicht der Touristenrummel, aber diese kleinen Galerien, in denen man die Welt einen Augenblick lang vergessen kann.«

»Die Welt vergessen? Das ist ja das Neueste. Linda Holtz und die Welt vergessen. Und was sagt der UNO-Generalsekretär dazu?«

»Wenn nur ein Viertel der Weltbevölkerung den Rest der Welt einmal nicht vergessen und sich auf ihre Verantwortung besinnen würde, dann wäre dieser Planet sicher ein angenehmer Platz zum Leben. Ein Planet, auf den man stolz sein könnte«, erwiderte Linda mit unerwarteter Härte.

»Streitet ihr euch immer noch darüber? So klang das auch bei eurem letzten Besuch und übrigens auch bei eurem vorletzten«, meinte ihr Vater.

Die Tür zum Garten stand offen.

»Kommt, wir gehen noch einen Augenblick raus«, sagte er beschwichtigend.

Eva und Linda folgten ihm. Erst Eva, dann Linda, immer in der Reihenfolge, in der sie vor fast dreißig Jahren zur Welt gekommen waren.

Es roch nach glühender Holzkohle.

»Es muss aufrecht stehen«, meinte Ulf Holtz.

Sie hörten nicht zu.

Auf einem Tisch unter dem Vordach, das er selbst gebaut hatte, stand ein kleiner Grill. Die Grillkohle klemmte zwischen zwei Gittern. Die Hühnerschenkel hingen in einer ähnlichen Konstruktion daneben.

»Gegrilltes ist krebserregend, aber nicht, wenn man vertikal grillt.«

Die beiden jungen Frauen sahen ihren Vater an.

»Wie bitte?«

»Wenn das Fett nicht auf die Holzkohle tropft, bilden sich auch keine gefährlichen Stoffe. Außerdem werden die Nachbarn nicht durch den Qualm gestört, es duftet nur nach Essen«, sagte er und deutete auf den Grill.

»Der ist neu«, fügte er hinzu.

»Und was soll ich essen?«, fragte Linda Holtz misstrauisch, ohne sich weiter für die Finessen des Grills zu interessieren.

Ulf Holtz trat auf den Grill zu und hob den Rost auf der anderen Seite hoch: Aubergine und rote und gelbe Paprika. Die dunkellila Farbe der Aubergine hatte sich vertieft, und die Paprika war leicht geschwärzt.

»Wie du siehst, gibt es für dich auch was. Ich habe deine Anweisungen befolgt, aber soll die Paprika wirklich so schwarz sein?«, fragte Ulf Holtz.

»Ja. Sonst kann man die Haut nicht abziehen. Mach dir keine Sorgen. Wie geht es übrigens den Bäumen? Willst du sie nicht bald umtopfen?«, fragte Linda, nachdem sie zufrieden festgestellt hatte, dass das Gemüse perfekt gegrillt war.

»Mal sehen, vielleicht dauert es noch ein Jahr. Ich überlege, ob ich es nicht einstweilen mit einem Yamadori versuchen soll. Das geht schneller, ist aber eigentlich unsportlich. Es ist auch nicht sicher, dass die Pflanzen das Umtopfen überleben.«

»Yamadori? Was ist das? Reden wir jetzt über Sushi oder was?«, wollte Eva wissen, aber mit so gleichmütiger Stimme, dass nicht klar war, ob sie sich lustig machte oder nicht.

»Ein kleiner Baum, der wild gewachsen ist. Er lässt sich rascher beschneiden und formen, wie man ihn haben will. Aber irgendwie kommt es einem nicht richtig vor. Außerdem dauert es lange, einen geeigneten Baum zu finden, und dann muss man auch noch den Grundbesitzer fragen, selbst wenn es sich nur um ein kleines, verwachsenes Bäumchen handelt.« Ulf Holtz nutzte jede Gelegenheit, von seinen Bäumen zu sprechen, und hatte dabei immer etwas Oberlehrerhaftes.

»Kannst du dir nicht einfach einen fertigen Bonsai kaufen? Die kriegt man inzwischen überall für ein paar hundert Kronen. Dann geht das alles im Handumdrehen«, meinte Eva.

Er ignorierte ihre Frage.

»In der Küche ist der Salat. Der Rotwein steht auf der Spüle. Ihr könnt doch holen, was noch fehlt, dann passe ich auf den Grill auf«, meinte er und zog sich einen der Gartenstühle heran.

Er setzte sich, legte die Füße auf einen niedrigen Tisch und streckte die Hand nach der Bierkiste aus.

»Hopp, hopp, damit der alte, müde Vater seine Beine ausstrecken kann.«

Die beiden Frauen verdrehten die Augen und gingen in die Küche, um die übrigen Sachen nach draußen zu bringen. Es ging auf neun Uhr zu, und alle hatten Hunger. Da die Frühsommersonne schon fast ganz untergegangen war, zog Ulf Holtz seine Windjacke enger um sich.

»Könnt ihr noch ein paar Decken aus der Truhe in der Diele mitnehmen?«, rief er.

Sie hatten gegessen, und Ulf Holtz merkte, dass ihm der Alkohol zu Kopf stieg.

»Wie geht es dir eigentlich, Papa?«, fragte Linda. »Ich meine, bei der Arbeit.«

»Wie immer, ein ewiges Auf und Ab.« Manchmal hatte er das Bedürfnis, seine Überlegungen mit Außenstehenden zu diskutieren, und da seine Töchter diejenigen waren, auf die er sich am meisten verließ, kam es vor, dass er sich mit ihnen vollkommen reglementwidrig über seine Fälle unterhielt.

»Ich habe von dieser ermordeten jungen Frau gelesen. Schlimm, dass man mitten in der Stadt erschlagen werden kann«, meinte Eva.

»Sie wurde nicht erschlagen, sondern erschossen. Möglicherweise von einem Scharfschützen«, erwiderte Holtz.

»Einem Scharfschützen?«

»Einem Scharfschützen?«

Sie sprachen fast gleichzeitig, die eine fassungslos, die andere neugierig.

»Es sieht ganz danach aus«, meinte Ulf Holtz und vollführte eine abwehrende Handbewegung. Er wollte nicht darüber sprechen, jedenfalls noch nicht, und seine Töchter wussten, dass es keinen Sinn hatte weiterzufragen. Wenn ihm danach war, würde er schon mehr erzählen.

»Und bei euch? Irgendwelche neuen Männer?«

Das freie Leben seiner Töchter hatte Holtz immer fasziniert, gelegentlich erfüllte es ihn auch mit Besorgnis. Keine Bindungen, keine Familie, die Ansprüche stellte. Natürlich hatte es Männer gegeben, aber es war irgendwie nie etwas Richtiges daraus geworden. Linda kam sich bei dem bloßen Gedanken, ihr Leben mit jemandem zu teilen und Kompromisse eingehen zu müssen, eingesperrt vor. Und Eva nahm ihre Arbeit stark in Anspruch. Das behauptete sie jedenfalls.

Beide ignorierten die Frage. Ihr Vater wechselte das Thema.

»Irgendwelche Reisepläne?«

»Ich habe einen Flug am Freitag, jemand, der nach Tschetschenien abgeschoben wird. Er hat seine Strafe abgesessen und wird jetzt ausgewiesen. Er hat acht Jahre für Rauschgiftvergehen gekriegt. Wir fahren ihn von der Vollzugsanstalt direkt zum Flugplatz. One way ticket«, meinte Eva. »Also für ihn.«

»Und du?« Er wandte sich an Linda.

»Ich weiß nicht. Ich wollte nach Guatemala, aber… manchmal glaube ich, dass das alles keinen Sinn hat. In Guatemala City soll ein neues Zentrum zur Wahrung der Menschenrechte entstehen, und eigentlich wäre ich an der Reihe, ich habe mich aber noch nicht entschieden.«

»Ist das so gefährlich, wie es klingt?«, fragte er.

»Gefährlich ist zu viel gesagt. Ich weiß nicht. Bislang ist noch keinem von uns irgendetwas Ernstes zugestoßen…« Sie verstummte, und Ulf Holtz wollte nicht weiterbohren. Er hatte Angst, dass seine Sorge und Unruhe einen gegenteiligen Effekt haben würden. Mit etwas Glück würde sie nicht fahren, aber das konnte sie nur selbst entscheiden, das wusste er.

Nachdem seine Töchter gegangen waren, saß er noch eine Weile allein im Garten. Dann ging er ins Haus, schloss die Tür ab und setzte sich mit einem Buch, das ihm Eva geschenkt hatte, aufs Sofa im Wohnzimmer. Er kam mit dem Buch irgendwie nicht voran, er begriff nicht, wovon es handelte, obwohl er mehrmals den Klappentext las. Schließlich gab er auf und legte das Buch auf den Couchtisch. Die Fernbedienung mit ihren vielen bunten Knöpfen sah verlockend aus. Er betrachtete sie lange und versuchte dann, sie zu ignorieren. Ohne dass er wusste, wie es zugegangen war, hatte er sie plötzlich in der Hand und schaltete den Fernseher ein. Bilder flimmerten auf. Ein paar Sekunden verweilte er bei einer Natursendung. Ein anderes Programm brachte etwas über Autos, und diverse Beiträge waren bei irgendwelchen Leuten zu Hause im Wohnzimmer gedreht worden. Mit einer nachdrücklichen Bewegung stellte er den Fernseher wieder ab, streckte die Hand nach der anderen Fernbedienung aus und wiederholte das Ganze mit dem Radio. Er hörte überall nur ein paar Sekunden lang zu. Musik, Gerede, Musik, Gerede, Gerede.

Plötzlich wurde ihm warm, und eine Erinnerung ergriff von ihm Besitz.

Er drehte das Radio lauter. Die Sopranstimme klang leidenschaftlich. Der Text des französischen Lieds war ihm unverständlich, aber Rhythmus und Melodie klangen sehr vertraut.

Ulf Holtz lehnte sich auf dem Sofa zurück, und ein Lächeln umspielte seine Mundwinkel.

Wenn du wüsstest, wie sehr du mir fehlst, dachte er.

Angela und er hatten sich kennengelernt, als sie beide noch recht jung gewesen waren.

Er hatte vom ersten Augenblick an das Gefühl, dass sie zusammengehörten. Sie ließen beide ihre Jugendlieben und ihren Alltag hinter sich, was erstaunlich reibungslos ging. Nach wenigen Wochen zogen sie zusammen und planten genussvoll ein langes und glückliches gemeinsames Leben. Er konnte sich fast noch körperlich an das Gefühl erinnern, wie es in der ersten Zeit gewesen war, nach Hause in ihre Wohnung zu kommen. Oft spielte sie französische Platten. Sie empfing ihn immer mit einem strahlenden Lächeln in der Diele, wenn er vollkommen erschöpft von der Arbeit kam. Angela schien nie müde gewesen zu sein, zumindest konnte er sich nicht daran erinnern. Die schöne, fröhliche Angela, die immer für ihn dagewesen war, ihn immer getröstet hatte, wenn er es schwer gehabt hatte.

Hatte er sie getröstet? Hatte er ihr beigestanden? Er bezweifelte es.

Sie waren ungefähr gleich alt und auf ähnliche Weise gestorben, ansonsten schien es keine Gemeinsamkeiten zu geben. Holtz und Pia Levin versuchten, anhand der Spuren eine Verbindung zwischen den beiden Ermordeten zu finden.

»Alles deutet darauf hin, dass beide aus großer Entfernung erschossen worden sind. Beide mit einem einzigen sauberen Treffer. Es könnte sich doch um denselben Täter handeln, oder?«, meinte Pia Levin und zog sich am Ohrläppchen wie immer, wenn sie nachdachte. »Wir müssen die Kugel finden, oder die Kugeln«, korrigierte sie sich.

Ulf Holtz sagte nicht viel. Er ließ eine Tasse Tee in den Händen kreisen und sah geistesabwesend aus dem Fenster.

»Was hat das Bassin ergeben?«, fragte er.

»Noch nichts. Ich habe zwei Assistenten gebeten, die Grobfilter nach Geschossfragmenten zu durchsuchen. Nach anderen Dingen Ausschau zu halten scheint unsinnig. Das Absuchen des Beckenbodens hat nichts ergeben, aber die Kugel könnte sich trotzdem noch dort befinden. Einen Metalldetektor können wir wegen der vielen Rohre nicht verwenden. Außerdem könnte die Kugel ihre Richtung geändert haben. Sie kann sich praktisch überall befinden oder auch gänzlich zersplittert sein.«

»Wir wissen, dass sie erschossen wurde, außerdem wo und von wo. Eigentlich fehlt am Tatort nur das Geschoss«, meinte Holtz.

»Wir haben am Tunnel noch einiges zu tun. Vielleicht sollten wir das mit dem Becken erst einmal auf sich beruhen lassen und hoffen, dass uns die Spuren vom Tunnel weiterbringen?«, dachte Levin laut nach.

»Was ist eigentlich aus dem Sandfilter geworden?«, wollte Holtz wissen.

»Der steht unten in unserem Lager in der Tiefgarage. Kam gestern früh. Ich wollte damit noch warten, es ist wenig wahrscheinlich, dass sich dort etwas findet«, meinte Levin.

Ulf Holtz brummte. Offenbar schien auch er dieser Ansicht zu sein.

Ein paar Minuten verstrichen schweigend.

»Okay, der Tunnelmord«, sagte er dann. »Konzentrieren wir uns darauf. Ich habe mit den Ermittlern geredet. Das Opfer heißt Peter Konstantino, hieß, meine ich natürlich. Achtundzwanzig. In einschlägigen Kreisen als Graffitimaler bekannt. Einige Male wegen Sachbeschädigung verurteilt, aber nie zu einer ernsthaften Strafe. In Schweden geboren, griechische Eltern. Sie kamen irgendwann in den Siebzigern nach Schweden, sind aber nach Griechenland zurückgekehrt. Er war ein Einzelkind. Ist immer seinen eigenen Weg gegangen, aber gut zurechtgekommen, hat rumgejobbt, keine Freundin«, referierte Holtz mit einem Blick in sein Notizbuch.

»Alles ziemlich normal also«, meinte Levin.

»Ja. Das kann man sagen. Keine Feinde, soweit die Ermittler das einschätzen können, aber sie beschäftigen sich weiterhin mit seiner Vergangenheit. Die Eltern sind informiert, aber wir haben von Interpol bislang noch nichts gehört, ob irgendwelche Informationen vorliegen. Knut Sahlén hat übrigens bereits entschieden, dass die Ermittlungen zusammengelegt werden«, sagte er.

»Das klingt vernünftig. In den Zeitungen steht noch nichts

über den Tunnelmord. Merkwürdig«, überlegte Levin und zupfte erneut an ihrem Ohrläppchen.

Sie trug keine Ohrringe und hatte auch keine Löcher in den Ohrläppchen.

»Es ist nur eine Frage der Zeit, bis diese Aasgeier erfahren, dass ein weiterer Mord verübt worden ist, und auf die Idee kommen, dass es sich um denselben Mörder handeln könnte. Mein Gott, das gibt dann vielleicht einen Aufstand«, meinte Holtz.

Er nahm ein großes Blatt Papier aus einer Kiste und legte es auf den Tisch. Die verschiedenfarbigen Wörter waren eingekringelt oder umrahmt. Kreise und Kästen waren mit bunten Strichen verbunden. Zwei Worte waren größer als alle anderen: »Citymord« und »Tunnelmord«.

Holtz betrachtete das Blatt Papier ein paar Minuten lang, nahm dann einen roten breiten Filzschreiber aus einem Kasten und verband die beiden Worte mit einer dicken Linie. Dann schraffierte er die Kästen der beiden Worte schwarz.

»Glaubst du wirklich daran?«, fragte Pia Levin amüsiert.

»Ich weiß nicht, aber schaden kann es jedenfalls nicht«, erwiderte Holtz.

Er hatte vor vielen Jahren einen Kurs in Mindmapping besucht. Der Coach in teurem Tuch hatte behauptet, dass Mindmapping die Welt revolutionieren würde. Die Logik der einen Gehirnhälfte sollte mit der Kreativität der anderen Seite verbunden werden, und das sollte zur Erleuchtung führen.

Soweit Pia Levin wusste, war Holtz der einzige Kursteilnehmer gewesen, der daran geglaubt hatte und Mindmapping tatsächlich anwendete. Er hatte es allerdings vereinfacht und einen eigenen Stil entwickelt. Es war lange her, dass Kurse dieser Art veranstaltet worden waren. Ihr hatte man so etwas jedenfalls noch nie angeboten, und Holtz hatte auch nie versucht, irgendjemanden von seinen Methoden zu überzeugen.

Holtz faltete das Blatt sorgfältig zusammen und legte es zurück in die Kiste. Als er sich von seinem Stuhl erhob, nahm sein Gesicht plötzlich einen gequälten Ausdruck an. Er legte die rechte Hand auf die Brust.

»Was ist?«, fragte Levin.

»Da war ein Stich. Das passiert mir in letzter Zeit öfter.«

»Das solltest du kontrollieren lassen. Mit dem Herzen ist in deinem Alter nicht zu spaßen«, sagte sie lächelnd.

»Ach was! Ich beschäftige mich heute Nachmittag mit dem Tunnel, du sortierst die Fotos und kümmerst dich um das Logbuch für die Tatortanalyse«, meinte Holtz. »Wollen wir vorher noch essen gehen?«

»Klar. Vorschlag?«

»Der Grieche, der wegen der Steuerfahndung zumachen musste, du weißt schon, ist jetzt von einem Thairestaurant ersetzt worden.«

»Warum nicht«, sagte Levin und zog die Daunenweste an, die sie über die Stuhllehne gehängt hatte.

»Du, draußen ist Sommer«, erinnerte Holtz sie.

»Ich weiß, aber die Weste gefällt mir, einfach schick. Komm, lass uns gehen«, sagte sie und lächelte.

Das Blatt saß fest. Ulf Holtz zog vorsichtig mit einer Pinzette daran, bis es sich von dem Ast löste. Es war ein gesundes hellgrünes Blatt. Auch die nächsten Blätter zupfte er ab. Der Stamm wurde immer kahler, und als fast kein Laub mehr übrig war, hielt er den viereckigen, blauglasierten Blumentopf vor sich hin. Der Baum in der Ecke des Blumentopfs sah aus, als hätte er lange auf einer windgepeitschten Insel gestanden. Er stand dramatisch zur Seite gebeugt. Der knorrige Baum mit dem kräftigen Stamm hatte ein langes, hartes Leben hinter sich. Zumindest erweckte er den Anschein. Aber kein Wind hatte ihn bislang gestreift. Die Form war kräftigen Kupferdrähten geschuldet. Sie hatten die Pflanze langsam während des Wachstums in eine andere Form gezwungen. Holtz hatte sie jedoch vor einiger Zeit entfernt. Als er den hoch aufgeschossenen Baum vor einigen Jahren gekauft hatte, hatte er noch ganz gewöhnlich ausgesehen und wäre wohl in irgendeinem Garten gelandet, wenn Holtz nicht sofort seine verborgene Schönheit und sein Potential entdeckt hätte. Er hatte ihn einige Male umgepflanzt und die Wurzeln beschnitten. Außerdem hatte er Äste und Stamm umwickelt und kupiert. All dies hatte den Baum vollkommen verändert. Er war noch sehr unfertig, aber schon jetzt ein schöner Bonsai. Eigentlich war der Frühsommer die falsche Jahreszeit, um das Laub zu entfernen, aber der Baum war in den letzten Monaten in der Wärme des Hauses und unter einer Speziallampe wieder kräftig gewachsen, und Holtz konnte es einfach nicht bleiben lassen. Er drehte den Topf noch einige Male hin und her und betrachtete die Pflanze von allen Seiten. Dann stellte er sie an ihren Platz zurück.

»Eigentlich müsste ich dich umtopfen, aber damit warte ich bis zum Herbst«, sagte er laut.

Ulf Holtz schaltete den Wasserkocher ein und zog dann sein vollgeschriebenes weißes Blatt Papier aus dem modernen Hartschalenrucksack. Er könne auf diesem Rucksack sogar sitzen, hatte ihm der Verkäufer versichert. Holtz hatte es noch nicht ausprobiert.

Er legte das Blatt vor sich auf den Küchentisch und dachte über die Ereignisse der letzten Tage nach. Mit dem Zeigefinger folgte er einer roten Linie, ohne darüber nachzudenken, was er eigentlich tat. Der Finger verweilte auf »Citymord«, bewegte sich dann weiter zu »Tunnelmord« und tippte vorsichtig auf dieses Wort.

Holtz griff zu einer Schachtel Wachsmalkreiden und wählte eine dunkelgrüne, noch unbenutzte. Sie war einigermaßen spitz, so spitz eben, wie Wachsmalkreiden zu sein pflegen. Mit kleinen Buchstaben schrieb er das Wort »Graffitimaler« neben den Kasten mit dem Wort »Tunnelmord«. Dann schrieb er mit derselben Wachsmalkreide »Studentin« neben den Kasten mit dem Wort »Citymord«.

Er folgte einfach seinem Gefühl, auch wenn nichts darauf hindeutete, dass diese beiden Worte irgendwie von Bedeutung für die Morde oder ihre Aufklärung sein könnten. Es waren die einzigen Ausdrücke, die ihm zur Beschreibung der Opfer einfielen.

»Irgendetwas verbindet die zwei, die Frage ist nur, was?«, sagte er laut und wollte schon »Graffitimaler« und »Studentin« durch einen Strich verbinden, entschied sich dann aber damit noch zu warten.

Sowohl die Ermittler als auch er hegten den Verdacht, dass es zwischen den beiden Opfern eine Verbindung gab, worin diese bestand, wusste jedoch bislang niemand. Zwischen den beiden Verstorbenen schien es keine Berührungspunkte zu geben. Holtz wusste aber, dass Lebenswege nie geradlinig verliefen, sondern die merkwürdigsten Kurven vollführten. Irgendwo konnten sich die Wege Jenny Svenssons und Peter Konstantinos also gekreuzt haben.

Durch den Tunnelmord hatte sich das Tempo der Ermittlung erheblich erhöht.

Man hatte die Anstrengungen allerdings bereits intensiviert, sobald klar gewesen war, dass Tobias nicht der Mörder sein konnte. Knut Sahlén hatte widerwillig nachgegeben, als der Staatsanwalt Mauritz Höög beschlossen hatte, Tobias freizulassen und dafür zu sorgen, dass er ins Krankenhaus eingeliefert wurde. Von Festnahme war nicht mehr die Rede gewesen und noch viel weniger davon, ihn zu inhaftieren. Stattdessen hatte der Staatsanwalt damit gedroht, Holtz anzuzeigen, da er ihm nicht sofort mitgeteilt hatte, dass das Video Tobias' Unschuld bewies. Holtz hatte sich damit verteidigt, dass er vollkommen übernächtigt gewesen sei und seine Erkenntnisse auch gleich am Morgen weitergegeben habe. Aber er hatte eigentlich keine plausible Entschuldigung gehabt.

Das Video hatte in aller Deutlichkeit gezeigt, dass Tobias Jenny Svensson unmöglich ermordet haben konnte. Das Blut auf seinem Pullover stammte zwar von Jenny, aber das war nicht weiter merkwürdig, da Tobias ihre Leiche an sich gedrückt hatte. Sein verstörter Blick auf dem Video verriet auch, warum er geflüchtet war. Er hatte sie fallen lassen, war aus dem Becken gesprungen und davongerannt. Panisch hatte er ihre Kleider aufgehoben. Warum, konnte er nicht recht erklären. Man hatte die Sachen in einem Raum für Mülltonnen etwa einen Kilometer vom Tatort entfernt gefunden. Die Ermittler brauchten einige Zeit, diesen Raum ausfindig zu machen, da Tobias' Beschreibung etwas diffus war. Als sie ihn jedoch entdeckten, konnten sie dort auch einige Fingerabdrücke sichern, die seine Geschichte bestätigten.

Ich muss mich auf den Täter konzentrieren, dachte Holtz und suchte mit dem Blick das Wort »Mörder« auf dem weißen Blatt. Er hatte es mit einem dunkelblauen Stift geschrieben. Daneben stand in grünen Buchstaben: »Schütze, Profi, eiskalt, hat ein Motiv, furchtlos«, sowie mit einem Fragezeichen dahinter »waghalsig«.

Unter dem Wort »Spuren« war nichts eingetragen.

Wer bist du, und warum hinterlässt du keine Spuren?, dachte Holtz, überlegte es sich dann jedoch anders. Alle hinterließen Spuren, man musste sie nur finden. Die Kugel, die Waffe sowie die DNA des Mörders mussten irgendwo zu finden sein.

Pia Levin und er hatten sich die Filme der Überwachungskamera noch mehrmals angesehen, ohne dass ihnen etwas Neues aufgefallen wäre. Der Platz, an dem der Schütze vermutlich gestanden hatte, war ohne Ergebnis genauestens abgesucht worden. Auch bei der Straßenreinigung hatte sich nichts ergeben. Das Kehrgut lag unter Unmengen Sand begraben. Dort brauchte man gar nicht erst zu suchen. Im Becken war auch nichts gefunden worden, weder in den Grobfiltern noch im Sandfilter, den sie schließlich mit einem Schneidbrenner geöffnet hatten. Holtz und Levin hatten feststellen müssen, dass die Analyse des Tatortes nichts ergeben hatte, außer vielleicht, wo der Schütze gestanden hatte, aber nicht einmal das ließ sich belegen.

Beim Tunnel werden wir dir auf die Spur kommen, dachte er.

Morgen würde dieser Mord wahrscheinlich die Schlagzeilen beherrschen, obwohl die Leitungsgruppe in den anderthalb Tagen seit dem Auffinden von Peter Konstantinos Leiche alles unternommen hatte, damit nichts durchsickerte.

Der Staatsanwalt Mauritz Höög war so weit gegangen, allen an der Ermittlung Beteiligten zu verbieten, den Tunnelmord Außenstehenden gegenüber überhaupt nur zu erwähnen, selbst Kollegen und am allerwenigsten dem Pressesprecher gegenüber.

Es würde mich wundern, wenn sich nicht trotzdem schon alles herumgesprochen hätte, dachte Holtz. Wahrscheinlich besitzen die Abendzeitungen bereits Fotos des ermordeten Griechen und haben sich schon mit seinen Nachbarn, ehemaligen Schulkameraden und Freundinnen unterhalten. Schlimmstenfalls stellen sie bereits Mutmaßungen darüber an, dass die beiden Morde zusammenhängen könnten. Er wählte eine Nummer auf seinem Handy.

»Hallo. Ich habe gesehen, dass du das bist«, sagte Pia Levin.

»Wir fahren morgen früh noch mal zum Tunnel. Nur du und ich, okay?«

»Klar. Sollen wir uns dort treffen oder im Büro?«

»Dort. Ich bringe alles Nötige mit, außer den Fotoapparaten. Um die musst du dich kümmern.«

»Dann sehen wir uns da.«

Er legte auf, ging ins Wohnzimmer und stellte sich vor den entlaubten Baum.

Wenn man nur langsam, methodisch und vorsichtig genug vorgeht, kann man jedes Ergebnis erzielen, dachte er und schaltete das Licht aus.

Die Wärme weckte ihn. Er schwitzte unter der Decke und warf sie aus dem Bett auf den Boden. Gedanken und Träume vermischten sich. Er befand sich fast an der Oberfläche des Bewusstseins, aber noch nicht ganz. Er versuchte, den Traum festzuhalten, der etwas seltsam, aber trotzdem angenehm war. Dieses Mal handelte es sich nicht um einen Alptraum. Frauenkörper, vielleicht nur einer, eine dunkle, haarige Scheide mit einer rosigen Spalte schien ihm zu entgleiten. Der Geruch, der Geschmack, der Hunger.

Seine Hand bewegte sich langsam über den Bauch nach unten. Er verspürte ein angenehmes Kribbeln. Seine Finger strichen über die harte Erektion. Er nahm sein Glied in die Hand und spürte, wie es pulsierte. Bei der Berührung wurde es noch härter. Langsam ließ er seine Hand nach unten gleiten und zog die Vorhaut zurück. Genauso langsam bewegte er die Hand wieder nach oben. Wärme breitete sich in ihm aus. Sein Herz schlug schneller. Er schloss fest die Augen und ließ seine Hand einige Male rauf- und runtergleiten. Er atmete schneller. Die Bilder tauchten immer wieder vor seinem inneren Auge auf. Er stieß seine Zunge in die hellrosa Spalte. Der Geschmack, der Duft.

Er bewegte die Hand immer schneller und kräftiger. Dann spürte er im Rücken den vertrauten Schauer.

Er steigerte das Tempo.

Spreizte die Zehen.

Sein Bauch wurde nass.

Der Genuss verschwand so schnell, wie das Sperma kalt und klebrig wurde. Er atmete langsam, und der Samen lief seitlich auf das Laken. Kalt und nass.

Ulf Holtz schämte sich, zog die Decke vom Boden hoch und schob sie zwischen sich und den nassen Fleck.

Dann drehte er sich auf die Seite und schlief ein.

Blut und Gehirnsubstanz waren fächerförmig an der Felswand hochgespritzt.

Der Hang war eigentlich nicht sonderlich steil, aber Pia Levin und Ulf Holtz hielten sich trotzdem krampfhaft an dem Seil fest, das sorgfältig am Geländer an der Straße festgebunden war. Wenn man abstürzt, hat man wirklich keine Chance, entweder man stirbt beim Aufprall, oder man wird überfahren, dachte Holtz und sah auf den zügigen Verkehr auf der Autobahnbrücke fünfzig Meter unter sich. Plötzlich wurde ihm schwindelig, und er musste den Blick abwenden.

Er setzte sich auf die nur wenige Quadratmeter große Rasenfläche zwischen Abgrund und Felswand und betrachtete das Muster, das die dunklen Flecken bildeten, die bis in eine Höhe von über zwei Metern reichten.

Auf der Erde war nicht mehr abzulesen, was sich abgespielt hatte. Alles, was herumgelegen hatte, hatten die Kriminaltechniker mitgenommen, einschließlich möglichst vieler Knochenfragmente. Die Wiese die Erde hatten alles andere verschluckt. Bodenproben waren für DNA-Tests entnommen worden. Aber bis sie diese Resultate bekamen, würde einige Zeit verstreichen, außerdem gaben sie sich keinen Illusionen hin, dass sie ihnen weiterhelfen würden.

Pia Levin filmte den Tatort. Ab und zu hielt sie inne und zoomte. Die Festplatte der Digitalkamera war sowohl für Videosequenzen als auch für Standbilder mit sehr hoher Auflösung ausgelegt.

In der einen Hand hielt sie das Seil, in der anderen die Kamera. Sie stand mit dem Rücken zum Hang und lehnte sich zurück, um einen möglichst großen Ausschnitt einzufangen. Sie war so in ihre Arbeit vertieft, dass sie nicht merkte, wie die Erde unter ihr nachgab. Kleine Steine lösten sich und kullerten zusammen mit Grasbüscheln und Erdbrocken hinunter. Einer ihrer Schuhe glitt ins Leere.

»Pass auf!«, schrie Holtz, gerade als Pia in Panik geriet. Ihr Herz schlug ihr bis zum Hals, und ihre Augen waren vor Schreck geweitet, während sie nach hinten kippte.

Und fiel.

Pia Levin ließ die Kamera los und packte das Seil mit beiden Händen. Es dehnte sich, als sie stürzte. Im selben Augenblick warf sich Ulf Holtz zu ihr hinüber und packte sie an der Jacke. Mit den Füßen im Nichts blieb sie an der Kante hängen.

Es wurde still. Einige Sekunden lang. Dann begann Pia zu lachen. Ulf Holtz musste ebenfalls lachen. Die Spannung verschwand, und beide rollten sich auf sichereren Boden.

»Mach das nicht noch einmal«, ermahnte Holtz sie mit gespieltem Ernst.

»Versprochen«, sagte Levin mit einem breiten Lächeln und streckte die Hand nach der Kamera aus, die nur wenige Zentimeter vom Abgrund entfernt lag.

»Wir sind zum Arbeiten hier und nicht um irgendwelche Stunts nachzustellen«, meinte Holtz kopfschüttelnd.

Er erhob sich schwerfällig und klopfte sich die Knie ab. Dann reichte er Pia die Hand und zog sie hoch.

»Also«, sagte Holtz, nachdem er sich wieder gesammelt hatte. »Peter Konstantino stand wahrscheinlich hier auf festem Boden, den Abhang hinter sich, und wollte zu sprayen beginnen, als er von der Kugel im Kopf getroffen wurde. Vermutlich ist er erst nach vorne geschleudert worden, dann zusammengesackt und schließlich den Hang runtergerutscht, bis er vom Sicherungsgurt aufgefangen wurde. Das könnte doch so stimmen, oder?«

»Die Blutspritzer legen das nahe«, erwiderte Levin.

»Wie groß war er?«

Pia Levin legte die Kamera beiseite und zog einen Block aus ihrer Tasche. Sie blätterte kurz.

»Ein Meter zweiundachtzig.«

Holtz zog einen Zollstock aus einer der Taschen an seinen Hosenbeinen.

»Halt ihn bitte«, sagte er und achtete dann sorgfältig darauf, nicht zu nahe an die Kante zu geraten.

Pia Levin nahm den ausgeklappten Zollstock entgegen und stellte ihn auf die Erde. Mit Daumen und Zeigefinger hielt sie ihn bei ein Meter achtzig fest.

»Stell dir vor, du stehst vor einer Felswand, du willst ein Graffiti malen und hältst die Hand mit der Farbdose in die Höhe. Vermutlich stehst du etwa einen Meter von der Felswand entfernt.«

Levin baute sich mit dem Rücken zu Holtz auf, damit er sich ein Bild davon machen konnte, wie der Ermordete gestanden hatte, als er von der Kugel getroffen worden war.

»Die Spritzer an der Felswand sind oval und schräg nach oben gerichtet. Das deutet darauf hin, dass er von unten getroffen wurde. Wir müssen die Blutspritzer nachher vielleicht noch genauer analysieren, aber er müsste also hier gestanden haben.« Holtz deutete auf einen Punkt auf der Erde.

Pia Levin trat ein paar Schritte bis zu der Stelle vor, auf die Holtz zeigte. Holtz betrachtete Levins Hinterkopf, umfasste ihn mit beiden Händen, drehte ihn etwas, bis er sich in der richtigen Stellung befand, und vollführte dann eine Drehung um 180 Grad, um sich eine Vorstellung davon zu verschaffen, woher der Schuss gekommen sein könnte.

»Wie ist das möglich?«

Er sah nicht in Richtung der Bäume, zwischen denen er den Schützen bislang vermutet hatte, sondern auf die Autobahnbrücke über dem Wasser.

»Der Mörder kann nicht auf der Autobahn gestanden haben, und dass der Schuss aus einem fahrenden Auto abgefeuert worden ist, ist ebenfalls unmöglich«, meinte er.

Pia Levin klappte den Zollstock zusammen und folgte Holtz' Blick mit den Augen.

»Wenn wir Dolly dabeihätten, könnten wir die Position vielleicht noch genauer bestimmen, aber wenn wir jetzt einmal davon ausgehen, dass sich der Schütze etliche hundert Meter entfernt befand, dann könnte der Schuss auch von dort gekommen sein.« Sie deutete auf einen Fußweg auf der anderen Seite des Wassers, schräg unterhalb der Autobahn. Er führte am Wasser entlang und lag im Schatten. Eine Treppe führte von einem Parkplatz dort hinunter.

»Bis dahin sind es mindestens fünfhundert Meter«, sagte Holtz, griff zu seinem Fernglas und drückte auf den Knopf des Entfernungsmessers. Es waren 480 Meter.

Die beiden Kriminaltechniker packten ihre Ausrüstung zusammen, schulterten ihre Rucksäcke und erklommen den Hang mit Hilfe des Seils.

»Wir fahren runter. Rufst du die anderen an und sagst Bescheid, dass der Tatort noch einige Tage bewacht werden muss? Wir haben hier noch einiges zu tun. Bring bitte auch das Logbuch auf den neuesten Stand, dann fahre ich schon mal voraus auf die andere Seite.« Holtz ging los, ohne eine Antwort abzuwarten.

Einige Minuten später stellte er auf dem Parkplatz, den sie

vom Leichenfundort aus gesehen hatten, seinen Wagen ab. Eigentlich handelte es sich, wie ihm jetzt auffiel, gar nicht um einen Parkplatz, sondern um einen Wendeplatz. Daneben befand sich ein Winterlager für Boote. Die meisten Boote waren bereits zu Wasser gelassen worden, nur wenige lagen noch unter einer Persenning. Sonderliche Betriebsamkeit herrschte nicht. Holtz trat an den rostigen Stacheldrahtzaun des Bootclubs und betrachtete die Erde und die Umgebung genauestens. Immer wieder blickte er zur Tunnelöffnung auf der anderen Seite hinüber.

»Gehen Sie bei dem schönen Wetter spazieren?«

Die Frage klang nicht freundlich, sondern eher misstrauisch.

Holtz drehte sich überrascht zur Stimme um.

»Wird das Gelände nachts bewacht?«, fragte er den Mann, der breitbeinig hinter dem Zaun des Bootclubs stand und ihn betrachtete.

»Wieso?«

»Ich habe auf einem Schild gelesen, dass das Gelände bewacht wird.«

»Wer sind Sie eigentlich?«

Der Mann öffnete die Pforte und kam auf Holtz zu.

»Was wollen Sie hier?«, fragte er.

Holtz hatte keine Lust auf einen Wortwechsel und zog einfach seinen Dienstausweis aus der Tasche.

»Das hat ja ganz schön lange gedauert, das muss ich schon sagen«, meinte der andere verärgert.

»Was, bitte?«

»Das ist doch verdammt noch mal zwei Wochen her, dass wir Anzeige wegen Diebstahls und Vandalismus erstattet haben. Seither haben wir nichts gehört.«

»Haben Sie Wachen? Ich meine, nachts?« Holtz ignorierte die Kritik des Mannes.

»Ab und an. Wir haben gehofft, dass das Schild mit der Aufschrift ›Videoüberwachung‹ die Diebe abschrecken würde. Aber darauf sind sie offenbar nicht reingefallen.«

»Hat Donnerstagnacht jemand hier Wache geschoben?«

»Es hätte jemand hier sein sollen. Wir haben eine Liste, wer wann dran ist, aber man weiß nie. Alle bekunden ihre Einsatzbereitschaft, bis sie dann selbst an der Reihe sind. Dann gibt es immer unzählige Ausreden. Haben Sie Donnerstag gesagt? Ich weiß nicht. Ist etwas passiert?«

»Nein, nichts Besonderes, reine Routine.« Holtz hörte selbst, wie wenig überzeugend das klang.

»Aha.«

»Falls Donnerstagnacht jemand hier aufgepasst hat, könnten Sie ihn dann bitten, mich anzurufen?«

»Sie.«

»Wie bitte?«

»Es war eine Sie, falls sie tatsächlich hier war.«

»Okay. Dann eben sie. Bitten Sie sie, mich anzurufen«, sagte Holtz und schrieb seinen Namen und seine Telefonnummer auf ein Stück Papier. Der Mann nahm den Zettel entgegen und verschwand.

Holtz schritt den Zaun noch einige Male ab, bevor Levin auftauchte.

»Wenn es so passiert ist, wie du glaubst, dann könnte der Mörder hier unten gestanden und zur Tunnelöffnung hochgeschossen haben. Er hat sein Opfer aus einer Entfernung von über vierhundert Metern getroffen«, sagte Holtz, als sie auf ihn zukam.

»Gelegen. Ich würde einmal davon ausgehen, dass der Schütze auf der Erde gelegen hat«, sagte Levin.

»Hm … vielleicht.«

Holtz ging auf und ab und sah sich um. Dann fiel sein Blick

auf eine kleine Bodenerhebung neben einer kräftigen Kiefer.

Er blieb einen Meter vor der Erhebung stehen, betrachtete sie lange und sah dann zum Tunnel hoch.

»Du … hier. Hier könnte er gelegen haben. Hast du Absperrband dabei?«, fragte er eifrig.

Levin suchte eine Rolle des blau-weiß gestreiften Bands aus ihrem Rucksack hervor und warf sie Holtz zu. Dann ging sie zu dem Minibus und öffnete die beiden Hecktüren. Dahinter herrschte vorbildliche Ordnung. Fächer, Kästen, Schachteln und Wandregale mit Ausrüstung. Die Kriminaltechniker konnten sich an den jeweiligen Tatort begeben, ohne einen Gedanken an ihr Equipment verschwenden zu müssen. Tiefer im Inneren des Wagens stand ein kleines Tischchen mit einem Computer. Das sparte viel Zeit, und vor allen Dingen wurde auf diese Weise nichts Wichtiges vergessen.

Sie zog eine kleine Dusche hervor, die zu einem Fünfliterkanister führte, und spritzte damit die Schuhe ab, die beim Klettern am Hang schmutzig geworden waren. Aus einem Plastikkasten mit Deckel nahm sie einen Stapel dünner Bretter und gab ihn Holtz. Dieser legte damit einen Weg zu der Bodenerhebung aus. Levin zog das Zelt aus einem Plastikrohr, das auf dem Dach des Minibusses befestigt war, und baute es über der Bodenerhebung auf.

Eine Stunde später war der mögliche Tatort gesichert und gefilmt.

»Lass uns anfangen«, sagte Holtz und steckte an der Stelle, von der er vermutete, dass der Schütze dort gelegen hatte, einen Stab in die Erde. An dem Stock war eine Schnur befestigt, die alle zwanzig Zentimeter einen Knoten aufwies. Langsam ging er mit zur Erde gerichtetem Blick im Kreis. Bei jeder Runde wanderte er einen Knoten weiter nach außen. Er drehte Zweige um, hob Grashalme an und schob Pflanzen zur

Seite. Pia Levin stand dabei, ohne etwas zu sagen. Sie wusste, dass Holtz Stille benötigte, wenn er den Boden absuchte. Auf der Oberseite von Zweigen und Grashalmen war oft nichts zu sehen, aber Schäden an den Unterseiten gaben Aufschluss darüber, wo jemand gelegen hatte. Holtz verglich das Spurenlesen immer mit einem plötzlichen Licht in einem dunklen Zimmer. Erst sah man nichts, dann leuchteten die Spuren auf einmal auf.

Ihr war bewusst, dass die Spurensuche nicht ganz so simpel war, sie wusste aber auch, dass niemand diese Kunst so gut beherrschte wie Holtz.

Pia Levin verspürte eine plötzliche Stimmungsveränderung.

Sie betrachtete den mittlerweile zehn Meter von ihr entfernt kauernden Ulf Holtz.

»Kannst du mir eine Pinzette und ein Glas mit Schraubverschluss geben«, sagte er, ohne den Blick vom Boden zu heben.

Sie reichte ihm die gewünschten Dinge, und er nahm sie in Empfang, immer noch ohne seinen Blick zu heben.

Er stach die Pinzette ins Gras.

»Genau, was ich gesucht habe«, sagte er.

Mit der Pinzette hielt er ein verbogenes, dunkles Stück Plastik, das nicht größer war als ein Fingernagel, in die Höhe.

»Das erklärt so einiges«, meinte Holtz mit einer Erleichterung, die fast mit Händen zu greifen war.

Das andere Plastikfragment lag, wo Holtz es vermutete: in gleichem Abstand auf der anderen Seite der kleinen Erhebung.

GRAFFITIKÜNSTLER ERMORDET

Jetzt waren sogar die großen Tageszeitungen aufgewacht. Die Schlagzeilen unterschieden sich, aber das Thema war dasselbe. Der bekannte Graffitikünstler Greco war brutal ermordet worden, als er den öffentlichen Raum schmücken wollte. Dass mit Ausnahme einiger anderer Sprayer, die ihn wegen seines speziellen Stils kannten, noch nie jemand von ihm gehört hatte, schien keine Rolle zu spielen. Als Mordopfer wurde er zum Promi. Die Artikel waren wie immer sehr detailliert, und es hatten sich erstaunlich wenige Fehler eingeschlichen, konstatierte Ulf Holtz.

Auf dem Fußboden neben ihm lag ein Stapel Zeitungen. Die Gratisblätter, die beiden Stockholmer Tageszeitungen und die Abendzeitungen. Alle hatten dasselbe Format und waren sich verwirrend ähnlich.

In allen stand, dass ein erschossener junger Mann in einem Sicherungsgurt über dem Autobahntunnel hängend aufgefunden worden sei und zwar an der südlichen Einfahrt Richtung Hauptstadt. Gespräche mit Nachbarn und Freunden des Ermordeten hatten das Bild eines freundlichen, hilfsbereiten und künstlerisch begabten jungen Mannes ergeben. Er sei ein Vorbild für die Jüngeren gewesen. Niemand schien ihn näher gekannt zu haben, aber alle äußerten trotzdem eine dezidierte Meinung.

Anwohner aus der näheren Umgebung des Tatortes gaben

verschreckt zum Besten, dass trotz der allgemeinen Zunahme der Kriminalität niemand mit so etwas Fürchterlichem in solch einem ruhigen Wohnviertel gerechnet habe.

In den Abendzeitungen wurden bereits Mutmaßungen über den Mord angestellt, während die Tageszeitungen die Spalten mit Graphiken und Kommentaren des Pressesprechers Anders Sylén füllten, der eigentlich nichts zu sagen hatte, außer dass man die eigenen Register durchforste und hoffe, die Sache rasch aufzuklären. Aus ermittlungstechnischen Gründen könne er die Fragen, ob der Mörder irgendwelche Spuren hinterlassen habe oder ob es einen Verdächtigen oder ein Motiv gebe, jedoch nicht beantworten.

Die Wahrheit war, dass Anders Sylén nicht den blassesten Schimmer hatte. Als sein Handy am Vorabend geklingelt hatte, hatte er den Reporter erst damit abgefertigt, es sei gar nichts passiert, zumindest wisse er von nichts. Als sein Telefon jedoch wenige Minuten später von neuem klingelte, wurde ihm klar, dass er sich ankleiden und in die Arbeit fahren musste. Seitdem beantwortete er unablässig telefonische Fragen und gab zudem ein Fernsehinterview in Uniform. Das Radio war ihm natürlich auch auf den Fersen. Mit den Ermittlern durfte er jedoch trotz eindringlicher Bitten nicht sprechen. Er musste sich mit einem schriftlichen Bericht begnügen, an den er sich hielt und den er recht bald auswendig konnte.

Der Borgholm-Sessel knarrte, als sich Ulf Holtz mit geschlossenen Augen zurücklehnte.

Das alles wird nur noch schlimmer werden, dachte er.

»Ich weiß nicht, ob ich lachen oder weinen soll«, sagte Knut Sahlén. Fünf bleiche Gesichter sahen ihn leicht gestresst an.

»Ich vertraue euch und glaube nicht, dass einer von euch

mit der Presse geredet hat, aber es sind erstaunlich viele Details bekannt geworden, findet ihr nicht auch?«

Erleichtertes Kopfnicken. Die Schuldzuweisung würde jemand anderen treffen.

»Ich habe natürlich niemandem etwas erzählt, nicht einmal zu Hause, und der Staatsanwalt wird auch keinen Mucks gemacht haben. Einem geschwätzigen Strafverteidiger können wir einstweilen noch nicht die Schuld geben, und wir können nur hoffen, dass der Staatsanwalt wie immer eine Informationssperre verhängt, wenn die rampenlichtgeilen Anwälte auf der Bildfläche erscheinen. Ich werde natürlich nicht nachforschen, wer die Quellen der Zeitungen sind, möchte euch aber bitten, dass ihr diese Feldakrobaten so weit wie möglich aus der Sache raushaltet.«

»Das funktioniert nicht. Das weißt du«, erwiderte Adrian Stolt. »Wir sind auf Teamarbeit mit den Kriminaltechnikern angewiesen, und außerdem wären wir ohne Holtz und seine Leute noch keinen Schritt weitergekommen.«

Im Zimmer wurde es ganz still. Knut Sahlén atmete ganz ruhig durch. Er nahm einen Whiteboard-Stift und warf ihn von einer Hand in die andere. Man konnte förmlich sehen, wie er langsam bis zehn zählte.

Niemand sagte etwas, und Adrian Stolt begann, auf seinem Stuhl hin und her zu rutschen.

»Er hat Recht, wir brauchen die Techniker. Am allerwenigsten können wir Streit untereinander gebrauchen. Außerdem haben wir keine Ahnung, wo das Leck ist. Das könnte auch ich gewesen sein«, sagte Ellen Brandt und fügte dann noch rasch hinzu, dass sie es natürlich nicht gewesen war.

Knut Sahlén spürte, wie sich die Stimmung im Zimmer gegen ihn wendete.

»Nun denn. Wir lassen das auf sich beruhen. Ruft Holtz.

Wir können nur hoffen, dass er sich nicht wieder persönlich engagiert und uns alle in den Schlamassel zieht. Wie damals bei dem Minister, meine ich«, sagte er und blätterte in einem Ordner. Er versuchte, beschäftigt zu wirken, während sich seine innere Wut verflüchtigte.

»Ich werde der Sache genauer nachgehen, aber ich bin mir so gut wie sicher«, sagte Holtz.

Die Beamten des Ermittlerteams betrachteten interessiert die Projektion an der Wand, auf der zwei stark vergrößerte, identisch geformte Plastikstücke neben einem Lineal zu sehen waren, das zeigte, dass die Plastikteile nur wenige Millimeter lang waren.

»Was soll das gleich wieder sein?«, fragte Knut Sahlén.

»Das sind die Fragmente einer Ummantelung.«

»Was für eine Ummantelung?«

»Scharfschützenmunition 762. Die Ummantelung umschließt das Geschoss auf dem Weg durch den Lauf. Sie fällt herunter, sobald die Kugel die Mündung verlassen hat. Dadurch wird das eigentliche Geschoss schmaler.«

»Und wozu ist das gut?«, wollte Adrian Stolt wissen.

»Geringeres Gewicht und höhere Geschwindigkeit. Die Munition ist so konstruiert, dass das Geschoss aus Wolframkarbid auch bei Seitenwind noch Ziele in einer Entfernung von über tausend Metern trifft. Es fliegt mit einer Geschwindigkeit von 1340 Metern in der Sekunde, das ist doppelt so schnell wie ein normales Geschoss. Die Ummantelung besteht aus drei Teilen und wird in einem bestimmten Winkel aus der Mündung geschleudert«, meinte Holtz.

»Und wer ist im Besitz solcher Munition?«, fragte Knut Sahlén.

»Das kann ich nicht mit Sicherheit sagen, aber ich könnte

mir vorstellen, dass die Scharfschützeneinheiten des Militärs sie haben und sogar die Scharfschützen des Zivilschutzes. Und die Polizei natürlich. Ich habe in Erfahrung gebracht, dass eine Patrone nicht mehr als zehn Kronen kostet.«

»Um was für eine Waffe könnte es sich handeln?« Knut Sahlén wirkte verändert. Er klang freundlicher, geradezu demütig.

»Das lässt sich nicht mit Sicherheit sagen, aber ich vermute, dass es sich um ein Scharfschützengewehr Modell 90 oder etwas in dieser Art handelt.«

»Entschuldige meine Unwissenheit, aber könntest du das präzisieren?«, sagte Stolt.

»Das Neunzig ist eine Weiterentwicklung des englischen Scharfschützengewehrs, das die Spezialeinheit SAS verwendet. Das schwedische Modell ist für AW modifiziert und gilt als eines der besten Scharfschützengewehre der Welt.«

»AW?«

»*Arctic warfare*«, sagte Holtz, so dass es wie etwas aus »Krieg der Sterne« klang.

Knut Sahlén seufzte, sah aus dem Fenster und legte die Hände in den Nacken, als er sich mit bekümmerter Miene auf seinem Stuhl zurücklehnte.

»Scharfschützen, Graffitimaler und junge Blondinen, die sich nachts herumtreiben«, sagte er. »Was ist hier eigentlich los?«

Die anderen wandten ihre Blicke ab, um nicht auf die dunklen Schweißflecke auf seinem Hemd starren zu müssen.

Das hellrote, leuchtende Pappschild verkündete, dass es Oliven zum »Sonder Preis« gab. Ulf Holtz betrat den im Souterrain liegenden Laden. Die Waren lagen aufeinandergestapelt, ein Durcheinander aus rosa Stoffschuhen in verschiedenen Größen und Reissäcken.

»Oliven?«, sagte Holtz. »Im Sonderangebot. Das meinen Sie doch, dass sie besonders billig sind?«

»Allerdings.«

Die Frau im Laden lächelte freundlich und deutete stolz auf die Schalen mit den Oliven.

Eigentlich hatte er das Geschäft betreten, um seine Meinung über die Schreibung zusammengesetzter Substantive kundzutun. Eine Woche lang war er an dem Schild mit den beiden Worten »Sonder Preis« vorbeigegangen, bis er schließlich dem Drang nachgegeben hatte, den Laden zu betreten.

Das Lächeln der Frau nahm ihm den Wind aus den Segeln. Er war der einzige Kunde im Laden.

»Welche und wie viel?«

»Ich weiß nicht«, erwiderte Holtz. Eigentlich mochte er keine Oliven, ihre Konsistenz behagte ihm nicht.

Er dachte an das Mittagessen. Auf der Speisekarte hatte Griechischer Salat gestanden. Eine Enttäuschung. Eisbergsalat, ein paar gelbe Zwiebelringe und dazu ein paar dicke Scheiben Schafskäse. Einige mattschwarze, kernlose Oliven krönten die Kreation. Die Oliven hatten nach nichts geschmeckt, der Käse auch.

»Ich habe zum Mittagessen Oliven bekommen, die mir nicht geschmeckt haben. Für Eisbergsalat und einen gummiartigen, weißen Käse habe ich ein halbes Vermögen bezahlt. Und für die Oliven«, sagte er.

Die Frau hinter dem Tresen lächelte.

»Dann haben Sie noch nie richtige Oliven probiert. Knackig und nicht versalzen.«

»Oliven sind doch wohl Oliven«, wandte Holtz ein.

»Probieren Sie die hier«, sagte die Frau und reichte ihm eine große, grüne Olive auf einem Löffel.

Er zögerte, nahm dann aber die Olive mit Daumen und Zeigefinger. Sie war sehr ölig.

»Die wird Ihnen schmecken.«

Er steckte die Olive in den Mund. Sie war sehr salzig, und er hätte sie um ein Haar ausgespuckt, biss dann aber hinein.

»Vorsichtig, sie ist nicht entkernt«, sagte die Frau.

Er kaute die Olive bedächtig, und bei dem wunderbaren Geschmack lief ihm das Wasser im Mund zusammen. Sie war salzig und bitter. Vielleicht nicht bitter, eher rau, dachte er. Wenn man einen Geschmack denn als rau beschreiben konnte. Er wusste es nicht. Eigentlich interessierte er sich nicht sonderlich für Kulinarisches, war zwar aufgeschlossen, konnte aber das enorme Interesse an Kochsendungen und Ähnlichem nicht nachvollziehen. Sogar seine Kollegen der forensischen Abteilung unterhielten sich über derartige Fernsehprogramme. Einer von ihnen hatte sogar bei einem Abendkurs verschiedene Essigsorten verkostet. Manchmal fragte er sich, ob wirklich jemand diese fantastischen Gerichte, von denen immer die Rede war, jemals zubereitete. Er war zufrieden, wenn es jeden Tag etwas anderes gab, und wenn es am Freitagabend etwas feierlicher zugehen sollte, dann aß er eine Avocado mit fertigem Krabbensalat. Wenn es das Wetter zuließ, grillte er.

Die Kollegen lachten ihn immer aus und meinten, er sei in den 70er Jahren bei Steaks und frittiertem Camembert hängen geblieben. Ihm war klar, dass sie ihn auf den Arm nahmen, konnte das aber nicht lustig finden. Er mochte frittierten Camembert, vorzugsweise mit Multebeerenkonfitüre.

»Jetzt vielleicht eine Calamata-Olive?«

Die Frau hielt ihm den Löffel ein weiteres Mal mit einer großen schwarzlila glänzenden Olive hin. Er zögerte wieder, nahm die Olive dann aber doch. Sie schmeckte nicht ganz wie die erste, aber ähnlich und war mit etwas Rotem gefüllt.

»Pimiento, Paprika. Wenn man den Kern entfernt, dann kann man die Olive mit etwas Leckerem füllen. Üblicherweise mit Paprika; Sardellen, Knoblauchzehen oder Mandeln funktionieren aber auch«, sagte die Frau hinter dem Tresen.

Obwohl er sich noch nicht ganz an den Geschmack gewöhnt hatte, merkte er, dass er Lust auf das Salzige bekommen hatte. Holtz entschied sich. Von nun an würde er Oliven mögen.

»Was kosten die schwarzen?«

»Die Calamataoliven kostet 40 Kronen für 100 Gramm, aber Sie bekommen sie gratis.«

»Warum das?«

»Wenn man erst einmal auf den Geschmack gekommen ist, dann kommt man nicht mehr davon los. Sie werden wiederkommen«, sagte sie voller Überzeugung, füllte drei große Löffel in eine Plastikschale und gab dann etwas von der Lake dazu.

»So hält sich der Geschmack besser.« Sie drückte einen Deckel auf die Schale. Dann stülpte sie eine Plastiktüte darüber und knotete sie routiniert zu.

»Halten Sie die Schale aufrecht. Die Flecken von der Lake gehen kaum wieder weg«, sagte sie.

Holtz dankte, versprach wiederzukommen und ging die zwei Treppenstufen zur Straße hoch.

Es war kalt, und am Nachmittag war es windiger geworden. Er stellte den Kragen seiner Jacke auf und zog die Schultern hoch. Für die vier Häuserblocks zum Präsidium brauchte er zehn Minuten. In der Empfangshalle aus Stahl, Metall und Granit standen wie immer Wartende. Es gab zwei Anzeigen für Wartenummern, auf der einen stand 326, auf der anderen 45. Unter der höheren Ziffer wies ein Zettel darauf hin, dass man sich an den Schaltern zwei und drei nur mit Passangelegenheiten befasse.

Hinter der Glasscheibe und einem hohen Tresen war nur einer der vier Schalter besetzt. Ein junger Polizeibeamter sah desinteressiert auf einen Monitor. Niemand sagte etwas, niemand tat etwas. Nicht die geringste Aktivität war auszumachen.

Holtz eilte an dem Tresen vorbei, ohne seinen Kollegen zu grüßen, und ging dann auf die hinterste Tür ohne Aufschrift zu. Er schob seinen Dienstausweis durch ein Lesegerät und gab dann einen fünfstelligen Code ein. Ein Klicken, und Holtz drückte die Tür auf. Das Licht auf der anderen Seite schimmerte schmutziggelb. Er schlenderte den Korridor entlang und passierte dabei eine Reihe brauner Türen, die aussehen sollten, als wären sie aus Mahagoni. Im Grunde genommen waren es Hartfaserplatten, die man mit unterschiedlich breiten braunen Linien bemalt hatte. Er blieb vor der Schuhputzmaschine stehen, die irgendeine Firma dort aufgestellt hatte, um ein Reklameschild an ihr anbringen zu können, streckte seinen Fuß unter einen schwarzen Pfeil und hob ihn leicht an, um ein paar Tropfen Schuhcreme auf das Leder fallen zu lassen. Dann hielt er den Schuh unter die Bürsten. Nachdem er die Prozedur mit dem anderen Fuß wiederholt hatte, stellte er zufrieden fest, dass das Leder glänzte. Er ging zu den Fahrstühlen, wo es neuerdings aussah wie bei den städtischen Recyclingcontainern.

»Wo warst du?«

Pia Levin lehnte im Korridor, mit angewinkeltem Knie und eine Sohle an der Wand. Sie stand immer so. Niemand hatte es bislang gewagt, sie danach zu fragen, aber man ging davon aus, dass sie das für lässig hielt.

»Ich habe Oliven gegessen«, antwortete Holtz.

»Wie bitte?«

»Wusstest du, dass Oliven ganz unterschiedlich schmecken können? Sie sind unterschiedlich salzig und können die verschiedensten Füllungen haben.«

»Ich komme nur dann mit Oliven in Berührung, wenn ich sie aus meinem Martini fische, weil sie den Geschmack verderben«, erwiderte Pia Levin.

»Was du nicht sagst. Ich habe noch nie gesehen, dass du etwas Essbares verschmäht hast, selbst wenn es in einem trockenen Martini liegt. Du isst ja sogar die Zitronenscheibe.«

»In einem trockenen Martini soll keine Zitronenscheibe schwimmen. Man reibt mit der Zitronenschale einmal das Glas aus, bevor man den Gin eingießt«, meinte Pia Levin.

»Komm mit«, sagte Holtz.

Pia Levin folgte ihm in sein Büro. Sie setzte sich wie immer auf den schwarzen Besucherstuhl und zog ihn an den Schreibtisch heran. Holtz holte ein paar graugrüne Papierhandtücher hervor. Ein paar Tage zuvor hatte er einen ganzen Stapel mitgenommen, der auf dem leeren Handtuchspender in der Toilette gelegen hatte, und ihn in der untersten Schreibtischschublade deponiert. Mit denen lässt sich sicher noch etwas anfangen, hatte er gedacht. Jetzt konnte er sie brauchen. Er stellte den Plastikbecher darauf, aus dem etwas Lake ausgelaufen war. Dann nahm er den Deckel ab und achtete darauf, nichts auf dem Schreibtisch zu verschütten. Auf den Papierhandtüchern entstanden dunkle Flecken.

»Probier mal«, forderte er Pia Levin auf.

Sie nahm eine Olive zwischen Daumen und Zeigefinger, schob sie in den Mund, schloss die Augen und lehnte sich auf ihrem Stuhl zurück.

»Und?«

Pia Levin war eine Weile still. Er sah sie sehr langsam kauen.

»Wie wenig doch nötig ist, um das Leben lebenswert zu machen«, meinte sie.

»Stimmt«, erwiderte Holtz und nahm ebenfalls eine Olive.

Sie schwiegen lange.

»Darf ich dich etwas fragen?«

Pia Levin zögerte.

Ulf Holtz sah sie an.

»Habe ich mir etwas zu Schulden kommen lassen, hat dir irgendwas nicht gefallen?«, fragte Levin.

»Nein … ganz und gar nicht. Warum?«

»Ich weiß nicht. Nur so ein Gefühl.«

»Nein, das hat nichts mit dir zu tun. Es ist … etwas anderes. Ich sehe ein, dass ich in letzter Zeit vielleicht etwas schwierig war«, sagte Holtz.

»Und warum?«

Holtz wirkte betreten.

»Mona Stridh hat mich angerufen. Sie wollte mit mir reden. Ich wusste nicht, was ich tun sollte, also haben wir uns verabredet.«

»Wie geht es ihr?«

»Natürlich fürchterlich. Von allen im Stich gelassen, nicht zuletzt von mir oder genauer gesagt von der Polizei. Sie sei im Grunde genommen meinetwegen gekommen, hat sie gesagt.«

»Deinetwegen?«

»Sie meinte, sie fühle sich zum ersten Mal wie ein richtiger Mensch, obwohl ihr ganzes soziales Netzwerk zusammengebrochen sei. Sie lebe lieber arm und allein als ein ganzes Leben lang in Angst und Schrecken. Als es uns nicht gelungen ist, etwas zu beweisen, hat man schließlich die ganze Schuld auf sie geschoben. Er konnte weiter im Ministerium arbeiten, während sie ausgegrenzt wurde. Sie hatte gehört, dass ich um ein Haar den Job verloren hätte, als ich mich für sie eingesetzt habe. Ich habe mich zu sehr engagiert. Aber das weißt du ja alles. Sie wollte mir nur erklären, dass sie mir nicht die Schuld gibt.«

»Und wie siehst du das selbst?«, wollte Levin wissen.

Holtz rieb sich das Kinn, seufzte und fuhr fort:

»Ich habe mir in den letzten Wochen oft überlegt, was ich hätte anders machen können. Ich habe sogar überlegt aufzuhören«, meinte Holtz.

»Das kann nicht dein Ernst sein?«

»Du weißt schon … Aber das ist jetzt vorbei. Ich war einfach nur etwas down«, sagte er.

»Deine schlechte Laune hatte also nichts mit mir zu tun?«

»Nein, wirklich nicht.«

Er versuchte ohne Erfolg, ihren Blick aufzufangen.

Pia Levin sah aus dem Fenster. Eine lange Zeit sagte sie nichts. Es dämmerte.

»Ich fahr jetzt nach Hause. Bis morgen«, sagte sie plötzlich und stand auf.

Ulf Holtz nickte zum Abschied und lächelte.

Beschwingten Schrittes ging Pia Levin zum Fahrstuhl.

Akazias Beine zuckten, aber das kümmerte ihn kaum. Mit raschen Strichen eines breiten Filzstiftes entstand ein kantiges, fast aggressives Bild aus ineinander verflochtenen Buchstaben.

Wer aufmerksam hinsah, erkannte, dass die Buchstaben seinen Namen bildeten. Genauer gesagt sein Pseudonym, seinen Tag. Akazia. Niemand hätte es allerdings gewagt, in seinen Skizzenblock zu sehen, und er hatte noch nicht das Bedürfnis verspürt, etwas vorzuführen, bislang jedenfalls noch nicht. Akazia wollte ungestört arbeiten. Er saß auf dem Tisch mitten im Zimmer und hatte die Beine auf einen Stuhl mit gepolsterter Lehne gestellt. Sein Gesicht verschwand fast ganz in der Kapuze seiner Jacke.

»Wird das gut so?«

Der Junge, der diese Frage gestellt hatte, war kaum älter als zwölf und versuchte, gleichmütig auszusehen, aber seine Augen verrieten ihn. Akazia war so etwas wie ein Gott. Das Zimmer, eigentlich das Lager einer chemischen Reinigung mit Schlüsseldienst, lag fast gänzlich im Dunkeln. Ein schwacher Farb- und Waschmittelgeruch hing in der Luft.

Da fast nie irgendwelche Kunden kamen, hatte ihnen der Besitzer, Omar, erlaubt, sich im Lager aufzuhalten. Solange sie nichts kaputt machten, durften sie dort hingehen, wann immer sie wollten. Omar betrat den Raum fast nie. Wenn ein Kunde kam, sah er schon an dem handgeschriebenen Zettel an der Tür mit den Worten »Komme gleich«, dass in dem Geschäft nicht viel los war.

Vier junge Männer, eher noch Jungen, und ein ebenso junges Mädchen saßen über ihre Skizzenblöcke gebeugt an einem Tisch. Musik dröhnte. Sie hätten gerne noch lauter aufgedreht, aber das hatte Omar verboten. Die Musik hätte die wenigen Kunden, die sich in das Geschäft verirrten, auch noch vertrieben.

»Gut so?«, wiederholte der Junge die Frage, nachdem er Mut gesammelt hatte.

Akazia hob langsam den Kopf und sah ihn lange an.

»Was heißt hier gut, und wer entscheidet das?«, fragte er dann.

Der Junge sah verwirrt aus.

»Du entscheidest selbst, was gut ist, oder? Lass mal sehen.« Er deutete auf den Skizzenblock, den der Junge unter dem Arm hielt. Dieser überreichte ihn ehrfürchtig.

Akazia sah, dass die Skizzen gut waren, alles andere als perfekt, aber gut. Grellbunte Bilder mit vielen Details. Daraus konnte ein Piece an irgendeiner Betonmauer oder in irgendeiner S-Bahn werden. Akazia erinnerte sich gerührt, wie er als Junge, als *toy*, bei den anderen Sprayern hatte mitmachen dürfen. Damals konnte man noch große, zeitraubende Pieces malen, die dann monatelang nicht entfernt wurden. Jetzt war alles anders. Je lauter die Politiker schrien, desto strenger wurden die Gesetze und desto unerbittlicher wurden die Sprayer gejagt. Die Wachen in der U-Bahn und die anderen Sicherheitsunternehmen witterten Morgenluft und nahmen sich immer größere Freiheiten. Die Polizei schikanierte die Sprayer bei jeder Gelegenheit in Form sogenannter präventiver Leibesvisitation. Die Wachmänner waren noch schlimmer. Die Graffiti wurden meist schon einen Tag später von einer Reinigungsfirma weggekärchert.

Viele Graffitikünstler hatten aufgegeben.

Nicht die angedrohten Geld- und Gefängnisstrafen hatten sie abgeschreckt, sondern die Tatsache, dass sie als schwerkriminelle Junkies betrachtet wurden, hatte ihnen zu denken gegeben. Sie waren es leid, oder sie hatten eine Familie gegründet oder gingen einer geregelten Arbeit nach. Sie waren ganz einfach älter geworden.

Neue Gesichter waren aufgetaucht. Viele sahen sich schon als Kriminelle und waren stolz darauf. Auch Leute, die fanden, dass die Jagd die Sache noch aufregender machte, hatten sich ihnen angeschlossen. Und dann gab es noch diese richtigen Psychopathen, die in so kurzer Zeit wie möglich so viel wie möglich vollsprühten und das Meinungsfreiheit nannten. Es gab eigentlich nichts mehr, was die Graffitikünstler verband, außer den Graffiti natürlich. Musik und Streetdance, die sie früher noch gemeinsam hatten, wurden immer unwichtiger, da sie von anderen vereinnahmt worden waren. Und seit Skateboards in den Korridoren der Werbeagenturen ebenso häufig waren wie auf Betonparkdecks, hatte sich ihre Identität verändert, war erodiert. Nur ein paar wenige vom alten Stamm waren übrig. Akazia war einer von denen, die ganz einfach nicht aufhören konnten, obwohl er mehrfach zu Schadensersatz verurteilt worden war, den er sein ganzes Leben lang nicht würde zahlen können.

»Du musst einen eigenen Stil finden, diese Oldschool-Sachen auf deinem Block kommen vermutlich nicht wieder. Dauert einfach zu lang. Denke frei, und dann darfst du nicht vergessen, dass es schnell gehen muss, sehr schnell, ein Throw darf nicht länger als ein paar Minuten dauern«, sagte er. Der Junge nickte, nahm seinen Block und trottete mit entschlossenem Blick davon.

Die anderen saßen noch hochkonzentriert über ihren Skizzen. Eine halb ausgetrunkene Dose Bier stand auf dem

Tisch. Es war stickig, und der Geruch von Omars Zigarettenkippen mischte sich mit dem durchdringenden Farbgeruch.

»Wieso ist Greco das wohl passiert?«, fragte Akazia, zog ein dickes Gummiband über seinen zugeklappten Skizzenblock und legte ihn beiseite.

»Vielleicht war er in was verwickelt, wovon wir nichts gehört haben«, meinte ein Junge mit dem Spitznamen Röv.

»Was soll das denn sein? Er war doch immer ein kleiner Fisch«, entgegnete Akazia.

»Wer weiß schon, was Greco vorhatte? Er war doch immer ein Einzelgänger, oder? Sein Tag ist nie zusammen mit anderen aufgetaucht. Von großen Greco-Aktionen weiß ich auch nichts«, sagte Röv.

»Jedenfalls hatte er sich eine krasse Stelle zum Sprayen ausgesucht. Ich frage mich, was das hätte werden sollen. Verdammt seltsamer Ort, um zu sterben«, meinte Akazia.

Eine Gestalt tauchte aus einer dunklen Ecke auf. Das Mädchen, das sich Straycat nannte, nahm ihren Rucksack vom Boden und ging auf die Tür zu. Sie zog die Kapuze ihres Camouflage-Anoraks hoch und blieb beim Vorhang aus Perlenschnüren stehen.

»Wohin willst du?«, wollte Röv wissen.

»Ein paar Caps und Stifte besorgen. Wollt ihr mit?«

Niemand erhob sich, um sie zu begleiten.

»Okay, bis später dann«, sagte sie und zuckte mit den Achseln.

Die Perlenbänder teilten sich, als sie ging, und der Duft frischgewaschener Wäsche drang zu ihnen herein.

»Was meint ihr, sollen wir heute Nacht eine Aktion starten? Röv und ich könnten Wache schieben, und ihr könntet euch vielleicht einen S-Bahn-Zug vornehmen«, meinte Akazia zu den Übrigen.

Es war lange her, dass vollkommen bemalte Züge durch die Stadt gefahren waren, da Waggons mit Graffiti sofort aus dem Verkehr gezogen wurden. Akazia begriff nicht, dass man müde Pendler lieber warten ließ, aber eigentlich bereitete ihm das nur bessere Laune.

»Mal sehen, was wir tun. Haben wir genügend Farbe?«, fragte Röv.

»Ja, ich glaube schon«, sagte Akazia und zog den Vorhang vor einem Holzregal beiseite. Dort standen dicht an dicht Spraydosen. Rot, Blau und Silber dominierten, Rostschutzfarbe gab es auch.

»Dann sehen wir uns heute Nacht, vergesst die Kamera nicht. Und die Leitern.« Akazia verschwand durch den rasselnden Vorhang.

Bo Såtenäs war groß und schlank. Sein etwas furchtsames Aussehen täuschte jedoch. Als Ausbilder mit Schwerpunkt Überlebenstraining bei der Marineinfanterie war er alles andere als harmlos. Es gehörte jedoch einiges dazu, Bo Såtenäs aus der Fassung zu bringen. Seine grüne, penibel saubere Uniform saß tadellos und passte farblich zu den grünen Aktenordnern, die in akkuraten Reihen im Bücherregal hinter ihm standen.

»Die einzigen Kämpfe, die ich im Augenblick zu bestehen habe, sind mit denen da«, sagte er und deutete mit dem Daumen über die Schulter.

Ulf Holtz lächelte. Seit er Bo Såtenäs kannte, beklagte sich der Soldat über die Bürokratie.

»Es gibt nicht einmal mehr Wehrpflichtige, die man ausbilden könnte, und Offiziere sind auch bald Mangelware«, meinte Såtenäs. »Jetzt muss man froh sein, wenn jemand auf einen Studienbesuch vorbeischaut.«

»Ich bin gewissermaßen auch zu Studienzwecken hier«, sagte Holtz.

Er hatte am Vormittag angerufen und gefragt, ob er vorbeikommen dürfe. Mit dem Auto brauchte er nur eine Stunde. Bo Såtenäs hatte sich gefreut, seinen Freund wiederzusehen und ihn ohne weitere Umschweife zum Abendessen und zum Übernachten eingeladen. Außerdem war er neugierig gewesen. Da Holtz wusste, dass er vermutlich auf einer Isomatte unter freiem Himmel oder möglicherweise unter einer Plane hätte schlafen müssen, hatte er lachend abgelehnt und vorgeschlagen, sich dies für ein anderes Mal aufzuheben. Gegen ein Abendessen hingegen habe er nichts einzuwenden.

»Und wie geht es dir?«, fragte Bo Såtenäs.

»Gut, die Mädchen kommen ja schon lange allein zurecht, und ich sehe sie auch nicht sonderlich oft. Es geht ihnen aber beiden gut. Eva arbeitet noch im Justizvollzug, bei den Überstellungen, und Linda arbeitet nach wie vor fast gratis für verschiedene Friedensorganisationen. Sie lassen dich übrigens grüßen.«

»Und die Arbeit?«

»Allmählich kommen die Dinge wieder in Bewegung, könnte man sagen, wie gesagt … gut.« Holtz wollte nicht darüber sprechen.

Beide schwiegen lange. Sie waren immer der Meinung gewesen, dass es keine Rolle spiele, wie viel Zeit zwischen ihren Treffen verstrich, sie könnten stets dort anknüpfen, wo sie das letzte Mal aufgehört hatten. Aber Holtz fand das nicht mehr so einfach. Es fiel ihm immer schwerer, den Faden wiederzufinden. Er fragte sich, ob das an ihm lag.

»Du wolltest mich sprechen«, sagte Bo.

»Ich brauche deine Hilfe.«

»Wobei?«

»Was weißt du über Heckenschützen? Alles, was dir einfällt.«

»Heckenschützen?«

»Ich erkläre dir das näher, wenn du mich ins Bild gesetzt hast.«

Bo Såtenäs zuckte mit den Achseln, um zu zeigen, dass er mit der Frage einverstanden sei und dass es mit der Erklärung Zeit habe.

»Du meinst vermutlich Scharfschützen. Das ist zumindest der Ausdruck, den ich gebrauchen würde, aber das sind Haarspaltereien. Ein Scharfschütze ist ein ausgebildeter Soldat, der einen militärischen Auftrag ausführt, ein Heckenschütze ist die illegale Variante, ein Verrückter beispielsweise. Aber das weißt du sicher bereits alles?«

»Ich weiß nicht, vielleicht, aber ich brauche ein paar neue Ansatzpunkte.«

»Wir gehen zu mir, dann essen wir eine Kleinigkeit und können das vertiefen«, meinte Bo Såtenäs und klappte den Ordner zu, der geöffnet auf seinem Schreibtisch gelegen hatte. Er verstaute ihn in einem Tresor und schloss diesen ab. Dann gingen sie zu Fuß zu dem kleinen Holzhaus, das er vom Militär gemietet hatte.

Es sah genauso aus, wie Holtz es in Erinnerung hatte. Sparsam möbliert, aber geschmackvoll, eine Spur rustikal. Er setzte sich an den Küchentisch, während Bo mit dem Kochen begann. Rasch briet er die dicken Scheiben Elchfilet in der Pfanne und wickelte sie dann in Alufolie, damit sich die Wärme gleichmäßig verteilte und das recht magere Fleisch nicht zäh wurde. Er wusch den Ruccola und die Cocktailtomaten, nahm frischgekochte Rote Bete aus dem Kühlschrank, wärmte sie in der Mikrowelle auf und streute eine Prise Meersalz und Rosmarin darauf. Anschließend legte er Elchfilet und Gemüse auf zwei vorgewärmte Teller. Das Fleisch garnierte er mit einem Löffel griechischem Joghurt.

»Willst du nicht doch über Nacht bleiben? Ich verspreche dir, dass du dieses Mal ein richtiges Bett bekommst«, sagte er, als er Holtz einen Teller reichte.

»Mal sehen.« Holtz nahm an dem großen Esstisch aus Eichenplanken Platz.

Während des Essens wurde kaum gesprochen. Bo Såtenäs

trank einen kräftigen Rotwein, Holtz begnügte sich mit Wasser.

»Soldaten, die ihre Feinde aus einem Versteck aus großer Entfernung beschießen, sind keine neue Erscheinung. Bereits zur Zeit von Pfeil, Bogen und Armbrust war dies möglich. Was Gewehre angeht, so erlangten Scharfschützen im Ersten Weltkrieg erstmals größere Bedeutung«, meinte Bo, nachdem sie gegessen hatten.

Holtz lehnte sich zurück und sehnte sich nun ebenfalls nach einem Glas Rotwein, streckte seine Hand jedoch nach der Wasserkaraffe aus. Såtenäs fuhr fort:

»Anfänglich waren die Deutschen führend, vermutlich wegen ihres großen Jagdinteresses. Sie verfügten außerdem über sehr gute Zielfernrohre und erstklassige Waffen. Aber bereits zum Kriegsende hin holten die Alliierten den Vorsprung auf. Seither ist die Entwicklung ziemlich schnell verlaufen.« Er trank einen großen Schluck Rotwein.

»Inzwischen haben alle Scharfschützen, sowohl das Militär als auch lichtscheuere Organisationen. Die Polizei natürlich auch, aber das weißt du ja.«

»Es handelt sich bei uns aber nur um eine Handvoll Leute, obwohl sich viele, fürchte ich, dazu berufen fühlen. Außerdem weiß ich nicht, wie gut sie wirklich sind«, sagte Holtz und grinste.

»An ihnen ist nichts auszusetzen, denn wir haben sie ausgebildet, zumindest stammt ihre Dienstanweisung von uns.«

»Du hast sicher Recht. Darüber weiß ich nicht sonderlich viel«, gab Holtz zu. »Um was für Distanzen geht es eigentlich?«

»In Vietnam bekämpften Scharfschützen der amerikanischen Armee und der Marines Feinde auf einen Abstand von über achthundert Metern, meistens handelt es sich jedoch um ein paar Hundert Meter.«

»Auf wen haben sie genau geschossen?«, wollte Holtz wissen.

»Das ist unterschiedlich. Man kann jedoch sagen, dass die Scharfschützen während beider Weltkriege vor allem die wichtigsten Personen in den feindlichen Reihen unschädlich machen sollten, beispielsweise die Offiziere.«

Holtz hörte interessiert zu.

»Und jetzt?«

»Warte, darauf komme ich gleich zu sprechen, ich will nur erst abräumen. Willst du einen Kaffee? Richtig, du trinkst ja keinen. Etwas anderes vielleicht?«

»Nein, danke.«

Bo Såtenäs holte Kaffee und sicherheitshalber noch eine Flasche Cognac. Holtz betrachtete sie neidisch, beschloss dann aber, nachdem er einige Sekunden mit sich gerungen hatte, weiterhin auf Alkohol zu verzichten.

»Ein guter Scharfschütze muss eine starke Psyche haben. Du kannst dir ja vorstellen, wie es sein muss, ein Gesicht durch das Zielfernrohr zu sehen, abzudrücken und zu wissen, dass man ein Leben auslöscht. Man könnte wegen geringfügigerer Dinge größenwahnsinnig werden, findest du nicht auch?« Såtenäs zog den Korken aus der Cognacflasche und goss sich ein Glas ein. Holtz schüttelte nur den Kopf, als ihm sein Freund die Flasche mit einem fragenden Gesichtsausdruck hinhielt.

»Wo war ich stehengeblieben? Wie gesagt: Es war wichtig, die Entscheidungsträger zu eliminieren. Heutzutage bedient man sich jedoch einer anderen Taktik, die effektiver ist. Ich glaube, dass die Engländer sie während des Falkland-Krieges erstmals eingesetzt haben. Einige der englischen Scharfschützen kümmerten sich nicht weiter um die Offiziere, stattdessen töteten sie immer den Vorletzten einer Kolonne, den Zweiten der Vorhut und denjenigen, der als Letzter zur Essenausgabe kam. Du kannst dir vorstellen, wie das die Moral des Feindes untergraben hat. Jeder konnte jederzeit Ziel einer tödlichen Kugel sein. Verdammt effektiv«, sagte Såtenäs und leerte sein Glas.

Es ging auf neun Uhr zu, es war aber immer noch ziemlich hell draußen.

»Wie auch immer«, fuhr Bo Såtenäs fort. »Die Scharfschützen von heute sind sehr gut ausgebildet. Sie können stundenlang reglos in einem Versteck liegen, in extremen Fällen sogar tagelang, um den richtigen Moment abzuwarten. Die Waffen sind unglaublich effektiv, und die Munition ist geradezu überirdisch. Weder das Wetter noch Dunkelheit, Hunger oder Entfernung können einen richtig guten Schützen aufhalten. Diese Leute üben fast ständig, über jeden Schuss führen sie Buch. Sie notieren Temperatur, Windgeschwindigkeit, Windrichtung und noch einiges mehr. Jeder Übungsschuss ist eine Vorbereitung auf den Ernstfall. Jeder Schuss ein Treffer. *Quantum satis*, genügend geübt, um die Arbeit ausführen zu können. Darauf kommt es an.«

»Wie viele Scharfschützen gibt es?«

»Ich weiß nicht, aber das lässt sich sicher herausfinden. Jedes Jägerbataillon bildet Sniper aus. Die übrigen Verbände auch. Und der Zivilschutz, aber dann nennt man sie Scharfschützen.«

»Scharfschützen?«

»Sie haben eine kürzere Ausbildungszeit und arbeiten öfter in Gruppen. Ein Sniper agiert meist allein oder nur mit einer anderen Person. Aber warum willst du das alles eigentlich wissen?«

»Das erzähle ich dir später.« Holtz streckte die Hand nach der Cognacflasche aus. »Und bitte heute Nacht kein Zelt und keine Persenning. Du hattest mir ein richtiges Bett versprochen.«

»Klar. Cognacschwenker?«, sagte Såtenäs mit einem Hab-ich-es-doch-gewusst-Lächeln und hielt Holtz ein funkelndes Glas hin.

Holtz und Bo Såtenäs unterhielten sich über alles Mögliche, während die Nacht hereinbrach und die Stunden vergingen. Holtz erzählte von den Morden, ohne auf Details einzugehen, und Bo Såtenäs verlor sich in Erinnerungen an Auslandseinsätze. Holtz hatte alle diese Geschichten schon einmal gehört.

Allmählich zeigte der Cognac seine Wirkung, und Müdigkeit machte sich breit.

»Hörst du zu?«

»Ja, aber ich glaube, dass wir uns vielleicht hinlegen sollten. Ich brauche etwas Schlaf.«

»Natürlich. Das Bett ist schon gemacht. Du findest ja den Weg«, sagte Bo Såtenäs, ohne Anstalten zu machen, sich zu erheben. Holtz stand von seinem Sessel auf und ging zur Treppe.

Als es im Haus still wurde, saß Bo Såtenäs immer noch mit einem fast leeren Cognacglas in der Hand im Dunkeln.

Das Innere des Autos war in Hellgrau gehalten. Was den Rest des Fahrzeugs betraf, ließ sich nichts über die Farbe sagen, da dieses nicht in der Garage stand. Pia Levin sortierte und nummerierte Bestandteile der Inneneinrichtung nach ihrer Lage im Fahrzeug von links nach rechts. Die Teile direkt beim Fahrer erhielten so niedrigere Zahlen.

Die Garage der Spurensicherung nahm ein Drittel des gesamten Kellergeschosses des Präsidiums ein. Darüber wurde immer wieder geklagt, weil es zu wenige Parkplätze gab. Die Kriminaltechniker hatten sich ihr Revier bislang jedoch nicht streitig machen lassen.

Eine Hebebühne dominierte den hellen, aufgeräumten Arbeitsbereich. Das Werkzeug hing sortiert an der Wand. Ein höhenverstellbarer Tisch stand hinter einer Glaswand, die sich beiseiteschieben ließ. Auf der Tischplatte aus gehärtetem Glas lag die zerlegte Innenausstattung des Pkws.

»Wir beginnen mit der Nummer eins und arbeiten uns dann vor«, sagte Pia Levin.

Nahid Ghadjar streifte sich Gummihandschuhe über und knöpfte den obersten Knopf ihres Kittels zu. Dann strich sie sich ihr dunkles Haar hinter das rechte Ohr und rückte ihre Brille mit dem auffälligen schwarzen Gestell zurecht.

»Wonach suchen wir?«

Ihre Stimme klang unsicher.

Die letzten Jahre hatte sie überwiegend an der Uni verbracht, obwohl sie schon fast dreißig war. Glück und viel

Talent hatten ihr ermöglicht, Kriminaltechnik oder Forensische Wissenschaften zu studieren. Sie hatte bereits ein Examen in Biologie und wollte dieses jetzt um »biologische, chemische und technische Fragestellungen aus einer überwiegend forensischen Perspektive erweitern«, wie verlockend in der Broschüre zu lesen gewesen war.

Nahid Ghadjar wusste nicht so genau, worauf sie sich da eingelassen hatte, aber sie fand, dass es aufregend klang, nicht zuletzt, weil sie auch einen allgemeinen Überblick über die juristischen Abläufe und das Rechtssystem erhalten würde. Zu der Ausbildung gehörte auch ein Praktikum, und sie hatte sich um einen Platz bei der Kriminaltechnischen Abteilung beworben. Zu ihrer großen Enttäuschung hatte sie erst eine Absage erhalten, aber aus irgendeinem Grund hatte es sich der Chef der Abteilung wenig später anders überlegt. Deswegen hatte ihr Praktikum auch mitten in den heiß ersehnten Sommerferien begonnen. Sie hatte sich die Möglichkeit nicht entgehen lassen wollen und eingewilligt.

Pia Levin war zu ihrer Mentorin ernannt worden. Sehr gegen ihren Willen.

»Ich führe die eigentliche Untersuchung durch, aber du darfst auch das eine oder andere ausprobieren, okay?«, sagte Levin.

Ghadjar nickte. Sie hatte sich die Arbeit anders vorgestellt. Sie hatte sterile Labors und komplizierte technische Apparate vor sich gesehen.

Jetzt stand sie in einer Tiefgarage.

»Drei Personen sind gestorben, als das Auto einen Betonpfeiler gerammt hat. Ein volltrunkener Mann hat überlebt. Er behauptet, dass er nicht am Steuer saß. Dies hier ist die zerlegte Innenausstattung des Fahrzeugs«, sagte Pia Levin und deutete auf den Tisch.

Nahid Ghadjar versuchte, sich zu konzentrieren.

»Die Rettungsarbeit ist chaotisch verlaufen. Schwerverletzte und Tote lagen in und um das Auto herum. Niemand hat darauf geachtet, wer wo saß. Es ging darum, Leben zu retten. Der Überlebende behauptet, auf dem Beifahrersitz gesessen zu haben. Einer der Getöteten sei gefahren. Unsere Aufgabe ist es, seine Aussage zu überprüfen.« Levin schaltete eine kräftige Deckenlampe ein.

»Wie soll das gehen? Sollen wir nach Blutspuren suchen?«

»Nein, Blutspuren sind als Beweis wertlos, da das Blut bei einem Zusammenstoß in einem Auto in alle Richtungen spritzt und überall Blut zu finden ist. Obwohl es durchaus Rückschlüsse darauf zulässt, wer wo gesessen hat, lässt es sich bei Gericht nicht verwenden.«

Nahid Ghadjar sah erst abwartend, dann immer interessierter zu, als Levin den Lichtkegel langsam über das graue Plastikteil mit der Nummer eins gleiten ließ. Nach einigen Minuten legte Levin die Lampe beiseite.

»Versuch es auch einmal«, sagte sie und reichte Ghadjar die Lampe. »Such nach einem dunklen Fleck, der wie Schmutz aussehen könnte. Richte den Lichtkegel schräg auf den Gegenstand, so dass die Schatten sehr lang werden. Dann lassen sich eventuelle Flecken besser erkennen.«

Nahid Ghadjar nahm die Lampe entgegen und wiederholte die Prozedur. Sie fand nichts Auffälliges und keinen Fleck.

»Dann nehmen wir uns das nächste Teil vor«, sagte Levin und griff zur Nummer zwei. Es schien sich um ein Stück einer Türinnenverschalung zu handeln.

Auch dieses Mal untersuchte sie es zuerst selbst und reichte die Lampe dann an Ghadjar weiter.

»Hier ist ein Fleck, aber der sieht eher danach aus, als hätte jemand etwas gegen das Plastik gerieben«, meinte Ghadjar unsicher.

Levin nickte lächelnd.

»Sehr gut. Jetzt schauen wir uns diesen Fleck näher an. Vielleicht hast du das Rätsel ja gelöst«, sagte sie aufmunternd.

Obwohl Nahid Ghadjar nicht recht wusste, was sie gefunden hatte, freute sie sich über den Kommentar. Sie mochte Levin, obwohl ihre Mentorin bei ihrem ersten Treffen am Morgen etwas kühl gewirkt hatte.

»Wir machen eine Pause, dann erkläre ich es dir. Willst du was von oben aus dem Automaten? Ich hole mir einen Kaffee und vielleicht einen Keks«, meinte Levin.

»Nein, danke.«

Als Levin verschwunden war, betrat Ghadjar das kleine Büro neben der Tiefgarage. Es war hell und freundlich. Ein paar Schreibtische und ein Tisch mit Stühlen standen darin. Holtz hatte die Idee gehabt, die ehemalige Umkleide in ein Reservelabor zu verwandeln. Dann musste man nicht immer alle Sachen von der Tiefgarage in den siebten Stock schleppen. Der Raum wurde hauptsächlich für vorläufige, einfachere Analysen und als Pausenzimmer verwendet. Auf einem hohen Pult stand ein riesiges Mikroskop.

Nahid Ghadjar setzte sich an den kleinen Tisch in der Ecke und blätterte in einer der Zeitschriften, die darauf lagen. Es dauerte eine Weile, bis sie begriff, was sie sich da eigentlich anschaute. Auf sämtlichen Bildern waren verstümmelte Leichen zu sehen. Einige seltsam verkrümmt in verwüsteten Zimmern, andere auf glänzenden Seziertischen. Angewidert legte sie die Zeitschrift weg und griff zur nächsten. »Guns and Ammo«. Seitenweise nur Waffen. Was arbeiten hier eigentlich für Leute?, fragte sie sich.

»Spaßige Pflichtlektüre, nicht wahr?«

Pia Levin stand mit einem Becher Cappuccino in der Hand in der Tür.

»Ich habe dir ein paar Kekse mitgebracht, falls du es dir anders überlegen solltest«, sagte sie und zog eine Handvoll Kekse aus der Kitteltasche.

Sie setzte sich auf einen Stuhl, um zu erläutern, wonach sie eigentlich suchten.

»Bei einem Zusammenstoß bewegen sich alle losen Gegenstände im Fahrgastraum des Fahrzeugs mit derselben Geschwindigkeit weiter wie vor dem Crash.« Sie schob sich zwei ganze Kekse in den Mund und kaute rasch. »Du kannst dir vorstellen, dass es sich um gewaltige Kräfte handelt, und selbst wenn man angeschnallt ist, kann man mit der Innenausstattung in Berührung kommen, wenn das Auto zusammengestaucht wird. Diesen Umstand können wir uns jetzt zunutze machen.« Levin strich sich ein paar Kekskrümel aus dem Mundwinkel.

Nahid Ghadjar nickte.

»Wenn etwas passiert, gibt es immer Spuren«, fuhr Levin fort. »Das meiste ist für die Ermittlung bedeutungslos. Das gilt für alle Untersuchungen. Für die meisten Dinge gibt es eine vollkommen plausible Erklärung. Oder man hat das Pech, dass jemand absichtlich oder unabsichtlich geschlampt hat. Dann nützen uns die Spuren nichts, obwohl sie eigentlich wichtig gewesen wären. Aber die Wucht eines Crashs hat einen einzigartigen Effekt und liefert uns Beweise, die sich weder in Abrede stellen lassen noch verloren gehen können. Die Reibung arbeitet für uns.«

»Reibung?« Ghadjar wirkte etwas ratlos.

»Beispielsweise deine Hose. Sie enthält Fasern, die für dieses eine Kleidungsstück charakteristisch sind. Wenn du in einem Auto sitzt, bleiben Fasern am Sitz hängen. So können wir sagen, dass eine bestimmte Person einmal in Kontakt mit diesem Sitz gekommen ist. Ist die Anzahl der Fasern groß genug, können wir sogar mit Gewissheit sagen, dass derjenige dort gesessen hat.«

»Aber das sagt doch noch nichts darüber aus, wann diese Person dort gesessen hat? Fahrer und Beifahrer könnten irgendwann die Plätze getauscht haben, nicht wahr?«, meinte Nahid Ghadjar.

»Ganz richtig. Deswegen suchen wir dieses Mal auch nicht nach Fasern auf dem Fahrersitz.«

»Sondern?«

»An der Plastikinneneinrichtung. Fasern, die mit dem Plastik verschmolzen sind«, sagte Levin.

Langsam begann ihr die Rolle als Lehrerin zu gefallen.

»Das verstehe ich nicht ganz. Wieso verschmolzen?«

»Das kommt durch die Reibung. Wenn jemand gegen das Armaturenbrett oder die Innenverkleidung der Autotür geschleudert wird, dann reiben sich die Kleider, meist die Hosenbeine, in sehr hoher Geschwindigkeit am Plastik, und dieses schmilzt durch die Reibung. Fasern verschmelzen mit dem Kunststoff. Und Simsalabim wissen wir, wer wo im Augenblick eines Zusammenstoßes gesessen hat«, sagte Pia Levin mit triumphierender Miene.

»Der Schmutzfleck, den ich gefunden habe, könnte also aus Fasern bestehen, die mit dem Plastik verschmolzen sind?«

»Ja. Das Raffinierte ist, dass man sonst bei der Suche nach Fasern immer Gefahr läuft, dass eine Fundstelle kontaminiert wird.«

»Wie das?«

»Wenn Fasern von dir oder jemand anderem mit dem Beweismaterial in Berührung kommen, kann es wertlos werden. Aber nicht in diesem Fall, da die Fasern nur bei einem Crash mit der Inneneinrichtung verschmelzen können, weder vorher noch nachher. Da wir die Kleider aller in den Unfall Verwickelten sichergestellt haben, können wir leicht herausfinden, ob der Überlebende die Wahrheit sagt.« Levin zog ihren Notizblock aus der Kitteltasche. Als sie ihn aufklappte, fielen Kekskrümel zu Boden.

»Schwarze Jeans aus einem Baumwoll-Polyester-Mischgewebe. Dann legen wir mal los.«

Die Tür sah stabiler aus, als sie in Wirklichkeit war. Bengt Roos schob sie auf und schaltete seine Taschenlampe ein. Das Licht funktionierte schon lange nicht mehr, und die Bewohner des Hauses hatten die Hoffnung schon fast aufgegeben, dass der Keller je renoviert werden würde, von der Reparatur der Kellerbeleuchtung ganz zu schweigen.

Das Haus war zu Beginn des vorigen Jahrhunderts erbaut worden und lag im östlichen, feineren Teil der Stadt. Der Keller war vermutlich seit dem Bau des Hauses nicht mehr instand gesetzt worden. Die mit Holzlatten und Maschendraht abgetrennten Abteile lagen auf der Seite des Kellers, die von einer weißgestrichenen Felswand begrenzt wurde. Sie waren mit Gerümpel angefüllt. Pappkoffer und Langlaufski, die bereits in den 30er Jahren unmodern gewesen waren, lagen zwischen Kartons und Holzkisten unbekannten Inhalts.

Das Haus war nach langem Hin und Her, allzu langem nach Erachten der Mieter, von den Bewohnern gekauft und in Eigentumswohnungen umgewandelt worden. Bengt Roos, der die Umwandlung vorangetrieben hatte, war Vorsitzender der Eigentümergemeinschaft geworden. Er hatte allen so lange mit steigenden Mieten in den Ohren gelegen, bis sie, mit Ausnahme der alten Frau Nordén im dritten Stock, gekauft hatten. Sie war zu alt, um noch einen Kredit von der Bank zu bekommen, und hatte nichts dagegen einzuwenden, die Wohnung von ihren Nachbarn zu mieten. Auch Bengt Roos war damit zufrieden. Er rechnete damit, dass sie bald das Zeitliche segnen würde. Dann konnte die Eigentümergemeinschaft ihre Wohnung meistbietend verkaufen. Wie auf Bestellung starb Frau Nordén auch wirklich wenige Monate nach der Umwandlung.

Die Millionen, die ein alleinstehender Werbefritze für Frau Nordéns kleine Einzimmerwohnung bezahlte, konnten jetzt zur Renovierung des Kellers verwendet werden. Die einzelnen Abteile sollten einbruchssichere Gittertüren bekommen. Außerdem würde der Keller eine Heizung erhalten. Für frische Farbe und eine neue Beleuchtung wollte man ebenfalls sorgen.

Die Tür, die in den Keller führte, schlug hinter Bengt Roos und seinem ständigem Begleiter Lennart Lindgren zu. Mit eingeschalteten Taschenlampen drangen sie in das Dunkel vor.

Es roch nach Feuchtigkeit, nicht nach Schimmel, nur nach Feuchtigkeit. Die Kälte des Felsbodens war durch die Kleider zu spüren, obwohl es draußen sommerlich warm war. Roos und Lindgren gingen von einem Kellerabteil zum nächsten und überprüften Schlösser und, so gut es ging, den Inhalt. Die Mieter hatten im Laufe der Jahre einfach irgendwelche Abteile mit Beschlag belegt, wenn jemand weggezogen war. Niemand wusste daher, welcher Verschlag wem gehörte. Einige konnten also Leuten gehören, die längst weggezogen oder verstorben waren.

Bengt Roos fand, dass sich der Geruch veränderte, je weiter sie in den Keller vordrangen. Es roch süßlich.

Einbildung? Vermutlich. Sie gingen weiter. Ganz hinten bog der Gang um eine Ecke.

»Findest du nicht auch, dass es seltsam riecht?«, fragte Roos. Er drehte sich zu Lindgren um, der etwas weiter hinten in einen Keller leuchtete.

»Was für ein Plunder. Jemand hat sogar einen riesigen

Schlitten runtergeschleift. Der steht sicher schon ewig hier. Dieser Keller hätte bestimmt einige Geschichten zu erzählen«, sagte Lindgren.

Bengt Roos seufzte. Wenn es nach ihm ging, wäre alles auf der Müllkippe gelandet, und man hätte die Renovierung sofort in Angriff genommen. Aber die anderen waren dagegen gewesen. Auch der Vorschlag, alles einfach von der Heilsarmee abholen zu lassen, hatte ihnen nicht gefallen. »Dann haben wenigstens irgendwelche Obdachlosen etwas davon«, hatte Bengt Roos gemeint, aber kein Gehör gefunden.

»Hast du gehört, was ich gesagt habe? Es riecht komisch, oder?«

»Keine Ahnung. Ich rieche nichts, ich bin erkältet.« Lindgren zog die Nase hoch, um zu beweisen, dass er die Wahrheit sagte.

Bengt Roos ging weiter zu dem letzten der vier Kellerabteile im hintersten Winkel.

»Verdammt. Hier riecht es wirklich ganz merkwürdig.«

Roos richtete seine Taschenlampe auf den Maschendraht des Verschlags.

Das Abteil war weniger vollgestellt als die anderen. Ein neues Schloss hing an der Tür, und eine Petroleumlampe, vielleicht handelte es sich auch um einen Gaskocher, stand auf einem Stück Pappe hinter der Tür.

»Du … komm doch mal einen Augenblick«, sagte er.

Der Schein von Lindgrens Taschenlampe bewegte sich auf ihn zu.

»Was ist das?«

»Was glaubst du?«, fragte Roos, riss die schadhafte Tür auf und deutete auf das Schloss.

»Hier liegt eine Matratze auf dem Boden, das sieht ja richtig möbliert aus.«

Beide richteten ihre Taschenlampen in den Lagerraum und ließen den Lichtschein über den Boden schweifen.

»Meine Güte, wie viele Fliegen.«

Bengt Roos erstarrte, als der Schein seiner Lampe in eine Ecke fiel.

»Ist das nicht …?«

»Das kann doch nicht …« Lindgren sprach den Satz nicht zu Ende.

»Ich glaube, es ist besser, wir gehen«, sagte Bengt Roos und zog Lindgren hinter sich her. Er hatte es eilig, in die Sommerwärme und das Licht zurückzukehren. Beide erklommen die Treppe in zwei großen Sätzen. Roos warf sich gegen die Tür.

Sie ging nicht auf.

Er drückte immer wieder die Klinke, mit immer mehr Kraft, aber die Tür rührte sich nicht. Ihm brach der Schweiß aus, und der Puls pochte in seinen Schläfen.

»Verdammt, verdammt, verdammt!«

»Vielleicht solltest du das Schnappschloss aufmachen?«, meinte Lindgren.

Das Schloss klickte, die Tür ließ sich mühelos öffnen, und das Licht aus dem Treppenhaus strömte in den Keller.

Bengt Roos konnte gar nicht schnell genug ins Helle gelangen.

»Wer ruft an? Du oder ich?«

»Du bist der Vorsitzende«, sagte Lindgren.

Der Keller war in gleißendes Licht getaucht.

Die kräftigen Bauscheinwerfer gaben auch etwas Wärme ab, und es wurde langsam richtig gemütlich dort unten. Ulf Holtz setzte den Bolzenschneider an das Vorhängeschloss an und drückte zu. Obwohl es sich um ein sehr stabiles Modell handelte, durchschnitt der Bolzenschneider mühelos den

Stahl. Das Schloss blieb geöffnet hängen. Holtz nahm es vorsichtig ab und legte es in eine Papiertüte, dann öffnete er die Tür, ohne mehr als nötig anzufassen.

»Ich will nicht, dass mir jemand im Genick hängt, treten Sie bitte ein paar Meter zurück«, sagte er zu dem jungen Beamten, der versuchte, ihm über die Schulter zu blicken. Der Beamte lief rot an und sah aus, als wäre er auf frischer Tat beim Äpfelklauen ertappt worden.

»Ich dachte nur …«

»Halten Sie sich einfach an meine Anweisungen. Und sorgen Sie dafür, dass niemand ohne meine Erlaubnis hier runterkommt«, erwiderte Holtz.

Der junge Polizist entfernte sich ein paar Meter und blieb dort stehen, wo der Korridor einen Knick machte.

Der Kellerraum ist richtiggehend möbliert, genau wie der Anrufer gesagt hat, dachte Holtz. Er hatte seine spezialgefertigten Schuhüberzüge übergezogen und ein paar Bretter ausgelegt, um selbst keine Spuren zu hinterlassen.

Die Hand gehörte einem jungen Mann. Die Finger waren leicht gekrümmt, als hielten sie eine Flasche. Die Leiche war etwas aufgedunsen. Sie lag kaum sichtbar hinter einem grünen Plüschsofa mit goldenen Borten. Nur die Hand ragte hervor. Der Kopf ruhte auf dem nackten Betonfußboden, umrahmt von einem dunklen, eingetrockneten Fleck, vermutlich Blut. Käfer flitzten über den Leichnam, und ein großer blauschimmernder Fliegenschwarm sowie normale Stubenfliegen stoben auf, als Holtz nähertrat. Sie flogen jedoch nur eine kurze Runde und ließen sich dann wieder auf Gesicht und Gliedern nieder, um weiter zu schmausen und Eier zu legen.

Ohne das Schloss an der Tür hätte man glauben können, ein Obdachloser hätte sich das Leben genommen oder einen Unfall erlitten. Auch eine Krankheit wäre als Todesursache in

Frage gekommen. Nicht selten stellte sich ein mutmaßlicher Mord als Sturz oder Blutsturz heraus.

Dass von außen abgeschlossen gewesen war, ließ jedoch auf etwas anderes schließen.

Und wenn Holtz trotzdem noch gezweifelt hätte, so sprach ein großes Loch in der Schläfe des jungen Mannes eine deutliche Sprache.

Wahrscheinlich hat ihm jemand eine Pistole oder einen Revolver an die Schläfe gedrückt und ihn erschossen, dachte Holtz.

Eine Hinrichtung.

Holtz hatte solche Verletzungen schon früher gesehen. Das Gas, das beim Abfeuern der Pistole freigesetzt wurde, war zwischen Haut und Schädelknochen eingedrungen und hatte die Haut von innen heraus ausgefranst. Er war sich sicher, dass der Gerichtsmediziner Schmauchspuren auf der Haut sowie unverbrannte Pulverreste unter der Haut finden würde.

Ulf Holtz nahm eine selbstklebende Plastikfolie, die eigentlich zum Laminieren von Landkarten bestimmt war, und drückte sie vorsichtig auf die Einschussöffnung am Kopf des Toten. Er strich mit der Hand mehrmals darüber, damit sie auch ordentlich klebte. Mit einem Filzschreiber markierte er dann das Einschussloch und oben und unten. Pulverreste und andere Partikel blieben an der Folie hängen, als Holtz sie wieder abzog. Er klebte die Folie auf eine Plastikmappe, so dass nichts verloren gehen konnte. In diese Mappe konnte er auch gleich sämtliche relevanten Aufzeichnungen legen. Dieses System hatte er selbst entwickelt.

»Hallo. Hallo.« Die Stimme des uniformierten Beamten war kaum zu hören.

Holtz blickte aus dem Kellerraum.

»Was ist?«

»Es will jemand zu Ihnen, obwohl ich gesagt habe, dass das nicht geht. Aber sie will keine Vernunft annehmen.«

Pia Levin drängte sich an dem Beamten vorbei.

»Deine Anweisungen sind vielleicht etwas zu unflexibel«, meinte sie mit einem ironischen Lächeln.

Ulf Holtz hob die Hand und nickte dem Beamten zu, dass alles okay sei. Dieser kehrte nicht sonderlich erbaut zu seiner Absperrung zurück.

»Und, was gibt es?«

»Eine Hinrichtung. Ein junger Mann wurde hier ermordet und dann eingeschlossen. Nichts deutet darauf hin, dass er sich nach dem Schuss noch bewegt hätte. Mit so einem Loch im Kopf ist das auch kaum vorstellbar.«

»Wie lange hat er wohl hier gelegen?«

»Die Käfer sehen mir nach Aaskäfern aus und vielleicht Kurzflüglern.« Holtz hielt ein Plastikgefäß mit Deckel in die Höhe.

Die Insekten in dem Gefäß kämpften verzweifelt. Sie bewegten sich im Kreis, ohne etwas zu begreifen.

»Wie du siehst, gibt es auch etliche Fleischfliegen. Die Insekten deuten darauf hin, dass er bereits einige Tage hier gelegen hat. Die Kälte hat den Verwesungsprozess vermutlich verlangsamt. Wahrscheinlich stinkt es deswegen auch nicht so, wie man meinen sollte. Es scheint auch kaum Larven von Schmeißfliegen zu geben«, sagte Holtz.

»Er ist also vermutlich vor ein bis drei Wochen erschossen worden«, fasste Levin zusammen. »Vielleicht sollten wir einen Entomologen bitten, sich die kleinen Tierchen näher anzusehen.«

Holtz nickte, verstaute das Gefäß mit den gefangenen Insekten in einer seiner Taschen und sah sich dann um.

»Sonderlich viele Blutspritzer scheint es nicht gegeben zu haben«, meinte er.

»Mal sehen.« Pia Levin schaltete eine Lampe mit ultraviolettem Licht ein. Dann reichte sie Ulf Holtz zwei Zerstäuber mit unterschiedlichen chemischen Lösungen und schaltete die starken Schweinwerfer aus. Er ging vorweg und sprühte Gegenstände und Wände ein. Levin hatte sich eine Brille mit orangefarbenen Gläsern aufgesetzt und leuchtete alles ab. Die Blutspritzer im Keller reagierten mit den Chemikalien und begannen zu funkeln. Holtz machte Fotos, bevor das Schimmern verschwand. Es war offensichtlich, dass der junge Mann dort, wo er lag, sehr stark geblutet hatte, aber die Kriminaltechniker suchten nach Blut an Wänden und Möbeln, um herauszufinden, ob er gestanden oder gelegen hatte, als er erschossen worden war. Holtz war nicht ganz wohl bei der Anwendung von Chemikalien, ließ sich aber meist von Levin überreden. Er fand diese Methode zweifelhaft, da gewisse Lösungen auch auf anderes als Blut reagierten und manchmal sogar DNA zerstörten. Levin wandte dagegen immer ein, dass die forensischen Chemikalien, die ständig verbessert wurden, nötig seien, obwohl sie natürlich Risiken bargen, da es keine Rolle spielte, wann das Blut eingetrocknet oder ob es vielleicht sogar abgewaschen worden war. Hatte es irgendwo Blut gegeben, dann zauberten die Chemikalien es herbei, weil sie mit noch so geringen Blutresten reagierten, die sich praktisch nicht beseitigen ließen.

Nachdem sie den Lagerraum eine Stunde lang durchsucht hatten, konnten sie konstatieren, dass der Tote wahrscheinlich stehend erschossen worden und auf den Platz gestürzt war, an dem er immer noch lag.

Sie setzten sich auf den Fußboden vor den Kellerraum, den Rücken an die kalte Wand gelehnt, und teilten eine Tafel Schokolade, die Levin mitgebracht hatte. Sie brach Holtz einen Riegel ab. Einige Minuten lang aßen sie schweigend.

»Wie lange er hier wohl gewohnt haben mag?«, fragte Levin.

»Nicht lange, ein paar Wochen vielleicht. Was glaubst du?«

»Alles ist ja recht aufgeräumt, und es gibt nichts Persönliches. Die meisten Sachen haben vermutlich immer schon hier gestanden.«

»Aber hätte nicht irgendjemandem auffallen müssen, dass er hier gewohnt hat? Wem gehört dieser Keller eigentlich, wissen wir das?«

»Frag mich nicht, ich bin nur die Kriminaltechnikerin.« Levin teilte den letzten Riegel in zwei Teile und gab Holtz den einen.

»Warum bekomme ich nur zwei Stücke?«

»Was?«, erwiderte Levin und ließ ihre drei rasch im Mund verschwinden.

Holtz schien etwas sagen zu wollen, überlegte es sich dann aber anders. Eine Falte tauchte zwischen seinen Brauen auf.

»Du bist doch nicht sauer?« Levin schluckte die Schokolade herunter.

»Ich ... was? Nein, überhaupt nicht«, sagte er und legte sich bäuchlings auf den Boden.

»Was machst du?«

Holtz sagte einige Sekunden lang gar nichts. Er bewegte den Kopf langsam hin und her und betrachtete den Fußboden des Kellerraums. Dann erhob er sich auf alle viere und kroch zur Türöffnung.

»Ich brauche mehr Licht.«

Levin nahm die an ihrem Gürtel befestigte Taschenlampe, schaltete sie ein und reichte sie Holtz, der sie wortlos entgegennahm. Er legte sie hin, so dass der Lichtkegel sich über den Boden ausbreitete.

»Schau mal. Was könnte das sein?«

Levin ging neben Holtz in die Hocke und sah auf einen Punkt neben der Lampe.

»Weiß nicht. Schmutz?«

Holtz ging aus seiner unbequemen Stellung in die Knie und zog ein kleines Taschenmesser hervor. Er klappte es auf und kratzte vorsichtig am Boden. Dann hielt er das Messer unter die Nase, roch daran und reichte es an Levin weiter.

Sie schnüffelte.

»Schuhcreme?«

Holtz nickte, stand mühsam auf und ging zurück zu dem Toten. Levin folgte ihm.

»Sie kommt jedenfalls nicht von denen da«, meinte er und deutete auf ein Paar ordentlich geschnürte Tennisschuhe, die der Tote an den Füßen hatte.

Levin machte eine Serie Bilder und nahm dann Proben von dem fast unsichtbaren Fleck. Nachdem sie den Kellerraum durchsucht hatten, waren sie sicher, dass es dort keine Lederschuhe oder -stiefel gab.

»Wir sollten langsam Feierabend machen. Fehlt noch was?«, fragte Holtz.

»Kugeln und vielleicht Patronenhülsen.«

Sie fanden keine Patronenhülse, jedoch Fragmente einer Kugel. Diese hatte sich ganz hinten im Kellerraum in die Wand gebohrt.

»Ich kümmere mich um die Kugel, wenn du den Bericht schreibst und dafür sorgst, dass die Leiche abgeholt wird«, sagte Holtz.

»Kein Problem. Worum könnte es hier gegangen sein?«, fragte Levin.

»Eine Abrechnung. Es muss einen Grund dafür geben, so zu wohnen, oder? Viele Feinde, gefährliche Feinde offenbar, die ihn dazu gezwungen haben unterzutauchen. Zu guter Letzt haben sie ihn dann doch aufgespürt. Es würde mich nicht wundern, wenn eine Verbindung zu den Jugos oder den Hells Angels bestünde«, meinte Holtz.

Nachdem Levin gegangen war, zog er eine weitere selbstklebende Folie hervor, drückte sie auf das Einschussloch in der Wand und markierte dieses mit einem Filzstift. Nachdem er die Folie abgezogen hatte, holte er die Fragmente der Kugel mit einem scharfen Messer aus der Wand.

Bevor er ging, steckte er die Hände des Toten noch in weiße Papiertüten, damit Spuren eines eventuellen Kampfes mit dem Mörder nicht verloren gingen, und befestigte sie mit Plastikschnüren. Er spürte, wie sie sich in die weiche Haut des Toten eingruben.

»Sie gehören zur selben Crew.«

Holtz war zwar ans Telefon gegangen, aber in Gedanken woanders.

»Wie bitte?«

»Sie gehören zur selben Crew.« Die Stimme klang auf eine seltsam unreife Art nachdrücklich. Jung, aber mit Autorität.

»Mit wem spreche ich bitte?«

»Ich habe mich durchstellen lassen. Ich habe einen Tipp. Verstehen Sie? Einen Tipp. Ich wurde zu Ihnen durchgestellt«, sagte die Stimme.

Holtz war auf einmal hellwach und schaltete das Tonband ein.

Mehrere Tage waren verstrichen, ohne dass sie mit dem Kellermord weitergekommen wären. Sie wussten nicht einmal, wer der Tote war, aber Holtz hielt die Identifizierung nur für eine Zeitfrage.

Nicht einmal die Zeitungen waren interessiert gewesen, da die Polizei anfänglich bekanntgegeben hatte, es sei unklar, ob es sich um ein Verbrechen handle. Und falls es eines war, dann sei es sicher der im Suff begangene Mord an einem Obdachlosen.

Mehr als eine Notiz hatte das nicht ergeben.

»Ich habe gehört, dass sie Zippo tot aufgefunden haben.«

»Zippo?«

»Ja, den, der im Keller wohnte. Zippo.«

»Ich glaube, dass Sie eigentlich mit einem der Ermittler sprechen müssten«, meinte Holtz.

»Hören Sie, ich habe jetzt zwanzig Minuten darauf gewartet, bis überhaupt eine Leitung frei wurde, dann habe ich mir ein Tonband mit unzähligen Weiberstimmen angehört, die mich aufgefordert haben, eine Eins oder was auch immer zu drücken. Schließlich hat mich die Vermittlung zu Ihnen durchgestellt«, sagte die Stimme.

»Okay, schießen Sie los.«

Holtz befürchtete auf einmal, der Anrufer könne auflegen.

»Zippo und Greco, die waren eins. Dieselbe Crew, verstehen Sie?«

»Crew?«

Holtz kam sich langsam dumm vor.

Im Hörer klickte es. Holtz drückte auf die Neun, aber es gelang ihm nicht, die Zentrale zu erreichen. Er hörte nur ein Rauschen.

Wir sind ein hochtechnisiertes Land und haben nicht einmal ein funktionierendes Telefonsystem, dachte er.

Holtz war sich nicht sicher, ob sich die Damen von der Vermittlung im Haus oder überhaupt im Land befanden. Diese Dienste ließen sich genauso gut in Indien erledigen, hatte er sich sagen lassen.

Crew. Eine Besatzung. Von was?

Holtz und Levin hatten die letzten Tage damit verbracht, den Keller eingehender zu untersuchen. Auf dem Fußboden und an den Wänden hatte es große Mengen eingetrocknetes Blut gegeben. Die Analyse des Flecks vom Fußboden ergab, dass es sich um Schuhcreme einer gängigen Sorte handelte.

Einige Proben hatten sie zur DNA-Analyse an das GFFC geschickt.

Mit etwas Glück würden sie ihren Toten unter den Tausenden Vorbestraften finden. Es bestand auch die Möglichkeit, dass seine DNA schon irgendwann einmal an einem Tatort gesichert worden war. Da der Fall jedoch keinen Vorrang hatte, rechnete Holtz damit, lange auf die Ergebnisse warten zu müssen.

Sie hatten Fingerabdrücke gesucht, aber nur die des Ermordeten gefunden, obwohl sie den ganzen Keller mit Magnetpulver und sogar mit Diaminobenzidin, das Fingerabdrücke in eingetrocknetem Blut sichtbar machte, abgesucht hatten. Die Abdrücke des Toten hatten sie mit ihren eigenen Registern abgeglichen. Ohne Ergebnis. Das erstaunte Holtz.

Entweder bist du ein ganz gewöhnlicher junger Mann, der nie mit der Polizei in Berührung gekommen ist, oder du bist ein ungewöhnlich vorsichtiger Gangster, hatte er gedacht.

Der einzige Lichtblick war die Kugel, die in der Wand stecken geblieben war. Das Problem bestand darin, dass es sich um eine 9-mm-Kugel handelte, weshalb sie im Prinzip mit jeder Waffe abgefeuert worden sein konnte, die in kriminellen Kreisen in Umlauf war. Die Polizei besaß diese Waffen im Übrigen auch.

Auch die Kugel würde mit den Registern abgeglichen werden, aber das musste warten, da die Kriminaltechniker mit den Morden am Tunnel und in der Innenstadt alle Hände voll zu tun hatten.

Alles deutete darauf hin, dass es sich bei dem Kellermord um eine Abrechnung in der Unterwelt gehandelt hatte, und solche Fälle hatten keine Priorität. In der Kantine des Präsidiums war man der Ansicht, dass sich die Verbrecher gerne gegenseitig umbringen durften, dann hätte die Polizei weniger zu tun. Das schuf Platz in den Gefängnissen und reduzierte die Anzahl teurer Gerichtsprozesse mit Urteilen, gegen die dann auch noch Revision eingelegt wurde. Kam es einmal zu einer Verurteilung, tauchte unweigerlich irgendein Enthüllungsjournalist auf, und plötzlich sollte einem der eiskalte Mörder oder Dieb leidtun. War das nicht der Fall, konnte man sich darauf verlassen, dass der Kriminelle, den Polizei und Staatsanwaltschaft mit viel Mühe hinter Gitter gebracht hatten, eines Tages nicht aus dem Hafturlaub zurückkehrte, sondern für immer und ewig nach Griechenland verschwand.

Nein, da war es schon das Beste, wenn sie sich gegenseitig umbrachten. So war es einfach.

Holtz suchte Levin im Labor auf.

»Was ist eine Crew?«

Levin war damit beschäftigt, Farbreste zu analysieren.

»Was meinst du?«

»Wenn ich Crew sage, woran denkst du dann?«

»An die Besatzung eines Schiffes oder Flugzeugs.«

»Und sonst?«

»Nichts.«

»Okay. Was machst du gerade?« Holtz wechselte das Thema.

»Ich schaue mir die Farben näher an, die wir beim Tunnel sichergestellt haben. Aber mehr der Vollständigkeit halber. Es handelt sich um normales Lackspray und Rostschutzfarbe, beides überall erhältlich, nichts Besonderes also«, sagte sie.

Der schwarze Klebestreifen war nur wenige Millimeter lang.

»Ich dachte, dass du dir das sicher gerne ansehen willst«, sagte Ulla Fredén.

Sie hatte Holtz angerufen, und dieser hatte sich sofort ins Erdgeschoss begeben und war dann durch den Tunnel gegangen, der das Präsidium mit der Gerichtsmedizin auf der anderen Seite des Innenhofs verband.

Das Klebeband lag in einem Reagenzglas aus Plastik.

»Was ist das?«

»Du darfst raten, aber es sieht nach einem Stück Klebestreifen aus. Der Tote hatte es im Mund.«

»Irgendeine Idee, wie es dort hingekommen sein könnte?«, wollte Holtz wissen.

»Ich habe mir die Hautpartien um den Mund herum näher angesehen, und es wäre möglich, dass man ihm den Mund zugeklebt hatte. Dieses Stück ist zwischen seine Lippen geraten und dort haften geblieben, als das Klebeband wieder abgezogen wurde. Die Leiche ist jedoch in derart schlechtem Zustand, dass sich nicht feststellen lässt, ob die Flecken im Gesicht von einem Klebeband stammen oder irgendwie anders entstanden sind«, sagte Ulla Fredén.

Holtz hielt das Reagenzglas unter die Lampe an der Decke. »Ich nehme das mal mit. Kannst du mir das Protokoll schicken, wenn es fertig ist? Weißt du übrigens, was eine Crew ist?«

»Eine Besatzung. Warum?«

»Nur so. Bis später«, sagte Holtz.

Die Bauscheinwerfer tauchten den Kellerraum in helles Licht. Er war so gut wie leer. Die Kriminaltechniker hatten keinen Stein auf dem anderen gelassen und hätten die Absperrung eigentlich entfernen können.

Der Vorsitzende der Eigentümergemeinschaft, ein unleidlicher Typ, lag ihnen schon seit Tagen in den Ohren. Man wollte endlich mit der Renovierung beginnen, außerdem gingen im Viertel die schlimmsten Gerüchte um, die die Wohnungspreise negativ beeinflussen konnten. Holtz' Einwänden zum Trotz hatten die Ermittler eingewilligt, die Absperrung aufzuheben, ihm dann aber doch noch ein paar Tage zugestanden. Nach zwei Stunden, überwiegend auf den Knien, hatte Ulf Holtz nichts gefunden, was er näherer Betrachtung wert erachtete. Er stand vom Fußboden auf, stellte sich in die Türöffnung und lehnte sich an den wackligen Holzrahmen.

Er wohnt hier, vielleicht schon länger, vielleicht auch erst seit kurzem. Jemand kommt hierher. Überrascht ihn. Es gelingt dieser Person, ihm den Mund mit Klebeband zuzukleben. Dann hält er ihm einen Revolver an die Schläfe und drückt ab. Das Opfer fällt vornüber auf den Boden, der Mörder zieht das Klebeband ab und verlässt den Raum. Er verschließt ihn mit dem Bügelschloss, das vermutlich bereits an der Tür hing. Und er geht, dachte Holtz.

Plötzlich fiel ihm neben ihm etwas auf.

Der Klebestreifen war kaum zu sehen, da er zwischen zwei Brettern in dem Türrahmen etwa zehn Zentimeter oberhalb des Vorhängeschlosses steckte.

Holtz betrachtete ihn lange.

Dann holte er seine Kamera und machte eine Serie Bilder aus so kurzer Distanz wie möglich. Schließlich zog er das Stück Klebestreifen vorsichtig mit einer Pinzette heraus und legte es in ein Plastikröhrchen.

Das kann alles Mögliche bedeuten oder auch gar nichts, dachte er.

Eine Stunde später gab er das Plastikröhrchen und die Bilder im Labor ab, nahm ein paar Einträge im Logbuch vor und beschloss dann, nach Hause zu fahren.

Holtz hatte bereits eine kurze Zusammenfassung des seltsamen Anrufes vom Morgen verfasst und per Mail an die Ermittler geschickt. Diese hatten sich nicht dazu geäußert. Er hatte jedoch auf anderem Wege erfahren, dass sie mittlerweile die Identität des Ermordeten in Erfahrung gebracht hatten. Aus irgendeinem Grund war es mit den DNA-Tests dieses Mal schneller gegangen. Es verhielt sich so, wie alle geglaubt hatten.

Bei dem Toten handelte es sich um einen Einbrecher. Einen Einbrecher mit Handschuhen.

Er fand sich im Spurenregister des GFFC. Bei seinen Einbrüchen hatte er ausgetrunkene Coladosen, zur Hälfte aufgegessene Äpfel und sogar einen Labello zurückgelassen, aber nie einen Fingerabdruck. Offenbar hatte er immer Handschuhe getragen. Andere Spuren zurückzulassen hatte ihm jedoch nichts ausgemacht. Oder er war sich dessen nicht bewusst gewesen. Jedenfalls war er bis zu seinem Tod der Polizei nie ins Netz gegangen.

Im GFFC hatten sie gegrinst. Da viele DNA-Spuren ständig wiederkehrten, ohne dass man sie einer bestimmten Person zuordnen konnte, hatte man einigen von ihnen Namen gegeben.

Es gab zum Beispiel Pizza-Janne, einen Einbrecher, der Pizza- oder andere Essensreste zurückließ, oder Pissnisse, der aus irgendeinem Grund in jede Wohnung, in die er einbrach, pinkelte. Snusmumrik hieß ein Mann, der seinen Snus-Tabak an Klinken abstrich. Es war jedoch nur eine Frage der Zeit, wann sie Pizza-Janne, Pissnisse und Snusmumrik fassen würden. Die Kellermord-DNA passte zu dem Mann, den sie wegen der vielen Gegenstände mit DNA-Spuren, die er zurückließ, den Schlamper nannten. Durch die Übereinstimmung waren nun zwei Dutzend Wohnungsein- und Autoaufbrüche vom Winter und Frühjahr aufgeklärt.

Aber es gab keine Erklärung dafür, warum jemand sich die Mühe gemacht hatte, Benny Rosvall, denn so hieß Zippo mit richtigem Namen, hinzurichten.

Die scharfe Klinge drang durch die Rinde.

Der Ast, der schon längere Zeit etwas kümmerlich gewirkt hatte, fiel auf den Küchentisch. Holtz hatte ihn eigentlich dranlassen wollen, dann aber Angst bekommen, er könne von einer Krankheit befallen sein, die auf den ganzen Baum übergreifen würde.

Die Zange hatte er im Fachhandel in Japan bestellt. Sie schnitt konkav, das Resultat war eine längliche Kerbe, die dem Baum die Selbstheilung erleichterte. Jetzt, wo der Ast fehlte, hatte der Baum andere Proportionen, er spreizte sich mehr nach oben. Ulf Holtz überlegte, ob er einen der unteren Äste nach unten beugen sollte, damit der Baum ein natürliches Aussehen erhielt. Er wühlte in dem kleinen grauen Plastikwerkzeugkasten und zog eine Drahtrolle hervor. Zuerst umwickelte er vorsichtig den Stamm, um den Draht zu verankern, dann fuhr er mit dem Ast fort, den er nach unten zwingen wollte, fast bis zur Spitze. Die kleineren Äste schob er behutsam beiseite, um sie nicht zu beschädigen. Nachdem er den ganzen Ast umschlungen hatte, drückte er ihn vorsichtig am äußeren Ende herunter, um zu sehen, ob er nachgeben würde. Er war recht steif und federte kaum. Holtz hatte den Baum ein paar Tage nicht gegossen, damit er nicht zu starr sein würde, aber er wehrte sich trotzdem. Er griff zu einer Rolle mit dünnerem Draht. Nach einer Stunde hatte er sämtliche kleineren Äste umwickelt.

»Jetzt darfst du ausruhen, nachher werde ich sehen, ob ich

dich nicht doch bezwingen kann«, sagte Holtz und stellte den Baum an seinen Platz zurück.

Das helle Zimmer war sparsam möbliert, typisch nordisch, hätte man sagen können. Holtz stellte es sich lieber als japanische Einrichtung vor.

Es war Freitag, und er war zeitig von der Arbeit nach Hause gefahren. Holtz und Levin hatten am Vormittag die Arbeit der nächsten Zeit geplant. Die Forensische Abteilung verfügte über zu wenig Personal, und die wenigen hatten sehr viel zu tun. Die operative Leitung hatte jedoch beschlossen, dass der City- und der Tunnelmord Vorrang hatten. Holtz und Levin waren für die forensische Analyse zuständig, und von ihnen wurden fortlaufende Berichte erwartet.

Jetzt hatten sie noch zusätzlich den Kellermord am Hals. Außerdem mussten sie sich noch um das Alltagsgeschäft kümmern und eine Praktikantin ausbilden, hatte Knut Sahlén verfügt.

Levin hatte protestiert, aber ohne Erfolg.

»Wie sollen wir uns noch um eine Praktikantin kümmern, wenn wir unsere Arbeit kaum bewältigen?«, hatte sie gesagt, aber Holtz war nicht ihrer Meinung gewesen und hatte darauf hingewiesen, dass ihnen die Praktikantin vielleicht behilflich sein könnte.

»Du hast gut reden, du bist schließlich nicht ihr Mentor«, hatte Levin gefaucht.

Das war jedoch gewesen, bevor sie Nahid Ghadjar kennengelernt hatte.

Holtz hatte versucht, Knut Sahlén zu erreichen, bevor dieser nach Hause ging, um zu fragen, was an dem Tipp über eine mögliche Verbindung zwischen Peter Konstantino und Benny Rosvall dran sei, jedoch ohne Erfolg.

Das gesamte Ermittlerteam hatte bereits Feierabend gemacht außer Knut Sahlén und Adrian Stolt, die in letzter Zeit immer freitagnachmittags im Keller Schießübungen durchführten. Niemand wusste so recht, wo dieses neuerwachte Interesse an ihrer Dienstwaffe herkam, aber es hieß gerüchteweise, sie hätten beide die letzte Schießprüfung nicht bestanden und riskierten nun, dass man ihnen die Pistolen entzöge. Obwohl sie seit vielen Jahren ihre Waffen nicht mehr gebraucht hatten und sie auch in Zukunft wohl kaum benutzen würden, da sie die meiste Zeit im Büro verbrachten, wollten sie sich nicht der Erniedrigung einer Entwaffnung aussetzen.

Sahlén würde vermutlich die Schmach nie verwinden können, das Achselholster nicht mehr tragen zu dürfen, das er sich einmal während eines kürzeren Dienstes als Koordinationsbeamter auf dem Balkan zugelegt hatte. Außer Knut Sahlén gab es niemanden, der im Büro eine Schusswaffe in einem Holster unter dem Jackett trug. Dass es noch dazu nicht erlaubt war, da alle Waffen der Kripo in der Waffenkammer im Keller verwahrt wurden, bekümmerte ihn nicht im Geringsten.

Da Überstunden verboten waren, war der Raum des Ermittlerteams in der dritten Etage leer gewesen, als Holtz nach einem Ansprechpartner gesucht hatte.

Holtz hegte den Verdacht, dass der Tipp die Ermittler gar nicht erreicht hatte. Die Leute, die Hinweise entgegennahmen und zusammenstellten, arbeiteten für sich. Die Informationen wurden gesammelt, bearbeitet, analysiert und der Datenbank »Mimers-Brunnen« zugeführt. Sobald sich ein Muster herauskristallisierte oder sich etwas Substanzielles ergab, erstattete das Hinweisteam dem Ermittlerteam Bericht. Sinn und Zweck dieser Vorgehensweise war, den Ermittlern eine verwirrende Flut von größtenteils wertlosen Informationen zu ersparen. Die meisten Anrufer waren Verrückte. In der Theorie war das Hinweisteam vermutlich eine gute Idee. Der Nachteil war, dass offensichtliche Zusammenhänge und wesentliche Tipps nicht direkt an die Ermittler weitergegeben wurden, da es bei dem Hinweisteam wie überall zu wenig Personal gab. Außerdem war das Team in der Hallenhockeyliga führend, weswegen sich etliche ihrer Mitglieder gezwungen sahen, sehr viele Dienststunden in der Turnhalle zu verbringen, um diesen Vorsprung nicht zu verlieren. Dass dem Hinweisteam zwangsverpflichtete Polizeischüler angehörten und dass es den Wachmännern vom Empfang ziemlich gleichgültig war, ob jemand mit einem relevanten Tipp anrief oder vorbeikam, machte die Sache nicht besser.

Holtz saß zu Hause am Küchentisch, fingerte an dem abgeknipsten Ast und ließ seinen Gedanken freien Lauf.

Wenn sich die jungen Männer gekannt hatten, wie es der Anrufer behauptet hatte, war es denkbar, dass zwischen den beiden Morden ein Zusammenhang bestand. Es war sogar wahrscheinlich. Aber wie hing alles zusammen? Wenn unsere Vermutung zutrifft, dass zwischen den Morden an Jenny Svensson und Peter Konstantino ein Zusammenhang besteht, dann muss auch der Mord an Benny Rosvall etwas mit dem Mord an Jenny Svensson zu tun haben, dachte Holtz.

Er zog sein Handy aus der Hosentasche und wählte die Nummer von Pia Levin.

»Hatten wir nicht das Wochenende eingeläutet?«, ertönte ihre Stimme, ohne dass sie Hallo gesagt hätte. Musik war im Hintergrund zu hören. Etwas Exotisches, vielleicht afrikanisch.

»Ganz kurz. Hast du die Audiodatei mit Jenny Svenssons Mutter greifbar?«

»Auf die kann man über den Server zugreifen. Sie ist verschlüsselt, aber das ist doch wohl kein Problem?«

»Könntest du das machen und die Datei an mich weitersenden? Ich vergesse immer, wie das geht«, sagte Holtz.

»Ja schon … aber wozu brauchst du sie?«

»Das erzähle ich dir am Montag, jetzt ist Wochenende«, sagte er und beendete das Gespräch, ehe sie widersprechen konnte.

Eine halbe Stunde später hatte Levin Holtz die Datei ohne Kodierung geschickt, obwohl sie wusste, dass das nicht erlaubt war. Falls es zu internen Ermittlungen kam, würde man sehen können, dass sie eingeloggt war und die Datei aus dem Intranet gezogen hatte. Das durfte sie. Weiterversenden durfte sie sie allerdings nicht, auch wenn das alle taten.

Er legte das Kompendium weg. Es handelte sich um einen Bericht des GFFC, in dem die letzten Fortschritte der Forensik referiert wurden. Holtz hatte sich damit die Zeit vertreiben wollen, während er auf die Audiodatei von Levin wartete. Der Text war nichts so interessant, wie er erwartet hatte. Er gähnte. Nur das Kapitel über die Körperflüssigkeiten war ganz ansprechend.

Wie viele Spuren ein Körper doch hinterlassen kann, dachte er. Sowohl ein lebendiger als auch ein toter. Er ließ seinen Blick durchs Zimmer gleiten. Er blieb an den Rahmen mit den vergilbten Fotos längst verstorbener Verwandter hängen. Holtz wusste nicht sonderlich viel über sie, nicht so viel, wie er gerne gewusst hätte. Die Porträts hingen eigentlich nur zufällig an der Wand. Er hatte eine leere Fläche füllen wollen.

Menschen, die geliebt, gehasst, gestrebt, gelernt, Kinder gezeugt und alles getan hatten, was Menschen eben so tun. Der Tod machte ihm Angst. Nicht der Tod anderer, sein eigener.

Morgen oder übermorgen kann mein Leben vorbei sein. Ein Bus auf der falschen Straßenseite, ein zu schnelles Auto oder ein einstürzendes Baugerüst. Ein Augenblick, dann ist alles vorbei, dachte er. Oder das Herz bleibt stehen, oder im Gehirn platzt ein Blutgefäß.

Er hob das umfangreiche Kompendium vom Fußboden auf und versuchte, sich wieder auf den Inhalt zu konzentrieren. Er las einen Abschnitt mehrmals, gab dann aber auf. Er erhob sich von seinem Lesesessel und ging in die Küche. Sie roch sauber.

Wenn ich sterbe, kann mir jedenfalls keiner vorwerfen, ich hätte eine dreckige Küche zurückgelassen, dachte er, kehrte ins Wohnzimmer zurück und schaltete den Computer ein.

Die Mail von Levin war eingetroffen.

»Sie war noch so jung, und jetzt ist sie tot.«

Holtz hatte das Gefühl, ein Déjà-vu zu haben Die Stimme der Mutter hatte er mittlerweile mehrere Male gehört. Sie klang natürlich immer noch gleichermaßen fassungslos.

Er hörte sich die Audiodatei aufmerksam an. Nichts Neues.

Er schloss den Computer an die Lautsprecher seines Fernsehers an und drehte die Lautstärke auf. Sie flüsterte, dann wieder überschlug sich ihre Stimme.

»Ich verstehe nichts.«

Die Stimme füllte den Raum. Holtz ging auf und ab und hörte mit halbem Ohr zu. Während das Gespräch zwischen der Mutter und dem Polizeibeamten weiterging, setzte er Teewasser auf und nahm eine Tasse aus dem Küchenschrank. Er ließ sich viel Zeit.

Schwarze Johannisbeere passt jetzt, dachte er.

»Sie hat nie etwas Ungesetzliches getan, jedenfalls nicht, dass ich wüsste, und sie hatte auch keine kriminellen Freunde.«

Die Stimme der Mutter beantwortete die Fragen zögernd. Sie klang beinahe beleidigt.

Wo war nur die große blaue Tasse? Holtz besaß über zehn verschiedene Teetassen, aber er bevorzugte die dunkelblaue aus dickem Ton, die er vor vielen Jahren im Sommer bei einem Töpfer auf Gotland gekauft hatte. Oder war es auf Öland gewesen? Er erinnerte sich nicht. Jedenfalls war es ein schöner Sommer gewesen. Die Mädchen hatten ihn begleitet.

»Ihr Vater? Warum fragen Sie nach dem? Nein, wir haben keinen Kontakt, die beiden auch nicht. Er hat sich nie um seine Familie gekümmert … er hatte genug mit sich zu tun. Boote, Schiffe, Besatzungen …«

Der Wasserkocher schaltete sich mit einem Klicken aus.

»Einen Freund? Das glaube ich nicht. Darüber haben wir nie gesprochen. Sie war freiheitsliebend …«

Holtz goss heißes Wasser in die Tasse, die er zu guter Letzt in der Spülmaschine gefunden hatte. Er fragte sich, warum er sie eigentlich immer in die Spülmaschine stellte, wenn er sie dann doch jedes Mal wieder herausnahm und von Hand abspülte, da er wesentlich häufiger Tee trank, als er seine Spülmaschine laufen ließ.

Er fischte den heißen Teebeutel aus der Tasse.

Etwas an der Stimme der Mutter ließ ihn aufmerken. Irgendetwas drang hindurch.

Während der Teebeutel langsam über dem heißen Wasser der Tasse baumelte, erstarrte Holtz.

Warum ist mir das nicht schon früher aufgefallen?

Sein Herz schlug schneller, ein Gedanke drang an die Oberfläche.

Holtz ging zu seinem Laptop, der neben dem Fernseher stand, und zog die Maus auf das Stoppzeichen auf dem Bildschirm. Dann ging er etwas zurück und klickte wieder auf Play.

Er lauschte. Dann rannte er in die Diele.

Wo war die Tasche? Er wusste, dass er sie mit nach Hause genommen hatte.

Sie lag, wo sie immer war, auf der Hutablage. In einer mit einem Reißverschluss verschlossenen, versteckten Innentasche steckte sein schwarzes Notizbuch. Holtz blätterte von hinten nach vorn. Beim ersten Durchgang fand er nicht, was er suchte, aber beim zweiten: die mit der Hand geschriebene Überschrift »Telefonnummern«.

»Ich habe nichts hinzuzufügen. Ich weiß sonst nichts. Jemand hat meine Tochter erschossen! Das musste ich aus der Zeitung erfahren. Können Sie das denn nicht begreifen? Niemand hat es mir gesagt.«

Sie schrie fast. Vorwurfsvoll.

Holtz wusste nicht recht, wie er fortfahren sollte.

»Ich habe nur ein paar Fragen. Es ist wichtig.«

Die Frau in der Tür sah mitgenommen aus. Ihre Haare waren strähnig, und der zerknitterte Morgenmantel schien schon lange nicht mehr gewaschen worden zu sein.

Holtz kam sich wie ein Idiot vor.

Sie zögerte.

Die Einsamkeit, die Trauer seit Jennys Ableben war kaum zu ertragen.

Und dann noch all diese Fragen.

Jennys Vater war auch keine Hilfe gewesen. Er war nur ein paar Tage zu Hause gewesen und dann in die USA zurückgekehrt. Die Polizei hatte nur kurz mit ihm gesprochen und keine Veranlassung gehabt, ihn zu längerem Bleiben zu bewegen. Sie hatte vergeblich versucht, ihn dazu zu überreden, sie mit ihrer Trauer nicht allein zu lassen.

»Es dauert nicht lange, das verspreche ich Ihnen.«

Sie zögerte noch einen Augenblick, hielt ihm dann aber die Tür auf. Ihr Blick war müde und resigniert.

Sie hatte keine Widerstandskraft mehr.

Es roch muffig, unordentlich. Überall Kleider, Zeitungen und schmutziges Geschirr.

Holtz blickte sich um, dann sah er die Frau an. Er kam sich vor wie ein Quälgeist.

»Soll ich jemanden bitten, bei Ihnen vorbeizuschauen? Brauchen Sie Hilfe?«

»Nein, ich will niemanden hierhaben.«

Sie flüsterte, fauchte fast, führte Holtz dann aber ins Wohnzimmer.

Der Fernseher lief. Ein Programm über Jugendliche. Die meisten trugen Kopfbedeckungen, Basecaps oder Palästinensertücher. Ein Fest schien in Gang zu sein. Einige lagen in Mänteln auf einem Sofa.

Sie schaltete den Fernseher aus und setzte sich wortlos aufs Sofa.

Holtz blieb unschlüssig stehen. Er war ratlos. Dann holte er tief Luft und stellte seine Frage.

»Wie bitte?«

Sie sah ihn verständnislos an.

Er wiederholte die Frage.

Jenny Svenssons Mutter starrte ihn an, als hätte sie seine Worte nicht verstanden, als spräche er eine Fremdsprache. Dann veränderte sich ihre Miene. Er konnte förmlich sehen, wie ihre Gedanken sie einholten und sie plötzlich begriff.

»Ja … die Graffitimaler haben ja aus irgendeinem Grund immer Namen, die mit Z beginnen. Zopp, Zipp und Zack und so. Ich erinnere mich nicht so genau. Aber ich habe dem Beamten, der hier war, erzählt, dass sie immer ihre Bilder fotografiert hat«, sagte sie.

»War denn Jenny auch Graffitimalerin?«

»Nein, nein, sie hätte so etwas Verbotenes nie gemacht. Sie hat nur fotografiert. Ich glaube, sie ist diesen Leuten auch nie begegnet. Die sind ziemlich lichtscheu, oder?«, sagte sie nachdenklich, als hätte die Konzentration ihre Sinne geschärft.

»Und warum hat sie das gemacht? Warum hat sie die Graffiti fotografiert?«

»Sie hat im Gymnasium damit angefangen. Sie hatte den künstlerischen Zweig gewählt. Das war ihre Examensarbeit. Obwohl, auf dem Gymnasium spricht man wohl noch nicht von Examensarbeit, oder?«

Holtz nickte und rieb sich die Bartstoppeln.

»Sind Sie sich sicher, dass ich nicht doch jemanden verständigen soll? Sie könnten sicher etwas Gesellschaft gebrauchen.«

Sie schüttelte nur den Kopf.

»Haben Sie diese Examensarbeit noch, oder wissen Sie, wer sie hat? Sie bekommen sie auch umgehend zurück«, sagte er freundlich.

»Warten Sie«, sagte Jennys Mutter. Sie erhob sich schwerfällig und verließ das Zimmer. Nach einigen Minuten stand sie wieder in der Diele.

»Sie hat ja nicht mehr hier gewohnt, aber sie hatte noch ziemlich viele Sachen in ihrem alten Zimmer. Sie war sehr ordentlich. Die Arbeit stand ordentlich im Bücherregal neben den anderen Unterlagen, die sie aus ihrer Schulzeit aufgehoben hat.« Sie reichte Holtz eine dicke, rote Plastikmappe, die von einem schwarzen Gummiband zusammengehalten wurde. »Ich glaube, das hier ist die Arbeit.«

»Ich verspreche, dass Sie sie zurückbekommen«, sagte Holtz und verabschiedete sich von ihr.

Er durchquerte die Stadt in nördlicher Richtung.

Der Freitag ging in den Samstag über.

Die Mappe enthielt Fotos, Notizen und Zeitungsausschnitte. Auf den Fotos waren bunte Graffiti an Zügen, Hauswänden, Mauern und Umspannwerken zu sehen. Holtz fand anfangs, dass sich die Bilder alle glichen, aber dann dämmerte ihm, dass sie von unterschiedlichen Leuten gemalt worden sein mussten.

Fast alle Bilder waren seitlich mit einem Namen verziert oder stellten einen Namen dar, obwohl dieser nicht immer leicht zu entziffern war. Genau wie Jenny Svenssons Mutter gesagt hatte, war der Buchstabe Z überrepräsentiert.

So muss es zusammenhängen, dachte Holtz und nahm einen neuen weißen Bogen aus dem Karton, den er in der Buchhandlung gekauft hatte. Eine Weile zog er farbige Linien und malte Kästchen, dann brühte er sich noch einen Tee auf.

Der alte stand immer noch unberührt auf der Spüle.

Während er den Teebeutel in dem heißen Wasser ziehen ließ, holte er sein Notizbuch. Die meisten seiner Kollegen machten sich nur noch Notizen am Computer, aber Holtz hatte immer ein Notizbuch als Ergänzung verwendet und so wollte er es weiterhin halten.

Nachdem er ein paar Minuten lang geblättert, die Teetasse fast ausgetrunken und ein paar weitere Worte auf das Blatt geschrieben hatte, saß er lange da und betrachtete die Skizze. Dann blätterte er die Mappe mit den Graffiti und Jennys Aufzeichnungen durch.

Da stieß er auf etwas. Eine Liste. Tags, throw up, oldschool, bomb. Ordentlich waren alle Ausdrücke aufgelistet und erklärt.

Das ist wie beim Kreuzworträtsel, hat man erst die Lösung, begreift man nicht, dass sie einem nicht direkt eingefallen ist, dachte er und tippte mit dem Finger auf das Wort »crew« fast zuoberst auf der Liste.

Der Zeiger näherte sich drei Uhr.

Siebzehn Seiten. Die Abendzeitung übertraf sich mal wieder selbst.

GRAFFITIMÖRDER SCHLÄGT WIEDER ZU
Serienmörder spielt mit der Polizei Katz und Maus

»Ein Serienkiller. Endlich tut sich mal was«, hatte der Nachrichtenchef gesagt, als ihn die Kriminalreporterin am späten Abend angerufen und gemeint hatte, sie habe etwas für ihn. Einen Tipp.

Alle legten sofort los.

Die Vertretungen, die bereits seit dem Nachmittag unbezahlte Überstunden machten, hatten nichts zu melden. Es blieb ihnen nichts anderes übrig, als die Hörer in die Hand zu nehmen. Die wichtigen Reporter wurden herbeizitiert.

Der Nachrichtenchef lief zur Hochform auf.

»Sucht in allen Winkeln, aber diskret, damit die Konkurrenz nichts mitkriegt«, schrie er. »Haltet mich auf dem Laufenden und macht Fotos. Ich lasse keine Ausreden gelten. Bilder und Interviews. Das ganze Paket, und zwar schleunigst.«

Er setzte sich an den großen Schreibtisch in der Mitte der Redaktion, griff zum Telefon und wählte die Nummer des Chefredakteurs. Jetzt musste er nur noch die Erlaubnis einholen, alle Reserven zu mobilisieren.

Der Chefredakteur würde in den kommenden Wochen sehr viel Zeit darauf verschwenden müssen zu beteuern, dass sie gegen keine ethischen Regeln verstoßen hatten. Und wenn dann immer noch jemand behaupten sollte, ihm sei ein Schaden entstanden, so würde er die Schuld auf einzelne, übereifrige Reporter schieben. Die Zeitung veröffentlichte nie Fotos gegen den Willen der Angehörigen, und der Kodex der Zeitung war, größte Rücksichtnahme walten zu lassen, insbesondere wenn es sich um Leute handelte, die sonst nie mit den Medien zu tun hatten. Wenn jemand nicht interviewt werden wollte, sollte sich die Zeitung nicht aufdrängen.

Es war besser, den Chefredakteur vorzubereiten, obwohl dieser die Verteidigungsrede im Schlaf abspulen konnte.

Knut Sahlén war bleich, was sowohl am Stress als auch an der Schlaflosigkeit lag. Seine geheime Telefonnummer hatte ihm nicht viel genützt. Der Journalist, der ihn am Sonntagmorgen angerufen hatte, hatte offenbar mehr gewusst als er selbst. Bei allen Ermittlern, die mit den Morden an Peter Konstantino und Benny Rosvall befasst waren, hatten die Telefone geklingelt, und bei vielen anderen Personen auch. Es wurden Informationen gesammelt. Unbestätigte Gerüchte wurden so bestätigt, und Mutmaßungen wurden angestellt, ehe die schlaftrunkenen Polizisten noch einen klaren Gedanken gefasst hatten. Die Angehörigen, Freunde, Nachbarn und ehemaligen Mitschüler der Ermordeten wurden aufgespürt. Alle wurden angerufen oder von Reportern in Begleitung eines Fotografen aufgesucht. Ein Kriminologe und selbsternannter Experte in Sachen serienmäßiger Gewaltverbrechen kam ausführlich zu Wort. Ein Professor in Kriminologie wusste bestens über alles Bescheid, konnte den weiteren Verlauf voraussehen und kannte auch schon die Gründe dafür, warum die Polizei selbst bei der grundlegendsten Ermittlungsarbeit versagen würde. Dass etliche Jahrzehnte vergangen waren, seit er zuletzt direkten Einblick in Mordermittlungen gehabt hatte, und dass sich die meisten seiner Thesen auf Vermutungen und Hörensagen stützten, war nicht ersichtlich.

Siebzehn Seiten über zwei ermordete Graffitimaler, und das war erst der Anfang. Dass zwei Opfer alles andere als genug waren, um von einem Serienmord zu sprechen, war der Redaktionsleitung gleichgültig.

Der Einzige, der keinen Anruf erhielt, war der Pressesprecher der Polizei Anders Sylén. Die Abendzeitungen wollten nicht riskieren, dass sich der Informationsfluss in die falsche Richtung bewegte. Die Redaktionen hatten ein sehr frostiges Verhältnis zu Sylén und wussten, was er aus reiner Bösartigkeit anrichten konnte. Es gehörte zu seinen Lieblingsbeschäftigungen, der Konkurrenz einen Tipp zu geben. Auch wenn das nicht stimmte, hielt sich dieses Gerücht hartnäckig. Syléns anfänglich ruhiger Arbeitstag änderte sich drastisch, als alle anderen Redaktionen versuchten, den Vorsprung der Konkurrenz aufzuholen. Ein Serienkiller ließ sich nicht einfach ignorieren, auch wenn es die anderen Zeitungen waren, die die Sensation gelandet hatten. Nach einiger Zeit würde sich ohnehin niemand mehr daran erinnern, wer die Nachricht als Erster gebracht hatte.

»Tut mir leid, dass ich euch an einem Sonntagmorgen herbestellen muss«, sagte Knut Sahlén, ohne sich auch nur den Anschein zu geben, als würde er das ernst meinen.

Wie immer war die Stimmung im Zimmer des Ermittlerteams düster.

»Ich habe mit dem Hinweisteam gesprochen. Es gibt Indizien dafür, dass sich das Opfer vom Tunnel, also Peter Konstantino, und das Opfer im Keller, Rosvall, kannten. Fragt mich nicht, warum ich das nicht früher erfahren habe«, sagte er.

Die anderen schwiegen.

»Störe ich?« Holtz stand mit fragender Miene in der Tür.

»Komm rein und setz dich, wir versuchen, diese üble Sache in den Griff zu kriegen«, antwortete Sahlén.

»Ich fürchte, dass ich noch weitere Hiobsbotschaften habe«, sagte Holtz und blieb in der Tür stehen.

Niemand wagte es, Knut Sahlén anzusehen. Aller Blicke waren auf Holtz gerichtet.

»Inwiefern?«, wollte Sahlén wissen.

»Vermutlich haben sie in den meisten Dingen Recht«, sagte Holtz und deutete auf die Zeitung auf dem Tisch. »Aber es gibt auch eine Verbindung zu Jenny Svensson.«

Knut Sahlén schloss die Augen, holte tief Luft und sagte dann:

»Vielleicht könntest du so freundlich sein und uns an deinen Erkenntnissen teilhaben lassen?«

Holtz war nicht ganz sicher, ob das ironisch gemeint war oder ob Sahlén eine Persönlichkeitsveränderung durchgemacht hatte. Er schloss die Tür hinter sich und nahm an der Kopfseite des Tisches Platz.

»Ist jetzt Jagdsaison?« Akazia brachte ein angestrengtes Lächeln zustande.

»Was glaubt ihr? Hat man die Jagd auf uns jetzt freigegeben?«, wiederholte er.

Am großen Tisch im Hinterzimmer der chemischen Reinigung herrschte ausnahmsweise keine Aktivität. Niemand fertigte Skizzen an oder lümmelte vor dem Computer mit den Spielen.

Der Perlenvorhang rasselte noch ein Weilchen, nachdem Akazia ganz leise eingetreten war. Er besaß die Fähigkeit, lautlos in Erscheinung zu treten und manchmal auf die gleiche Weise wieder zu verschwinden. Alle hatten die Schlagzeilen gesehen und die Zeitungen gelesen. Außerdem hatte sich das Gerücht wie ein Lauffeuer verbreitet.

»Soweit ich weiß, waren Greco und Zippo nicht befreundet, oder?«, fuhr er fort, als er keine Antwort erhielt.

»Doch.« Das Gesicht von Straycat war unter ihrer Kapuze kaum auszumachen.

»Woher weißt du das?«, fragte Akazia erstaunt. Es kam nicht oft vor, dass sie etwas sagte. Die anderen sahen sie neugierig an.

»Sie waren befreundet, aber sie haben eigentlich nie etwas zusammen gemalt. Beide wollten ihr eigenes Ding machen, aber sie waren eine Crew«, sagte sie.

Akazia nickte und verzog das Gesicht zu einer Grimasse, die als Zustimmung gedeutet werden konnte. Vielleicht hatte sie ja Recht. Er trat an den Tisch, an dem die anderen saßen. Dort blieb er stehen und biss sich auf die Unterlippe.

»Es ist lange her, dass ich Zippo zuletzt gesehen habe. Ein paar Monate. Ich dachte, er hätte die Stadt oder das Land verlassen«, sagte er nach einer Weile.

»Er war ein Einzelgänger und lebte von Einbrüchen, das habe ich jedenfalls gehört«, meinte Straycat.

»Hat er wirklich in diesem Keller gewohnt?«, wollte Akazia wissen.

»Ja. Zu Hause haben sie ihn rausgeschmissen.«

Akazia überlegte, woher sie so viel über Zippo wusste, fragte aber nicht. Alle hatten ein Recht auf Geheimnisse. Eigentlich wussten sie nicht viel übereinander. Kaum einmal die richtigen Namen oder woher sie kamen. Die chemische Reinigung und die Graffiti waren die Gemeinsamkeit, und das reichte. In der Regel sprayte jeder sein eigenes Graffiti, sie schützten sich jedoch gegenseitig und hielten Wache. In seltenen Fällen entstand auch einmal ein Gemeinschaftswerk mit einer gemeinsamen Unterschrift, einem gemeinsamen Tag, um zu zeigen, dass sie zusammengehörten, eine Crew waren.

Aus dem Geschäftslokal zur Straße waren Stimmen zu hören. Die Graffitimaler im Dunkeln verstummten, sie wollten sich nicht zu erkennen geben. Nach einigen Minuten hörten sie, wie draußen die Ladentür ins Schloss fiel.

»Wir müssen in nächster Zeit besser aufpassen, vielleicht müssen wir auch einfach eine Pause einlegen. Was sagt ihr dazu?«, fragte Akazia nach ein paar Minuten in die Runde.

Die anderen schienen keine Meinung zu haben, außer Straycat.

»Warum? Hast du Angst?« Ihre Stimme zitterte ganz leicht.

Stille.

Kaum jemand wagte es, Akazia zu widersprechen.

Erst Wut, dann nichts. Er hatte keine Lust, sich zu streiten, hatte nicht die Kraft. Er entspannte sich, lächelte ironisch und ließ sich auf der Kante des durchgesessenen Sofas nieder, das sich zu häuten schien, da das Kunstleder in Fetzen herabhing.

»Macht doch, was ihr wollt. Ich habe jedenfalls keine Lust zu sterben«, sagte er.

Eine der großen Waschmaschinen im Nachbarraum sprang an. Erst langsame Umdrehungen, dann immer schneller und schließlich ein gleichmäßiges Dröhnen. Omar blickte zur Tür herein und kniff die Augen zu, um besser sehen zu können.

»Ich mach den Laden eine Weile zu, weil nichts zu tun ist. Schließt hinter euch ab und öffnet nicht, wenn jemand klopft«, sagte er.

Er hatte wie immer eine Zigarette im Mundwinkel.

»Was ist mit euch los? Ist jemand gestorben?«, fragte er, als niemand etwas sagte. Er lachte über seinen eigenen Witz, als er ging.

Allerdings, jemand ist gestorben, dachte Akazia.

»Schmiererei oder Graffiti? Kunst oder Sachbeschädigung?«

Der überschwängliche Moderator sah mit dem, was er für ein listiges Lächeln hielt, in die Kamera. Er war sehr zufrieden damit, wie er den Satz mittels Hebung der Stimme beendet hatte, so wie er es oft morgens früh vor dem Spiegel geübt und sich dabei bewundert hatte.

»Guten Abend und auch nach der Pause wieder herzlich Willkommen bei ›Ansichten‹. Das letzte Thema des Abends ist außerordentlich aktuell. Schmiererei oder Graffiti, wie das in gewissen Kreisen auch genannt wird.«

»Carl Tordin, Sie fordern doch, dass härter durchgegriffen wird?«

Tordin hatte nur schnell Luft geholt, da wandte sich der Moderator bereits an die Frau auf der anderen Seite des Ganges. Sie saßen sich wie zwei Gladiatoren vor dem Kampf gegenüber.

»Lena Thompson, Sie hingegen plädieren für einen Dialog.«

Lena Thompson traf wie ihr Widersacher Anstalten, etwas zu sagen, da hatte sich der Moderator schon wieder zur Kamera gedreht.

»Es ist offensichtlich, liebe Zuschauer, dass das hier eine hochinteressante Diskussion werden kann. Noch einmal herzlich willkommen bei ›Ansichten‹.«

Er wandte sich wieder an Tordin.

»Was halten Sie davon, dass die Graffitimaler in den feinen Galerien ausstellen?«

»Also … ich. Dagegen habe ich vielleicht keine Einwände, aber …«

Weiter kam er nicht.

»Sie stellen doch diesen Leuten Ausstellungsflächen zur Verfügung, nicht wahr?«

Der Moderator sprach, noch ehe Carl Tordin begriffen hatte, was eigentlich Sache war, wieder mit Lena Thompson. Lena Thompson setzte eine ernste Miene auf. Sie blickte freundlich, aber unerbittlich in die Augen des Moderators, um Kontakt und Einvernehmen herzustellen, so wie sie es bei dem teuren Kurs »Umgang mit den Medien« gelernt hatte, den ihr ihre Partei bezahlt hatte.

»Ich will als Allerererstes betonen, dass meine Partei Künstlern nicht verbieten will, sich auszudrücken. Wir wollen es jungen Menschen ermöglichen, sich Gehör zu verschaffen. Wir wissen, dass sich die jungen Leute von heute entfremdet und ausgegrenzt fühlen«, sagte sie mit deutlicher Stimme und ohne sich nur ein einziges Mal zu verhaspeln, während sie versuchte, den Blick des Moderators zu bannen.

Dieser warf ihr ein ganz leichtes, fast unsichtbares Lächeln zu und sah dann weg.

»Sind Sie und Ihre Partei nicht der Meinung, dass junge Menschen die Möglichkeit erhalten sollten, sich künstlerisch auszudrücken?« Die Stimme des Moderators klang auf einmal scharf und anklagend, als er sich wieder an Carl Tordin wandte, den das rasche Hin und Her verwirrte.

»Also … durchaus nicht. Wie lautet Ihre Frage eigentlich?«

»Sind Sie dagegen, dass sich junge Leute künstlerisch ausdrücken?«

»Nein. Wir sind gegen Sachbeschädigung.«

Endlich. Er wusste, dass er das Wort Sachbeschädigung in

jedem Satz unterbringen musste, um seine Message rüberzubringen. Weiter kam er jedoch nicht.

»Wir sind auch gegen Sachbeschädigung.«

Lena Thompson hatte geschmeidig die entstandene Pause genutzt.

»Auf Sachbeschädigung legt natürlich niemand wert«, fuhr sie fort, als sie merkte, dass sie nicht unterbrochen wurde. »Aber Sie wollen jungen Menschen das Recht verwehren …«

»Wir wollen Sachbeschädigung verbieten!«, erwiderte Carl Tordin mit erhobener Stimme.

Die Augen von Lena Thompson blitzten. Ihre Antwort kam wie ein Peitschenhieb.

»Aber Sachbeschädigung ist bereits verboten«, sagte sie in ganz selbstverständlichem Tonfall.

»Ja, aber … also.«

Tordin verlor den Faden.

»Wie Sie hören, handelt es sich um eine hitzige Debatte über die Nutzung des öffentlichen Raums der Stadt«, sagte der Moderator an die Kamera gerichtet. »Danke fürs Zuschauen, die Debatte wird vermutlich weitergehen. Die ›Ansichten‹ sind gleich zurück.«

Die rote Lampe über der Kameralinse erlosch.

Tordin schnappte nach Luft.

»Nennen Sie das hier etwa eine Debatte? Wir haben ja gar nicht über das eigentliche Thema gesprochen. Ich hatte nicht mal …«

»Das lief doch bestens«, meinte der Moderator lächelnd. Er nickte Lena Thompson zu, und diese erwiderte sein Lächeln. »Falls Sie noch Fragen haben, dann wenden Sie sich bitte an meine Assistentin«, sagte er und ging, ohne zu erläutern, wer diese Assistentin sei.

Carl Tordin nahm das Wasserglas vor sich. Er war sich

nicht sicher, ob es sich um eine Requisite handelte oder ob man wirklich daraus trinken durfte. Trotzdem trank er einen Schluck. Er hatte das Gefühl, einige Kilometer gerannt zu sein. Sein Herz pochte.

»Noch nicht viel Übung, was?«

Lena Thompson sah ihren Gegner mitfühlend an.

»Hm«, brummte Tordin verdrossen.

»Lassen Sie den Kopf nicht hängen, das war sicher nicht das letzte Mal. Demnächst würde ich an Ihrer Stelle übrigens einen hohen Kragen tragen oder mehr Puder verwenden.« Sie betrachtete seinen roten Hals. »Bei so einem Anblick werden alle ganz mordlustig. Bis zum nächsten Mal.«

Sie ging. Carl Tordin blieb sitzen. Obwohl das Studio hell erleuchtet war, kam ihm alles dunkel und öde vor.

Holtz hielt das kleine Stück Klebestreifen an die Lampe.

Sieht aus wie Isolierband, dachte er. Im Labor hatten sie festgestellt, dass Benny Rosvall dieselbe Art Klebeband im Mund gehabt hatte, vermutlich von derselben Rolle, wie jenes, das Holtz im Keller gefunden hatte. Sie wollten den Klebestreifen auf DNA-Spuren untersuchen, aber erst wollte Holtz das etwas größere Stück auf Fingerabdrücke überprüfen. Wäre das Klebeband weiß oder durchsichtig gewesen, dann hätte das kein Problem dargestellt, natürlich nur, falls es überhaupt irgendwelche Abdrücke gab. Man konnte es entweder mit einem speziellen Farbstoff oder mit einem Pulver präparieren. Dann wären die Fingerabdrücke einigermaßen deutlich hervorgetreten. Bei schwarzem Isolierband war das nicht ganz so leicht. Aber Ulf Holtz kannte einen Trick. Er griff zu einer Flasche Entwicklerflüssigkeit und einer Dose Titandioxid. Dann mischte er Flüssigkeit und Pulver im selben Verhältnis und versenkte den Klebestreifen in der milchigen Lösung. Nach einer halben Minute fischte er ihn wieder heraus und spülte ihn unter kaltem Wasser ab.

Manchmal bin ich gar nicht so schlecht, dachte Holtz. Ein kleiner, aber recht deutlicher Abdruck war auf dem Klebeband sichtbar geworden. Holtz legte es rasch in eine Schale Wasser, in der es zu Boden sank. Die Schale schob er unter die Reprokamera. Der Abdruck wurde im Sucher größer, als er die Entfernung einstellte.

Die Aufnahme war perfekt.

Ich frage mich, wer du bist?, dachte Holtz und zog den Klebestreifen aus dem Wasser und föhnte ihn trocken. Schließlich legte er ihn zurück in den Asservatenschrank.

Das Digitalfoto wurde automatisch an das Fingerabdrucksidentifizierungssystem AFIS übermittelt. Dort waren Tausende von Abdrücken gespeichert, die man entweder Verdächtigen abgenommen oder an Tatorten sichergestellt hatte. Die Fingerabdrücke wurden in Algorithmen umgewandelt. Jeder besaß einen eigenen und war so in der Datei auffindbar. Im AFIS fanden sich Abdrücke, die von Fotos und Formularen eingescannt worden waren, und solche, die man direkt abfotografiert hatte. Auch die Daten von Fingerabdruckscannern waren im System.

Holtz dachte wehmütig an früher. Finger mit Stempelfarbe waren irgendwie authentischer.

Er zuckte zusammen, als nach wenigen Minuten das grüne Treffersymbol auf dem Monitor auftauchte. Nach einem Knopfdruck spuckte der Computer fünf mögliche Identitäten aus. Holtz betrachtete eingehend die fünf Abdrücke, die dem seinen ähnelten, und verfeinerte dann die Suche, woraufhin er jedoch keinen Treffer erzielte.

»Scheiße!«

Seine gute Laune schwand, Missmut erfasste ihn. Der Fingerabdruck würde zwar noch von den Experten analysiert werden, aber er hatte das deutliche Gefühl, dass sie die gesuchte Person nicht in ihren Registern fänden.

Eines war jedoch sicher: Der Abdruck stammte nicht vom Opfer. Also musste es sich um eine Spur des Mörders handeln.

Wir kriegen dich schon noch, dachte er. Und dann können wir beweisen, dass du am Tatort warst.

Das Eis war immer noch hart. Linda Holtz spülte den Löffel noch einmal unter heißem Wasser ab, aber es war immer noch steinhart.

»Verdammt, muss es wirklich so schwer sein, Eis auf Teller zu verteilen? Und ist es eigentlich nötig, den Gefrierschrank auf minus 26 Grad einzustellen?«

»Ja. Das Essen hält sich länger, je kälter es ist. Die Bakterien schlafen so tief, dass sie fast tot sind«, meinte Ulf Holtz.

»Was für Bakterien? Ich dachte, du bewahrst da Lebensmittel auf?«

Linda schüttelte lachend den Kopf und ging von neuem auf das Eis los.

»Wir können warten, bis es etwas weicher geworden ist«, schlug Eva vor, die neben ihrem Vater am Esstisch sitzen geblieben war.

Die Teller waren bereits in der Spülmaschine verschwunden, das Besteck und die Töpfe ebenfalls. Die Pfanne war von Hand gespült worden. Die übriggebliebenen Kartoffeln befanden sich sorgsam verpackt im Kühlschrank. Von dem gebratenen Lachs mit Basilikumbutter war noch ein leichter Fischgeruch übrig, obwohl die Abzugshaube immer noch brummte. Sogar Linda, die eigentlich keinen Fisch aß, hatte ein zweites Mal genommen. »Fisch ist kein Fleisch. Fleisch esse ich nicht«, hatte sie gesagt. Die anderen hatten gewohnheitsmäßig eingewandt, dass Tiere Tiere seien, ganz gleichgültig, ob sie liefen oder schwömmen.

»Schrecklich, diese Morde an den Graffitikünstlern«, meinte Linda Holtz, die sich immer noch an dem Eis zu schaffen machte.

»Handelt es sich wirklich um einen Serienkiller, der etwas gegen Graffitisprüher hat, wie es in den Zeitungen stand?«, fragte Eva.

»Es steht nicht einmal fest, dass die Morde überhaupt etwas miteinander zu tun haben. Der Mann im Keller starb im Übrigen einige Wochen vor dem armen Kerl am Tunnel, und um von einer Serie zu sprechen, sind schon noch weitere Opfer nötig.« Ulf Holtz hoffte nur, damit nicht noch weitere Morde herbeizureden. Es konnte sich tatsächlich bereits um drei Opfer handeln, aber das wusste man bislang nur im Präsidium. Vermutlich war es nur eine Frage der Zeit, bis es durchsickerte.

»Aber waren es nicht beides Graffitimaler, die zur selben Gang gehörten, wie es in der Zeitung stand?«, wollte Eva Holtz wissen.

»Doch, beide waren Graffitimaler, aber ob sie wirklich zur selben Gang gehörten, ist schwer zu sagen. Man spricht übrigens von Crew, aber das ist ein unpräziser Begriff. Das bedeutet eigentlich nur, dass sie gelegentlich was zusammen unternehmen, eine lose Gruppierung ganz einfach. Die Ermittler haben so einiges über die beiden Ermordeten und über die Gangs herausgefunden, aber denjenigen, der mich angerufen hat, haben sie nicht aufgespürt. Der Anruf kam von einem Prepaid-Handy. Die aufgezeichnete Stimme wird analysiert, das hat bislang nichts ergeben. Wir sind uns aber ziemlich sicher, dass sich die beiden kannten. Durch die DNA des Mannes im Keller wissen wir, dass er ein Einbrecher war. Er hat sich aber auch Sachbeschädigung und ein paar Graffiti zu Schulden kommen lassen. Einige meiner pedantischen Kollegen haben tatsächlich auch in der näheren Umgebung von Graffiti Spuren gesichert.«

»Warum verschwendet die Polizei ihre Zeit auf so was, statt sich um richtige Verbrecher zu kümmern?«, fragte Eva.

»Alle Straftaten sind richtige Straftaten«, entgegnete Holtz, dem durchaus bewusst war, was sie eigentlich meinte. »Die

Politiker wollen, dass gegen diese Graffitimaler energischer vorgegangen wird, woraufhin die Polizeiführung mehrere Graffitiprojekte ins Leben gerufen hat. Vieles war natürlich nur leeres Gerede«, sagte er, statt zu sehr gegen ihre Sicht der Dinge zu protestieren.

Linda trug mit stolzer Miene drei Teller zum Tisch. Sie hatte Himbeeren mit Crème fraîche und Puderzucker püriert und auf das Vanilleeis gegeben. Die Kreation war mit einem Zweiglein Minze dekoriert.

»Lecker«, sagten die beiden anderen und machten sich über das Dessert her.

»Ich kann fast verstehen, dass sie jemand erschießt«, sagte Eva Holtz nach einer Weile. »Diese egozentrischen Typen hinterlassen mit ihren Farbsprays wirklich schauderhafte Spuren, die auf Kosten der Steuerzahler entfernt werden müssen.«

»Man muss das etwas differenzierter betrachten. Frohe Farben sind doch wohl immer noch besser als hässlicher Beton?«, meinte Linda und wedelte nachdrücklich mit ihrem Eislöffel. Ein weißer Tropfen flog in einem eleganten Bogen durch die Luft.

»Pass auf. Du bespritzt mich mit Eis«, sagte Eva. »Nein, pfui Teufel, einfach weg mit ihnen.«

»Jetzt klingst du genau wie diese Leitartikelfrau aus der Abendzeitung. Sie meinte, jemand habe Selbstjustiz geübt, um den Schmierern Angst einzujagen, damit sie sich zusammenreißen und eine Arbeit suchen«, beschwerte sich Linda.

»Wer soll das geschrieben haben?«

»Diese Frau, die in der Abendzeitung immer die Massen aufwiegelt.«

»Kenn ich nicht.«

»Doch, ganz sicher. Erinnerst du dich nicht an die Frau,

die in einem Realityporno ihre Kleider fallen gelassen hat, um Karriere zu machen?«, fragte Linda.

»Realityporno? Was soll das schon wieder sein?«, erwiderte Eva.

»Sie hat in einer Gratiszeitung die Beine breitgemacht, etwas unscharf und haarig, aber immerhin, wie die Frau von nebenan, also Reality. Amateurporno schlicht und ergreifend. Sie hat das als Anti-Pin-up bezeichnet. Meine Güte, es war aber trotzdem auch nur eine Wichsvorlage. Von der Kulturelite wurde sie als mutig bezeichnet. Und irgendwie hat es funktioniert, weil ich seither immer alles lese, was sie schreibt«, meinte Linda lächelnd.

»Das genügt jetzt wirklich, könnten wir das Thema wechseln?«, schaltete sich Ulf Holtz ein.

Keine der beiden schien aber noch etwas zu sagen zu haben. Nachdem das Schweigen ein paar Minuten gedauert hatte, räumte er die Dessertteller ab, stellte sie in die Spülmaschine und schaltete das Gerät ein.

»Vielleicht hat sie ja sogar Recht. Jemand findet, dass es jetzt langsam reicht. Man zahlt es den Kriminellen mit gleicher Münze heim. Eigentlich gar nicht schlecht, wenn ich darüber nachdenke«, griff Eva den Faden provozierend wieder auf.

»Und so jemand wie du arbeitet im Strafvollzug? Wo ist eigentlich deine Mitmenschlichkeit geblieben?«, sagte Linda.

»Ich befördere nur jene, die nicht bleiben dürfen, schnellstmöglich aus dem Land. Ich weiß nicht, ob man das als Strafvollzug bezeichnen kann. Die Strafvollzugsbehörde ist nur zufälligerweise mein Arbeitgeber«, meinte Eva. »Außerdem weißt du, dass ich gar nicht so bin … eigentlich.«

»Kann man sich da so sicher sein?«

Die Klinge blieb zwischen der Leertaste und dem Buchstaben B stecken. Die Spitze des Taschenmessers zerkratzte das Plastik unter den Tasten, aber die Büroklammer, die Pia Levin in die Tastatur geraten war, bewegte sich nicht. Sie hob das Messer vorsichtig an, aber die Büroklammer blieb unter den Tasten verkeilt.

»Du … wer hasst Graffitimaler?«, fragte sie, klappte ihr Taschenmesser zusammen und überließ die Tastatur und die Büroklammer ihrem Schicksal und hoffte, dass Holtz nichts gesehen hatte.

»Da könnte ich mir in der Tat so einige vorstellen«, erwiderte er.

»Aber wer hasst sie so sehr, dass er einen Mord begeht?«

Holtz hatte schon öfter darüber nachgedacht, die Frage aber bislang nicht so formuliert.

»Hass? Ja, vielleicht. Das wäre ein mögliches Motiv.«

Er stellte seine Tasse auf den Fußboden und machte es sich auf dem Borgholm-Sessel bequem. Es knarrte, als er die Augen schloss und sich zurücklehnte.

»Es gibt Menschen, die es für eine gute Idee halten, Leute zu erschießen, die Sachen anderer zerstören«, sagte er. Er hatte die Diskussion seiner Töchter noch im Kopf.

»Eigentlich gar nicht so verwunderlich. Viele Leute finden, dass Mörder, Männer, die ihre Frauen prügeln, und Pädophile es nicht wert sind, am Leben zu bleiben. Wenn man nachfragt, sind sie dann aber doch gegen die Todesstrafe.«

»Aber Graffitimaler? Von denen sprechen wir ja hier«, meinte Holtz und sah sie an. Sie saß in der tiefen Fensternische, in die sie sich nach ihren Problemen mit der Tastatur zurückgezogen hatte.

»Stell dir Folgendes vor«, sagte sie. »Eine weiße Wand mit großen Buchstaben in fröhlichen Farben. Was siehst du?«

Holtz runzelte die Stirn. Er konzentrierte sich und schloss wieder die Augen.

»Nichts Besonderes. Farben und Formen.«

»Stell dir das Bild nun mehrere Meter breit und fast ebenso hoch vor. Es ist silbern grundiert, und die Buchstaben sind groß und fett. Rot mit einer blauen Kante. Kannst du es sehen?«

»Tja… ich weiß nicht.«

»Konzentrier dich auf das Bild vor dir«, ermahnte sie ihn.

»Okay. Ich sehe es«, sagte Holtz mit einem amüsierten Lächeln auf den Lippen.

»Halte das Bild fest, und stell dir jetzt vor, dass es ein Haus bedeckt, die Fassade.«

Holtz nickte, immer noch mit geschlossenen Augen.

»Siehst du es? Halte das Bild gut fest.«

Er nickte erneut, ohne die Augen zu öffnen.

»Stell dir jetzt vor, dass dein Haus so aussieht, wenn du heute Abend nach Hause kommst.«

Holtz öffnete die Augen und spürte, wie sich sein Puls beschleunigte. Fast stockte ihm der Atem.

»Begreifst du jetzt?« Pia Levin lachte. »Ich habe das im Psychologiekurs gelernt. In der Tat ganz schön effektiv. Solche Erkenntnisse sind gar nicht übel, stimmt's?«

Holtz wirkte fast ein wenig schockiert.

»Wenn jemand einem geliebten Gegenstand oder Menschen Schaden zufügt, kann man kaum noch klar denken, selbst wenn es sich um etwas so Schlichtes wie ein Haus oder ein Auto handelt, ja, sogar ein Fahrrad. Man verspürt als Allererstes ein Bedürfnis nach Rache«, sagte Levin. »Rache und Hass.«

Holtz nickte und lehnte sich wieder zurück. Seinem Gesicht war noch eine gewisse Anspannung anzumerken.

»Glaubst du, bei dem Mörder handelt es sich um jemanden, dessen Haus verunstaltet wurde?«

»Nein, so einfach ist es vermutlich nicht. Die meisten Leute besitzen weder den Mut noch die Kraft, sich zu rächen oder auch nur den Täter ausfindig zu machen. Ein normaler Mensch ist auch gar nicht fähig, sonderlich lange zu hassen. Ich meine, dass nicht die Straftat an sich bestimmt, welche Gefühle bei dem Betroffenen entstehen, sondern die Konsequenzen dieser Straftat für den Betroffenen.«

Holtz nahm seine Beine von dem Sessel, da sie zu kribbeln begannen. Er erhob sich und ging ein paar Schritte auf und ab. Dann streifte er seine Schuhe ab und stellte sich breitbeinig mit erhobenen Händen hin. Pia Levin überlegte, ob er wohl verrückt geworden sei, sagte aber nichts.

»Ich wollte mit Gymnastik anfangen. Linda sagt, dass man besser nachdenken kann, wenn die Blutzirkulation beschleunigt wird. Außerdem verspannt man sich dann nicht so leicht.« Holtz streckte seine Arme seltsam abgewinkelt in die Luft.

Pia Levin seufzte laut und schüttelte den Kopf. Sie wollte gerade gehen, als ihr noch etwas einfiel.

»Richtig. Ich habe mit dem Tontypen gesprochen, mit Jörgen Bylund. Er wollte dir was über diese Stimme erzählen, du weißt schon, von dem Mann, der dir gesagt hat, dass sich Peter Konstantino und Benny Rosvall kannten.«

Holtz hielt mitten in der Bewegung mit leicht gebeugten und vor sich ausgestreckten Armen inne.

»Diese Übung heißt übrigens den Ball fangen. Danach reckt man sich, um ganz weit oben einen Apfel zu pflücken, den man dann, so, in einen Korb legt.« Er vollführte eine tänzelnde Bewegung mit dem Oberkörper. »Tai-Chi, einfach toll«, sagte er. »Na dann, auf ins Tonstudio.« Holtz zog sich seine Schuhe wieder an.

Die meisten nannten die Abteilung einfach nur den Ton, aber der offizielle Name lautete »Forensic Audio Center«. Die Wände waren mit grauem Schaumstoff verkleidet. Die Stille war kompakt und fast mit Händen zu greifen.

»Wir gehen ins Labor, die meisten finden es unangenehm, sich hier drin zu unterhalten«, sagte Jörgen Bylund und führte sie aus dem schallisolierten Studio hinaus.

In erster Linie waren die Tontechniker damit beschäftigt, Aufnahmen zu verbessern und zu untersuchen, ob sie echt oder manipuliert waren. Sie konnten auch schwache Hintergrundgeräusche herausfiltern. Manchmal beschäftigten sie sich noch mit Tonbandkassetten, obwohl digitale Aufnahmen zunehmend ihren Alltag beherrschten. Gelegentlich stand auch eine Stimmenanalyse an.

Computer mit modernen Audioprogrammen füllten das Labor, in dem etliche junge Techniker und Analytiker, die meisten langhaarig und männlich, in ihre Arbeit versunken waren.

Wie geklont, dachte Levin.

»Hier ist es nicht wie im Fernsehen«, sagte Jörgen Bylund. »Viele Leute glauben, man müsse eine Stimme nur in einen Computer eingeben, und schon wisse man, um wen es sich handelt und woher diese Person kommt. Aber das funktioniert fast nie. Man braucht eine Vergleichsstimme als Referenz. Eine andere Möglichkeit ist ein Sprecherprofil, aus dem hervorgeht, welcher Personengruppe der Sprecher zuzurechnen ist.«

Levin und Holtz folgten ihm in ein kleineres Büro am anderen Ende des Labors.

»Treten Sie ein«, sagte Bylund.

Drei Computer standen auf einem kleinen Tisch. Der Fußboden war fast gänzlich von unordentlichen Bücherstapeln bedeckt. Auf zwei Stühlen an der Wand saßen zwei Teddybären in Fußballtrikots. Zwei verschiedene Mannschaften. Bylund räumte die Stofftiere beiseite.

»Setzen Sie sich«, sagte er.

Levin und Holtz betrachteten fragend die Teddys, aber da Bylund nicht die Absicht zu haben schien, etwas zu erklären, stellten sie auch keine Fragen.

Sie zogen die Stühle heran und nahmen vor den Computern Platz.

»Ich habe Ihre Aufnahme gefiltert. An der Qualität war von vornherein nichts auszusetzen, aber jetzt ist die Aufnahme perfekt.« Bylund drückte auf eine Taste.

Das Geräusch aus den Lautsprechern wurde von Diagrammen auf dem Computermonitor begleitet.

Holtz lauschte konzentriert der unbekannten Stimme und seiner eigenen, die er kaum wiedererkannte. Gleichzeitig warf er einen Seitenblick auf Levin, um festzustellen, ob sie bemerkte, wie konfus und unkonzentriert er klang. Aber falls Levin irgendetwas an seiner Gesprächsführung auszusetzen hatte, war es ihr nicht anzumerken.

Die Unterhaltung war rasch zu Ende.

»Nichts Ungewöhnliches. Die Anruferin hat einen leichten Akzent, das hören Sie ja, aber …«

»Anruferin?« Holtz zog die Brauen hoch.

»Ja. Da bin ich mir ziemlich sicher. Jung, zwischen fünfzehn und zwanzig. Wie gesagt, leichter Akzent, ich habe das mit unserem Vergleichsmaterial gegengecheckt und außerdem einen unserer Phonetiker gebeten, die Stimme zu analysieren, und glaube nicht, dass es sich um einen ausländischen Akzent handelt.«

»Um was für einen Akzent dann?«, fragte Pia Levin.

»Einen schwedischen«, sagte Jörgen Bylund.

»Sie spricht ja Schwedisch.« Levin wirkte verwirrt.

»Es ist eigentlich kein Akzent, mehr ein Dialekt sozusagen. Sie ist vermutlich in Schweden geboren und kann durchaus schwedische Eltern haben, aber den Dialekt hat sie bei ihren Freunden aufgeschnappt«, sagte er.

»Können Sie sagen, um welchen Vorort es sich handelt?«, wollte Levin wissen.

»Nein. Jedenfalls noch nicht«, antwortete Bylund. Die Ironie schien ihm nicht aufgefallen zu sein.

Holtz und Levin baten ihn, einen Bericht zu schreiben und dem Ermittlerteam und ihnen je ein Exemplar zukommen zu lassen.

Vorurteile sind dazu da, sich zu bestätigen, dachte Holtz. Graffiti und Vororte, aber was hat die junge Anruferin damit zu tun? Woher kannte sie Peter Konstantino und Benny Rosvall? Vielleicht eine Freundin oder die Schwester. Ich muss mich bei Knut Sahlén nach den Familien der Opfer erkundigen.

»Und was jetzt?«, fragte Levin.

»Weitermachen wie vorher«, erwiderte Holtz.

Millimeter um Millimeter fraß sich der Bohrer in die Ziegelmauer. Roter Staub wirbelte durch die Luft und drang in alle Ritzen. Holtz hatte das Gefühl, Ziegel zu schmecken. Die Plastikfolie, die man im Korridor vor seiner Tür aufgehängt hatte, nützte kaum etwas.

Dazu dieser verdammte Lärm.

Plötzlich wurde es still. Kurz darauf ging es wieder los; das Bohren schien in Dreiminutenintervallen zu erfolgen. Trotz des Lärms, den die Schlagbohrmaschine verursachte, hörte Holtz sein Handy.

Wo hatte er es gleich wieder? In der rechten Hosentasche? Nein, in der linken. Das Display blinkte blau. Er drückte auf den Antwortknopf.

»Holtz«, schrie er in sein Handy, und genau in dem Augenblick verstummte der Bohrer.

»Warum schreist du so?«

»Entschuldige. Hier wird gebohrt. Die scheinen mit den neuen Wänden und der Klimaanlage nie fertig zu werden. Aus irgendeinem Grund arbeiten die Handwerker jetzt auch tagsüber. Offenbar gibt es Probleme. Sag schnell, weswegen du anrufst, bevor der Lärm wieder losgeht.«

»Du wolltest doch wissen, ob mir jemand einfällt, der die Graffitimaler hasst. Jetzt sind mir die Örnarna, die Adler, eingefallen«, sagte Levin.

»Örnarna?«

»Ja.«

»Das wäre natürlich eine Möglichkeit. Hast du schon mit Sahlén gesprochen?«

»Nein, da wollte ich gerade hin. Ich dachte, dass du mich vielleicht begleiten willst?«

»Eigentlich nicht, aber na gut. Wo bist du überhaupt?«

»Unten in der Garage. Das ist der einzige Ort, an dem man seine Ruhe hat. Die Bauarbeiten sollen offenbar noch ein paar Tage andauern. Nacht- und Wochenendarbeit wurde anscheinend zu teuer, und deswegen hat irgendein Knallkopf genehmigt, dass auch tagsüber gearbeitet wird.«

»Das kann niemand aus unserem Stockwerk gewesen

sein. Wir sehen uns in ein paar Minuten in der dritten Etage. Ich …«

Das Geräusch einer Bohrmaschine übertönte Holtz' Stimme.

Die Örnarna hatten sich aufgelöst. Es hatte sich um eine Gruppe von Leuten eines privaten Wachdienstes gehandelt, die Graffitimaler in der U-Bahn erfasst hatten. Als ihr Übereifer ruchbar geworden war, waren sie gefeuert worden.

In ihrer Datenbank waren Hunderte Schmierer mit Namen, Tags, Personenkennziffer und Vorstrafenliste verzeichnet gewesen. Das erwies sich als eine sehr effektive Methode, die Graffitimaler in Schach zu halten, und alle, denen sie ein Dorn im Auge waren, hielten die Datenbank für eine gute Idee. Sogar die Polizei griff gelegentlich darauf zurück. Die Sache hatte eigentlich nur einen Haken.

Sie war illegal.

Die Wachleute mit dem pompösen Namen »Die Adler« verwandelten sich in Spatzen, als ganz plötzlich niemand mehr von dieser Datenbank wissen wollte. Weder die Leitung des Sicherheitsunternehmens Öhrns noch die Polizei und die Politiker und die Verantwortlichen für die U-Bahn schon mal gar nicht.

Es war, als wären die Örnarna von einer sehr ansteckenden Krankheit befallen worden. Außerdem nutzten die Graffitimaler die Chance zurückzuschlagen. Ein Dutzend von mehreren Hundert erfassten Sprühern strengte einen Prozess wegen Verleumdung gegen die Örnarna an und erhielt vor Gericht Recht.

Holtz wartete bereits auf dem Korridor, als Levin auf ihre typische kraftvolle Weise angestiefelt kam. Er wünschte sich, auch solch eines Auftretens fähig zu sein. Er hatte es geübt, aber es war ihm nie so recht geglückt.

»Tut mir leid, dass du warten musstest, aber ich musste noch etwas abschließen. Jetzt macht Nahid Ghadjar weiter.«

»Sie macht weiter?«

»Keine Panik. Alles Routine. Sie trägt die Asservatenliste nach. Ich kontrolliere das aber noch einmal sicherheitshalber, du weißt schon, quality control.«

Seit die neuen Abläufe eingeführt worden waren, war ihre Arbeit noch komplizierter und bürokratischer geworden. Alle waren sich jedoch einig, dass diese Neuerungen nötig waren. Keiner durfte davonkommen, bloß weil die Kriminaltechniker geschlampt hatten. Deswegen sollte man den Weg jedes sichergestellten Gegenstandes vom Auffinden bis zum Einlagern lückenlos nachvollziehen können. Alles war transparent, wer wann Tests und Analysen durchgeführt hatte und wie die Ergebnisse ausgefallen waren.

»Es ist fast zu offensichtlich. Vielleicht habe ich deswegen nicht an sie gedacht«, sagte Levin.

»An die Örnarna? Mal sehen, was Sahlén sagt.« Holtz trat bei den Ermittlern ein.

Das Ermittlerteam war in der vergangenen Woche verstärkt worden, weil sie es vermutlich mit einem entschlossenen und durchtriebenen Mörder zu tun hatten. Alle Kräfte waren aufgeboten worden, und an der allgemeinen Motivation war nichts auszusetzen. Die Ermittler arbeiteten seit einigen Tagen im Schichtdienst, und auch das Hinweisteam war personell aufgestockt worden. Die Alfagruppe, die das Täterprofil erarbeitete, sowie Spezialisten für Serienverbrechen waren ebenfalls hinzugezogen worden.

»Ist Knut Sahlén da?«, fragte Holtz.

»Nein, der hat frei. Kann ich euch irgendwie weiterhelfen?« Adrian Stolt wirkte irgendwie größer, wenn Knut Sahlén nicht in der Nähe war.

»Wir wollten uns nur nach dem Stand der Dinge erkundigen, außerdem hat Levin eine Idee«, meinte Holtz und nickte zu Levin hinüber.

Diese war bereits im Nebenzimmer verschwunden und unterhielt sich mit ein paar Kollegen von der Alfagruppe, die dort ihr Quartier aufgeschlagen hatten. In dem Raum roch es nach Beefsteak mit Zwiebeln. Jacketts hingen über Stuhllehnen. Holtz zählte acht intensiv beschäftigte Beamte.

»Was wolltest du erzählen, Levin?«, fragte Adrian Stolt, als Holtz und er sie eingeholt hatten.

»Ihr habt das sicher schon überprüft, aber ich dachte an die Örnarna. Einer von denen könnte doch auf diese Graffitimaler richtig sauer sein.«

Stolt nickte, ein Lächeln umspielte seine Mundwinkel.

»Kommt mit«, sagte er und führte sie in den dritten Raum, den das Team mit Beschlag belegt hatte.

An der einen Schmalseite hing ein Whiteboard. Ganz oben stand in Druckbuchstaben »Örnarna«. Darunter hatte jemand neun Namen geschrieben, sieben Männer und zwei Frauen.

»Gute Idee. Die Kripo ist seit einigen Tagen damit beschäftigt, sie aufzuspüren und zu beobachten. Bislang haben wir sieben gefunden. Es ist nur eine Frage der Zeit, bis wir sie alle ausfindig gemacht haben. Wir wollen sie morgen zur Vernehmung hierherbringen«, sagte Adrian Stolt.

Pär Jensen überlegte, ob Seagull in Form war oder ob er auf Speed Limit setzen sollte. Es war neun Uhr morgens. Die Chips und Kaugummis in den Regalen waren dort mehr pro forma aufgestapelt. Die Monitore unter der Decke zeigten Pferde im Galopp, einige mit, andere ohne Sulky. Hunde hetzten wie besessen einem mechanischen Kaninchen hinterher. Ein Bildschirm zeigte Zahlen, die sich ständig änderten.

Die Stimmung in dem Wettbüro war bedrückt. Einige Männer verschiedenen Alters sowie zwei Frauen um die siebzig vertieften sich in Tippzettel und Listen. An einem Stehtischchen mit schon nicht mehr gültigen Startlisten führten zwei Männer eine leise Unterhaltung. Im Übrigen wurde nicht viel gesagt. Es herrschte eine konzentrierte Atmosphäre.

Pär Jensen dachte darüber nach, warum Traber immer so seltsame Namen hatten. Seagull, Möwe, klang wenig glamourös. Und Speed Limit? Wie kann man einem Pferd einen Namen geben, der das Gegenteil von dem ausdrückt, was sich sein Besitzer erhofft? Er beschloss, auf Möwe zu setzen.

Die alten Frauen in der Ecke hatten immer noch nicht entschieden, wie sie ihre Rente verwetten wollten. Manchmal war Fortuna ihnen gnädig, meist jedoch nicht. In den Monaten, in denen es gut lief, konnten sie sich auch mal was gönnen, wie sie sich ausdrückten, in den anderen mussten sie sehen, wie sie durchkamen, und das schafften sie immer. Sie hatten schon lange mit dem Rauchen aufgehört, und solange das Geld für das Katzenfutter reichte, gab es keinen Grund zur Klage.

Als die Tür aufgerissen wurde und vier Männer hereinstürmten, waren die beiden Damen davon überzeugt, es handle sich um einen Raubüberfall, und ihr letztes Stündlein habe geschlagen. Aber etwas an dieser Annahme schien nicht zu stimmen. Die Männer sahen zwar bedrohlich aus und sprachen leise, konzentriert und mit sehr viel Nachdruck, aber sie waren nicht maskiert.

Pär Jensen hatte kaum etwas mitbekommen und wollte gerade bei Jasmin an der Kasse zahlen, da legte ihm einer der vier Männer eine Hand auf die Schulter.

»Pär Jensen?«

Er drehte sich erstaunt um.

»Ja …«

»Wir sind von der Polizei. Würden Sie uns bitte begleiten.«

»Was soll denn das …«

»Immer mit der Ruhe. Kommen Sie einfach mit.«

Die Hand an seiner Schulter packte fester zu.

Jasmin wollte gerade etwas sagen, als der harte Blick eines der Neuankömmlinge sie traf. Sie besann sich eines Besseren und verschwand durch einen Vorhang hinter der Kasse.

Die anderen drei, die gerade das Wettbüro betreten hatten, hielten sich im Hintergrund, waren aber äußerst wachsam und einsatzbereit. Alle Übrigen im Raum versuchten sich so klein wie möglich, wenn nicht gar unsichtbar zu machen.

Pär Jensen wusste, dass es kein Entkommen gab. Sein Körper entspannte sich, als wäre er besiegt worden.

»Ich komme mit. Immer mit der Ruhe. Darf ich erst noch meinen Tippschein abgeben?«

Er durfte nicht.

Anschließend konnte sich eigentlich niemand im Wettbüro entsinnen, wie lange der Einsatz gedauert hatte oder was überhaupt geschehen war. Wenige Minuten später grübelten sie schon wieder darüber nach, welche Pferde wohl das Rennen machen würden.

Während Pär Jensen zum Verhör abgeholt wurde, griff die Polizei sechs weitere Verdächtige auf. Vier in der Hauptstadt, einen auf einem Bauernhof im Süden des Landes und den sechsten im Untersuchungsgefängnis der Stadt.

Zwei Mitglieder der Örnarna hatte die Polizei nicht ausfindig machen können.

Die sieben Personen wurden ins Präsidium gefahren und in Zimmer in verschiedenen Stockwerken gebracht. Adrian Stolt wäre es am liebsten gewesen, wenn man sie alle in der dritten Etage hätte warten lassen können, aber dort hatte es nicht genügend freie Zimmer gegeben. Allen sieben wurde mitgeteilt, sie seien gemäß eines Beschlusses der Staatsanwaltschaft zum Verhör abgeholt worden, aber bislang bestehe noch nicht der Verdacht einer Straftat. Einstweilen handle es sich allein um eine Befragung. Alle hatten protestiert, und einige hatten erwogen, einen Anwalt zu bestellen, was ihnen nicht abgeschlagen worden wäre. Ob sie etwas zu verbergen hätten? Aus irgendeinem Grund wollte dann doch keiner der Aufgegriffenen auf einen Anwalt warten. Die Verhöre dauerten ein paar Stunden, und alle gaben eine DNA-Probe ab. Freiwillig natürlich.

»Was geschieht, wenn ich mich weigere?«, wollte Pär Jensen wissen.

Der Beamte lächelte.

»Es steht Ihnen frei, uns Steine in den Weg zu legen.«

Vier Stunden, nachdem man Jensen schmählich daran gehindert hatte, seinen Tippschein abzugeben, war er wieder auf freiem Fuß. Ich bin mir sicher, dass das blöde Pferd gewonnen hat, dachte er, als er sich nach Hause begab. Die Lust auf Pferdewetten war ihm vergangen.

Auch die anderen wurden nach und nach freigelassen, außer Peter Malmsten, den die Ermittler aus der U-Haft geholt hatten, in der er auf seinen Prozess wartete. Da er bereits seit über einem Monat wegen schwerer Wirtschaftsvergehen in Haft saß, hatte er für die Zeit der Morde ein wasserdichtes Alibi, aber die Ermittler wollten nichts dem Zufall überlassen. Für Peter Malmsten war die Vernehmung eine angenehme Unterbrechung des sterbenslangweiligen Alltags im Untersuchungsgefängnis. Dort hatte er sich seit zwei Tagen die Zelle mit einem übelriechenden Mann, den man der Vergewaltigung verdächtigte, teilen müssen. Malmsten hatte protestiert und auf seine Menschenrechte und seine Allergie hingewiesen, aber das Gefängnis war überfüllt, und es war ihm nichts anderes übrig geblieben, als die Zähne zusammenzubeißen. Man hatte ihm gesagt, er könne froh sein, dass man ihn nicht in einer Toilette einschließe. Jede Möglichkeit, seinem Zellengenossen zu entrinnen, war ihm daher willkommen.

»Was glaubt ihr?«, fragte Adrian Stolt die um den Tisch versammelten Beamten. Knut Sahlén war aus seinem Urlaub zurückgekehrt, was alle freute.

»Von denen ist es keiner«, meinte Ellen Brandt.

Einige der ehemaligen Wachleute hatten eine neue Arbeit gefunden. Andere hatten mehr Pech gehabt, am schlimmsten sah es für Peter Malmsten aus. Er war als Strohmann Geschäftsführer bei mehreren Firmen gewesen, die Sportbücher im Direktverkauf vertrieben.

Einer hatte sich bei der Polizeischule beworben, war aber abgelehnt worden, ein anderer führte das beschauliche Leben eines Landwirts.

Untereinander hatten sie keinen Kontakt mehr, obwohl sie einige Jahre lang Kollegen gewesen waren und viele ereignislose Nachtschichten zusammen verbracht hatten.

Keiner der Ermittler glaubte, dass der Mörder ein ehemaliger Wachmann war. Ihre DNA-Proben waren an das GFFC weitergeleitet worden, aber von dort lag noch keine Rückmeldung vor. Da keiner die Probe verweigert hatte, sprach auch nichts dafür, dass es einen Treffer geben würde, und eigentlich gab es auch kein Vergleichsmaterial, wie Knut Sahlén später den Kriminaltechnikern erläuterte.

Zwei Wachleute fehlten noch, eine, Kristina Becker, war in Spanien in eine Passkontrolle geraten, und die spanische Polizei war nun im Auftrag von Interpol damit beschäftigt, sie ausfindig zu machen. Zumindest in der Theorie. Vermutlich sitzt sie an der Costa del Sol in einem der schwedischen Ghettos und schlürft einen Margarita, dachte Adrian Stolt, der nicht daran glaubte, dass die spanische Polizei wirklich nach ihr suchen würde. Es war kaum damit zu rechnen, dass die Polizisten auf der iberischen Halbinsel sich für ihre Kollegen im Norden allzu sehr ins Zeug legten, sie hatten auch so schon genug zu tun. Das organisierte Verbrechen fühlte sich in der Wärme wohl, und nordafrikanische Menschenschmuggler wählten gerne den kurzen, gefährlichen Weg über das Mittelmeer. Daher war es wahrscheinlich, dass eine ehemalige Angestellte eines Sicherheitsdienstes, die gerade Ferien machte, auf der Prioritätenliste ziemlich weit unten landete.

Lukas Rander hingegen war spurlos verschwunden. An der Adresse, unter der er gemeldet war, war er nicht aufzufinden. Er hatte während des letzten halben Jahres keine elektronischen Spuren mehr hinterlassen, weder mit einer Kreditkarte noch mit einem Handy.

»Das braucht nichts zu bedeuten. Man hat das Recht auf

ein Leben ohne Kreditkarten und ohne festen Wohnsitz«, hatte Stolt festgestellt.

Die Alfagruppe, die bei Mordermittlungen meist recht spät hinzugezogen wurde, meinte man jetzt fast schon von Anfang an zu benötigen. Ihre Analyse schien auf keines der Mitglieder der Örnarna zuzutreffen. Die Gruppe stellte ihre Mutmaßungen an, nachdem sie sämtliches Material von den Tatortbeschreibungen, über Verhöre und Opferbeschreibungen bis hin zu den Obduktionsprotokollen gesichtet hatte. Persönlichen Unterlagen über die Verdächtigen begegneten sie mit großer Skepsis, um sich nicht allzu rasch festzulegen. Oft suchten sie die Tatorte auf, um sich inspirieren zu lassen und die Theorien der Ermittler auf Stärken und Schwächen zu überprüfen. Die Gruppe stellte im Grunde einen Diskussionspartner für die Ermittler dar, wenn diese nicht mehr weiterwussten. Sie halfen ihren Kollegen mit neuen Blickwinkeln auf das Verbrechen und trugen Kenntnisse bei, die wenige andere besaßen.

Ulf Holtz fand die Alfagruppe sehr wichtig, da sie den Ermittlern half, nicht in starren Bahnen zu denken. Für die Medien waren die Mitglieder der Gruppe fast so etwas wie Götter, obwohl sie fast immer zu demselben Schluss kamen: Der Mörder war ein Einzelgänger, vermutlich psychisch gestört und in der Regel ein Mann. Die Beschreibung fiel jedoch meist wesentlich länger aus.

»Danke ergebenst. Eine fantastische Hilfe«, hatte Knut Sahlén gesagt, als man ihm das Täterprofil auf den Schreibtisch gelegt hatte. Laut Profil war der Mörder ein psychisch gestörter Einzelgänger.

Die schwarze Pistole lag zerlegt auf der stabilen Spanplatte des Tisches. Der Schütze ergriff den Lauf und fuhr mit dem Finger das kalte Metall entlang. Dann schob er mit einem Putzstock ein weiches Flanelltuch durch den Lauf und reinigte ihn methodisch. Eigentlich war das vollkommen unnötig, da der Lauf bereits fast klinisch sauber war. Das weiße Baumwolltuch war noch ebenso weiß, als der Schütze es wieder herauszog. Die Reinigung wurde mit ein paar Tropfen synthetischen Teflonöls abgeschlossen.

Der Schütze öffnete das winzige Fenster, damit der Geruch abziehen konnte, und nahm dann die anderen Teile zur Hand. Der Rohrmantel und die Feder erhielten dieselbe milde und sorgfältige Behandlung. Dann wurde die Glock wieder zusammengesetzt. Sie lag leicht in der Hand und wog nur etwa fünfhundert Gramm, was daran lag, dass ein großer Teil der Waffe aus Kunststoff bestand.

Der Schütze schlug das Magazin leicht auf die Tischplatte, damit die siebzehn 9-Millimeter-Patronen richtig einrasteten, und schob es dann in den Griff der Pistole, die sofort schwerer und gefährlicher wirkte. Die Waffe verschwand im Bianchi-Holster. Der Schütze war froh, eine solche Pistole zu besitzen, die einen nicht im Stich ließ, wenn es darauf ankam. Die Tür des grünen Metallschranks quietschte leise beim Öffnen. Die große, grüne Tasche mit dem Scharfschützengewehr stand immer noch darin. Der Schütze erwog, auch noch das Gewehr zu reinigen, kam dann aber zu dem Schluss, dass nicht genug Zeit dafür war, jedenfalls nicht jetzt. Der Schrank wurde mit zwei Vorhängeschlössern wieder verriegelt. Nachdem das Fenster geschlossen und der Raum leer war, roch es immer noch leicht nach Öl.

Pär Jensen stellte langsam sein Glas auf den Tisch. Es klang dumpf, als der zu enge Ehering, den er am linken Ringfinger trug, dagegenschlug. Der matte Goldglanz des Ringes erregte seine Aufmerksamkeit. Er hatte ihn ablegen wollen, dann aber doch nie die Kraft oder den Willen dazu aufgebracht. Vielleicht hatte er auch einfach nicht gewusst, was er mit ihm anfangen sollte. Wie wurde man einen Ehering los? Ließ man ihn einschmelzen? Er war recht weit gewesen, als er ihn zum ersten Mal beim Juwelier in Italien anprobiert hatte. Er erinnerte sich. Das war eine glückliche Zeit gewesen, eine Zeit der Zweisamkeit und Liebe. Lange her, viel zu lange.

Im Fenster leuchtete ein gelber Stern, der seit Weihnachten dort hing. Er hatte versäumt ihn abzuhängen, obwohl er dort schon lange nichts mehr zu suchen hatte. Irgendwie verbreitete er Gemütlichkeit. Ein dunkler Ring breitete sich auf dem Tisch aus. Ein paar Tropfen waren über den Rand des Glases gelaufen. Er ging zur Spüle in der Küche, um einen Lappen zu holen und um seine Gedanken zu zwingen, in die Gegenwart zurückzukehren.

Pär Jensen hatte eigentlich nichts erzählt, sondern alle Fragen einsilbig beantwortet. Das Ganze erinnerte an einen höflichen Gesellschaftstanz. Die Polizei führte, und er ließ sich willig führen. Pär Jensen wusste nichts über die Morde an diesen Schmierern, und im Übrigen war er zum Tatzeitpunkt verreist gewesen. Fragen Sie doch beim Chorleiter nach, hatte er immer wieder gesagt.

Er hob das Glas an die Lippen und trank. Das kalte Mineralwasser war erfrischend.

Sie hatten ihm eine DNA-Probe abgenommen. Ein Kriminaltechniker namens Holtz fuhr ihm mit einem Wattestäbchen an der Innenseite der Wange entlang und erklärte ihm, das diene nur dazu, ihn aus dem Kreis der Verdächtigen auszuschließen, obwohl er noch gar nicht zu den Verdächtigen gehöre, fügte er dann noch rasch hinzu. Der Mann erweckte sein Vertrauen.

Die Beamten wollten alles über das Verzeichnis wissen.

Er hatte nichts zu sagen, auch dieses Mal nicht. Das Register existierte nicht mehr. Die beiden Kopien, die er und Lukas Rander besessen hatten, waren zerstört. Außerdem hatten sie das Verzeichnis nie komplett aus den Händen gegeben, höchstens auszugsweise. Wie man sich einloggen konnte, hatten sie auch nie jemandem verraten.

Hätte er mehr erzählen sollen, erzählen sollen, was er wirklich wusste?

Sein Glas war fast leer. Er spülte es aus und stellte es umgedreht auf ein Küchentuch auf der Spüle.

Ich muss das hinter mir lassen, dachte er, und das geht nur auf eine Art. Er ging zur Arbeitsplatte in der Küche, auf der ein altes Telefon stand und wählte. Nachdem es eine längere Zeit geklingelt hatte, hob endlich jemand ab.

»Ich hätte gerne mit einem Beamten namens Holtz gesprochen.«

»Einen Augenblick … der ist leider schon weg. Sie können ihn morgen wieder erreichen.«

»Es ist wichtig. Ich habe einige Informationen.«

»Zu welchem Fall?«

»Das sage ich Holtz.«

»Ich verbinde Sie mit der Hinweisgruppe.«

»Warten Sie …«

Aber die Telefonistin hatte ihn bereits weiterverbunden.

Pär Jensen legte auf.

Er fühlte sich, nachdem er seinen Entschluss gefasst hatte, unerklärlich gestresst.

Ulf Holtz stand in der dunklen Diele und versuchte, in die Wohnung zu blicken. An Haken an der Wand hingen Jacken. Er hatte das Gefühl, dass geputzt und aufgeräumt war, obwohl er das Zimmer hinter der Diele noch nicht sehen konnte.

Holtz hatte sich überlegt, ob es wirklich ratsam war, jemanden zu Hause aufzusuchen, der möglicherweise in ein schweres Gewaltverbrechen verwickelt war. Der Mann hatte sich jedoch nicht abwimmeln lassen. Er hatte ihm etwas Wichtiges erzählen wollen.

»Woher haben Sie meine Telefonnummer?«

»Von der Auskunft. So viele Holtz gibt es nicht. Ich habe es auf gut Glück versucht und hatte beim zweiten Mal Erfolg. Treten Sie ein«, sagte der Mann.

Holtz erkannte ihn wieder, er war einer derjenigen, die im Laufe des Tages vernommen worden waren.

Er zog seine Jacke nicht aus, da er nicht lange bleiben wollte.

Der Wohnraum war klein, und die zusammengewürfelten Möbel wirkten unmodern. Alles war jedoch wie vermutet sehr sauber. Holtz meinte den schwachen Duft von Schmierseife wahrzunehmen. Ihm fiel auf, dass im Fenster immer noch ein Weihnachtsstern hing, obwohl Weihnachten schon lange vorüber war. Er war schon drauf und dran, eine Bemerkung zu machen, ließ es dann aber bleiben.

Unbehagen. Plötzlich hatte Holtz das Gefühl, dass er hier nichts zu suchen hatte. Niemand wusste, wo er war.

»Setzen Sie sich bitte«, sagte der Mann und holte ein Glas Wasser.

Er stellte es vor Holtz, der immer noch stand, auf den Tisch. Er hatte Holtz nicht gefragt, ob er etwas zu trinken wolle.

»Ich habe leider nur Mineralwasser im Haus. Wollen Sie nicht Platz nehmen?«, fragte Pär Jensen freundlich.

»Vielleicht ist mein Besuch doch keine so gute Idee. Wir unterhalten uns stattdessen auf der Wache. Ich kann Sie morgen früh abholen lassen, natürlich von Kollegen in Zivil.«

Holtz verhaspelte sich beinahe.

»Sie wollten Näheres über die Liste wissen«, meinte Jensen, ohne auf Holtz' Vorschlag einzugehen.

»Die Liste?«, fragte Holtz.

»Ich versichere Ihnen, dass ich nichts über die Morde weiß, aber ich kann Ihnen etwas über diese Liste der Graffititypen erzählen.«

Holtz setzte sich auf die Stuhlkante.

Er sah sich im Zimmer um. Es wirkte sowohl möbliert als auch unmöbliert. Als wären die Möbel einfach ohne weiteres Nachdenken dort abgestellt worden. Pflanzen gab es keine, überhaupt war alles recht leblos. Und dann hing auch noch ein Weihnachtsstern im Fenster.

»Wissen Sie, wie das ist, vollkommen alleine zu sein? Oder zumindest fast?«, fragte Pär Jensen.

»Wie meinen Sie das?«

»Alles ging in die Brüche, als diese Liste bekannt wurde. Verstehen Sie?«

Jensen schien mehr mit sich selbst als mit Holtz zu sprechen.

»Ich habe irgendwie das Gefühl, dass Sie sich darüber mit jemand anderem unterhalten sollten.«

»Es gibt oder gab über sechshundert aktive Graffitimaler

hier in der Stadt. Wir hatten die meisten im Auge. Alle waren zufrieden, außer diese Schmierer natürlich«, fuhr Jensen fort. »Jetzt sitze ich hier, und die treiben immer noch ihr Unwesen. Verstehen Sie? Sie sind da draußen, und ich bin hier.«

Er klang nicht verbittert, sondern einfach nur müde.

Ich bleibe ein paar Minuten, dann kann er mir sein Herz ausschütten, dachte Holtz.

Holtz' Glas war schon längst leer, und er hatte sich inzwischen entspannt. Erst hatte er einfach nur zugehört, ohne sich die Einzelheiten zu merken, aber nach einiger Zeit zog ihn der Bericht in seinen Bann. Pär Jensen kam ihm jetzt gar nicht mehr so seltsam vor. Er sprach langsam und wählte seine Worte sorgfältig. Das Bild einer zusammengeschweißten Gruppe, die ihren Auftrag mit heiligem Ernst betrieb, trat aus seiner Erzählung hervor. Im ersten Jahr hatten sie recht planlos U-Bahnhöfe überwacht, und die Schmierer schienen immer die Nase vorn gehabt zu haben. Nach und nach hatten sie dann ihre Taktik verändert, ihre Uniformen abgelegt und nur noch zivil getragen. Langsam ergaben ihre Aufzeichnungen über die Tags der Graffitimaler, die sie bei sich trugen, ein Muster. Dann fingen sie an, Fotos zu machen und immer detailliertere Informationen zu sammeln. Die wenigen Male, die sie einen der Schmierer auf frischer Tat ertappten, reichten die Beweise später in der Regel nicht aus. Gelegentlich kam es aber doch zu einer Verurteilung, meist zu einer Geldstrafe. Einige der Wachleute sahen aus purer Neugier die Urteile ein.

Dann mussten sie nur noch die Graffiti den Personenkennziffern zuordnen. Ohne dass jemand eigentlich wusste, wie es zuging, hielten sie plötzlich ein detailliertes Verzeichnis der Schmierer in Händen. Der Ordner wurde immer dicker, irgendjemand übertrug die Angaben irgendwann in eine Datenbank. So kam es zu zahlreicheren Verurteilungen, da die Beweise erdrückend waren. Aber auch die Schmierer organisierten sich besser.

»Irgendwann wussten sie genau, wer wir waren. Manchmal haben sie uns fotografiert, während wir Fotos von ihnen machten. Die Jagd wurde immer intensiver. Wollen Sie vielleicht einen Kaffee?«, erkundigte sich Pär Jensen.

Holtz schüttelte den Kopf. Er wollte die Geschichte zu Ende anhören.

»Manchmal hatte ich das Gefühl, dass die anderen, also die anderen Örnarna, die Sache zunehmend persönlich nahmen. Eine beschmierte Wand war eine Schmach für uns.«

»Wie meinen Sie das?«

»Es wurde so persönlich, dass ein paar von uns, ich allerdings nicht, angefangen haben, die Graffiti selbst zu übermalen.«

»Sie meinen, dass sie sich selber als Graffitimaler betätigten?«

»Das war vermutlich mehr als Demonstration gemeint. Es ging darum, sein Zeichen über das des anderen zu malen. Zu zeigen, wer das Sagen hatte. Gelegentlich handelte es sich aber auch um reine Taktik. Man hat Tags mit anderen übermalt, um für Konflikte zwischen den Gruppen zu sorgen.«

Holtz fragte sich, ob das wirklich so gewesen sein konnte. Allerdings war das Gefühl nachvollziehbar. Das Bedürfnis nach wirkungsvoller Rache.

»Zum Schluss wurde die Situation unhaltbar. Das Register platzte aus allen Nähten und ließ sich nicht mehr überblicken. Wir haben uns für eine neue, effektivere Variante entschieden.«

»Effektiver?«

»Wir haben eine Auswahl getroffen und sehr viel Zeit

auf Nachforschungen, Fotografieren und Systematisieren verwandt.«

»Wie viele Leute standen auf der neuen Liste?«

»Etwa zwanzig, glaube ich, vielleicht waren es auch dreißig.«

»Und wer ist im Besitz dieser Liste?«

»Niemand.«

»Niemand?«

»Es gab nur zwei Exemplare. Eines hatte ich auf meiner Festplatte, das ist aber gelöscht. Die andere Liste hatte Lukas Rander. Aber der hat sie auch gelöscht.«

»Woher wissen Sie das? Sind Sie sich sicher?«

»Ich war dabei. Da wir eine gerichtliche Klage auf uns zukommen sahen, war es uns wichtig, dass die Liste wirklich verschwand.«

»Die eingedampfte Liste existiert also nicht mehr, da sind Sie sich ganz sicher?«

»Ja, so sicher, wie man sich nur sein kann.«

Holtz fühlte Müdigkeit in sich aufsteigen. Die beiden Männer schwiegen eine Weile.

»Haben Sie immer noch Ihren Computer von damals?«, fragte Holtz dann.

»Natürlich. Der ist nicht mehr besonders modern, aber ich habe es nicht übers Herz gebracht, ihn wegzuwerfen.« Pär Jensen erhob sich und verschwand in die Diele.

»Könnten Sie mir vielleicht einen Stuhl bringen?«, rief er dann aus der Dunkelheit.

Holtz nahm den Stuhl, auf dem er gesessen hatte, und trug ihn in die Diele. Jensen stellte sich darauf und zog einen Laptop aus hellgrauem Plastik oben aus einem Schrank. Holtz nahm ihn entgegen.

»Darf ich den mitnehmen?«, fragte er.

Pär Jensen nickte.

»Das ist vollkommen freiwillig, nur damit Sie das wissen«, sagte Holtz.

Jensen nickte erneut und kletterte von dem Stuhl.

Erst als Holtz wieder vor der Wohnungstür stand, fiel ihm auf, dass er während des ganzen Besuches weder Schuhe noch Jacke ausgezogen hatte.

Die rotgelben Flügel des Schmetterlings bewegten sich langsam auf und nieder. Als probierte er aus, ob sie noch funktionierten. Mit geschlossenen Flügeln hielt er dann inne. In der unteren Fensterecke fühlte er sich vermutlich sicher. Glaubte, er sei nicht zu sehen. Falls Schmetterlinge überhaupt etwas dachten.

»Ich frage mich, wie er sich hierherverirrt hat?«, sagte Holtz mit dem Rücken zum Zimmer.

»Wer?«, fragte Levin.

Sie war in den Ausdruck eines Handabdrucks vertieft.

»Glaubst du, der hat hier überwintert?«

»Wer soll hier überwintert haben?«

»Glaubst du, dass dieser Schmetterling hier den ganzen Winter verschlafen hat?«

»Wieso verschlafen? Sterben Schmetterlinge denn nicht im Herbst? Wovon redest du eigentlich?«

»Ich habe nur laut nachgedacht. Was machst du gerade?«

Er wandte sich zu Levin um.

»Ich schaue mir gerade einen Handabdruck von einem Einbruch an. An dem kann Nahid ein wenig üben. Mal sehen, ob sie ihn im AFIS findet.«

»Macht sie Fortschritte?«

»Ja. Sie ist sehr ehrgeizig.«

»Wo kommt sie eigentlich her?«

»Von der Uni.«

»Du weißt, was ich meine.«

»Sie ist Schwedin, was glaubst du denn?«

»Hör schon auf.«

»Aus dem Iran.«

»Aha«, meinte Holtz mit abwesendem Blick. Der Laptop, den er am Morgen mitgebracht hatte, lag auf dem Tisch. Das Gerät war noch zugeklappt. Holtz hatte von seinem nächtlichen Besuch bei Jensen erzählt und davon, wozu der Laptop verwendet worden war. Jetzt trommelte er leise mit den Fingerspitzen darauf.

»Was meinst du? Soll ich ihn direkt den Computerspezialisten übergeben oder vorher noch dem Ermittlerteam zeigen?«

»Hast du ihn beschlagnahmt?«

»Nein, geliehen.«

Beide wussten, dass das einer Lüge oder zumindest einer Unwahrheit sehr nahe kam.

Sie antwortete nicht, wusste nicht, welche Antwort er von ihr erwartete.

Holtz erhob sich, als wäre ihm gerade eine Idee gekommen. Er nahm den Laptop in die eine Hand. Er war recht leicht.

»Ich gebe ihn bei den Computerleuten ab. Für kriminaltechnische Auswertungen sind doch wir zuständig, oder?«

Levin antwortete immer noch nicht. Das war Holtz' Entscheidung, nicht ihre. Falls sich herausstellen sollte, dass der Computer wichtige Informationen enthielt, konnte es Probleme geben, weil er nicht formell beschlagnahmt worden war. Ein Beweismittel war allerdings immer ein Beweismittel, ganz gleichgültig, wo es herkam, und das wussten sowohl Polizei als auch Strafverteidiger. Aber die Anwälte waren in letzter Zeit immer schwieriger geworden und forderten lückenlose Dokumentation.

Holtz klemmte den Computer unter den Arm und begab sich in die fünfte Etage.

Dezernat für Internetkriminalität, lautete der hochtrabende Name für eine Handvoll Leute, die vielfältigen Aufgaben nachging. Es war unbegreiflich, dass sie überhaupt etwas ausrichteten, denn in dem winzigen, mit Computern, Monitoren, Kabeln und Tastaturen angefüllten Büro war fast nie jemand anzutreffen. Ständig waren sie auf Fortbildung oder bildeten andere fort.

Holtz hatte jedoch Glück. Ganz hinten ragten hinter einem Server zwei Beine hervor.

»Hallo!«, rief er zu den beiden Beinen hinüber, die zum Leben erwachten.

Das dazugehörige Gesicht tauchte auf.

»Hallo, Holtz? Schaust du dich mal wieder im Slum um?«, fragte Jerzy Mrowka, der Chef der Abteilung.

Es roch nach Elektrogeräten und Staub.

»Warum kriechst du auf dem Fußboden herum? Hast du was verloren?«

»Nein. Irgendwo war ein Wackelkontakt, aber jetzt müsste alles funktionieren. Ich vermute, dass du nicht hier bist, um uns einen Höflichkeitsbesuch abzustatten?«

»Nein. Ich brauche Hilfe«, erwiderte Holtz.

»Da bist du nicht der Einzige«, meinte Mrowka und lachte. Holtz mochte ihn. Das war immer so gewesen. Mrowkas unerschütterliche gute Laune färbte ab.

»Kannst du mir ein paar gelöschte Dateien wiederherstellen?« Holtz hielt ihm den Laptop hin.

»Meine Güte. Das ist lange her, dass ich zuletzt so einen gesehen habe.« Mrowka lachte erneut.

»Der ist erst vier Jahre alt, höchstens fünf.«

»Eben. Was genau brauchst du?«

»Irgendwo gibt es ein Register mit Namen und Fotos. Allerdings gelöscht.«

Jerzy Mrowka sah aus, als müsste er gleich niesen, wahrscheinlich bahnte sich jedoch nur das nächste Lächeln an.

»Ich dachte, du hättest mir etwas Kniffligeres anzubieten. Falls jemals etwas in dieser Antiquität gespeichert war, müsste es noch vorhanden sein. Dinge effektiv löschen kann man nur, indem man die Festplatte herausnimmt und vernichtet oder sie mit einem speziellen Programm überschreibt. Aber diese Programme besitzt wirklich nicht jeder. Bis wann brauchst du die Sachen?«

»Möglichst bis gestern.«

»Also wie alle anderen. Aber bei dir mache ich eine Ausnahme. Sei so nett und schreib mir auf einen Zettel, wonach ich suchen soll«, sagte Mrowka und grinste.

Die Linien verliefen in Wellen, änderten die Richtung, drehten nach oben oder unten ab. Kleine grüne Kreise waren wie zufällig über den Monitor verstreut.

»Die Rechner leisten Phantastisches, aber am Ende muss dann immer ein Mensch entscheiden, ob zwei Fingerabdrücke wirklich übereinstimmen«, sagte Pia Levin und deutete auf einen der grünen Kreise.

»Schau dir diese Stelle mal an und vergleiche sie mit derselben Stelle auf dem anderen Bild. Siehst du die Ähnlichkeit?«

Ein Bild zeigte einen deutlichen Abdruck. Die Linien waren leicht auszumachen. Das andere Bild ähnelte eher einem verschwommenen Ultraschallfoto, fand Nahid Ghadjar.

»In der Datenbank AFIS sind einige Hunderttausend Verdächtige sowie verurteilte Kriminelle erfasst und noch einmal fast ebenso viele Asylbewerber«, sagte Levin.

»Gibt es in dieser Datenbank nur Fingerabdrücke?«

»Nein, auch ganze Handflächen, Personenbeschreibungen sowie Personenkennziffern. Und noch einiges andere.«

»Was?«

»Tätowierungen und andere typische Erkennungsmerkmale von Kriminellen oder Leuten, die einer Straftat verdächtigt wurden. Das heißt Erfassung.«

»Erfassung?«

»Du hast sicher schon mal im Fernsehen gesehen, wie sich die Verdächtigen vor der Kamera aufstellen und anschließend die Finger nacheinander auf eine Karteikarte drücken müssen.«

Nahid Ghadjar nickte.

»Mittlerweile hat sich die Technik allerdings verändert. Heutzutage werden die Fingerabdrücke eingescannt und digitalisiert«, fuhr Pia Levin fort. »Aber das kann man natürlich nur bei Leuten machen, die man festgenommen hat. Darüber hinaus gibt es viele Straftäter, deren Abdrücke nicht registriert sind. Zum Beispiel diesen hier.« Sie reichte Ghadjar eine Folie mit einem deutlichen Abdruck.

»Was ist das für ein Material?«

»Silikongummi. Aus irgendeinem Grund wird das hier statt Klebeband verwendet, wenn ein Abdruck mit Hilfe von Pulver sichtbar gemacht worden ist. Vermutlich halten die Kollegen das für moderner, aber Klebeband funktioniert genauso gut. Eigentlich noch besser, da die sogenannten Kriminaltechniker, die auf den Wachen ihr Unwesen treiben, nicht einmal wissen, wie man das Silikon richtig anrührt. Meistens ist es zu flüssig.«

Ghadjar nahm die starre Platte, betrachtete sie interessiert und befühlte sie. Der Handabdruck stammte von einem Einbruch in ein Einfamilienhaus, und bislang war es noch nicht gelungen, im AFIS eine Übereinstimmung zu finden.

»Fingerabdrücke sind die häufigsten Spuren, die Verbrecher zurücklassen. Obwohl jedes Kind weiß, was ein Fingerabdruck ist, und obwohl sie schon seit hundert Jahren als Beweismittel benutzt werden, beglücken sie uns damit.«

»Und wie macht man sie sichtbar?«

»Man präpariert die Stelle, an der man einen Fingerabdruck vermutet, beispielsweise einen Fensterrahmen oder ein Glas, mit Magnet- oder Graphitpulver.« Die Rolle der Lehrerin lag ihr, und sie beschrieb sehr geduldig die verschiedenen Methoden, Fingerabdrücke sichtbar zu machen, mit verdampftem Sekundenkleber, durch Verdampfen von Gold und Zink in einer Vakuumkammer und mit verschiedenen Entwicklerflüssigkeiten.

»Man kann sogar Fingerabdrücke auf Haut und in einem Gummihandschuh sichtbar machen. Es ist also fast unmöglich, keine Spuren zu hinterlassen.«

»Und DNA?«

»Die DNA ist phantastisch. Aber nur Fingerabdrücke unterscheiden sich auch bei eineiigen Zwillingen.«

Nahid Ghadjar schrieb fleißig in einem Notizblock mit. Auf der Vorderseite war in Schwarzweiß eine Frau mit einer Pistole in der Hand abgebildet. Modesty Blaise war seit ihrer Kindheit ihr großes Idol, und sie weigerte sich zu akzeptieren, dass die Comic-Heldin vom Balkan stammte. Ghadjar war überzeugt davon, dass Modesty Blaise ursprünglich aus Persien kam.

»Ich begreife ja, dass man Abdrücke hinterlässt, wenn man klebrige Hände hat. Aber was ist, wenn man sich gerade die Hände gewaschen hat?«

»Man hinterlässt trotzdem Abdrücke. Gibst du mir deine Hand?«

Nahid Ghadjar streckte eine Hand aus. Pia Levin nahm sie in ihre. Sie war trocken und geschmeidig und wirkte stark.

»Schau hier. Diese Linien sind die Papillarlinien. Sie bilden sich bereits im Mutterleib nach den ersten Monaten der Schwangerschaft gleichzeitig mit den Fingern. Erst hat der Embryo noch eine Hand ohne Finger, die in etwa einem Fausthandschuh ähnelt, ohne Daumen natürlich. Wenn sich dieser Handschuh in Finger aufteilt, nimmt der Blutdruck zu, und die hauchdünne Haut spannt sich. Wenn die Finger fertig sind, sinkt der Blutdruck wieder, und die Haut schrumpelt zusammen.«

Nahid Ghadjar betrachtete ihre eigenen Fingerspitzen so fasziniert, als sähe sie sie zum ersten Mal. Ihre Hand ruhte immer noch in der von Pia Levin.

»Je dünner die Haut, desto mehr Linien, und umgekehrt«, sagte Levin.

Ghadjar nickte andächtig, fast träumerisch. Sie schüttelte den Kopf, um wieder in die Wirklichkeit zurückzufinden.

»Okay. Aber warum entstehen Abdrücke?«

»Der Körper sondert Salze, Fett, Aminosäuren und Feuchtigkeit ab. Es bleibt immer was übrig, auch wenn man sich gerade die Hände gewaschen hat.«

Nahid Ghadjar zog langsam die Hand zurück. Sie rieb den Daumen gegen Zeige- und Mittelfinger. Ein leises Geräusch ertönte.

»Phantastisch. Aber lassen sich die Abdrücke nicht entfernen, beispielsweise abschleifen?«

»Ja und nein. Man kann das Muster, mit dem man zur Welt gekommen ist, chirurgisch entfernen, aber dann entsteht ein neues Muster, das sich nur schwer erklären lässt. Manchmal gehen Asylbewerber, die immer ihre Fingerabdrücke abgeben müssen, auf ihre Fingerkuppen mit Sandpapier los.«

»Und hilft das?«

»Nein. Es dauert nur ein paar Tage, dann ist die Lederhaut

nachgewachsen. Damit kann man nur Zeit gewinnen. Aber jetzt müssen wir loslegen.«

Levin erklärte rasch, wie das Computerprogramm funktionierte, und überließ Ghadjar dann ihrem Schicksal.

»Lass den Kopf nicht hängen, wenn es nicht gleich beim ersten Versuch funktioniert. Es dauert fünf Jahre, bis man es richtig gut beherrscht. Außerdem gibt es Leute, die lernen es nie.«

Nahid Ghadjar biss sich auf die Unterlippe, strich sich das Haar hinter das rechte Ohr und setzte sich vor dem Monitor zurecht.

Der Regen lief langsam in schweren Tropfen die Scheibe herunter, und aus den Lautsprechern erklang französische Caféhausmusik. Das Buch über japanische Gärten, das Holtz in der Buchhandlung bestellt hatte, lag auf dem Tisch aus heller Esche. Auf der aufgeschlagenen Seite war eine Statue, die von einem windschiefen Häuschen gekrönt und von zarten, hellen Bambusblättern umgeben wurde, zu sehen.

Holtz schlief.

Er hatte die Schuhe nicht ausgezogen, sondern einfach eine Zeitung unter die Füße gelegt. Nur Barbaren laufen auf Socken herum, sagte er immer und putzte lieber seinen geölten Dielenboden einige Male in der Woche, statt sich zu Hause die Schuhe auszuziehen.

Der Tee hatte so lange gezogen, dass er nicht nur kalt, sondern auch bitter war.

Das Klingeln seines Handys klang wie aus weiter Ferne. Erst beim vierten Mal drang es bis in Holtz' Bewusstsein vor. Hastig und schlaftrunken setzte er sich auf.

Sein Mund war ausgetrocknet. Er merkte, dass er auf seinem Handy gesessen hatte. Bevor er auf die grüne Taste drückte, fiel ihm auf, dass er die Nummer nicht kannte.

»Ja … hallo … Holtz.«

»Hallo! Hier ist Jerzy. Schläfst du?«

»Nein … Doch, ich bin wohl eingeschlafen.«

»Ich weiß, dass du frei hast, aber ich habe was für dich«, sagte Jerzy.

»Was?«

Holtz war immer noch etwas desorientiert.

»Der Computer, den du bei mir abgegeben hast. Ich glaube, ich habe da was, was dich interessieren könnte.«

»Der Laptop? Hast du was gefunden?«

»Du. Ich bin etwas paranoid, was Handys angeht, im Übrigen auch in Bezug auf normale Telefone. Kannst du nicht herkommen?«

»Wo bist du?«

»Im Büro natürlich.«

»Im Büro? Aber ist es nicht schon ...«

»Doch, aber ich bin irgendwie hängen geblieben.«

»Ich bin in einer halben Stunde da, vielleicht dauert es auch eine Dreiviertelstunde.«

»Gut. Kannst du mir was zu essen mitbringen? Irgendwie bin ich heute nicht dazu gekommen.«

»Klar. Irgendeinen besonderen Wunsch?«

»Egal, außer Sushi und um Gottes willen kein Baguette mit Brie und Salami.«

»Ich bring dir was«, sagte Holtz und legte auf.

Der Korridor lag im Dunkeln, nur vereinzelte Neonröhren brannten, und die grünen Schilder, die den Weg zu den Notausgängen wiesen, waren erleuchtet. Holtz fühlte sich an Operationssäle erinnert, als er mit raschen Schritten durch den menschenleeren Gang zum Dezernat für Internetkriminalität ging. Die Tür stand auf. Er trat ein. Im Dunkeln wirkte es noch chaotischer als bei Tageslicht.

»Hallo? Jerzy, bist du da?«

Jerzy Mrowka tauchte wie aus dem Nichts auf. Er hatte kleine, fast unsichtbare Kopfhörer in den Ohren. Die Kabel, die herabhingen, verrieten jedoch, dass er sich etwas anhörte.

Er nahm die Stecker aus den Ohren und ließ sie von den Schultern herabhängen.

»Hallo. Gut, dass du hier bist. Wollen wir zuerst essen?«, meinte er und nickte in Richtung der Tüte, die Holtz in der linken Hand hielt.

»Klar. Ich habe was Türkisches gekauft, kalt, Meze. Ist das okay?«

»Natürlich. Solange es keine gefüllten Weinblätter sind.«

»Meine Güte, bist du heikel«, sagte Holtz lächelnd.

Sie setzten sich in ein winziges Pausenzimmer mit zwei Stühlen und einem Tisch. Holtz zog zwei kleine grüne Flaschen eines teuren französischen Mineralwassers aus der Tüte, gab Mrowka eine und reichte ihm dann auch eine Schachtel mit fünf verschiedenen Meze.

Zehn Minuten lang aßen sie schweigend. Dann konnte Holtz nicht länger an sich halten.

»Hast du die Liste gefunden?«

Jerzy Mrowka nickte.

»Ich glaube es zumindest. Deine schriftliche Beschreibung war schließlich etwas vage.« Er lächelte schief. »Aber ich habe zwei Tabellen gefunden, eine lange und eine kurze, und vieles andere natürlich. Zu den Tabellen gehörten Fotos. Um ehrlich zu sein, war das nicht sonderlich schwer, obwohl die Daten fragmentiert waren. Sie befanden sich nur eine Ebene unter dem Papierkorb.«

Aus einer Brusttasche zog er einen USB-Stick mit einem Schlüsselring an einem Ende. An dem Stick hing eine gelbe Haftnotiz.

»Hier. Ich habe keine Kopie für mich gemacht. Die Informationen im Computer sind weiterhin gelöscht. Es existieren keine Ausdrucke und auch keinerlei Informationen in unserem System mehr. Diese Listen sagen mir natürlich überhaupt nichts, und ich weiß nichts, bevor du mir nicht sagst, dass ich was weiß. Okay?«

»Natürlich. Vielen, vielen Dank«, sagte Holtz und steckte den Stick in die Hosentasche. Er klemmte den Laptop unter den Arm und verließ Mrowka, der noch einen Moment sitzen blieb, die Reste aufaß, dann aufräumte, hinausging und hinter sich abschloss.

Der Drucker warf die letzte Seite aus. Holtz nahm den Stapel und packte ihn in den Karton, in dem vorher das weiße Papier gelegen hatte. Der USB-Stick steckte noch hinten in dem Computer und blinkte ab und zu grün, als wollte er an seine Existenz erinnern.

Die frühe Morgensonne hatte die Luft noch nicht erwärmt, als Holtz die schwarzen Wanderstiefel anzog, die er in einem Trekkingladen erstanden hatte. Er wusste nicht recht, warum er sie gekauft hatte, denn er war eigentlich kein Outdoor-Mensch, aber er hatte ihnen nicht widerstehen können.

Sie hatten einen hohen Schaft und waren garantiert wasserdicht.

Und teuer.

Die Schuhe gefielen ihm ganz einfach, und er hatte sich eingeredet, dass er sie auch bei der Arbeit tragen konnte. Bislang hatte er sie jedoch nur wenige Male angezogen. Er streifte sich einen dicken Pullover mit hohem Kragen über und ging mit dem Karton unter dem Arm in den Garten.

Der Stick mit der Datei hatte ihm den ganzen Abend über in der Tasche gebrannt, aber er hatte dann beschlossen, erst einmal eine Nacht darüber zu schlafen und die Sache ausgeruht anzugehen. Er wusste auch noch gar nicht, ob er überhaupt das richtige Dokument in Händen hielt. Aber als der Drucker am frühen Morgen die erste Seite ausgeworfen hatte,

hatte er das deutliche Gefühl gehabt, auf der richtigen Spur zu sein. Es konnte jedoch auch sein, dass diese Informationen nicht das Geringste mit den Morden zu tun hatten, aber bei den Listen mit Namen, Personenkennziffer und Verweisen auf Fotos war er hellwach geworden.

Die Gartenmöbel, die er gerade erst eingepinselt hatte, dufteten noch nach Leinöl. Sie waren aus einem hellen, harten Holz. Linda hatte sie misstrauisch untersucht, sich dann aber mit seiner Zusicherung abgefunden, dass es sich nicht um Tropenholz handle. Der Regenwald würde noch etwas länger existieren.

Den bis zum Rand mit dem Ausdruck gefüllten Karton stellte er auf den stabilen Tisch. Ein paar Minuten später, nachdem er sich eine Tasse dampfenden Tee mit Walderdbeeraroma sowie einen leeren Karton geholt hatte, konnte er endlich beginnen.

Er saß auf dem hölzernen Gartensessel, den Karton mit dem Ausdruck zwischen den Beinen, überflog ein Blatt nach dem anderen und legte es dann in den Karton, der auf der Erde stand. Nach ein paar Stunden hatte er fast alles durchgesehen, Namen, Personenkennziffern, Adressen, Merkmale, Tags, Aktenzeichen und welcher Crew die jeweiligen Personen angehörten. Es gab ein paar wenige Fotos, aber überwiegend handelte es sich um gesichtslose Graffitimaler, die Revue passierten.

Keine Spur von Peter Konstantino, Benny Rosvall oder Jenny Svensson. Als er alle Blätter überprüft hatte, lehnte sich Ulf Holtz zurück und schloss die Augen.

Es klingelte. Ein metallischer, dumpfer Ton. Er erhob sich und ging quer durchs Haus.

»Hallo, was machst du?«

Pia Levin und Nahid Ghadjar traten ein und zogen ihre Jacken aus.

»Lasst die Sachen an, wir gehen in den Garten. Du kennst ja den Weg, ich setze Kaffee auf«, sagte er zu Levin.

Nahid Ghadjar zögerte ein paar Sekunden, behielt dann ebenfalls ihre Schuhe an und folgte Levin.

»Setzt euch«, rief Holtz in den Garten, ging in die Küche und füllte die achteckige Espressokanne aus Aluminium mit Kaffeepulver. Er ließ das Wasser so lange laufen, bis es richtig kalt war, und erhitzte gleichzeitig Milch in der Mikrowelle. Dann stellte er die mit eiskaltem Wasser gefüllte, ordentlich zugeschraubte Espressokanne auf den Gasherd, der mit einem Zischen anging.

Aus dem Schrank nahm er eine Tüte Biscotti.

Während er noch in der Küche beschäftigt war, fiel sein Blick auf den blinkenden Stick in seinem Computer. Schon faszinierend, was die für eine Speicherkapazität haben, dachte er.

Die Espressokanne zischte, und er stellte alles auf ein Tablett, das mit stilisierten Tulpen bemalt war.

Levin blätterte in den Papieren in dem Karton, als er in den Garten trat. Ghadjar war nirgends zu sehen.

»Ich durfte mir das doch ansehen, oder?«, fragte Levin. »Aber wo sind die ganzen Bilder, die eigentlich dazugehören?«

»Ich weiß nicht, auf dem UBS-Stick, den ich von Mrowka bekommen habe, war sonst nichts.«

»Bist du dir sicher?«

»Ja. Wo ist denn Nahid?«

»Auf der Toilette. Sie kommt sicher gleich.«

Er hörte sie im Haus, fließendes Wasser, eine Tür, die geöffnet und wieder geschlossen wurde.

»Wirklich nett hier.« Nahid Ghadjar stand in der Tür zum Garten.

»Danke. Ich habe Kaffee gemacht.« Holtz erhob sich. »Nimm meinen Stuhl«, sagte er zu Nahid und setzte sich selbst auf einen wackligen Küchenstuhl. »Ein Geschenk von Linda.« Er deutete auf die Espressokanne. »Und der Kaffee ist fairtrade.«

Die Frauen lächelten.

Schweigend tranken sie einige Minuten lang Kaffee und kauten auf den Biscotti. Holtz nahm einen Schluck von seinem schon lange kalten Tee.

»Man hat uns gesagt, du würdest heute zu Hause arbeiten. Deswegen sind wir vorbeigekommen. Nahid muss sich doch anschauen, was Zu-Hause-Arbeiten bedeutet, oder?«, meinte Levin.

Ghadjar lächelte und wandte sich an Holtz.

»Was hat es mit diesen Papieren auf sich?«

Sie hatte ihn zwar nur wenige Male getroffen, konnte ihn aber bereits gut leiden.

Holtz überlegte eine Weile, wie er antworten sollte, wie viel er erzählen durfte.

»Ich verfolge eine Spur… Vielleicht kann man es auch folgendermaßen ausdrücken: Unsere Arbeit als Kriminaltechniker besteht darin, ohne vorgefasste Meinung Material und Tatorte zu untersuchen. Es ist nicht unsere Aufgabe, ein Motiv zu finden oder in den Kategorien schuldig-unschuldig zu denken, zumindest nicht anfänglich. Das technische Beweismaterial soll vollkommen objektiv sein wie alles andere Beweismaterial auch. Aber als Polizist, und wir sind fast alle Polizisten, ist es schwer, sich von einem Fall nicht berühren und mitreißen zu lassen.«

»Wie meinst du das?«, fragte Nahid Ghadjar.

»Mordermittlungen sind kompliziert und folgen einem strikten Schema. Alles geschieht nach ganz bestimmten Regeln, damit nichts übersehen wird, und das ist gut so. Aber manchmal bewegt sich eine Ermittlung in verschiedene Richtungen, die sich nicht beeinflussen lassen. Hinweise, vage Ahnungen, abwegige Ideen … das verstehst du sicher«, sagte er.

»Ja …«, erwiderte Ghadjar unsicher und sah Levin verstohlen an, die mit keiner Miene erkennen ließ, was sie dachte.

»Ich und natürlich auch Levin sind eigentlich keine Mordermittler und gehören nicht zum Ermittlerteam. Die forensische Abteilung unterstützt nur, und wir berichten normalerweise nur Erkenntnisse, die wir auch belegen können. Aber manchmal bleibt eine Menge übrig, und das behält man dann lieber für sich, weil sonst die Ermittlung vollkommen chaotisch wird«, sagte er.

»Du hast davon gesprochen, dass man berührt wird.«

»Diese Morde an jungen Menschen mitten im Leben nehmen einen mit. In solchen Situationen führt uns unsere Arbeit manchmal auf Abwege, nicht wahr?«, meinte er an Levin gewandt.

Diese war gerade damit beschäftigt, die letzten Krümel aus der Tüte zu klauben.

»Tja, um es mal so auszudrücken: Ulf lässt sich leicht mitreißen, ich bin da weniger gefühlvoll«, sagte sie, ohne die Miene zu verziehen.

Holtz sah sie einen Augenblick schweigend an. Er war sich unsicher, ob sie es ernst oder ironisch meinte. Er entschied sich für Letzteres.

Nahid Ghadjar hatte nicht richtig verstanden, was Holtz meinte, hielt es aber nicht für angezeigt weiterzufragen.

»Was hast du noch gleich über die Fotos gesagt?«, kam Levin auf die Ermittlung zurück.

»Ich habe keine gefunden. Aber ich bilde mir ein, dass Mrowka etwas über Fotos gesagt hat«, erwiderte Holtz zögernd.

Er zog sein Handy aus der Tasche und wählte eine der gespeicherten Nummern.

»Hallo, Holtz hier. Ich habe mir die Datei angeschaut. Hätten da nicht auch irgendwo Fotos sein sollen?«

Während er zuhörte, vertiefte sich die Falte zwischen seinen Augen.

»Was für ein Code? Ich habe einfach die Listen geöffnet und ausgedruckt.«

Er verstummte und suchte in seiner Hosentasche nach etwas.

»Das hatte ich vergessen. Ich habe ihn hier.« Er zog eine zerknitterte Haftnotiz aus der Tasche.

»Okay, mach ich.«

Er beendete das Gespräch mit Jerzy Mrowka.

»Seltsam. Eigentlich hätte es unmöglich sein sollen, die Datei ohne diesen Code zu öffnen.« Er hielt Levin und Ghadjar den zerknitterten Zettel hin.

»Kommt mit«, sagte er und ging vor ihnen her ins Wohnzimmer. Der Computer stand auf dem Esstisch.

»Setzt euch. Mrowka muss irgendwo einen Fehler gemacht haben. Und ich habe ihn immer für unfehlbar gehalten.«

»Fehler können allen unterlaufen«, sagte Nahid Ghadjar.

Holtz klickte auf ein Symbol in der oberen linken Ecke des Monitors. Ein Eingabefeld erschien. Holtz warf einen Blick auf seinen zerknitterten Zettel und gab fünf Buchstaben ein, die als Sternchen auf dem Eingabefeld auftauchten, und drückte dann auf Enter. Ein neues, fast leeres Fenster ging auf. Zwei Symbole erschienen, eines mit dem Namen »Spezial« und eines mit dem Namen »Tagsandpieces«. Er klickte Tagsandpieces an, und der Monitor füllte sich mit verkleinerten

Fotos von Graffiti. Er schloss die Datei und öffnete stattdessen den Ordner Special.

Eine Liste mit zwanzig Namen tauchte auf dem Monitor auf.

»Unglaublich«, sagte Holtz.

»Was?«, fragte Levin.

»Das hier ist vermutlich die Liste der schlimmsten Schmierer, von der Pär Jensen erzählt hatte.« Zum zweiten Mal an diesem Morgen klickte er auf Print.

Holtz hatte alle Blätter ordentlich abgeheftet, als er sie Knut Sahlén übergab. In dem Zimmer im dritten Stock war die Luft stickig, obwohl das Fenster weit offen stand.

»Ich habe ein Essensverbot eingeführt. Der Geruch stört mich bei der Arbeit. Es gibt schließlich eine Kantine und unzählige Restaurants in der Nähe«, erklärte Sahlén und legte den Ordner auf den Schreibtisch.

»Ich schau mir das gleich an. Wenn ich dich richtig verstanden habe, ist es wichtig«, sagte er. Holtz wollte gerade wieder gehen, als ihn Sahlén am Arm festhielt.

»Warte, Uffe«, sagte er.

Holtz erstarrte. Kein Mensch nannte ihn Uffe.

»Ja?«

»Guck nicht so verängstigt. Ich wollte mit dir reden. Hast du Zeit?«

Holtz hätte fast gesagt, er sei nie verängstigt, am allerwenigsten in seiner Gesellschaft, verkniff es sich dann aber.

»Klar, ich wollte zwar gerade zu Mittag essen, aber das kann warten«, antwortete er stattdessen.

»Na, dann lass uns zusammen essen. Ich lad dich ein. Wir gehen in mein Stammlokal.« Knut Sahlén rückte den Achselholster unter seinem Jackett zurecht.

Holtz versuchte, sich noch rasch eine Ausrede einfallen zu lassen, aber es war zu spät.

Knut Sahlén war bereits durch die Tür verschwunden.

Das Restaurant lag an einer Seitenstraße. In den Nischen saßen hauptsächlich Männer, aber auch ein paar Frauen, allein vor einem Glas Bier oder Wein.

»Tagesgericht Eintopf« stand auf einer Tafel.

»Wenn ich hierhergehe, dann treffe ich niemanden. Das finde ich gut«, sagte Knut Sahlén und ignorierte Holtz' skeptische Miene.

Nachdem sie gegessen hatten, schlürfte Sahlén seinen lauwarmen Kaffee und fragte Holtz mit bekümmertem Gesicht, ob er noch etwas haben wolle.

»Nein danke.«

»Wir haben uns nicht immer so wahnsinnig gut verstanden, stimmt's?«

Das war eine unerwartete Wendung. Holtz war auf der Hut. Er antwortete nicht.

»Du bist bekannt dafür, deinen eigenen Weg zu gehen und dich über die Regeln hinwegzusetzen, aber auch für deinen Fanatismus und deine Gründlichkeit.« Sahlén trank den letzten Schluck Kaffee. »Bist du dir sicher, dass du keinen Kuchen oder so etwas haben willst?«

Holtz fragte sich, was er wohl im Schilde führte.

»Man hat dich gewähren lassen, da deine Ergebnisse immer sehr wertvoll waren. Außerdem hast du etliche Freunde im Präsidium«, sagte er.

Das bezweifle ich, dachte Holtz.

»Aber nach dieser Geschichte mit dem Minister wollten dich viele loswerden, ich auch, ehrlich gesagt«, sagte Knut Sahlén.

»Aber ich hatte Recht, das weißt du, und das wissen alle anderen auch«, entgegnete Holtz und spürte, wie ihm das Blut ins Gesicht schoss.

»Kann sein, aber wenn du nicht im Alleingang agiert hättest, dann hätte alles vielleicht anders ausgesehen. Jetzt lässt es sich nicht mehr ändern. Ich denke Folgendes«, sagte Knut Sahlén.

Im Lokal wurde es langsam leer. Die Mittagsgäste hatten fertig gegessen und waren in ihre Büros im Viertel zurückgeeilt. Nur ein paar Weintrinker waren übrig. Holtz sah demonstrativ auf die Uhr.

»Bislang haben uns deine Erkenntnisse ein gutes Stück weitergebracht. Zumindest hat es den Anschein.«

Holtz nickte nur.

»Sollen wir nicht die Streitaxt begraben und uns gemeinsam auf die Aufklärung der Morde konzentrieren?«, sagte Sahlén, und Holtz hätte schwören können, dass etwas Flehendes in seine Augen trat.

»Klar, aber ich habe keine Streitaxt zu begraben«, erwiderte er unwirsch.

»Nenn es, wie du willst. Aber ich will, dass du dich von jetzt an direkt an die Ermittlungsverantwortlichen wendest, bevor du dich in eigene Abenteuer stürzt«, sagte Sahlén.

»Dachtest du da an irgendetwas Besonderes?«

»Ich glaube, du weißt genau, was ich meine. Den Ordner, den du mir heute vorbeigebracht hast.«

»Der ist das Ergebnis einer technischen Routineuntersuchung. Du weißt so gut wie ich, dass das Ermittlerteam Resultate benötigt und keine Theorien.«

»Jetzt wehen andere Winde«, meinte Knut Sahlén. »Die Zeit der Abkürzungen ist vorbei, und holistisches Denken und die Ebene sind gefragt.«

»Ebene?«

»Genau. Großflächige Zusammenarbeit. Dabei fällt mir etwas ein, du könntest mir vielleicht behilflich sein. Ich bräuchte einen Kontakt zum Militär. Eine Person, die überprüfen kann, ob wir vielleicht jemanden übersehen haben. Du weißt ja, wie die sich manchmal anstellen. Du hattest doch einen Draht dorthin, nicht wahr?«

»Schon, aber …«

»Wie gesagt, großflächige Zusammenarbeit.«

»Lernt ihr so was bei euren Führungsseminaren?«, fragte Holtz ironisch.

Knut Sahlén lächelte.

»Findest du, dass ich mich floskelhaft ausdrücke?«

Diese Frage kam so plötzlich, dass Holtz sie nicht ganz verstand.

»Bist du eigentlich schon mal meiner Frau Monika begegnet?«

»Ich weiß nicht, vielleicht, warum?«

»Sie findet, dass ich mich immer in Klischees ausdrücke.«

»Ich bin mir nicht mal sicher, was Klischees eigentlich sind«, meinte Holtz. Es war angezeigt, das Thema zu wechseln. Ihm behagte die Wendung des Gesprächs nicht.

»Das war vor ein paar Wochen. Wir saßen beim Abendessen, und ich habe erzählt, wie unfähig alle Kollegen seien und dass sich die Inkompetenz immer weiter ausbreite.«

Holtz wusste nicht, was er sagen sollte.

»Plötzlich steht sie auf und geht. Ich habe mich natürlich gefragt, was los ist, aber weitergegessen. Irgendein Gulasch mit Roter Bete, wenn ich mich recht entsinne.«

Holtz wurde jetzt doch neugierig.

»Nach ein paar Minuten ist sie wieder in der Küche aufgetaucht. Sie wirkte richtig sauer und knallte einen Stapel Taschenbücher auf den Küchentisch.«

»Taschenbücher?«

»Ja, Krimis.«

»Liest du so was?«

»Eigentlich nicht. Ich habe es ein paar Mal versucht, aber da stimmt ja überhaupt nichts. Das ärgerte mich dann nur. Egal. Sie hat jedenfalls gesagt, ich sei genau wie die Leute in diesen Büchern. Ich würde glauben, alles zu können, ich würde auf andere herabblicken und alle mit Ausnahme von mir selbst für Idioten halten. ›Außerdem schreist du die ganze Zeit. Du bist verdammt noch mal ein Abziehbild‹, hat sie gerufen, und dann ist sie gegangen. Begreifst du?«

»Ich glaube nicht«, erwiderte Holtz und verspürte das dringende Bedürfnis in lautes Gelächter auszubrechen.

»Erst wurde ich wütend. Aber abends habe ich dann angefangen zu lesen, widerwillig, das muss ich schon sagen. Es hat nicht lange gedauert, bis ich begriff, was sie meinte. Ein paar Wochen lang las ich, was bei uns zu Hause an solchen Büchern rumlag. Der Chef oder die Chefin ist darin immer ein Idiot. Auf unterschiedliche Weise natürlich, aber das ändert nichts an der Tatsache.«

Sahlén hielt einen langen Vortrag, der darauf hinauslief, dass er sich entschlossen hätte, ein neuer Mensch zu werden. Deswegen sei er aufs Land gefahren und habe nachgedacht.

Holtz sagte nichts. Er hörte nur zu, und sein Erstaunen wurde immer größer.

»Ich verspreche zwar nicht, ein vollkommen neuer Mensch zu werden, aber mich ein wenig zu bessern. Ich werde jedenfalls aufmerksamer zuhören«, sagte er. Holtz hatte ihn noch nie so ruhig und ausgeglichen erlebt.

Aber er war nicht überzeugt. Er sah sich in der Kneipe um. Erlaubte sich jemand mit ihm einen Spaß, war das Ganze ein ausgeklügelter Streich?

»Jetzt reden wir nicht mehr darüber, okay? Nun klären wir diesen traurigen Fall auf, oder?«, sagte Knut Sahlén, und die unwirkliche Stimmung schwand.

Holtz war immer noch misstrauisch. Er hatte das Erlebnis noch nicht richtig verarbeitet, entschloss sich aber, Sahlén trotzdem auf die Sprünge zu helfen.

»Okay. Ich finde, dass deine sogenannten Analytiker sofort einen Blick auf diesen Ordner werfen sollten, den du von mir bekommen hast«, sagte er. »Daraus geht hervor, dass die Morde etwas miteinander zu tun haben, jedenfalls die an Peter Konstantino und Benny Rosvall.«

»Dafür ist sicher kein Analytiker nötig. Das waren doch die beiden üblen Schmierer, oder? Das wussten wir doch bereits.«

»Ganz so einfach ist es nicht«, erwiderte Holtz.

Die Leiter schepperte, als die drei an Bord gingen. Es roch schwach, aber nicht unangenehm nach Diesel, was in Erinnerung rief, dass der Sommer jetzt wirklich nahte. Die Sonnenstrahlen drangen durch die hohen weißen Wolken und wärmten die Passagiere, die trotz des Windes an Deck geblieben waren.

»Seltsam, dass es hier so viele Krähen gibt und keine Möwen.«

Ulf Holtz deutete auf ein paar kleine, schwarze Krähenkücken mit zerzaustem Gefieder, die auf dem Kai um einen Wurstzipfel kämpften.

»Die Möwen sind doch im Park«, sagte Levin.

»Ja, ist das nicht seltsam?«, meinte Holtz und sah Nahid Ghadjar an, als wollte er sich das von ihr bestätigen lassen.

Diese schüttelte nur den Kopf und sah aus, als würde sie sich eine Antwort verkneifen. Das Trio fand einen wackligen Tisch ganz hinten auf dem Achterdeck und setzte sich. Die Eisenplatten unter ihren Füßen vibrierten. Ghadjar atmete genüsslich tief ein.

»Danke, dass ich mitkommen durfte«, sagte sie.

Levin und Holtz lächelten.

»Sollen wir was zu essen holen?«, fragte Levin.

»Für mich nicht. Mir genügt die Meeresluft«, sagte Holtz.

»Mir auch«, stimmte Nahid Ghadjar zu.

Levin erhob sich, wobei ihr weißer Plastikstuhl beinahe umfiel.

»Ich bin gleich zurück, da vorne ist ein Café.«

»Du meinst wohl, Richtung Vorsteven«, sagte Holtz.

»Aye, aye, Käpt'n«, erwiderte sie und ging mit energischen Schritten zur Treppe, die aufs Unterdeck führte. Gleichzeitig drehte sich der Bug ins offene Wasser, und die Maschine begann zu dröhnen.

Ulf Holtz und Nahid Ghadjar schwiegen eine Weile.

»Wie läuft's?«, fragte Holtz mit zusammengekniffenen Augen, da Ghadjar zur Sonne hin saß.

»Gut, wenn du das Praktikum meinst.«

»Pia sagte, du seist tüchtig.«

»Ach?«

»Ja. Gut, schnell und interessiert, tüchtig ganz einfach.«

»Das Seltsame ist, dass die Arbeit gar nicht so ist, wie ich sie mir vorgestellt hatte. Sie ist handfester und irgendwie konkreter. Levin ist eine gute Mentorin, auch wenn sie manchmal etwas ungeduldig ist …«

»Worüber unterhaltet ihr euch gerade? Ich hoffe, über mich«, sagte Pia Levin und setzte sich.

Die beiden wirkten etwas ertappt, ließen die Sache aber auf sich beruhen.

Es waren nur ein paar Tage vergangen, seit Holtz mit Knut Sahlén zu Mittag gegessen hatte. Es war augenfällig, dass Sahlén wirklich versuchte, die Kriminaltechniker mehr in die Ermittlung einzubeziehen.

Ulf Holtz zog sein Notizbuch aus dem kleinen Rucksack, den er auf den Boden gestellt hatte oder aufs Deck, wie er sich vermutlich ausgedrückt hätte. Ghadjar drehte sich nach ihrer Handtasche um, die an der Lehne ihres Stuhls hing.

»Ich will nicht, dass du Notizen machst«, sagte Holtz.

Sie hielt mitten in der Bewegung inne.

»Ich wollte die neueste Entwicklung referieren, aber ich

will nicht, dass es darüber Unterlagen gibt, mit Ausnahme meiner eigenen natürlich. Okay?«

Nahid Ghadjar nickte erstaunt. Aber da sie wusste, dass sie eigentlich überhaupt keinen Anspruch darauf hatte, an den Erkenntnissen der Ermittlung teilzuhaben, protestierte sie nicht.

Levin biss lautstark von dem Apfel ab, den sie irgendwo im Bootinneren gekauft hatte. Während Holtz erzählte, was in den letzten Tagen geschehen war, glitt das Schiff langsam an den Kais und Ufern der Stadt vorbei.

Die Liste, die Holtz der Ermittlergruppe überlassen hatte, war geprüft und analysiert worden. Sechzehn Personen waren identifiziert und aufgespürt worden. Man hatte einige von ihnen befragen wollen, aber bislang ohne Resultat.

Die meisten dieser Leute ausfindig zu machen war jedoch keine polizeiliche Meisterleistung gewesen, da auf der Liste nicht nur die Namen, sondern auch die Personenkennziffern standen. Fast alle waren wegen diverser Delikte verurteilt worden, Nachforschungen im polizeilichen Vorstrafen- und Verdächtigenregister zeitigten also schnelle Ergebnisse. Zwei Personen auf der Liste waren den Ermittlern noch dazu wohlbekannt, da ihre Namen mit großen Buchstaben auf der Tafel im Ermittlungshauptquartier standen. Peter Konstantino und Benny Rosvall.

Nachdem Ellen Brandt sich noch einige Male mit Pär Jensen unterhalten hatte, der nur sehr widerstrebend Auskunft gegeben hatte, wurde deutlich, dass es sich bei den Leuten auf der Liste nicht um die aktivsten Graffitimaler gehandelt hatte, sondern um jene, die das Sagen gehabt hatten. Die Idole, die die Richtung vorgegeben hatten, und noch ein paar andere.

Pär Jensen hatte erklärt, dass nach Meinung der Örnarna eine kleine Gruppe die Hauptschuld traf. Einige wenige inspirierten die anderen und dienten als Vorbilder. Die Idee war gewesen, diesen wenigen das Handwerk zu legen und damit den Kollaps des ganzen Systems herbeizuführen, wobei die Graffitimalereien ganz verschwinden oder zumindest reduziert werden würden.

»Klingt nicht so schlau. Von der Hydra haben doch wohl alle schon mal gehört«, meinte Nahid Ghadjar.

»Der Hydra?«, fragte Levin mit verständnislosem Blick.

»Das Monster mit den neun Köpfen, das es auf Herakles abgesehen hatte. Schlug man ihm einen Kopf ab, dann wuchsen zwei neue nach. Deswegen konnte man es auch nicht töten«, kam Holtz Ghadjar zuvor.

Levin wollte etwas sagen, aber Holtz fiel ihr ins Wort.

»Ich bin noch nicht fertig. Wir können den Fortgeschrittenenkurs in griechischer Mythologie doch später fortsetzen, oder?« Er nahm seinen Bericht wieder auf.

Niemand konnte sagen, ob die Theorie den Praxistest bestanden hätte. Die Liste war nämlich noch nicht vollendet worden, als auch schon alles in Demütigung geendet hatte, wie Pär Jensen es ausgedrückt hatte. Er selbst hatte sich nicht sonderlich aktiv um das Zusammentragen der Informationen bemüht, sondern die Liste lediglich verwaltet. Für weitere Informationen hatte er sie an Lukas Rander verwiesen.

»Das Problem ist nur, dass wir Lukas Rander nicht ausfindig machen können. Aber …«, Holtz legte eine Kunstpause ein.

Die beiden anderen sahen ihn erwartungsvoll an.

Er zog die Vergrößerung eines Fotos aus der Tasche.

»Einer jener, die die Örnarna nicht identifizieren konnten, ist Foto«, sagte er. »Ich habe genau wie die anderen geglaubt, dass es ein Spitzname wäre, eine Weile zumindest. Eigentlich idiotisch bei näherem Nachdenken. Vermutlich handelt es sich nur um eine Abkürzung.«

»Foto?«, fragten Levin und Ghadjar wie aus einem Munde.

»Genau. Darf ich hiermit den Fotografen vorstellen«, sagte er und legte das Bild vor sie hin.

Die Person auf dem Bild trug Hosen in grüner Tarnfarbe und eine dunkle Kapuzenjacke.

Es war eine junge Frau, ein Mädchen.

Über ihrer Schulter hing an einem breiten Riemen ein Fotoapparat. Man sah nur ihr Profil. Es war deutlich, dass es sich um eine Aufnahme mit einem Teleobjektiv handelte. Im Hintergrund ließ sich ein Eisenbahnwaggon erahnen. Voller Graffiti. Ihr Gesicht wurde von der Kapuze halb verdeckt, aber es konnte kein Zweifel an ihrer Identität bestehen.

Plötzlich waren die Graffitimorde wieder die wichtigste Nachricht. Sogar normalerweise seriöse Tageszeitungen überschlugen sich in ihrer Berichterstattung über die Morde, »die das Land erschüttern«.

Eine Abendzeitung beschrieb die Situation mit folgender, sehr knapper Schlagzeile:

STADT IN SCHOCK!

»Meine Tochter war keine Graffitimalerin, das habe ich Ihnen doch schon gesagt.«

Holtz hielt ihre Hand und wusste nicht recht, was er sagen sollte. Das Zimmer, in dem sie saßen, war sparsam möbliert. Die meisten Möbel waren schwer oder an die Wand geschraubt. Die warmen, ruhigen Farben der Wände lösten seltsamerweise bei Holtz eine innere Unruhe aus. Sie sollten darüber hinwegtäuschen, dass man in einem Krankenhaus war, aber Holtz fand, dass sie diesen Eindruck eher noch verstärkten.

Er schob diesen Gedanken von sich. Schließlich war nicht er der Leidtragende.

Wenn Jenny Svenssons Mutter den Journalisten, die sich um ihr Haus scharten, nicht in eine psychiatrische Klinik entkommen wäre, dann hätte sie vermutlich bereits einen Zusammenbruch erlitten, oder ihr wäre noch Schlimmeres zugestoßen, dachte Holtz.

Knut Sahlén hatte ihn unter dem Vorwand, er sei mit dem Fall so gut vertraut, gebeten, noch einmal mit der Mutter zu sprechen. Holtz hegte eher den Verdacht, dass sonst keiner Lust oder Zeit hatte.

Bislang hatte die Mutter alle schlechten Nachrichten aus den Medien erfahren. Holtz hatte bei ihr angerufen, und als ständig besetzt gewesen war, war er zu ihr nach Hause gefahren. Obwohl er mit Journalisten gerechnet hatte, schockierte ihn das Chaos vor der Haustür. Er war noch nicht aus dem Auto gestiegen, da kam schon eine junge Frau mit einem Fotografen im Schlepptau auf ihn zu.

»Guten Tag! Wohnen Sie hier? Könnte ich Ihnen ein paar Fragen stellen?«

Holtz beachtete sie nicht weiter, ging mit raschen Schritten auf die Haustür zu und klingelte.

Niemand öffnete.

Er drückte erneut auf den Knopf und rief seinen Namen.

Die Journalisten verfolgten das Schauspiel neugierig, unternahmen aber keinerlei Anstalten, sich ihm zu nähern.

Er erkannte sie fast nicht wieder, als sie schließlich die Tür öffnete.

Ihre Augen waren voller Schrecken.

Einer der Fotografen richtete seine Kamera auf Holtz, woraufhin auch die anderen munter wurden. Etwa zehn Kameralinsen hoben sich, und die Fotografen bewegten sich auf ihn zu und schossen unzählige Bilder.

Holtz drückte vorsichtig die Tür weiter auf und schob sich an der Frau vorbei. Er nahm einen Mantel von der Garderobe in der Diele und hängte ihn der Frau um. Dann holte er tief Luft und öffnete die Tür wieder.

»Bleiben Sie ganz dicht bei mir«, sagte er und packte sie am Oberarm. Sie rannten das kurze Stück bis zu seinem Wagen.

Die ganze Journalistenmeute folgte ihnen. Holtz fühlte sich an einen Naturfilm erinnert, den er einmal im Fernsehen gesehen hatte.

Aus mehreren Meter Entfernung betätigte er die Zentralverriegelung, öffnete dann der vollkommen verstörten Frau die Beifahrertür, warf sich hinter das Steuer und fuhr rasch davon.

Als klar war, dass drei der Ermordeten auf der Liste der einflussreichen und tonangebenden Graffitimaler standen, die die Örnarna zusammengestellt hatten, wurde in der dritten Etage noch intensiver gearbeitet. Fast hatte es den Anschein, als wäre dort Panik ausgebrochen.

»Wir haben es mit zwanzig weiteren potentiellen Opfern zu tun. Seht zu, dass ihr sie herbringt!«, sagte Knut Sahlén verbissen.

Alle verfügbaren Leute wurden aufgeboten, um diejenigen aufzuspüren, die noch nicht gefunden worden waren. Die Beamten in den Vororten ließen keinen Stein auf dem anderen.

Die Unruhe verbreitete sich.

Akazia stand mit dem Rücken an der Backsteinmauer. Er atmete in kurzen Atemzügen, die die Lunge nie ganz füllten. Sein Hals fühlte sich rau an, und er hatte den Geschmack von Blut im Mund. Nach einigen Minuten war sein Puls wieder halbwegs normal, und er bekam besser Luft. Der Schweiß lief ihm den Rücken herunter. Seine Haut war warm, aber er begann trotzdem zu frieren, da sein Sweatshirt schweißnass war. Akazia war wie immer auf dem Weg zur chemischen Reinigung gewesen. Normalerweise blieben Leute, die ihm begegneten, alte wie junge, stehen, um sich mit ihm zu unterhalten. Der Weg, für den er nur ein paar Minuten gebraucht hätte, dauerte so immer über eine halbe Stunde. Alle wollten einen guten Rat und vor allen Dingen zusammen mit ihm gesehen werden.

Aber an diesem Tag war es anders. Still.

Zwei Polizisten, beide mit Sonnenbrillen, hatten vor der chemischen Reinigung gewartet. Sie hatten sich mit Omar unterhalten, der sich nervös über seinen kurzen Schnurrbart gefahren war. Akazia hatte mitten im Schritt innegehalten und war rückwärtsgegangen. In diesem Augenblick hatte ihn Omar entdeckt. Die Beamten hatten in die Richtung geschaut, in die Omar gedeutet hatte. Akazia hatte nicht hören können, was sie gesagt hatten, aber sie waren auf ihn zugekommen.

Er war geflüchtet.

Warum hatte Omar auf ihn gezeigt? Das machte ihn nervös und gleichzeitig wütend.

Er überlegte, was zu tun war. Er atmete immer noch angestrengt.

»Keine Bewegung!«

Die Stimme klang energisch.

Akazia blickte sich nach einem Fluchtweg um.

»Bleiben Sie stehen! Hören Sie uns zu.«

Die Beamten verstellten ihm den Weg.

»Wir kommen nicht näher. Hören Sie uns einfach ein paar Minuten lang zu. Dann gehen wir wieder, und Sie können machen, was Sie wollen, okay?«

Normalerweise redeten sie in einem anderen Ton mit ihm.

»Wir haben nach Ihnen gesucht.«

»Warum? Ich habe nichts gemacht … Bullenschweine.«

»Lassen Sie das doch, wir sind hier, um Ihnen das Leben zu retten«, sagte der Polizist.

»Mir das Leben retten? Bist du vollkommen übergeschnappt?«

Der eine Polizist, der immer noch eine Sonnenbrille aufhatte, sah aus, als würde ihm bald der Geduldsfaden reißen.

»Jetzt seien Sie nicht so bescheuert! Hören Sie zu, dann können Sie sich meinetwegen verpissen«, sagte er.

Der andere Beamte hatte seine Sonnenbrille abgesetzt und sah seinen Kollegen wütend an.

»Würdest du das bitte mir überlassen?«

Akazia grinste. Was für Schießbudenfiguren. Langsam wurde er allerdings neugierig, was sie eigentlich von ihm wollten.

»Du mit der Brille«, sagte Akazia, »bleib da drüben stehen, dann unterhalte ich mich mit deinem Kollegen.« Er setzte sich auf den Einkaufswagen, der auf der Seite neben ihm lag.

Der Polizist berichtete knapp, dass er zu einer Handvoll Graffitimaler gehöre, die sich in größter Gefahr befänden. Er habe doch wohl in der Zeitung von den Morden gelesen? Wenn er wolle, könne er Polizeischutz oder Hilfe bekommen. Es sei vielleicht auch ratsam, wenn er ein paar Tage oder Wochen die Stadt verließe.

Akazia bedankte sich für das frisch erwachte Interesse an seiner Person und wünschte sie dann zum Teufel.

»Okay. Aber jetzt wissen Sie, was Sache ist. Wir haben Sie gewarnt«, sagte der Beamte, setzte seine Sonnenbrille wieder auf und ließ Akazia auf dem Einkaufswagen sitzen.

Das Brummen der Bohrmaschine verstummte. Die Hammerschläge auf das Schloss waren nicht übermäßig kräftig, aber präzise.

»Das war's. Ich bitte einzutreten. Die Rechnung wie üblich?«

»Ja, gerne«, erwiderte Holtz.

Der Schlosser, der einen gelben Overall und einen Gürtel voller Werkzeuge trug, ging seines Weges. Die Werkzeuge klapperten.

Holtz wartete, bis der Mann verschwunden war, und drückte dann die Türklinke hinunter. Er warf den hinter ihm Stehenden einen Blick zu und öffnete dann die Tür.

Pia Levin und die beiden Beamten in Uniform versuchten, über seine Schulter zu sehen.

Holtz machte seine Taschenlampe an, leuchtete in die Diele und ließ dann die beiden Uniformierten vorbei, die die Wohnung mit gezogenen und entsicherten Waffen betraten. Dann nickte er Levin zu, und sie betraten die Wohnung ebenfalls.

Die Wohnung war klein. Schwere Möbel standen im Halbdunkel.

An den Wänden hingen Ölgemälde, und ein altes Klavier stand an der Wand. Das Klavier wirkte für das Zimmer zu groß.

Holtz und Levin stellten rasch fest, dass die Wohnung leer war. Sie bestand aus dem Zimmer, einer Toilette und einer kleinen Kochnische.

Holtz schaltete die Deckenlampe an und bat die beiden uniformierten Beamten, draußen zu warten.

»Was glaubst du?«, fragte Levin Holtz, als sie allein waren.

»Sieht nicht so aus, als würde hier ein Vierzigjähriger wohnen.«

»Nein, aber unsere Informationen sind eindeutig. Lukas Rander wohnt hier«, sagte Levin und blickte sich um.

»Mal sehen«, meinte Holtz. »Kannst du den beiden da draußen sagen, dass wir ein paar geräumige Plastikbehälter und Tüten benötigen?«

Levin ging ins Treppenhaus, um sich mit den Uniformierten zu unterhalten. Diese sahen wenig begeistert aus, machten sich dann aber doch auf, um die nötigen Dinge für eine Hausdurchsuchung zu holen.

Staatsanwalt Mauritz Höög hatte ihnen ohne weitere Umstände einen Durchsuchungsbefehl ausgestellt, als Randers Unterschlupf endlich ausfindig gemacht worden war. Der Name des ehemaligen Wachmannes war in den letzten Tagen etwas zu oft aufgetaucht. Die Ermittlergruppe verwendete immer mehr Energie darauf, ihn zu finden.

Die Wohnung gehörte eigentlich einer alten Dame, die schon länger gegen ihren Willen in einem Altenheim untergebracht war. Ihre Verwandten hatten den Auszug vor dem Hausbesitzer geheim gehalten und die Wohnung zu einem Wucherpreis weitervermietet. Die Zimmer wurden immer für drei Monate und nur gegen Vorkasse vermietet. An der Einrichtung durfte nichts verändert werden, und es war nicht erlaubt, den eigenen Namen an die Tür zu schreiben.

Die beiden Beamten kehrten mit den gewünschten Utensilien zurück, und Holtz streifte sich ein Paar Gummihandschuhe über. Levin tat es ihm nach, und dann schritten sie ans Werk.

Jede Schublade wurde ausgeleert und ihr Inhalt sortiert. Gleiches geschah mit den Schränken und Abstellkammern.

Während Holtz auf den Schränken und unter der Spüle nachsah, sicherte Levin mit Hilfe von Magnetpulver und Klebeband ein paar Fingerabdrücke.

Die beiden Uniformierten warteten vor der Wohnungstür und verscheuchten neugierige Nachbarn.

»Und?«, fragte Levin, nachdem sie mit den Fingerabdrücken fertig war.

»Ich frage mich, ob er wirklich hier wohnt. Nichts deutet darauf hin, finde ich.« Holtz nahm eine Schachtel, vermutlich einen alten Schuhkarton, aus dem obersten Fach des Küchenschranks.

Er war mit allem Möglichen gefüllt und erinnerte an eine Schachtel, die er selbst in der Küche verwahrte. Dort landete alles, was keinen eigenen Platz hatte. Er wühlte zwischen Büroklammern, Stiften und alten Schlüsseln herum.

Einer der Schlüssel unterschied sich von den anderen durch sein röhrchenförmiges Aussehen. Er schien neu und noch unbenutzt zu sein, und ein Anhänger hing daran.

»Was hältst du davon?«, fragte Holtz.

Levin nahm den Schlüssel zwischen Daumen und Zeigefinger und drehte ihn hin und her.

»Keine Ahnung.«

Sie gab ihn Holtz zurück. Er wog ihn in der Hand und überlegte lange.

»Ich weiß, glaube ich, wo er hingehört«, sagte er dann.

Pia Levin wirkte skeptisch.

»Nicht einmal du kannst einfach einen Schlüssel aus einem Karton nehmen und wissen, wo er passt.«

»Ich meinte auch nicht, welches Schloss, sondern welche Art von Schloss.«

»Ein Schlüsselschloss vielleicht?«

»Sehr lustig«, erwiderte Holtz und räumte die Sachen wieder in den Schuhkarton.

Er gab den beiden Beamten Anweisungen, wohin sie die Kästen und Tüten mit den beschlagnahmten Gegenständen bringen sollten. Dann bat er sie, auf den Schlosser zwecks Einbaus eines neuen Schlosses zu warten und die Wohnung anschließend zu versiegeln. Schließlich machte er sich mit Levin auf den Weg.

Den kleinen röhrchenförmigen Schlüssel hatte er in einem Umschlag in seiner Innentasche verstaut.

Knut Sahlén wischte sich mit einer Papierserviette die Hände ab und warf dann die Orangenschale in einen Karton für Recyclingpapier.

Holtz holte tief Luft und begann noch einmal.

»Du weißt schon, diese Lager, die man quadratmeterweise mietet?«

Knut Sahlén steckte ein Apfelsinenstück in den Mund. Holtz deutete das als Zustimmung.

»Als ich in mein neues Haus eingezogen bin, habe ich im Keller aufgeräumt. Ich wollte aber nicht alles wegwerfen, deswegen habe ich einen Lagerraum gemietet«, sagte Holtz. »Eigentlich gar nicht schlecht. Man kann sich überlegen, wie viele Quadratmeter man benötigt. Man hat jederzeit Zugang, auch nachts, da man einen eigenen Schlüssel hat. Darf ich …« Holtz nahm sich ein Stück Apfelsine, ohne die Antwort abzuwarten.

»Man kann also kommen und gehen, wie man will?«

»Ja. Vorausgesetzt man hat einen Schlüssel. Ich bin mir ziemlich sicher, dass es sich um so einen Schlüssel handelt«, sagte er und ließ den Schlüssel mit einem Anhänger in Form eines Leuchtturms aus dem Umschlag und auf den Schreibtisch gleiten. »Dieser Schlüssel stammt aus Randers Wohnung, und da wir sonst keinen Anhaltspunkt haben, wo er sich aufhalten könnte, sollten wir zumindest …«

Knut Sahlén streckte die Hand nach dem Schlüssel aus.

»Nicht anfassen!«

Holtz' Stimme klang wie ein Peitschenhieb.

Sahlén zuckte zurück, als hätte er sich verbrannt.

»Ich wollte ihn dir nur zeigen, bevor er im Labor verschwindet«, meinte Holtz. »Aber wie gesagt, wenn wir den Lagerraum finden, zu dem Rander Zutritt hatte …«

»Ich könnte mir vorstellen, dass es eine Menge anderer Schlösser gibt, auf die so ein Schlüssel passen könnte«, meinte Knut Sahlén mit skeptischer Miene. »Aber vielleicht ist es ja wirklich einen Versuch wert.« Er rief Adrian Stolt zu sich, der auf das Whiteboard starrte, das mittlerweile mit Fotos, Strichen sowie Personen- und Ortsnamen bedeckt war.

»Stattet allen Unternehmen, die Lagerräume vermieten, einen Besuch ab, legt ihnen das Foto von Lukas Rander vor und überprüft die Listen der Leute, an die vermietet wird. Falls jemand Schwierigkeiten macht, dann setzt euch mit dem Staatsanwalt in Verbindung. Jetzt muss ich weiter.« Sahlén ging und ließ ein Stück Orange auf dem Tisch zurück.

Lukas Rander freute sich fast über seine Paranoia, obwohl er das selbst nicht so ausgedrückt hätte. Sicherheitsbewusstsein wäre das Wort seiner Wahl gewesen.

Er hatte wie immer einen anderen Weg genommen als am Vortag und näherte sich nun der Adresse, die er eigentlich nicht als Zuhause bezeichnen konnte.

Die Miete war schwindelerregend hoch, aber er hatte seine Ruhe gehabt.

Zumindest bis jetzt.

Dass irgendetwas nicht stimmte, war offenbar, er wusste jedoch nicht recht, was. Als er bei der Pizzeria um die Ecke bog, blieb er stehen. Ein roter Lieferwagen und ein Streifenwagen standen vor seiner Haustür. Das konnte verschiedenste Gründe haben, aber weil er kein Risiko eingehen wollte, stellte er sich in einen Hauseingang auf der anderen Straßenseite und wartete ab.

Worauf, wusste er nicht.

Eine Viertelstunde später traten zwei Polizisten aus der Haustür und öffneten die Türen zur Ladefläche des Lieferwagens. Lukas Rander sah nicht genau, was sich in dem Wagen befand, aber er schien vollbeladen zu sein. Nachdem die Beamten mit ein paar Plastikkästen im Haus verschwunden waren, wagte er sich vor. Er hatte sich gerade in den zweiten Stock geschlichen, als er die beiden im Treppenhaus hörte.

Seine eigene Tür stand auf, das sah er. Daran konnte kein Zweifel bestehen.

Verdammt, verdammt, verdammt, dachte Rander und versuchte, unbemerkt wieder nach unten zu kommen. Seine Gedanken überschlugen sich. Er fluchte. Es war ein Fehler gewesen, die Wohnung zu mieten. Er kehrte zu dem geliehenen Auto zurück, das er ein paar Straßen weiter geparkt hatte. Ein paar Stunden lang fuhr er ziellos durch die Gegend, ehe er in ein Industriegebiet im Westen der Stadt einbog, der einzige feste Punkt, der ihm geblieben war.

Langsam fuhr er auf das Tor zu. So nahe es ging. Er gab einen Code ein, und das Gatter öffnete sich lautlos. Ein Schild wies darauf hin, dass Unbefugte keinen Zutritt besaßen und dass man darauf achten sollte, sie nicht auf das Gelände zu lassen.

Lukas Rander parkte zwischen zwei Anhängern und ging

auf eine geschlossene Tür an der Schmalseite des hohen Gebäudes zu, das von einem Leuchtturm geziert wurde. Er gab erneut den vierziffrigen Code ein, und die Tür ließ sich öffnen. Das Gebäude war menschenleer. Er wusste, dass Überwachungskameras alles aufzeichneten, aber das störte ihn nicht weiter. Im Gegenteil. Das Unternehmen garantierte Sicherheit. Das passe ihm ausgezeichnet, hatte er zu der jungen Frau gesagt, die ihn bei seinem ersten Besuch des Lagers vor einem halben Jahr empfangen hatte. Er öffnete eine weitere Tür und betrat eine Halle, die so groß war, dass man mit einem Lastwagen in sie hineinfahren konnte. Das bleiche, kalte Licht ging an, als Sensoren Bewegung im Raum registrierten. Er gab einen weiteren Code ein, und die Tür eines Fahrstuhls öffnete sich. Er wählte das dritte Stockwerk und gab die Ziffern noch einmal ein. Mit einem leise zischenden Geräusch brachte ihn der Lift nach oben. Das Licht im Korridor ging an, als sich die Tür des Fahrstuhls öffnete. Er ging an einer langen Reihe nummerierter, identischer Türen vorbei und blieb vor der vorletzten stehen. Dort nahm er den kleinen, runden Schlüssel, den er um den Hals trug, und steckte ihn in das Schloss.

Die fünf Quadratmeter waren gut genutzt. Der schmale Schreibtisch stand zwischen zwei Metallschränken, und an einer Längswand befand sich ein Feldbett. Er hatte Glück gehabt und einen der Lagerräume mit Fenster bekommen. Es war klein und von außen vergittert, ließ sich jedoch einen Spalt weit öffnen.

Es war kalt, und Lukas Rander fror etwas, als er sich auf die Pritsche legte und die Augen schloss. Die Anspannung forderte ihren Tribut, und Müdigkeit überkam ihn. Ich muss verschwinden, ich muss verschwinden. Dieser Gedanke kreiste durch seinen Kopf, verblich dann langsam und verschwand.

Plötzlich hörte er Schritte. Rasche, leise Schritte. Habe ich geschlafen?, überlegte er und versuchte, das Zifferblatt der stabilen Taucheruhr an seinem Arm zu lesen. Mehrere Stunden waren vergangen, sah er, als es ihm gelang, die hellgrünen Leuchtzeiger auszumachen. Das Geräusch. Einbildung? Wieder leise Schritte, jetzt war er sich ganz sicher.

Lukas Rander sah ein, dass es keinen Fluchtweg gab. Das Büro war sowohl ein perfekter Arbeitsplatz als auch ein perfektes Versteck gewesen. Es war ihm nie in den Sinn gekommen, dass man ihn dort fangen könnte. Er setzte sich langsam auf und schnürte seine sorgfältig geputzten Stiefel. Alle Sinne waren aufs äußerste angespannt. Wie viele mochten es wohl sein? Jetzt war es ganz deutlich, Schritte und Geflüster.

Ein metallisches Geräusch und ein Krachen. Die Türe wurde aufgerissen, und der starke Strahl einer Taschenlampe blendete ihn. Er schloss die Augen. In weniger als einer Sekunde verwandelten sich Zielbewusstsein und Streitlust in Todesangst.

»Verdammt, da liegt ja einer«, sagte eine Stimme hinter der Taschenlampe.

»Ich ergebe mich, schlagt mich nicht.« Lukas Randers Stimme überschlug sich. »Schlagt mich nicht, schlagt mich nicht.«

Die beiden schwarzgekleideten Polizisten, die ihre Gesichter hinter schwarzen Masken verborgen hatten und entsicherte Waffen in den Händen hielten, sahen erst erstaunt den Mann, der vor ihnen kniete, und dann ebenso erstaunt einander an.

»Keine Panik. Wir schlagen Sie schon nicht. Wer sind Sie?«

»Rander. Lukas Rander«, sagte er und blickte zu den beiden Eindringlingen hoch. Das starke Licht der Taschenlampe blendete ihn immer noch.

»Sind Sie von der Polizei?« Rander klang überrascht.

»Wonach sehen wir denn sonst aus?«, fragte einer der Beamten und drückte auf sein Funkgerät.

»Wir haben ihn. Er scheint hier zu wohnen. Ja, er war hier, als wir den Lagerraum aufgebrochen haben. Natürlich hat uns das überrascht. Wie hätten wir wissen sollen, dass er hier ist? Wir bringen ihn jetzt, ihr könnt die Spurensicherung anfordern.« Der Polizist half Lukas Rander aufzustehen und führte ihn mit festem Griff durch den kalten Korridor Richtung Fahrstuhl.

Lukas Rander saß mit gesenktem Kopf da, seinen Blick auf eine Heftmaschine gerichtet, die unerklärlicherweise auf dem im Übrigen vollkommen leeren Tisch stand. Sie war grau und etwas abgenutzt. Vielleicht hat jahrelanger Handschweiß die dunkelgraue Farbe hervorgerufen, dachte er.

»Lukas Rander. Es war schon erstaunlich, Sie in diesem Lagerraum vorzufinden.«

Ellen Brandt versuchte, Kontakt zu ihm aufzunehmen. Ihre Stimme war weich. Rander starrte weiterhin auf den Tisch.

»Wir hatten Mühe, Sie ausfindig zu machen. Warum wohl, glauben Sie?«

Immer noch keine Reaktion.

»Wissen Sie, wer diese Personen sind?«, fragte Sie, schob die Heftmaschine beiseite und legte drei Fotos vor ihm auf den Tisch.

Lukas Rander starrte auf drei junge Gesichter. Jenny Svensson, Peter Konstantino und Benny Rosvall.

Er verzog keine Miene.

»Na dann nicht. Wenn Sie wollen, können Sie Ihren Anwalt anrufen, denn ich glaube, dass der Haftrichter Sie eine Weile dabehalten will«, sagte sie dann.

Lukas Rander blickte langsam auf und sah sie an.

»Warum sollte ich einen Anwalt benötigen?«

»Sie sind vorläufig festgenommen worden, und es ist durchaus vorstellbar, dass die Staatsanwaltschaft Untersuchungshaft anordnet. Dann weist man Ihnen einen Pflichtverteidiger zu, ob Sie wollen oder nicht. Vielleicht möchten Sie sich ja Ihren Anwalt lieber selbst aussuchen.«

»Untersuchungshaft?«

Ellen Brandt fand, dass er aufrichtig erstaunt klang.

»Ja, Untersuchungshaft.«

»Aus welchem Grund?«

»Wegen Mordverdacht.«

Lukas Rander wurde bleich, dann rot. Er begann zu lachen.

»Mord? Sie sind doch nicht ganz bei Trost! Wen soll ich denn bitte ermordet haben?«

Ellen Brandt klopfte mit dem Zeigefinger auf die Fotos.

»Sie sind wirklich nicht bei Trost.«

Danach sagte Lukas Rander nichts mehr.

Die Kriminaltechniker stellten Randers Lagerraum, Büro und Schlafplatz auf den Kopf. Kartons wurden mit Beweismitteln gefüllt und zur Registrierung und teilweise zur näheren Untersuchung ins Büro der Forensischen Abteilung gebracht. Zum größten Teil bestand das beschlagnahmte Material aus Ordnern mit fotografierten Graffiti sowie aus Listen von Personen und Unternehmen.

Zu den etwas ungewöhnlicheren Funden zählten ein dunkelblauer Overall, drei Mützen mit Augenschlitzen und eine Spraydose mit Tränengas.

Knut Sahlén war zufrieden.

»Damit kriegen wir ihn«, sagte er und nahm ein Stück von der grünen Marzipantorte, die er zur Feier des Tages heimlich bestellt hatte. Während er die Sahne und den schon recht trockenen Kuchenteig löffelte, gratulierte er allen zu ihrer hervorragenden Arbeit. Die Stimmung im dritten Stock war heiter.

Der Staatsanwalt Mauritz Höög hatte für Lukas Rander wegen unbestimmten Mordverdachts am Freitagabend die vorläufige Festnahme beantragt. Für einen dringenden Tatverdacht fehlten allerdings noch einige Beweise.

Da seine Akte auf dem Tisch eines Staatsanwaltes im Bereitschaftsdienst und eines Pflichtverteidigers gelandet war, als man Rander an einem Samstagmorgen dem Haftrichter vorführte, verlief alles wie bei einer Wochenendfestnahme üblich. Da sich noch niemand in den Fall hatte einlesen können, wurde, wie von Mauritz Höög vorausgesehen, automatisch Randers Inhaftnahme angeordnet. »Sicherheitshalber«, hatte der Richter dem neuen und sich wundernden Gerichtsreferendar mit einem lakonischen Lächeln ins Ohr geflüstert. Da nur ein unbestimmter Tatverdacht vorlag, blieb den Ermittlern nur eine Woche, um Beweise zusammenzutragen, aber in Wirklichkeit hatten sie viel mehr Zeit, weil sich der Staatsanwalt ganz sicher war, dass Rander geliefert war. Sobald der Ermittlungsleiter dem Gericht auch nur die Andeutung eines Beweises vorlegte, wurde die Untersuchungshaft stets verlängert.

Im Laufe von weniger als 48 Stunden war Lukas Rander der Öffentlichkeit bekannt. Eventuelle Geheimnisse, die er gehütet haben mochte, waren für immer enthüllt. Alle, die im Laufe seines vierzigjährigen Lebens irgendwie mit ihm in Kontakt gekommen waren, entschieden sich aus unerklärlichen Gründen dafür, sich den Zeitungen anzuvertrauen.

Außerdem gab es eine beachtliche Anzahl von Leuten, die sich gerne über ihn äußerten, ohne ihm jemals begegnet zu sein.

Die meisten wussten zu berichten, dass er immer schon ein ziemlich komischer Kauz gewesen sei.

Während der folgenden drei Tage schien der Rest der Welt vollkommen in Vergessenheit zu geraten. Selbst die Presseagentur vergaß sich und schrieb über den Lebenslauf Lukas Randers, genannt »der Wächter«.

Am fünften Tag ebbte die Berichterstattung ab. Nur wenige neue Informationen drangen aus dem Untersuchungsgefängnis. Lukas Rander habe versucht, sich mittels seiner Unterhose selbst zu ersticken. Der Aufseher, der den Journalisten aus reinem Überdruss diese Geschichte aufgetischt hatte, musste sehr lachen, als er seinen Scherz als Schlagzeile auf dem ganzen Weg zur Arbeit lesen konnte.

Sverker Godman schien nicht zu verstehen, was die Beamtin am anderen Ende wollte. Natürlich habe er in den letzten Tagen über Lukas Rander in der Zeitung gelesen, aber weiter gehe seine Bekanntschaft mit diesem Mann nicht.

»Ihr Name steht auf einer Liste von Aufträgen, die in seinem Besitz gefunden worden ist«, sagte sie.

»Aufträge? Davon weiß ich nichts.«

»Folgendes: Sie werden keiner Straftat verdächtigt, jedenfalls nicht, soweit ich weiß. Aber Ihr Name taucht in den Unterlagen von Lukas Rander auf, und deswegen bitte ich Sie, darüber nachzudenken, was das bedeuten könnte. Rufen Sie mich an, wenn Ihnen was eingefallen ist. Oder noch lieber, kommen Sie her und erzählen Sie es uns, bevor wir Sie holen müssen«, meinte Ellen Brandt.

Mit bekümmerter Miene legte Sverker Godman auf.

Er hatte über Jahrzehnte hinweg sein Unternehmen aufgebaut und war eine einflussreiche Persönlichkeit. Jedenfalls hielt er sich dafür, und seine Bundesgenossen der Odd Fellow Loge sahen das sicher genauso.

Godman schaltete die Lampen über dem Schreibtisch und an der Decke aus. Stromrechnungen sind zu reduzieren, lautete sein Motto. Seine langjährige Sekretärin blickte erstaunt auf, als er das Büro verließ, obwohl es erst zehn Uhr vormittags war. Er blieb in dem prächtigen Treppenhaus stehen und überlegte, wie er sich aus dieser prekären Situation herauswinden konnte.

Aus seiner Hosentasche zog er ein Taschentuch und begann, geistesabwesend das Messingschild mit der Aufschrift »Godmans Immobilienverwaltung« zu polieren.

Am besten bringe ich es gleich hinter mich, dachte er und bestellte sich per Handy ein Taxi, das auch wenige Minuten später eintraf.

»Zur Polizei«, sagte er, als er auf dem Rücksitz Platz nahm.

»Welche Polizei? Welches Revier?«, wollte der Taxifahrer wissen.

»Keine Ahnung. Egal, vermute ich.«

Sverker Godman war gar nicht auf die Idee gekommen, dass es verschiedene Möglichkeiten geben könnte. Zuletzt hatte er wegen einer ärgerlichen Geschichte anlässlich einiger gestohlener Äpfel mit der Polizei zu tun gehabt. Vor fünfzig Jahren.

»Anscheinend hat sich der gute Rander damit befasst, die Schmierer im Auge zu behalten«, sagte Adrian Stolt, als er sich mit Ulf Holtz traf, um zu besprechen, was das beschlagnahmte Material ergeben hatte.

Die Fingerabdrücke in der Wohnung der alten Dame stammten hauptsächlich von Lukas Rander, aber zur Freude der Ermittler tauchten auch zwei andere Abdrücke auf, die einen Treffer ergaben. Offenbar hatte die Wohnung lichtscheuem Gesindel als Unterschlupf gedient. Er würde sich von den Verwandten der alten Frau gerne erklären lassen, wie es dazu hatte kommen können, hatte Knut Sahlén bei der Morgenbesprechung grinsend gemeint.

Lukas Rander habe nach dem Fiasko mit den Örnarna allein weitergemacht, berichtete Adrian Stolt. Die Verzeichnisse hatte er ohne größere Probleme heimlich kopieren können, und alles, was er benötigt habe, sei ein Büro ohne Adresse gewesen, das offiziell nicht existierte. Der Lagerraum sei perfekt gewesen. Einer der Wachmänner habe ihn zwar eines Nachts entdeckt, als er die Tür des Lagerraums nicht hinter sich geschlossen hatte, ihn aber nur ermahnt, vorsichtig zu sein. Eigentlich war es nicht erlaubt, dort irgendwelchen Aktivitäten nachzugehen, aber der Wachmann hatte versprochen, nichts zu verraten.

Alles ergab einen Sinn, als ein älterer Herr, ein Sverker Godman, die Ermittler aufsuchte und sein Wissen preisgab.

Rander hatte Godman angerufen und behauptet, seine Firma könne Schmierereien und Sachbeschädigungen effektiv Einhalt gebieten. Godman war Rander nie persönlich begegnet, sondern hatte immer nur mit ihm telefoniert. Rander hatte versprochen, den Graffitimalereien ein Ende zu setzen. Mit Garantie. Godman hatte dies nicht glauben wollen, außerdem war es teuer. Er hatte abgelehnt.

Ein paar Tage später hatte sich ihm, als er zur Arbeit gekommen war, ein schrecklicher Anblick geboten. Das schöne Jugendstilgebäude war in verschiedenen Farben vollkommen beschmiert. Mit einem breiten Filzschreiber waren Striche auf die prachtvolle Eichentür gemalt worden. Sein Entsetzen war ihm immer noch anzusehen gewesen, als er davon erzählt hatte. Einer der Ermittler hatte ihm ein Glas Wasser geholt.

»Lass mich raten«, sagte Holtz. »Rander hat wieder angerufen, und es kam zu einer Einigung?«

»Hm.«

Godman hatte sich der Dienste Randers für alle seine Häuser versichert.

»Das klingt teuer.«

»Ja. Außerdem zeigte es sich, dass die sogenannte Graffitigarantie nicht funktionierte. Deshalb hörte Godman auf, die Rechnungen zu bezahlen«, sagte Adrian Stolt.

»Was hat Rander dazu gesagt?«

»Weiß nicht. Godman hat von ihm seither nichts mehr gehört.«

»Wie lange ist das her?«

»Ein paar Wochen, vielleicht drei, behauptet er. Godman schwört, dass er nicht weiß, wer Lukas Rander eigentlich ist, aber er hat in den letzten Tagen natürlich einiges über ihn gelesen. Vollkommen am Ende, der Alte.«

»Es scheint, als hätte Lukas Rander einiges zu erklären«, meinte Holtz.

»Bislang hat er noch nicht viel gesagt, aber Ellen Brandt, die die Vernehmungen leitet, sagt, dass er langsam mürbe wird«, erwiderte Stolt.

Die Zahncreme war gestreift und roch nach Pfefferminz. Pia Levin drückte ein wenig davon auf einen Schwamm und wischte den Laborschrank von innen aus. Sie machte sich die Schleifmittel in der Zahnpasta zunutze. Holtz war der Ansicht, Zahncreme sei genauso gut wie teure Spezialputzmittel aus den USA. Sogar besser. Nach ein paar Minuten war die eingetrübte Scheibe wieder sauber, und nachdem sie noch einmal darüberpoliert hatte, wirkte das Glas wie neu. Der Schrank war seit mehreren Wochen nicht mehr gereinigt worden, und da jetzt mehrere Analysen anstanden, musste er so sauber sein wie möglich. Sie stellte das Tränengas aus Lukas Randers sogenanntem Büro in den Schrank und schloss sorgsam die Türen. Das Gas, das von dem erhitzten Sekundenkleber gebildet wurde, hüllte die Spraydose in einen Nebel. Nach einer Viertelstunde drückte Levin auf den Ventilationsknopf und nahm den Metallbehälter anschließend vorsichtig aus dem Schrank. Sie verteilte eine fluoreszierende Substanz darauf. Nach einigen Minuten waren die Fingerabdrücke deutlich zu sehen.

Ulf Holtz rief nach ihr. Sie fand ihn in ihrem eigenen Büro.

»Was fehlt?«, fragte er und deutete auf den Ausdruck der Liste der in den beiden Unterschlüpfen von Lukas Randers gefundenen Gegenstände.

»Tja, das meiste. Alles, könnte man auch sagen. Entweder ist er nicht derjenige, den wir suchen, oder er hat noch einen weiteren Unterschlupf«, meinte Pia Levin.

»Die Masken und das Tränengas. Was sagt uns das?«

»Nichts. Und das weiß der Staatsanwalt auch. Tränengas und Skimützen besitzen viele Leute … Vielleicht ist er ja Skifahrer«, antwortete Levin.

»Wo kommt das Tränengas her?«

»Spanische Marke, leicht zu beschaffen. Kann man in fast ganz Europa kaufen. Ich glaube, die meisten Leute wissen nicht mal, dass es illegal ist, es in Schweden einzuführen.«

»Hast du dir die Dose näher angesehen?«

»Ja. Ich habe ein paar Fingerabdrücke gesichert, weiß aber noch nicht, von wem sie sind. Ich war gerade damit beschäftigt, als du mich gerufen hast«, sagte Levin.

Ulf Holtz fuhr mit dem Finger die Liste der beschlagnahmten Gegenstände entlang und las halblaut vor sich hin.

»Du hast Recht, fürchte ich«, sagte er, als er fertig war. »Nichts deutet darauf hin, dass wir einen Mörder hinter Gittern haben. Was sagt Ellen?«

»Sie hält sich bedeckt, aber um ehrlich zu sein, scheint sie nicht sonderlich überzeugt zu sein. Sie bezeichnet ihn als Amateur, glaube ich.«

»Amateur?«

Das Telefon klingelte in Holtz' Zimmer.

»Bleib hier, ich gehe nur rasch dran«, sagte er und ging schnell in sein Büro hinüber.

Nach einer Viertelstunde beschlich Levin die Befürchtung,

er könne sie vergessen haben. Sie ging zu seinem Büro und wollte gerade anklopfen, als er die Tür öffnete.

»Das war Knut Sahlén. Er wollte wissen, ob wir etwas Brauchbares gefunden haben. Ich habe geantwortet, vorläufig noch nicht.«

»Wie hat er darauf reagiert?«

»Er hat gesagt, dass er das auch nicht erwartet hätte. Anscheinend war Lukas Randers Geschäftsmodell nicht richtig durchdacht, um es einmal so auszudrücken. Aber gemordet hat er vermutlich nicht«, meinte Holtz.

»Und wie sah dieses Geschäftsmodell aus?«

»Begleite mich zum Kaffeeautomaten, dann erzähle ich es dir«, sagte Holtz.

Mit je einem Becher mit Kaffee beziehungsweise Tee in der Hand fuhren sie runter ins Erdgeschoss und setzten sich auf eine der abgerundeten Holzbänke an der Granitmauer vor dem Eingang.

Die Sonne wärmte sie. Es duftete nach blühenden Bäumen. Holtz nahm den Faden wieder auf.

»Laut Brandt, die recht viel aus ihm rausbekommen hat, bot er eine Graffitigarantie an, genauer gesagt eine Antigraffitigarantie. Für eine gewisse Geldsumme wollte er die Gebäude bewachen und eingreifen, wenn die Schmierer auftauchten.«

»Eingreifen?«

»Er wollte die Graffitimaler abschrecken, einen einfangen, ihm drohen und ihn so dazu bringen, das Gebäude in Frieden zu lassen.«

»Das ist doch nicht dein Ernst?« Pia Levin sah aus, als könnte sie das nicht glauben.

»Wie Ellen schon sagt: Ein Amateur.«

»Wie hat das funktioniert?«

»Gar nicht, natürlich. Beim ersten Versuch kam man ihm

bereits auf die Spur. Die Schmierer haben ihn als einen von den Örnarna wiedererkannt, weil er aus irgendeinem Grund keine Maske getragen hat. Er war auch mit dem Tränengas offenbar nicht schnell genug. Es hat damit geendet, dass er eine Tracht Prügel bezog.«

»Was für ein Idiot«, sagte Pia Levin mit Nachdruck.

»Allerdings«, stimmte Holtz zu.

»Das erklärt auch, warum er sich so seltsam benommen hat, als die Kollegen sein Versteck stürmten. Er glaubte sicher, die Graffitimaler hätten ihn gefunden. Was sagt der Staatsanwalt?«

»Er denkt noch nach. Die ganze Geschichte wirkt so haarsträubend, dass sie vermutlich stimmt, und das weiß der Staatsanwalt auch«, sagte Holtz.

Zwei Tage später wurde Lukas Rander entlassen, er wurde zwar immer noch diverser kleinerer Straftaten beschuldigt, stand aber nicht mehr unter Mordverdacht. Die Polizei berief eine Pressekonferenz ein. Anders Sylén und der Polizeichef mussten auf die Frage antworten, warum Rander bei so vagen Verdachtsmomenten überhaupt in U-Haft genommen worden war. Sie redeten sich darauf hinaus, dass er nicht als dringend tatverdächtig festgenommen worden sei. Außerdem hätte ihn nicht die Polizei als Schuldigen bezeichnet, sondern die Presse habe zu rasche Schlüsse gezogen. Die restliche Pressekonferenz glitt ins Lächerliche ab. Die ständig wiederkehrende Antwort auf jede Frage lautete, dass man aus ermittlungstechnischen Gründen keine Auskunft geben könne. Außerdem gab man vor, nicht zu wissen, wo Lukas Rander sich im Augenblick aufhalte.

Da sämtliche Journalisten der Pressekonferenz beiwohnten, sah niemand einen Audi mit dunklen Scheiben aus der Tiefgarage des Präsidiums fahren. Die begehrteste Beute des

Landes ging ihnen so durch die Lappen. Lukas Rander wurde fünfzig Kilometer aus der Stadt gefahren, dann war er ein freier Mann.

Drei Tage später tauchte er in der Sendung »Ansichten« im Fernsehen auf und hatte einiges über die Polizei und die Medien zu sagen. Die vierzigtausend Euro Honorar, die er für seinen Auftritt erhielt, kamen ihm sehr gelegen. Einige Tage danach saß er mit einem zufriedenen Lächeln auf den Lippen in einem Flieger in den Süden. Der bekannte Strafverteidiger, den er engagiert hatte, hatte ihm versprochen, ihm zu einer rekordverdächtig großen Schadensersatzsumme zu verhelfen, obwohl er nur eine Woche lang in Untersuchungshaft gesessen hatte.

Auch die Zeitungen würden Post bekommen. Mit etwas Glück würde man sich unter Androhung eines Prozesses auf eine ordentliche Entschädigung einigen, hatte der Anwalt grinsend gemeint.

Lukas Rander konnte sein Glück noch gar nicht fassen.

Hätte im Kalender nicht Juni gestanden, dann wäre Holtz davon überzeugt gewesen, dass der Herbst bereits Einzug gehalten habe. Der eisige Wind ging einem durch Mark und Bein.

Holtz war nicht für Herbstwetter gekleidet.

Einige Boote lagen immer noch an Land, und der Wind ließ die Schutzplanen flattern. Ein Segelboot, das in diesem Sommer sicher nicht mehr zu Wasser gelassen werden würde und in Anbetracht seines Zustands im nächsten wahrscheinlich auch nicht, kam zum Vorschein, als der Wind ein Tau losriss und die Persenning wie wild zu schlagen begann.

Die Absperrung war zwar aufgehoben worden, aber Holtz ging der Ort nicht aus dem Kopf. Er setzte sich auf den grasbewachsenen Hang und versuchte, sich den Mann vorzustellen, der mit einem Gewehr fest im Griff auf der Erde lag.

Er folgte dem Blick des Schützen zum Eingang des Tunnels in der Ferne. Wie hatte er wissen können, dass Peter Konstantino ausgerechnet dort zu diesem Zeitpunkt ein Graffito anbringen wollte?

Die Ermittlung war steckengeblieben, obwohl man alles aufgeboten hatte, um den dreifachen Mord aufzuklären. Die Freilassung von Lukas Rander hatte den Ermittlern die Energie geraubt. Ellen Brandt hatte gemeint, sie hätte sich wie nach einer Bergbesteigung gefühlt, bei der man auf dem Gipfel feststellt, dass es sich gar nicht um den Gipfel handelt, sondern dass dieser erst hinter dem nächsten Tal kommt. Sie sei schon in Nepal gewandert, wisse also, wovon sie spreche.

Die Ermittler befürchteten nicht nur, der Mörder könnte vielleicht für immer untergetaucht sein, sondern auch, dass er einen weiteren Mord verüben könnte. Sie hatten zwar sämtliche Leute auf der von den Örnarna zusammengestellten Liste der einflussreichsten Graffitimaler informiert, die zumindest theoretisch den gemeinsamen Nenner der Opfer darstellten, aber von diesen war niemand an Polizeischutz interessiert. Einige der Graffitimaler wurden zwar bewacht, aber alles andere als ausreichend. Bei den missmutigen Ermittlern regten sich Zweifel, ob die Liste wirklich die entscheidende Gemeinsamkeit bei den Morden war. Es hatte schon unwahrscheinlichere Zufälle gegeben, und deswegen war es nicht undenkbar, dass ein anderer Zusammenhang zwischen den drei Opfern bestand. Alle diesbezüglichen Ermittlungen hatten jedoch in Sackgassen geendet.

Lukas Rander hatte, nachdem er beim Verhör unter Druck gesetzt worden war, schließlich auch gestanden, dass er wusste, wer die drei waren, hatte aber weiterhin darauf beharrt, nichts mit den Morden zu tun zu haben. Außerdem besaß er ein Alibi. Er hatte einen Cousin im Süden des Landes besucht, als Jenny Svensson ermordet worden war. Mehrere Zeugen hatten das bestätigten können.

Zurück auf Start, dachte Holtz.

Die Ermittlungsakten waren inzwischen so umfangreich, dass sie sich kaum noch überblicken ließen, obwohl alles in der Datenbank »Mimers-Brunnen« systematisiert war. Deswegen hatte Adrian Stolt die operative Verantwortung für das Ermittlerteam übernommen, während Knut Sahlén die Arbeit der Datenerfassung, Katalogisierung, Logistik und Analyse leitete.

Sogar die Abendzeitungen schienen das Interesse verloren zu haben. Stattdessen konzentrierten sie sich auf einen Bestechungsskandal bei einer Behörde, die mit der Bewahrung des Kulturerbes befasst war. Promis, Handytests, Sextipps, Diäten und Warnungen vor tödlichen Krankheiten bestimmten wieder die Schlagzeilen.

Holtz erhob sich und umkreiste einige Male die Stelle, an der der Mörder gelegen hatte. Alles deutete darauf hin, dass sie es mit einem Profi zu tun hatten. Nirgends würde es eine Spur geben, das wusste er.

»Wie läuft's?«

Holtz drehte sich um.

»Was?«

»Erinnern Sie sich nicht an mich? Wir haben uns unterhalten, als Sie hier waren und nach Spuren gesucht haben«, sagte der Mann.

Jetzt erkannte Holtz ihn.

»Sie haben doch vermutlich die Zeitung gelesen«, meinte Holtz.

»Ja. Das war ja ein ganz schöner Wirbel, nachdem Sie hier waren, aber das war eigentlich nur gut«, erwiderte der andere.

»Gut?«

»Nachdem alle Polizisten, Neugierigen und Journalisten hier waren, sind keine ungebetenen Gäste mehr gekommen, ich meine Diebe«, sagte der Mann.

»Das ist ja wunderbar.« Holtz versuchte nicht einmal, die Ironie zu verbergen.

»Alles hat auch sein Gutes«, sagte der Mann grinsend und ging.

Da wäre die Mutter von Jenny Svensson sicher anderer Meinung, dachte Holtz.

Die Vernehmungen der Mitglieder des Bootclubs hatten nichts ergeben. Der Club war in der Mordnacht nicht bewacht gewesen. In der Nacht, in der jemand Peter Konstantino eine

Kugel in den Kopf geschossen hatte, hatte niemand etwas Verdächtiges bemerkt.

Während Holtz mit einem Stock im Gras herumstocherte, verspürte er einen zunehmenden Druck auf der Blase. Es ließ sich nicht länger aufschieben. Niemand war beim Bootclub zu sehen. Er blickte sich um, um sich zu vergewissern, dass er allein war. Dann ging er auf die Kiefer bei der kleinen Anhöhe zu und hatte schon den Reißverschluss geöffnet, als eine junge Frau mit einem Kinderwagen hinter einer Biegung auftauchte. Hoffentlich beeilt sie sich, dachte er, schloss den Reißverschluss wieder und bemühte sich, einen unbeschwerten Eindruck zu vermitteln.

Sie ging langsam, sehr langsam.

Meine Güte, jetzt mach mal Tempo, dachte Holtz und sah sich verzweifelt nach einem anderen Platz um. Es gab jedoch nur einen Baum, der sich für seine Zwecke eignete. Die Mutter mit dem Kinderwagen ging vorbei. Sie warf ihm einen misstrauischen Blick zu und beschleunigte ihre Schritte.

Nachdem sie außer Blickweite war, öffnete Holtz den Reißverschluss erneut. Gerade als er zu pinkeln begann, kam ihm eine Idee.

Rasch wandte er sich von dem Baum ab, und der Strahl beschrieb einen weiten Bogen, ehe er ihn mit großer Anstrengung unterdrückte. Ein paar Tropfen trafen auf seine Hose, bevor er seinen Stolz wieder verstaute.

Mit raschen Schritten ging er auf seinen Wagen zu, der ein Stück entfernt auf dem Wendeplatz geparkt war. Mit einem kleinen Spaten und ein paar Plastikgefäßen mit Schraubverschluss kehrte er zu dem Baum zurück und machte sich an die Arbeit.

Pia Levin und Nahid Ghadjar sahen Holtz zweifelnd an.

»Gegen einen Baum?«, sagte Levin.

»Gegen einen Baum?«, sagte Ghadjar.

»Wenn ihr noch länger zusammenbleibt, klingt ihr bald wie Piff und Puff«, meinte Holtz.

»Du meinst wohl die beiden Duponts«, erwiderte Levin.

»Die Duponts?«, wandte Ghadjar ein. »Oder vielleicht eher Bill und Bull?«

»Lasst das jetzt«, sagte Holtz mit einem tiefen Seufzer. Er hatte auf dem Rückweg vom Bootclub Levin angerufen und die beiden ins Labor bestellt.

»Hier«, sagte er und stellte fünf Plastikbecher mit Deckel vor sie auf den Tisch.

»Was ist das?«, wollte Nahid Ghadjar wissen.

»Erde und Rinde, von denen ihr eventuelle DNA-Spuren sichern sollt. Der Täter könnte gegen den Baum gepinkelt haben. Ich meine, er könnte dort sein Wasser abgeschlagen haben.« Er sah Nahid verlegen an.

Levin lächelte ironisch.

»Du meinst also, er hat wie ein Hund sein Revier markiert. So können wirklich nur Männer denken. Wie bist du eigentlich auf diese Idee gekommen?«, fragte sie mit angewiderter Stimme.

»Das fiel mir einfach nur ein«, sagte Holtz und verließ rasch das Zimmer.

Nahid Ghadjar drehte mit ihrer gummibehandschuhten Hand das Rindenstück hin und her. Es war dick und zerfurcht und stammte von einer Kiefer. Sie legte es in den Plastikbehälter zurück und nahm dann die anderen Behälter, schüttelte sie und öffnete sie.

Die braune Erde duftete und erinnerte sie an ihre glückliche Kindheit. Ihr Vater hatte sie, als sie klein gewesen war, jedes Wochenende in den Wald mitgenommen. Ihr Vater und sie in dem stillen, duftenden Wald. Die Erinnerung war intensiv, und sie konnte fast auf der Haut spüren, wie die Sonnenstrahlen durch das Geäst drangen. Die hohen, schönen Bäume, die beharrlich dem Licht entgegenstrebten. Sie hatte in die Baumwipfel gestarrt, bis ihr schwindlig geworden war.

Das war alles lange her. Ihr Vater hatte aufgehört, sie in den Wald mitzunehmen. Sie wusste nicht warum. Hatte sie selbst keine Lust mehr gehabt? Sie erinnerte sich nicht. Ihre Mutter war nie mitgekommen. Sie war Papas Mädchen gewesen, und er hatte sie mit seiner Liebe beinahe erstickt, aber auch mit seinen Anforderungen.

Anforderungen hinsichtlich schulischer Leistungen und Erfolg.

»Woran denkst du?«, fragte Levin.

Nahid Ghadjar kehrte plötzlich in die Gegenwart zurück. Die Erinnerungen lösten sich auf, aber der Geruch von Erde blieb wie eine Mahnung in dem sterilen Labor zurück.

»Ach nichts Besonderes.«

»Das schicken wir ins GFFC. Aber erst haben wir noch einiges zu tun«, sagte Levin.

»Ich habe nicht ganz verstanden, weshalb Holtz glaubt, dass sich ausgerechnet hier Spuren finden könnten?«

»Falls der Mörder lange auf sein Opfer gewartet hat, musste er vielleicht pinkeln, und einer ausgesprochen unwissenschaftlichen Theorie gemäß hat er dann gegen den einzigen Baum gepinkelt, der dort zu finden ist.«

»Aber warum soll er sich an einen Baum gestellt haben?«

»Keine Ahnung. Das muss irgendein Männerding sein, denn ich begreife es nicht.«

Pia Levin öffnete ein neues Dokument an ihrem Computer und schrieb ein paar Zeilen in ein Feld, das dort aufgetaucht war.

»Ich fordere über das Intranet eine DNA-Analyse beim GFFC an«, sagte sie und schrieb den Code K 12 und ein paar andere Angaben in die dafür vorgesehenen Felder. Dann klickte sie auf Senden.

»Was geschieht jetzt?«

»Die Angaben werden vom GFFC nacheinander abgearbeitet. Aber erst einmal müssen Erde und Rinde dort eintreffen.« Nachdem sie auf das entsprechende Symbol geklickt hatte, sprang in einiger Entfernung ein Drucker an.

»Kannst du die Ausdrucke holen?«, fragte sie und deutete mit dem Kopf in die Richtung.

Nahid Ghadjar entfernte sich und kam wenig später mit einem Stapel Papiere zurück.

»Die Mappe des GFFC wird die Proben auf ihrer gesamten Reise begleiten. Jetzt müssen wir die Proben nur noch beschriften und mit den Zetteln, die du geholt hast, abschicken«, sagte Levin.

»Und dann?«

»Die Proben werden in einer speziellen Asservatenkammer beim GFFC verwahrt, wo sie von Experten der Biosektion zur Analyse abgeholt werden. Es kann also recht lange dauern, bis wir Antwort erhalten. Ich weiß nicht, ob dieser Vorgang Priorität hat, das entscheidet das operative Leitungsteam. Außerdem ist es nicht ganz einfach, anhand von Urin die DNA zu bestimmen, da Urin an sich keine DNA enthält.«

»Wie lässt sich denn die DNA aus den Proben isolieren?« Nahid Ghadjar strich sich eine Haarsträhne hinters Ohr.

»Das solltest du mittlerweile eigentlich wissen. Ich erkläre es dir ein andermal, jetzt gehen wir Mittag essen«, sagte Levin und legte die fünf braunen Pakete in den Postkorb.

Er war hochrot im Gesicht. Der Schweiß trat ihm auf die Stirn, und seine Stimme brach. Carl Tordin konnte es nicht fassen. Er bekam kaum noch Luft.

»Freie Wandflächen zum Beschmieren? Sind die jetzt vollkommen übergeschnappt?«

Das oberste Blatt eines Papierstapels wurde vom Stadtwappen geschmückt, aber auch von der verhassten Blume in der rechten oberen Ecke, die alles symbolisierte, was er verachtete. Das dicke Dossier war das Ergebnis einer mehrmonatigen Untersuchung, wie die Schönheit der Stadt zu wahren und zu erhöhen sei. Es sollte in ein paar Tagen auf einer Pressekonferenz vorgestellt werden, aber Carl Tordin war es gelungen, sich ein Exemplar zu beschaffen, obwohl seine politischen Gegner versuchten, ihre Untersuchungen bis zum offiziellen Termin unter Verschluss zu halten.

»Wir geben Unsummen dafür aus, diesen Schmutz zu beseitigen, und jetzt wollen diese Bolschewisten den Tagedieben erlauben, herumzuschmieren und alles kaputtzumachen«, sagte er.

Seine Stimme überschlug sich.

»Wir sollten das Feuer vielleicht erwidern, uns aber nicht ganz so ausdrücken wie du eben«, meinte der Pressesprecher Martin Jörgensen, der Tordins Wutausbrüche gewohnt war.

»Und wie?«

»Ich kann einen Kriminologen auftreiben, der bestätigten wird, dass freie Wandflächen keine Lösung des Graffitiproblems darstellen. Er kann zumindest darauf hinweisen, dass es keine Forschungsergebnisse gibt, die diese These belegen würden«, sagte Jörgensen.

Tordin sah aus seinem Büro hoch oben im Stadshuset über die Stadt und seufzte.

»Tu das. Hauptsache, du lieferst mir ein paar deutliche, schlagkräftige Argumente, die ich den Journalisten auftischen kann, wenn sie sich bei mir melden. Und falls sie sich nicht bei mir melden, dann gib so viele Presseerklärungen ab, dass sie uns nicht ignorieren können. Außerdem möchte ich, dass wir die Ersten sind, die eine Presseerklärung abgeben. Die Ersten bekommen immer am meisten Platz, ist man später dran, wird man immer nur mit anderen zitiert oder totgeschwiegen«, fauchte er.

»Ich kümmere mich drum. Dafür werde ich schließlich bezahlt.« Jörgensen nahm seine Papiere vom Tisch und verließ den grummelnden Tordin.

Einige Stockwerke weiter unten im selben Gebäude saß Lena Thompson. Sie war sich ausnahmsweise etwas unschlüssig. Den Bericht über die Schönheit der Stadt hatte sie eigentlich in ein paar Tagen vorstellen wollen, aber die Graffitimorde, wie sie von den Zeitungen weiterhin genannt wurden, hatten ihre Pläne durchkreuzt. Sie hatte sich mit mehreren befreundeten Journalisten in Verbindung gesetzt und ihnen versprochen, dass sie das Material als Erste bekommen würden. Sie wusste, dass es allen wichtig war, die Ersten zu sein. Zuerst war wichtiger als neu. Ein noch so bedeutungsloser Bericht wurde garantiert als exklusive Nachricht hervorgehoben, wenn ein Journalist dessen Inhalt bereits einen Tag vor der geplanten Veröffentlichung enthüllen durfte. Alle anderen Redaktionen mussten dann mitziehen, um nicht den Anschein zu erwecken, außen vor zu sein.

Lena Thompson beherrschte das Spiel mit den Medien ungewöhnlich gut, und es gelang ihr häufiger als ihren politischen Gegnern, sich Gehör zu verschaffen. Die Graffiti-Initiative war als Köder gedacht, konnte sich aber angesichts der Morde auch nachteilig auswirken. Sie erwog, den Abschnitt, der sich mit der Graffitiproblematik beschäftigte, zu streichen und durch etwas anderes zu ersetzen oder sogar die Veröffentlichung des ganzen Berichtes aufzuschieben.

Graffiti war nicht nur ein Thema, das Journalisten anlockte. Es war auch ein wichtiger Teil des Stadtbildes, eine künstlerische Ausdrucksmöglichkeit, die ihr wichtig war. Außerdem passte es zum jungen, hippen Image, das sich die Partei wünschte.

Lena Thompson beschloss, noch ein paar Tage abzuwarten, wie sich die Dinge entwickelten, und sich dann zu entscheiden.

Obwohl sich die Abendzeitungen immer weniger für die Morde interessierten, waren sie immer noch überall in aller Munde, nicht nur im Präsidium und im Rathaus. In den Leitartikeln wurden die Verbrechen abwechselnd als anstößig und befreiend bezeichnet. Gewisse Journalisten führten die Morde auf eine verfehlte Kriminalpolitik zurück. Der Zusammenbruch des Rechtsstaats habe einen resignierten Mitbürger dazu veranlasst, Selbstjustiz zu üben. Deswegen seien die Morde in ihrer Absurdität ein befreiender Beweis für die Fähigkeit des Einzelnen, ein Problem ohne Belastung der Gesellschaft zu lösen. Andere Meinungsmacher hielten die Morde für die Folge allgemein zunehmender Kriminalität. Die Gewalt sei ein Ausdruck der Unfreiheit des Menschen in einer Gesellschaft, die immer größere Forderungen stelle und den Handlungsspielraum immer weiter einenge.

»Ich begreife wirklich nicht, wie gewisse Leute denken«, sagte Ulf Holtz laut, ließ die Zeitung auf den Fußboden fallen und strich sich über seine unrasierte Wange.

In der gnädigen Beleuchtung des Frühstücksfernsehens gaben sich die Kommentatoren die Klinke in die Hand. Alle glaubten, die Wahrheit gepachtet zu haben, und alle hatten etwas zu den Graffitimorden zu sagen. Die Leserbriefseiten quollen vor Zuschriften entrüsteter Steuerzahler über.

Im Internet schlugen die Diskussionen über die Graffitimorde immer höhere Wogen, und viele der Meinungsmacher, Amateure und Profis, nahmen in ihren Blogs kein Blatt vor den Mund.

Alle Theorien waren vertreten und sämtliche Extreme.

Das Dezernat für Internetkriminalität hatte die Links zu allen Seiten, auf denen die Morde diskutiert wurden, aufgelistet, und ein spezielles Suchprogramm durchforstete sie rund um die Uhr nach Schlüsselwörtern und Urhebern.

»Es ist nur eine Frage der Zeit, bis sich der Mörder an den Diskussionen beteiligt. Wenn er es nicht bereits getan hat«, hatte Jerzy Mrowka gesagt, als ihn Holtz nach dem Nutzen einer derartigen Suche fragte.

In der Kantine des Präsidiums war man sich hinsichtlich der Morde ziemlich einig. Dass die Schmierer eins auf die Finger bekamen, war gut, sie abzuknallen war dann aber doch etwas drastisch.

Einige Wochen nach den Taten waren die Graffitimorde immer noch überall Gesprächsthema. Wenn es dem Mörder um Aufmerksamkeit geht, dann hat er wirklich Erfolg, dachte Holtz.

Das Brummen verstummte, und der Raum füllte sich mit dem Duft sauberer Bettlaken. Omar war glänzender Laune. Einige der unvermieteten Wohnungen im Viertel waren im Rahmen eines EU-finanzierten Arbeitsbeschaffungsprojektes in eine Jugendherberge verwandelt worden. Arbeitslose Migranten sollten die Jugendherberge leiten, und Omar hatte den gutbezahlten Auftrag erhalten, einmal wöchentlich die Bettwäsche und die Handtücher zu waschen, unabhängig davon, ob das nötig war oder nicht. Niemand begriff, warum das Arbeitsamt oder wer auch immer zahlte, denn niemand wohnte in der Jugendherberge, zumindest keine zahlenden Gäste. Aber das kümmerte Omar nicht weiter. Ihn beschäftigten ganz andere Dinge als Arbeitsbeschaffungsmaßnahmen, als Akazia durch die Tür trat.

»Das ist wirklich lange her, ich habe schon geglaubt, es hätte dich erwischt«, meinte Omar.

»Erwischt? Was meinst du damit?«

»Na, bei der Jagd, erwischt eben.«

Er lachte.

»Hör schon auf, verdammt! Ist jemand da?«, fauchte Akazia.

»Hier ist doch immer jemand«, erwiderte Omar, immer noch lachend.

Akazia zog den Perlenvorhang beiseite. Die Stimmung im Raum war träge.

»Ich habe eine Idee«, sagte er, ohne zu grüßen.

Fünf Augenpaare sahen ihn fragend an. Als ihm die beiden Polizisten mitgeteilt hatten, sein Leben sei möglicherweise in Gefahr, war er untergetaucht. Er hatte sich zu diesem Zeitpunkt nichts anmerken lassen, aber die Angst hatte ihm wie ein schwerer Klumpen im Magen gelegen. Einige Tage hielt er sich versteckt, aber dann beschloss er, keine Angst mehr zu haben. Er hatte allerdings trotzdem einige Zeit lang keine Lust, die chemische Reinigung zu besuchen.

Die Polizei war in letzter Zeit ein paar Mal in der Reinigung gewesen, es hatte aber nie Streit gegeben. Es waren schließlich die Stadtteilpolizisten, und die waren sozusagen alte Bekannte, wie eine aus der Gruppe klarstellte. Omar lud die uniformierten Besucher sogar zu einem Tee ein, der so süß war, dass sie lachen mussten und versprachen, nie mehr zurückzukommen.

Nach einigen Tagen war alles wieder beim Alten.

Oder vielleicht nicht ganz.

Niemand malte.

»Ich habe eine Idee«, wiederholte Akazia.

»Was?«, fragte Straycat, die ihre dunkelblaue Kapuze tief in die Stirn gezogen hatte.

»Wir müssen ein Statement abgeben. Niemand soll glauben, dass wir uns so leicht einschüchtern lassen. Und von so einem dahergelaufenen Mörder schon gar nicht.«

Schweigen. Er erwartete, dass jemand etwas sagen würde, aber alle saßen nur stumm da.

»Mit etwas Planung, Einsatz und Glück können wir beweisen, wozu eine Crew fähig ist. Unsere Crew.«

Seine Stimme klang eindringlich. Anschaulich erzählte er, worauf sein Plan hinauslief.

Ein Gefühl breitete sich langsam im Raum aus. Vereinzelt wurde gelächelt, und steife Glieder lockerten sich.

Energie.

Die eben noch so Schweigsamen begannen zu reden, zu scherzen und zu lachen.

Wir gegen die. Akazia peitschte dieses Gefühl auf. Mehrere Stunden später, als alle gegangen waren und Omar abgeschlossen hatte, saß Akazia immer noch auf einem der wackligen Sofas, die sie in den Lagerraum gestellt hatten. Er war aufgekratzt und fühlte sich gleichzeitig ganz leer. Jetzt werden wir es ihnen zeigen, dachte er und schlief dann halb im Sitzen auf dem Sofa ein.

Carl Tordin parkte wie immer auf dem Behindertenparkplatz am Hintereingang des Stadshuset und vergewisserte sich, dass seine Genehmigung auch sichtbar auf dem Armaturenbrett lag. Anschließend lief er im Dauerlauf die Treppen zu seinem Büro hinauf. Ich nehme immer den Hintereingang, damit ich nicht auf eine Menge Idioten stoße, pflegte er jenen zu erklären, die sich so was anhören wollten.

Sein Büro war wie immer sehr aufgeräumt, und im Korridor davor duftete es vielversprechend nach Kaffee.

Einen Kaffee, die Zeitung und dann noch einen Kaffee, dachte er und rief zu seiner Sekretärin ins Vorzimmer hinüber, er sei jetzt da. Fünf Minuten später rief er noch einmal, verärgert. Wo war diese Person? Tordin nahm den dunkelblauen Becher, den er eigenhändig gekauft hatte, und trat demonstrativ lautstark auf den Korridor. Er hatte vor, nur bis Mittag zu bleiben, da er ein paar Tage wegfahren würde und sich vorher ausruhen musste. Als Gruppenleiter eine mehrtägige Übung der Heimwehr durchzuführen war anstrengend, machte aber auch Spaß. Es war eine bedeutungsvolle Aufgabe, das Land vor Feinden zu schützen, daher erfüllte ihn seine Funktion auch mit Stolz.

Es war still.

Kein Mensch war zu sehen.

Eine Sekunde lang überlegte er, ob womöglich Samstag sei und er die Tage durcheinandergebracht hatte, aber dann fiel ihm der Stau ein, in dem er selbst gerade noch gestanden hatte.

Vielleicht eine Brandschutzübung? Er begab sich zur Kochnische, in der die letzten Tropfen zischend durch die Kaffeemaschine liefen. Carl Tordin goss sich erwartungsvoll eine Tasse ein und warf dann einen Blick aus dem Fenster in den Innenhof.

Er war voller Leute.

Verdammt, wirklich eine Brandschutzübung oder eine Bombenalarmübung, dachte er. Dass es wirklich brennen oder sich um einen echten Bombenalarm handeln könnte, kam ihm gar nicht in den Sinn. Die Leute auf dem Hof blickten zu ihm hoch. Sehen sie mich? Er wich reflexartig einen Schritt zurück. Was soll das?, dachte er dann, öffnete das kleine Fenster der Pantry und schaute nach draußen. Die Menge sah immer noch nach oben, aber offenbar nicht auf ihn. Er kippte die unberührte Kaffeetasse in den Ausguss und fuhr mit dem Fahrstuhl ins Erdgeschoss.

Die Buchstaben waren drei Meter hoch. Carl Tordin musste sich bis auf den Wendeplatz für die Busse begeben, um sie lesen zu können. Er legte den Kopf zur Seite. Die Buchstaben waren derart ineinander verflochten, dass man sie fast nicht lesen konnte.

Akazia, was bedeutete das? Und wie war das dort überhaupt hingekommen? Er meinte, wütend aufgeschrien zu haben, aber die Leute neben ihm bezeugten später, dass nur ein Fauchen aus seinem Mund gedrungen war.

Die Stimmung auf dem Platz war im Übrigen recht ausgelassen.

Es begann als Kribbeln, ein fast unmerkliches Stechen im rechten Arm. Ulf Holtz beachtete es nicht weiter und ging zum Mikroskop zurück. Er sah ein paar Sekunden hinein, hob den Blick, dachte nach und schrieb dann ein paar Zeilen auf seinen Block, den er ordentlich neben sich auf den Tisch gelegt hatte. Er rieb sich die Augen und betrachtete die Fasern dann erneut.

Jetzt wurde das Stechen im Arm stärker.

Er richtete sich rasch auf und sah sich mit starrer Miene im Labor um. Er war allein. Das Kribbeln kehrte zurück. Strahlte es wirklich in den Arm aus?

Ihm brach der kalte Schweiß aus. Was war nur los?

Verdammt. Ich hätte mich vom Vertragsarzt gründlich durchchecken lassen sollen, dachte er. Die Besorgnis breitete sich in Windeseile im ganzen Körper aus und setzte sich als dicker, unnachgiebiger Klumpen im Magen fest.

Dann stach es wieder zu.

Holtz ließ sich vom Stuhl gleiten, ging langsam auf die Besucherbank in der Ecke zu und setzte sich. Er wagte es kaum, Luft zu holen oder nachzufühlen.

Ein weiterer Stich in der Brust.

Er zog sein Handy aus der Tasche und hielt es krampfhaft in der Hand.

Wen soll ich anrufen? Wo soll ich anrufen?, überlegte er.

Sollte er nach jemandem rufen? Er kam sich dumm vor und ließ es bleiben.

Sein Puls überschlug sich, er hatte Mühe mit der Atmung.

Ich sterbe. Scheiße. Ich sitze hier und sterbe, dachte er und wählte dann Pia Levins Nummer.

Nach dreimaligem Klingeln war sie dran.

»Ich bin's. Kannst du ins Labor kommen?«

Pia Levin, die Holtz' Stimmungen inzwischen in- und auswendig kannte, merkte, dass etwas nicht in Ordnung war, und rannte die wenigen Meter von ihrem Büro zum Labor.

Ulf Holtz war leichenblass. Er presste die linke Hand an die Brust.

Sie begriff sofort.

»Ich rufe an«, sagte sie und wählte auf ihrem Handy die drei Ziffern. Nach ein paar kurzen Worten im Befehlston unterbrach sie die Verbindung und rief den Empfang an, um anzukündigen, dass ein Krankenwagen unterwegs sei.

Ulf Holtz war voller Angst. Sie sickerte ihm förmlich aus den Poren.

»Ruhig atmen. Sie sind in ein paar Minuten hier.« Pia Levin legte ihm eine Hand auf die Schulter.

Ulf Holtz schloss die Augen.

Weniger als eine Viertelstunde später wurde er in die Notaufnahme geschoben. Man hatte ihn mit einer gelben Decke zugedeckt und ihm eine Sauerstoffmaske aufgesetzt. Levin rannte hinter den beiden Sanitätern her, die die Trage schoben.

Ein Ärzteteam nahm sie in Empfang. Eine Tür glitt auf, und die Trage verschwand in den Korridoren der Notaufnahme.

Pia Levin blieb zurück.

Scheiße, Scheiße, Scheiße, dachte sie. Er darf jetzt nicht den Löffel abgeben, er darf nicht sterben.

Plötzlich nahm sie die Krankenhausgerüche wahr. Sie verzog das Gesicht, verließ das Gebäude und nahm auf einer

Bank neben einem Mann Platz, der direkt unter einem Rauchverbotsschild rauchte. Von dem Geruch wurde ihr übel, sie hatte jedoch nicht die Kraft, Streit anzufangen.

Nach ein paar Minuten ging sie zurück ins Krankenhaus, hinterlegte ihren Namen und ihre Handynummer beim Empfang und bat um einen Anruf des behandelnden Arztes. Dann ging sie wieder nach draußen.

Der Mann von der Bank war gegangen.

Sie setzte sich, rief Eva Holtz an und erklärte ihr, was vorgefallen war. Eva versprach, so rasch wie möglich zu kommen. Sie wollte versuchen, ihre Schwester zu erreichen.

Pia Levin blieb lange auf der Bank sitzen. Offenbar ein ungewöhnlich ruhiger Tag, dachte sie. Das große Krankenhausgelände mit den imposanten Gebäuden lag still und gleichsam unberührt von den Dramen, die sich hinter den Mauern abspielten, da. Menschen litten, starben, wurden geboren und überlebten.

Pia Levins Überlegungen wurden von einem Pfeifen ihres Handys unterbrochen. Sie nahm sich zusammen und machte sich auf das Schlimmste gefasst.

»Pia Levin«, antwortete sie. »Ulf Holtz, ja. Wie bitte? Stimmt das? Ach so, danke.« Sie legte auf.

Er ist wirklich ein Vollbluthypochonder, dachte sie, betrat lächelnd wieder das Gebäude und rief gleichzeitig Eva Holtz an, um Entwarnung zu geben.

Holtz war skeptisch.

»Wenn dieser Strohhalm, an den wir uns klammern, untergeht, dann bleibt uns rein gar nichts«, sagte er, legte die Hände vor dem Gesicht aneinander und klopfte sich mit den Fingerspitzen ans Kinn. Er blickte nach oben an die Wand und betrachtete dort die Abbildung jener zwei Teile, die beim Schuss am Tunnel aus der Mündung der Waffe geflogen waren und die er im Gras gefunden hatte. Ohne Erfolg hatte er nach dem dritten Teil der Ummantelung gesucht. Die Kugel hatte ebenfalls nicht sichergestellt werden können. Wahrscheinlich hatte sie den Kopf des Opfers durchschlagen und war dann an der Felswand zerschellt, oder sie hatte auf ihrem todbringenden Weg durch Schädelknochen und Gehirn ihre Richtung geändert. In diesem Fall lag sie unter der Autobahn im mehrere Meter tiefen Wasser oder sonst wo.

Das GFFC hatte die beiden Plastikteile genauestens untersucht. Auf dem einen fand sich eine Spur, aber in so geringer Menge, dass sich die Biologen nicht darangewagt hatten. Es konnte sich um ein paar wenige menschliche Zellen handeln, die noch intakt waren, obwohl sie mit dem Pulver in Berührung gekommen waren, das das Projektil durch den Lauf des Gewehrs geschickt hatte. Keiner der Experten des GFFC hielt das eigentlich für möglich, aber niemanden erstaunten die raschen Fortschritte auf diesem Gebiet. Manchmal hatte es den Anschein, als hätte es die forensische Wissenschaft zu eilig, als würden die Experten den Erkenntnissen hinterherhecheln, statt an der Spitze der Entwicklung zu stehen.

Holtz' Gedanken schweiften ab, wandten sich dann aber rasch wieder dem Problem der Ummantelung zu.

Ein einziger Fehler der Biologen des GFFC, und die Spur war zerstört. Der Strohhalm war das Nationale Forensische Labor in Großbritannien.

»Es ist weltführend, aber wenn es auch dort nicht gelingt, irgendwelche Spuren zu sichern, dann ist es zu spät, noch etwas zu bereuen«, sagte er zu Nahid Ghadjar, die fasziniert die vergrößerten Fotos ansah.

»Die könnte ich mir glatt an die Wand hängen«, sagte sie in Gedanken.

»An die Wand?«

»Wenn ich nicht wüsste, was sie darstellen, würde ich sie für künstlerische Fotografien halten.«

Ulf Holtz betrachtete die Fotos mit schräg gelegtem Kopf.

»Ja. Wieso eigentlich nicht. Jetzt, wo du es sagst. Was macht übrigens die Hausaufgabe?«

»Hat sie dir davon erzählt?«

»Ja. Morgen früh wird abgefragt, habe ich mir sagen lassen. Offenbar gibt es ein belegtes Brot zu gewinnen.«

»Ja. Aber nachdem ich so viele Jahre die Schulbank gedrückt habe, kenne ich mich mit DNA ganz gut aus. Heute Abend werde ich aber noch mal richtig büffeln«, sagte sie. »Außerdem habe ich ja nur die eine Chance.«

»Wie meinst du das?«

»Mein Praktikum ist morgen zu Ende.«

»Das wusste ich nicht. Was machst du dann?«

Holtz merkte, dass sie ihm schon jetzt zu fehlen begann.

Sie strich sich ihr dunkles Haar hinter die Ohren zurück und rückte die Brille zurecht.

Erst jetzt bemerkte Holtz, dass sie blaue Augen hatte.

»Weiß nicht. Verspätete Sommerferien vielleicht«, erwiderte sie lächelnd, hüpfte von ihrem Hocker und verließ Holtz.

Es muss wohl England sein, dachte er.

Der Windschutz aus weißlasierten Kiefernbrettern hielt den schlimmsten Wind ab, aber eine der kleinen Kiefern war trotzdem zu schwach gewesen und lag auf die Erde gebeugt da. Ulf Holtz bog das Bäumchen vorsichtig zurück, aber es war, als hätte es die Kraft verlassen. Als er es losließ, sank es wieder zu Boden. Er überlegte, ob er das Pflänzlein liegenlassen oder in eine bereits vorbereitete Holzkiste umpflanzen sollte, konnte sich jedoch nicht entscheiden.

Musik drang aus dem Haus. Er meinte, ein Geräusch zu hören, das nicht in die Melodie gehörte. Die Klingel? Holtz warf einen weiteren bekümmerten Blick auf die jämmerliche Kiefer und ging dann ins Haus, um nachzusehen. Es konnten doch wohl kaum die Mädchen sein? Er dachte an sie immer als Pärchen, obwohl sie nicht mehr so unzertrennlich waren wie noch in jüngeren Jahren. Nahid Ghadjar trug ein einfaches weißes Kleid und darüber eine dunkelgrüne Wolljacke, auf die ihr dunkles Haar offen herabfiel.

»Störe ich?«

»Öh, nein … Komm rein.«

Holtz stolperte rückwärts in die Diele, um sie eintreten zu lassen.

»Ich war zufällig in der Gegend und dachte …«

»Zufällig in der Gegend?«

»Na ja, zufällig ist vielleicht etwas übertrieben. Je nachdem, ob man zweimal Umsteigen mit dem Bus und eine Fahrt mit der U-Bahn als zufällig bezeichnen kann«, meinte sie und lächelte unsicher.

Holtz wusste nicht recht, was er von dieser Antwort halten sollte.

»Bist du allein? Ist Pia nicht bei dir, meine ich?«

»Nein, ich bin allein«, erwiderte sie und ging ohne weitere Umstände an ihm vorbei ins Wohnzimmer.

Dieses Mal versuchte sie gar nicht erst, sich die Schuhe auszuziehen.

Holtz folgte ihr zögernd.

»Was ist das für eine Baumart?« Sie deutete auf einen dunkel glasierten Blumentopf, der in majestätischer Einsamkeit auf einem Schränkchen aus hellem Birkenholz thronte. Der kleine Baum wurde von einem Halogenspot an der Decke angestrahlt.

»Japanischer Ahorn«, sagte er.

»Ist das ein Zwergbäumchen?«

»Das ist ein Bonsai.«

»Die sind kostbar, nicht wahr?«

»Eigentlich nicht, nur mir sind sie lieb und teuer. Ich habe sie selbst gezüchtet und beschnitten«, erwiderte er.

»Wie macht man das?«, fragte sie amüsiert und interessiert gleichzeitig.

»Man beschneidet sowohl die Wurzeln als auch die Zweige. Und dann muss man den Baum auch noch bezwingen.«

»Bezwingen?«

»Mit Kupferdraht. Das ist das Einfachste. Aber … was führt dich eigentlich hierher?«

»Also … ich frage mich, ob du mir vielleicht helfen könntest.«

»Womit?«

»Mit der DNA. Kannst du mir das vielleicht noch mal erklären?«, bat sie.

»Hast du nicht gesagt, du wüsstest Bescheid?«

»Das entsprach nicht ganz der Wahrheit.«

»Du weißt, dass das nur ein Scherz war? Ich meine, das mit dem Abfragen?«, sagte Holtz.

»Ja … Aber man sollte das trotzdem können, und es ist schwierig, ich habe das nicht richtig verstanden, obwohl ich Biologie studiert habe, und es würde mich freuen, wenn ich vor ihr brillieren könnte.«

Holtz antwortete nicht. Er sah sie lange an.

Nahid Ghadjar schien das Schweigen nichts auszumachen. Sie wandte ihre Aufmerksamkeit wieder dem Baum zu.

»Ich mag Bäume auch«, sagte sie. »Aber unser Verhältnis zu ihnen hat auch etwas Trauriges.«

»Wie meinst du das?«

»Wenn man sich vorstellt, dass man in wenigen Minuten einen Baum umsägen kann, der jahrzehntelang langsam, langsam gen Himmel gestrebt ist. Einen Jahresring nach dem anderen, jahraus, jahrein, und dann, ritsch, ratsch, sägt ihn jemand um. Tragisch.«

»Wir gehen raus, da gibt es eine windgeschützte Ecke«, sagte Holtz.

Sie setzten sich an den Holztisch, Holtz erhob sich aber sofort wieder und ging zurück ins Haus. Nahid Ghadjar sah ihm hinterher. Als er wieder nach draußen kam, hatte er ein großes weißes Blatt Papier in der einen und eine Dose mit Farbstiften in der anderen Hand.

Er setzte sich, zog den Stuhl näher an sie heran und legte das Papier zwischen sie auf den Tisch. Dann strich er langsam eine unsichtbare Falte mit der Hand glatt.

»DNA«, sagte er dann. »Desoxyribonukleinsäure ist die chemische Bezeichnung unserer Erbmasse, der Träger unserer Gene. Die DNA jedes Individuums zeichnet sich, eineiige Zwillinge einmal ausgenommen, durch ihre einmalige Genzusammensetzung aus. In jeder Zelle findet sich der Code, der genetische Code.«

»Also das DNA-Profil?«, fragte Nahid Ghadjar.

»Immer langsam. Dazu kommen wir noch.« Holtz begann, auf das Papier zu zeichnen. »Zweifellos handelt es sich bei der DNA-Analyse um den bedeutendsten kriminaltechnischen Fortschritt seit der vor über hundert Jahren begonnenen Sicherung von Fingerabdrücken. Wir benutzen diese Technik seit etwa zwanzig Jahren.«

Holtz skizzierte und erzählte, langsam und umständlich. Er verlor sich bald in einem langen Vortrag über die Geschichte der DNA-Technik, und Nahid Ghadjar genoss jede Sekunde, obwohl der Abend immer kühler wurde. Holtz erklärte ihr, wie alles mit der Idee eines britischen Wissenschaftlers begonnen hatte, DNA-Analysen zur Aufklärung von Verbrechen zu verwenden. Anfänglich waren noch große Mengen Blut oder Sperma nötig gewesen, da man großer Mengen DNA für eine Analyse bedurfte.

»Aber das war damals. Heute kann man die DNA eines Menschen mit Hilfe extrem kleiner Blutmengen bestimmen oder aus geringsten Spermaresten, Follikeln und Haut. Ja, aus fast allem, was ein Lebewesen irgendwo zurücklässt. Sogar aus Urin, Schweiß und Speichel, obwohl diese Substanzen eigentlich keine eigene DNA enthalten, sondern nur Spuren von Zellen. Man muss nach Unterschieden, sogenannten Markern im DNA-Kern der Zelle suchen.«

Nahid Ghadjar machte sich ab und zu auf ihrem Block Notizen.

»Und was fängt man dann mit diesen Markern an?«

»Man kopiert sie«, antwortete Holtz. »Wir verwenden dazu die PCR-Methode, die darauf hinausläuft, kurze DNA-Fragmente bis zu einer Million mal zu kopieren, indem man die natürliche Vervielfältigung unserer Erbmasse imitiert, die im Körper bei der Zellteilung erfolgt.«

Ghadjar nickte.

»Wurde das nicht mit dem Nobelpreis prämiert? Polymerase Chain Reaction«, sagte sie stolz und mit einem siegessicheren Lächeln auf den Lippen.

»Doch, stimmt.« Holtz applaudierte leise.

Er hielt inne.

»Aber jetzt bräuchten wir etwas zu knabbern, oder? Wir gehen rein, es wird langsam kalt.«

Nachdem sie in die Wärme des Hauses gegangen waren, ließ er Ghadjar im Wohnzimmer allein, um in der Küche nach etwas Essbarem zu suchen. Er hatte schon einige Tage nicht mehr eingekauft. Ein einsamer Roquefort hielt noch die Stellung in einem im Übrigen leeren Kühlschrank. Er legte ihn auf ein Brett und nahm dann eine Packung dünner Pfefferkuchen aus dem Schrank, die noch von Weihnachten übrig war.

»Ich habe mir sagen lassen, dass das essbar sein soll, auch wenn es im ersten Moment etwas absonderlich wirkt«, meinte er, als er zu Nahid zurückkehrte.

Sie zog die Nase kraus.

»Ist das dein Ernst?«, fragte sie mit vielsagendem Blick auf das Tablett.

»Einen Versuch ist es wert, oder?«

»Du wolltest mir noch erzählen, was eigentlich ein DNA-Profil ist.« Sie schnitt ein Stück von dem Käse ab, roch daran, zuckte mit den Achseln und steckte es in den Mund. Danach nahm sie einen der Pfefferkuchen. Sie wirkte erstaunt.

»Wirklich lecker.«

»Gut. Also, man könnte sagen, dass es sich bei dem Profil um eine Zahlenkombination handelt, die die Länge der Fragmente, von denen ich gesprochen habe, angibt. Es handelt sich um DNA-Stücke, die keine Funktion erfüllen, die auch als Ausschuss-DNA bezeichnet werden. Sie sagen nichts über die Eigenschaften eines Menschen aus. Man kann sagen, dass dieses Profil eine Zahl ist, die sich ein Leben lang unverändert in den Zellen aller Menschen findet«, sagte er.

Er berichtete weiter über die Schwierigkeiten der DNA-Technik.

»Wie sicher ist das Ganze? Also als Beweis?«, unterbrach ihn Nahid nach einer Weile.

»Wenn man eine nicht verunreinigte Probe hat und es ergibt sich eine Übereinstimmung, dann kann man mit Gewissheit sagen, dass die DNA vom Beklagten stammt, wie wir das ausdrücken. Aber dann sieht man von der Möglichkeit ab, dass die DNA auch von einem nahen Verwandten stammen könnte«, sagte er.

»Gibt es noch andere Methoden?«

Nahid Ghadjar streckte ihre Hand nach einem weiteren Stück Käse aus.

»Ja, das schon, aber vielleicht reicht es ja für heute?«, sagte Ulf Holtz und verbarg ein Gähnen hinter der Hand.

Ghadjar nickte und sah auf die Uhr.

»O je! Schon elf. Ich muss gehen.«

Nahid half Holtz, die Reste der kleinen Mahlzeit abzuräumen. Dann bat sie um ein Glas Wasser. Sie stand in der Tür und trank durstig.

»Danke, das war sehr interessant. Die Prüfung wird sicher ein Kinderspiel«, sagte sie und lachte.

Holtz lächelte.

»Denk nur daran, dass eine DNA nie verrät, wer ein Verbrechen begangen hat. Sie zeigt nur, wer eine Spur hinterlassen hat. Schuld oder Unschuld zu beweisen ist etwas ganz anderes«, meinte er, als sie schon auf dem Weg durch die Haustür war.

Sie nickte, lief leichtfüßig die Treppenstufen zur Straße hinunter und verschwand in Richtung U-Bahn.

Holtz blickte ihr lange hinterher.

Pär Jensen war erleichtert, als er sich an die Mauer lehnte und die Hände an den sonnenwarmen Beton drückte. Seine Waden schmerzten, und er verspürte ein Ziehen am Schienbein. Er war lange nicht mehr gejoggt und keinen Asphalt gewohnt. Er presste die Ferse auf den Boden, um die Wade zu dehnen.

Sein Puls beruhigte sich, und er beschloss, auch noch das letzte Stück nach Hause zu joggen. Als er sich seinem Haus näherte, sah er eine ihm mittlerweile recht vertraute Person an einem grauen Verteilerkasten neben seiner Haustür lehnen.

Pär Jensen verlangsamte sein Tempo und lief misstrauisch zu seinem ungebetenen Gast.

»Was gibt es denn jetzt schon wieder?«

»Ich würde mich gerne mit Ihnen unterhalten und noch ein paar offene Fragen klären. Haben Sie Zeit?«, fragte Ulf Holtz in seinem diplomatischsten Tonfall.

»Na, kommen Sie rein«, sagte Jensen und ging vor ihm die Treppe hoch. Das angenehme Gefühl, das das Joggen erzeugt hatte, war wie weggeblasen.

In der Diele herrschte das gleiche Dämmerlicht wie bei Holtz' letztem Besuch. Mehrere dunkle Jacken schienen das wenige Licht zu absorbieren, das hierherdrang. Pär Jensen ging direkt in die winzige Küche und drehte den Kaltwasserhahn auf. Er ließ es lange laufen, füllte dann ein Glas und trank mit großen Schlucken. Holtz stand in der Tür und wartete vergeblich darauf, dass Jensen ihm einen Stuhl anbieten würde.

»Ich dachte, ich sei mit der Polizei fertig.« Jensen wischte sich mit dem Handrücken den Mund ab.

Holtz trat über die Schwelle, zog einen der beiden Küchenstühle zu sich heran und setzte sich.

»Ich würde gerne noch ein paar Kleinigkeiten mit Ihnen besprechen.«

Pär Jensen nahm ihm gegenüber Platz und legte seine Hände auf die gelbkarierte Tischdecke. Er roch nach Schweiß. Nicht ungewaschen, nur nach Schweiß.

»Wieso haben Sie nicht gesagt, dass Sie die drei Ermordeten kannten? Sie standen, wie Sie sicher wissen, auf Ihrer Liste«, sagte Holtz.

Es dauerte einige Sekunden, bis Jensen antwortete. Er schien nach den richtigen Worten, nach einer Erklärung zu suchen.

»Ich wollte mich nicht in was reinziehen lassen, und außerdem habe ich gedacht, dass Lukas Rander vielleicht was mit der Sache zu tun hat und …«, antwortete er.

»Warum haben Sie das nicht erzählt?«, beharrte Holtz.

»Es war nur eine Frage der Zeit, bis Sie selbst drauf kommen würden … Außerdem hat sich ja herausgestellt, dass er unschuldig ist, oder?«

»Zumindest, was die Morde betrifft. Aber was glauben Sie?«

»In Bezug auf was?«, wollte Jensen wissen.

»Auf die Liste. Ist das nur ein Zufall? Oder hat sie etwas mit den Morden zu tun?«

»Tja, eigentlich glaube ich ja nicht an Zufälle. Aber wenn er es nicht war, dann müsste ja ich es gewesen sein. Also wenn alles mit der Liste zusammenhängt. Und ich bin unschuldig.«

»Hm… Ihr Alibi scheint wirklich wasserdicht zu sein.« Holtz sah Jensen durchdringend an.

»Sie meinen, wenn jetzt nicht der ganze Chor für mich gelogen hat?«

»Es gibt sonst niemanden, der die Liste einsehen konnte. Sind Sie sich da ganz sicher?«

»Ich kann Ihnen garantieren, dass ich eingehend darüber nachgedacht habe. Ich habe nächtelang wachgelegen, aber außer Rander und mir ist mir niemand eingefallen, der Zugriff auf die ganze Liste gehabt hätte. Aber ganz sicher kann man sich natürlich nicht sein«, antwortete er und stand auf, um deutlich zu machen, dass das Gespräch jetzt beendet war.

Auch Holtz erhob sich und begab sich in die Diele.

»Die Fotografin, Jenny Svensson, warum stand die auf der Liste?«, fragte Holtz noch, als er gerade gehen wollte.

»Ich wusste nicht, wie sie heißt. Ich habe sie auch in den Zeitungen nicht wiedererkannt. Erst als Sie angefangen haben, nach ihr zu fragen, kam mir der Verdacht, dass sie das sein könnte. Ich war mir jedoch nie sicher. Auf den Bildern in den Zeitungen sah sie ganz anders aus«, sagte er.

»Aber was hatte sie auf der Liste zu suchen?«

»Das war Randers Idee. Er war der Ansicht, dass sich diejenigen, die diese Schmierereien verherrlichen, auch schuldig machen.«

»Verherrlichen? Finden Sie das wirklich? Es hat sich verdammt noch mal um eine Examensarbeit gehandelt«, erwiderte Holtz plötzlich jähzornig, öffnete die Tür und verließ Pär Jensens düstere Wohnung.

Ein Tropfen schmutziges Regenwasser war langsam an der Scheibe heruntergelaufen und hatte eine Spur hinterlassen.

Holtz folgte der Spur mit dem Blick, bis sie sich auflöste. Er setzte sich auf den Sessel in der Ecke und versuchte, sich zu konzentrieren. Das gelang ihm nicht sonderlich gut. Er fühlte sich wie jenes eine Mal, als er mit seinen Kollegen an einer Jagd teilgenommen hatte. Ewiges Warten und eine unerträgliche Spannung. Das hatte ihm nicht gefallen. Die Anspannung war so groß gewesen, dass er anschließend mehrere Nächte nicht hatte schlafen können. Außerdem war der Elch qualvoll verendet, da ihn einer der Topleute vom Dezernat für Wirtschaftsstrafsachen im Hinterlauf erwischt hatte. Etliche Stunden später hatten die Waidmänner ihn mit nachschleifendem Bein gefunden. Auf Holtz hatte er einen vollkommen verängstigten Eindruck gemacht.

Der Zeiger rückte gnadenlos weiter. Wenn der Anruf um sechs Uhr immer noch nicht gekommen war, dann würde er sich auf ein langes, enervierendes Warten gefasst machen müssen.

»Ruf schon an.«

Ulf Holtz, der sonst die Ruhe in Person war, versuchte mit reiner Willenskraft, das Telefon zum Klingeln zu bringen.

Um fünf Uhr begann im Labor in England das Wochenende. Er hatte das vage Versprechen erhalten, dass die Ergebnisse, auf die er warte, bald zur Verfügung stünden. Das Labor war zwar rund um die Uhr und an allen Tagen der Woche in Betrieb, aber nur ganz wichtige Fälle wurden am Wochenende bearbeitet. Mehrere Hundert Laboranten, Toxikologen, DNA-Analytiker und andere forensische Experten legten wie die meisten Menschen am Samstag und Sonntag eine wohlverdiente Ruhepause ein.

Ein paar Morde in Schweden würden die britischen Profis nicht dazu veranlassen, Überstunden zu machen, das wussten Ulf Holtz und Pia Levin.

»Wie spät ist es dort eigentlich?«, fragte Levin zum vierten Mal innerhalb einer halben Stunde.

»Sie liegen eine Stunde zurück«, antwortete Holtz.

»Vor oder zurück? Zeiger vor oder zurück? Es ist immer schwierig zu wissen, in welche Richtung man den Zeiger drehen soll. Mir scheint das für diese Logik zuständige Gen zu fehlen«, meinte Levin.

»Das ist nicht das einzige Gen, das dir fehlt.«

»Wie meinst du das?«

Sie betrachtete ihn forschend, als wollte sie herausfinden, ob er scherzte.

»Findest du, dass mir mehrere Gene fehlen? Welche denn, wenn ich fragen darf?«

»Das Demutsgen und das Vorsichtsgen«, sagte Holtz lächelnd.

Levin ging nicht darauf ein.

»Aber dreht man jetzt bei Sommerzeit den Zeiger vor oder zurück? Ich kann es mir nie merken«, fragte Levin.

»*Spring forward, fall back.*«

»Bitte?«

»*Spring forward, fall back*«, wiederholte Holtz.

»Falls hier jemand seine Gene überprüfen sollte, dann bist du das. Was soll das jetzt schon wieder heißen?«

»Das habe ich in England gelernt. Ist allerdings schon länger her. Seither weiß ich immer, in welche Richtung ich den Zeiger drehen muss. Im Frühling, *spring*, wird der Zeiger nach vorne gedreht, im Herbst, *fall*, zurück. Springe voraus, falle zurück. Verstehst du?«

»Im Ernst? Und wo ist da bitte die Logik? Man kann doch wohl auch rückwärts springen und vornüber fallen? *Spring* hat doch wohl nichts mit springen zu tun, wenn man es übersetzt. Außerdem kann das in England überhaupt nicht funktionieren, dort heißt es nicht *fall*, sondern *autumn*«, wandte sie verärgert ein.

»Bei mir klappt es jedenfalls. Ich habe eigentlich nie weiter darüber nachgedacht.«

Holtz starrte zum Fenster hinaus in den Regen.

»Wie hat Nahid abgeschnitten? Hast du eine Prüfung veranstaltet?«

»Sie ist nicht erschienen«, sagte Levin.

»Nicht?«

»Nein. Ist das nicht komisch? Ich hatte eigentlich eine Abschiedstorte kaufen wollen, aber ich weiß nicht, wo sie ist, und auf ihrem Handy erreiche ich sie auch nicht.«

Holtz hatte ihr nicht erzählt, dass ihn Nahid am Vorabend aufgesucht hatte. Er wusste nicht warum, aber er wollte das für sich behalten.

»Merkwürdig«, sagte er nur.

Levin rutschte verärgert auf dem Stuhl hin und her.

»Aber wie spät ist es denn jetzt in England?«, fragte sie.

Genau da klingelte das Telefon.

Sie starrten sich an.

»Geh schon dran!« Es hielt Levin nicht mehr auf ihrem Stuhl, sie sprang auf und warf Holtz einen auffordernden Blick zu.

Holtz griff zum Hörer. Er spürte, wie sich seine Nackenmuskeln entspannten. Er meldete sich in neutralem Tonfall.

Das Gespräch dauerte einige Minuten.

»Wir haben vielleicht ein Profil. Aber sie wollen sich noch beim GFFC rückversichern, bevor sie uns einen endgültigen Bescheid erteilen«, sagte er, nachdem er aufgelegt hatte.

»Immerhin etwas, oder?«, meinte sie aufgeregt.

»Mal sehen, was das GFFC darüber sagt«, sagte Holtz enttäuscht und griff wieder zum Hörer.

Er sprach nacheinander mit dem Ermittlerteam, dem Bereitschaftsdienst des GFFC, der Pizzeria, die sich eines Steinofens rühmte, und dem Empfang, der das Essen entgegennehmen sollte.

»Wir essen noch was, ehe wir Feierabend machen. Danach heißt es wieder abwarten«, sagte er.

Der Ast sauste mit solcher Geschwindigkeit auf Ulf Holtz zu, dass er ihn nicht sah. Er traf ihn wie ein Peitschenhieb.

»Verdammt! Können sich Leute wie du im Wald nicht benehmen?«

Bo Såtenäs drehte sich mit einem breiten Grinsen um.

»Stell dich nicht so an, wir sind gleich da.«

»Das hat wirklich weh getan.«

Holtz hörte selbst, dass er wie ein Fünfjähriger klang. Er strich sich mit dem Handrücken über die Wange. Ein roter Fleck blieb darauf zurück. Verdammt, kann man nicht mal in den Wald gehen, ohne dass es zu Blutvergießen kommt, dachte er.

»Ist es nicht gefährlich, wenn man Erde und so was in offene Wunden bekommt?«

»Das ist dein Fachgebiet, nicht meines«, sagte Såtenäs, dieses Mal, ohne sich umzudrehen. Der große und unförmige Rucksack, den er auf dem Rücken trug, schien ihn nicht weiter zu bekümmern. Zügig ging er durch den Wald.

»Wann sind wir endlich da?«

Wie ein Fünfjähriger.

»Jetzt!«

Die Lichtung am See war nicht groß.

Die Stille und die Aussicht raubten Holtz den Atem.

»Na?«, fragte Bo Såtenäs.

»Nicht gerade das Sheraton, aber ganz okay«, sagte Holtz und strahlte.

Sie räumten Äste und Unrat beiseite, die jemand liegengelassen hatte, und ließen sich auf dem Hang zum See nieder.

»Nett, dass du mitgekommen bist«, sagte Såtenäs.

»Hatte ich eine Wahl?«

»Man hat immer eine Wahl im Leben. Du wolltest mich treffen, und ich hatte vor, das Wochenende im Wald zu verbringen. Du konntest es dir aussuchen.«

Holtz nickte, legte sich dann auf die Erde, verschränkte die Arme hinter dem Kopf und schloss die Augen. Der Wald, der Wind und die Gerüche machten ihn müde.

»Schlaf eine Runde, dann kümmere ich mich um das Lager«, sagte Såtenäs.

Holtz holte tief Luft und spürte, wie ihm die untergehende Sonne das Gesicht wärmte. Die Konturen seiner Gedanken lösten sich auf.

Er erwachte plötzlich. Es hatte zu dämmern begonnen. Er war allein.

Der Wald, der vorher so einladend gewirkt hatte, hatte sich verändert. Es war plötzlich kalt. Holtz setzte sich auf.

»Bosse!« Er erkannte seine eigene Stimme nicht wieder.

Stieg ihm der Geruch von Feuer in die Nase?

»Bosse!«, rief er erneut, während er sich mühselig und schlaftrunken erhob. Es pochte in seinen Schläfen. Seine Atmung beschleunigte sich. Der Rauchgeruch war jetzt noch deutlicher. Er sah sich im Halbdunkel um, und sein eigenes Unbehagen überraschte ihn.

»Hallo!«

Die vertraute Stimme ertönte hinter ihm.

»Ich habe mich schon gefragt, ob du gleich die ganze Nacht schläfst.«

»Warum hast du mich nicht geweckt?« Holtz' Stimme

klang vorwurfsvoller als beabsichtigt. Beschämt schüttelte er die Gedanken ab, die er gerade gehabt hatte. Erwachsene Männer hatten keine Angst vor der Dunkelheit.

»Ich hatte den Eindruck, dass du etwas Ruhe gebrauchen könntest. Komm, schau mal.«

Sein Unbehagen schwand allmählich, und er spürte, wie sich sein Gemüt aufhellte, während er seinem grüngekleideten Freund einen Pfad entlang folgte.

Das Lager war perfekt. Wie im Film, dachte Holtz, als Såtenäs vor ihm stehen blieb und den Arm ausstreckte.

»Ich habe uns einen neuen Platz gesucht. Hier ist es besser«, sagte Såtenäs.

Zwei dicke Baumstämme, auf denen man sitzen konnte, lagen vor einem prasselnden Feuer. Ab und zu stoben Funken auf und verloschen zischend auf dem Moos, das das Lagerfeuer umgab. An einem Stock hing ein verbeulter Wasserkessel über dem Feuer, und auf einem Gitter lagen zwei dicke Lachskoteletts.

»Siehst du diese einzelne Birke, die jeden Moment in den See zu kippen droht?«

Holtz nickte.

»Schau mal nach, was unter dem Stamm im Wasser liegt.«

Holtz rutschte den Abhang hinunter und ging zum Wasser. Ein dünnes Seil war am Stamm festgebunden. Er zog daran. Es schien festzusitzen, aber schließlich gab es nach. Ein Einkaufsnetz mit braunen Glasflaschen kam langsam an die Oberfläche.

Unschlagbar, dachte Holtz. Er nahm zwei Flaschen aus dem Netz und kehrte zum Lagerfeuer zurück.

Während Såtenäs das Essen auftischte, saß Holtz daneben und sah ihm zu. Die Wärme des Feuers und der Duft des gegrillten Lachses, der mit etwas Olivenöl, Körnchen groben

Salzes und getrocknetem Thymian mariniert worden war, ließen ihn beinahe schwindeln.

Nachdem sie gegessen und noch einige Male unten am Wasser Flaschen geholt hatten, hielt Holtz den richtigen Zeitpunkt für gekommen, das Thema anzuschneiden, dessentwegen er gekommen war.

»Du erinnerst dich doch, worüber wir letztes Mal gesprochen haben?«

»Ich glaube, über Scharfschützen«, erwiderte Såtenäs, als hätte er die Frage erwartet.

»Man könnte sich doch vorstellen, dass unser Mörder, falls es sich dabei wirklich nur um eine Person handelt, Angehöriger der Armee ist«, sagte Holtz.

»Warum?«, fragte Såtenäs. Seine Augen wurden schmaler.

»Ein einziger tödlicher Schuss aus sehr großer Entfernung. Dann verschwindet er spurlos nach zwei Morden. Das deutet darauf hin, dass er weiß, was er tut, und dass er sich auskennt.«

Såtenäs überlegte eine Weile und wand sich dabei.

»Es ist durchaus vorstellbar, dass es sich um einen Angehörigen des Militärs handelt. Aber ist dir bewusst, wie viele Soldaten mit einer Spezialausbildung es hier im Land gibt? Hinzu kommen dann noch alle, die nach dem Zusammenbruch Jugoslawiens hierhergekommen sind und aus anderen Teilen der Welt, nicht zuletzt aus der ehemaligen Sowjetunion. Kompetente Mörder sind keine Mangelware.«

Holtz fühlte seine Zuversicht schwinden. Daran hatte er nicht gedacht. Ein Europa voller Mörder.

»Das schon, aber darunter kann es doch eigentlich nicht so viele geben, die der Ansicht sind, dass ausgerechnet Graffitimaler der Abschaum dieser Welt sind und ausgerottet werden müssen.«

»Könnte das nicht ein Zufall sein? Ein seltsamer Zufall?«, fragte Såtenäs und trank einen großen Schluck aus der Bierflasche, die er zwischen seinen Handflächen hatte rotieren lassen.

»Schon. Es könnte sich auch um mehrere Mörder handeln, die nicht das Geringste miteinander zu tun haben. Wir dürfen uns nicht festlegen, aber an irgendeinem Ende müssen wir schließlich anfangen«, sagte er.

»Und wie läuft die Ermittlung?«

»Die Ermittler tun, was sie können, aber die Spur wird immer kälter, und bislang haben wir nichts in der Hand. Nichts Richtiges zumindest.«

Die eventuelle DNA-Spur, die die englischen Experten haben konnten, erwähnte er nicht.

Sie schwiegen eine Weile und starrten in die schwächer werdende Glut.

»Eigentlich wollte ich dich um etwas ganz Bestimmtes bitten«, sagte Holtz nervös.

Bo Såtenäs sah ihn misstrauisch an.

»Kannst du uns helfen herauszufinden, ob es Angehörige des Militärs gibt, die ausgeflippt sind, aber noch in der Organisation tätig sind? Verrückte, ganz einfach. Leute, die bald gänzlich durchdrehen.«

Bo Såtenäs schien verschiedene Alternativen gegeneinander abzuwägen. Dann sagte er:

»Das ist nicht leicht. Alle mir bekannten Soldaten im Sonderkommando stehen kurz vor dem Durchdrehen, sonst würden sie auch nicht funktionieren. Meist handelt es sich um gelassene, ausgeglichene Personen, die von einem Moment zum nächsten zum Töten bereit sind. Wie normal klingt das deiner Meinung nach?«

»Du hast Recht. Aber könntest du nicht ein wenig nachdenken und dich umhören?«

»Natürlich. Willst du noch ein Bier?« Såtenäs erhob sich rasch von dem Baumstamm und ging, ohne eine Antwort abzuwarten.

Holtz fühlte sich irgendwie schuldig. Seinen alten Freund schien der Gedanke, der Mörder könne aus seinen eigenen Reihen stammen, gekränkt zu haben.

»Okay«, sagte Såtenäs, als er zurückkehrte, »ich schaue mal, was sich machen lässt. Die Disziplinarkommission müsste wissen, wer gefeuert worden ist oder wem man das Ausscheiden nahegelegt hat. Aber die Kommission hat natürlich alle Hände voll zu tun, die Männer wegen irgendwelcher sexueller Belästigungen von Kameradinnen zur Ordnung zu rufen, in ihren Sitzungen geht es immer hoch her.«

Holtz konnte nicht beurteilen, ob Såtenäs es guthieß, dass das Militär nun endlich mit den Vorurteilen gegen Frauen aufräumte, die so schwer zu beseitigen waren. Gefestigte schwedische Männer, die, wenn sie ein paar Gläser getrunken hatten und ein Offiziersanwärterball bevorstand, vollkommen aus den Fugen gerieten. Oder verheiratete, rechtschaffene Männer, die die Fassung verloren, wenn sie im Auslandseinsatz Recht und Ordnung aufrechterhalten sollten, und sich dann selbst nicht mehr an die Gesetze hielten oder angesichts moralischer Grauzonen vollkommen die Orientierung verloren.

Die Nacht im Windschutz wurde lang. Holtz gelang es nicht, richtig einzuschlafen. Zu viel ging ihm durch den Kopf, und ständig zogen Bilder grüngekleideter Männer an seinem inneren Auge vorbei.

Ein brauner Umschlag. Holtz wog ihn nachdenklich in der Hand. Dünn. Das Wappen des Militärs in der rechten Ecke verriet, dass es das war, worauf er gewartet hatte.

»Vier Namen, mehr gab es nicht. Ich habe alle meine Kontakte spielen lassen, sowohl die offiziellen als auch die inoffiziellen«, hatte Såtenäs gesagt.

»Was sind das für Leute?«

»Ich schicke dir einen Umschlag mit Kurier. Darin findest du alle Informationen über diese Leute. Wir haben die vier Verrücktesten herausgesucht, und Annie ist nicht mal dabei.«

»Annie?«

»Das war nur ein Witz. Eine der wenigen weiblichen Mitglieder der Spähtruppen wurde Annie genannt. Nach dem Musical ›Annie Get Your Gun‹. Aber ich hab's eilig. Bis bald! Tschüs!« Dann hatte er aufgelegt.

Holtz nahm den Umschlag in den dritten Stock mit.

»Ich habe die Informationen besorgt, um die du mich gebeten hast«, sagte er zu Knut Sahlén, der allein in seinem winzigen Büro saß.

»Welche Informationen?«

»Du wolltest doch, dass ich mich bei meinen militärischen Kontakten umhöre. Hier habe ich vier Namen psychisch labiler Soldaten.«

Sahlén sah überrascht aus.

»Das hatte ich ganz vergessen. Wir sind alle potentiellen Verdächtigen beim Militär bereits durchgegangen.«

»Das mag ja sein, aber das hier sind Angaben, die man vermutlich über offizielle Kanäle nicht bekommt.« Holtz legte den Umschlag auf den Tisch.

Knut Sahlén drehte das Kuvert hin und her und legte es dann wieder zwischen Papiere, Mappen, Fotos und andere Umschläge auf den Schreibtisch. Holtz' Handy klingelte.

»Ja?«, sagte er, nachdem es ihm gelungen war, es aus der Innentasche seines hellen Leinenjacketts zu nesteln. »Warte einen Augenblick.« Dann fragte er Knut Sahlén: »Sind wir hier fertig?« Dieser nickte nur. Holtz verließ das Zimmer.

»Da bin ich wieder, was hast du gesagt? Hm ... ach so. Ich werde die Ermittler davon unterrichten. Du kannst den Bescheid an mich adressieren. Gut, danke.«

Holtz eilte zum Fahrstuhl, legte einen Finger auf den Scanner und drückte auf die sechste Etage.

Als er Levin fand, hielt sie gerade die Pistole mit beiden Händen, zielte und schoss. Der Knall war ohrenbetäubend. Die Kugel wurde vom Wasser im Tank auf der anderen Seite des Stahlrohres abgebremst.

»HALLO! HALLO!« Holtz gestikulierte wild, aber Levins Aufmerksamkeit war auf andere Dinge gerichtet, und der hellrote Gehörschutz schirmte zuverlässig alle Geräusche ab. Er tippte ihr auf die Schulter. Sie drehte sich um.

»Hast du die Lampe nicht gesehen! Ich schieße gerade!«, schrie sie, ohne sich dessen bewusst zu sein. Er tat so, als hätte er ihren Vorwurf nicht gehört, was auch beinahe den Tatsachen entsprach, da es ihm in den Ohren dröhnte.

»Komm! Es ist wichtig!«, sagte er nur.

Levin erkannte an Holtz' Miene, dass jetzt nicht der Augenblick war, um Streit anzufangen, weil er gegen die Sicherheitsvorschriften des Ballistiklabors verstoßen hatte. Sie sicherte die Pistole, legte sie auf den Tisch und deutete auf die Tür.

»Wir gehen in dein Zimmer«, sagte sie.

Ulf Holtz ging voraus und fing an, noch ehe er Platz genommen hatte.

»Das GFFC hat angerufen.«

»Jetzt schon?«

»Ja, das operative Leitungsteam hat beschlossen, allem, was mit den Graffitimorden zusammenhängt, Vorrang zu geben. Wir befinden uns auf der Überholspur.«

»Und?«

»Wir haben auf das falsche Pferd gesetzt.«

»Kein Ergebnis?«, fragte sie und hatte plötzlich das Gefühl, eine Zentnerlast auf den Schultern zu tragen. Ihre Enttäuschung war überwältigend.

»Und jetzt?« Sie wagte es kaum, ihn anzusehen.

»Ich weiß nicht. Die Antwort war eindeutig. Und außerdem …«

»Was?«

»Ach, nichts. Wir waren auf der falschen Fährte. Jetzt heißt es einfach weitermachen«, sagte Ulf Holtz und klopfte ihr tröstend auf die Schulter.

Pia Levin verließ sein Büro. Der Ärmste, dachte sie.

Ulf Holtz schloss die Tür hinter ihr. Er war ratlos. Die Antwort des GFFC war eindeutig. Das Fragment der Ummantelung war wertlos.

Aber eine Fußnote in dem Bericht hatte ihm zu denken gegeben.

Hatten die Ermittler in der falschen Richtung gesucht?

Er stellte sich ans Fenster und blickte über die Stadt.

Mit wem haben wir es zu tun?, überlegte er und folgte mit dem Blick einer Möwe, die vor seinem Fenster gegen den Wind ankämpfte. Sie flog ein paar Meter vorwärts und wurde dann von einer Böe zurückgeworfen. Nach mehreren Versuchen gab sie auf, ließ sich vom Wind davontragen und verschwand aus seinem Blick. Er sah ihr nach, solange es ging. Dann nahm er den Bericht des GFFC und begab sich in den dritten Stock, um mit jemandem vom Ermittlerteam zu sprechen.

Das Zimmer, das etliche Wochen als Zentrale gedient hatte, war fast leer. In der Ecke hinter einem mit Stoff bespannten Raumteiler fand er Ellen Brandt.

»Hallo! Bist du allein hier?«

Sie schreckte auf und blickte mit schuldbewusster Miene hinter dem Bildschirm hervor. Dann breitete sich ein hellroter Schimmer auf ihrem Nasenrücken aus.

»Oh ja. Allzeit bereit!«, sagte sie und salutierte.

»Und wie geht's?«, fragte Holtz und trat hinter sie. Er konnte gerade noch den Bildschirm erkennen, bevor sie ihn mit einem Mausklick verschwinden ließ.

»Harte Arbeit, sehe ich«, meinte er grinsend.

Sie antwortete nicht.

»Willst du verreisen?«, fragte er und deutete auf den schwarzen Monitor.

»Ja, ein paar Wochen nach Griechenland. Ein kleines, ruhiges Hotel in einem kleinen Dorf, weit weg von lärmenden Kindern, hatte ich mir vorgestellt«, sagte sie und wandte sich ihm zu.

Die Röte auf der Nase vertiefte sich und breitete sich über den Hals aus.

Ellen Brandt drückte eine Taste, und auf dem Monitor tauchte die sonnige Ansicht wieder auf. Ein weißes Gebäude neben einem azurblauen Meer. Hinten am Horizont ein Fischerboot.

»Ich wollte gerade buchen, als du aufgetaucht bist. Erzähl

es aber niemandem, du weißt ja, wie heikel es ist, so etwas während der Arbeitszeit zu erledigen.«

»Allerdings. Zeig mal.« Er beugte sich vor, um den Monitor besser sehen zu können. Ein schwacher Zitronenduft, der ihm bisher nie an ihr aufgefallen war, wehte ihn an.

Ellen Brandt klickte eine Unmenge Seiten mit hinreißenden Stränden, weißen Häusern mit blauen Türen und ebenso blauem Meer an. Nach einer Weile spürte Ulf Holtz eine Sehnsucht in sich erwachen. Eigentlich müsste er ebenfalls Urlaub nehmen und irgendwohin fahren. Er hatte wirklich Lust auf Ferien.

»Darf ich mitfahren? Ich brauche dringend Erholung nach meinem Herzinfarkt«, sagte er.

Ellen Brandt sah ihn mit unergründlicher Miene an.

»Tja, ich weiß nicht …«

»Das war nur ein Witz. Mach nicht so ein entsetztes Gesicht. Es war übrigens nur eine Zerrung, aber das wissen vermutlich schon alle?«

Sie nickte lächelnd.

»Doch, ich glaube, ich habe so was läuten hören … im Pausenzimmer.«

»Buch deine Reise, ich warte so lange hier drüben.« Holtz schüttelte den Kopf und warf ihr einen amüsierten Blick zu.

Er nahm an einem Schreibtisch in dem Großraumbüro Platz und ließ den Blick über die weiße Tafel wandern, die den größten Teil einer Wand einnahm. Die drei Namen Jenny Svensson, Benny Rosvall und Peter Konstantino standen ganz oben mit schwarzen Druckbuchstaben. Zwischen den verschiedenen Ereignissen und Orten verliefen gerade Linien.

Er folgte diesen Linien mit dem Blick. Die drei jungen Menschen nahmen in seinem Inneren Gestalt an, und ein schmerzliches Gefühl des Versagens befiel ihn. Wir müssen diesen Fall lösen, ihretwegen, dachte er.

»So, jetzt ist die Reise gebucht. Was wolltest du?«, fragte Ellen Brandt. Sie sah ungewöhnlich entspannt aus. Vielleicht hatte sie die Ermittlung mental bereits hinter sich gelassen und befand sich mit einem kalten Bier in der Hand unter einem Zitronenbaum auf einer griechischen Insel, dachte Holtz.

»Ich habe die Antwort des GFFC hinsichtlich der Rückstände auf dem Fragment der Ummantelung erhalten«, sagte er.

Sie wirkte plötzlich nachdenklich.

»Ist das im Brunnen verzeichnet?«

»Noch nicht. Spielt auch keine Rolle, da sich ohnehin nichts ergeben hat«, sagte Holtz.

»Das ist aber doch wohl keine Überraschung, oder? Es grenzt schließlich an ein Wunder, dass es überhaupt eine Spur gab, hattest du es nicht so ausgedrückt?«

»Doch. Aber das Gutachten enthält eine Fußnote.«

»Eine Fußnote?«

Er reichte ihr die Papiere.

Sie blätterte sie durch und sah ihn dann verständnislos an.

»Und zwar?«

»Lies es mir vor«, sagte Holtz.

Sie runzelte die Stirn und las laut:

»Die Ablagerung ist solcher Art, dass sich nicht einmal das Geschlecht feststellen lässt.« Sie sah ihn fragend an.

»Das hat mich nachdenklich gestimmt. Warum gehen wir eigentlich davon aus, dass die gesuchte Person ein Mann ist, wenn das einzige Mitglied der Örnarna, das wir nicht lokalisieren konnten …«

»Kristina Becker?«

»Ja. Was wissen wir eigentlich über sie, und wieso hat

niemand versucht, mehr über sie herauszufinden?«, fragte Holtz.

Ellen Brandt zog die Brauen hoch und nickte langsam, als versuchte sie, die gesamte Tragweite zu erfassen.

»Ich glaube wirklich, dass wir unser Bestes gegeben haben, aber vielleicht hast du ja Recht.« Sie bat Holtz, ihr das Telefon zu reichen, das auf dem Tisch stand, an dem er saß.

»Wähl bitte die Nummer des Interpolbeauftragten«, sagte sie.

Das Blatt wies in der Mitte einen Falz auf und hatte ein Eselsohr. Die Namen waren in alphabetischer Reihenfolge aufgeführt. Drei waren durchgestrichen. Hinter zwei anderen Namen stand ein Fragezeichen in einer geraden, ausdrucksvollen Handschrift.

Der Schütze hielt das Blatt vor sich hin, betrachtete es einige Minuten lang eingehend, nahm dann den schwarzen Stift aus dem Nylonmäppchen und machte ein Kreuz vor einen der Namen weiter oben.

Der Entscheidung war gefällt.

Das Fenster war angelehnt und das Zimmer gelüftet, ein letzter Rest Schlafzimmergeruch hing aber noch in der reglosen Luft. Das perfekt gemachte Bett war von der Wand weggerückt und dahinter eine Fußleiste entfernt worden.

Eine Mappe, einem Buch ähnlich, aus dickem, gepolstertem Plastik in Tarnfarbe, lag geöffnet auf dem Tisch. An der rechten Umschlagseite war ein Notizblock befestigt. Orte, Zeiten, Distanzen und Lichtverhältnisse waren genau notiert, daneben standen Symbole und einige rätselhafte Zahlenkombinationen.

Außerdem lag ein Atlas auf dem Tisch, die aufgeschlagene Seite zeigte einen Vorort der Stadt. Neben der Landkarte lag die herausgerissene Seite einer Tageszeitung mit der Wettervorhersage für mehrere Tage.

Der Schütze machte sich auf dem Block ein paar Notizen. Nachdem das Blatt mit den Namen zusammengefaltet und mit der Wetterprognose in der Mappe verstaut war, wurden Mappe und Atlas in der Nische hinter dem Bett verborgen und die Fußleiste wieder befestigt. Dann kam das Bett wieder an seinen Platz.

Eine Holzkiste mit schwarzer Schuhcreme, eine Bürste und ein paar aufgerollte, schwarz befleckte Nylonstrümpfe lagen vor einem der Metallschränke auf dem Fußboden. Nach zwanzig Minuten Schuhpflege, die damit endete, dass das Leder mit den Nylonstrümpfen poliert wurde, glänzten beide Stiefelpaare und waren vollkommen fleckenlos.

Der Schütze zog das eine Paar an, legte sich auf das gemachte Bett, die Füße zum Schutz auf einer Zeitung, und schloss die Augen. Die Atmung war langsam und kontrolliert, und das Bewusstsein entschwand, aber nicht bis in den Schlaf.

Pär Jensen drehte den Karton oder das, was ein Karton werden sollte, mehrmals von innen nach außen. Nach einigen Versuchen glückte es ihm, den braunen Umzugskarton richtig zu falten, und er stellte ihn geöffnet auf den Fußboden.

Da er den Dreh nun raushatte, bereitete er gleich weitere Kartons vor. Das meiste wollte er zurücklassen, aber von der Schallplattensammlung und seinen Noten konnte er sich nicht trennen. Von seinen Büchern auch nicht.

Es klingelte.

Jensen zögerte eine Weile und überlegte, ob man ihn wohl bis ins Treppenhaus hatte hören können oder ob er einfach die Tür zulassen könnte. Es klingelte erneut.

Er seufzte, sah sich im Zimmer um, als wollte er kontrollieren, was offen herumlag. Die Unordnung störte ihn, obwohl er wusste, dass sie vorübergehend war. Die Sicherheitskette klapperte leise, als er sie aushängte.

Ulf Holtz hatte sich bereits zum Gehen umgedreht, als Jensen öffnete. »Ich dachte, Sie sind nicht zu Hause«, sagte er überrascht.

»Geben Sie eigentlich nie auf? Sie wissen doch, dass ich nichts mehr zu erzählen habe«, entgegnete Jensen müde.

Holtz ließ sich nicht beirren.

»Ich wollte nur den hier zurückgeben.« Er reichte Jensen den Laptop, den er sich ausgeliehen hatte.

Pär Jensen nahm den Computer entgegen, seine Feindseligkeit verflog. Holtz war trotz allem fair gewesen.

»Danke, aber das wäre nicht nötig gewesen.«

Er bekam eine Idee.

»Möchten Sie eine Tasse Tee? Ich wollte gerade Wasser aufsetzen.«

Holtz zögerte, aber da er sonst nichts vorhatte, nahm er die Einladung an.

»Sie ziehen um?«, fragte er.

Die Diele war ebenso dunkel wie zuvor, aber es war deutlich zu erkennen, dass ein Aufbruch im Gange war.

»Ja, ich habe eine neue Arbeit. Ich fahre morgen früh südwärts.«

»Ins Ausland?«

»Nein, nicht so weit.«

»Dann darf man wohl gratulieren. Was ist das für eine Arbeit?«

Jensen antwortete nicht. Stattdessen ging er ins Wohnzimmer und von dort weiter in die kleine Küche. Dieselbe Wachstuchtischdecke wie das letzte Mal, dachte Holtz, als er am Tisch Platz nahm.

»Wie lange haben Sie im Chor gesungen?«

»Ist das hier ein Verhör?«

»Nein, ich bin nur neugierig.«

»Ich habe im Chor gesungen, seit ich denken kann. Das ist das Einzige, womit ich Erfolg habe, jedenfalls kommt es mir so vor. Bei der Wachgesellschaft ging es ja nicht so bombig. Und meine Pferde laufen auch nie schnell genug.«

»Ihre Pferde?«

»Also nicht meine, sondern die, auf die ich setze.«

Holtz hatte das Vernehmungsprotokoll gelesen und wusste, dass sich Pär Jensens Leben um drei Dinge drehte, die Arbeit, die Pferde und den Chor, aber er wollte nicht durchblicken lassen, dass er bereits so viel wusste.

»Was wird aus dem Chor und den Pferden, wenn Sie wegziehen?«

»Pferde, mit denen man sein Geld verlieren kann, gibt es überall und einen Chor auch«, meinte Jensen.

Ulf Holtz nickte und sah sich in der Küche um. Dort war es ebenso sauber wie beim vorigen Mal und ebenso unpersönlich. Der Weihnachtsstern war abgehängt. Holtz fiel auf, dass er keine Fotos gesehen hatte, keine Familienfotos. Er versuchte, sich ins Gedächtnis zu rufen, was er über Jensens Hintergrund gelesen hatte. Hatte da überhaupt etwas über seine Familie und seine Kindheit gestanden?

»Haben Sie im Süden Familie?«

»Nein, eigentlich habe ich überhaupt keine Familie, jedenfalls nicht, seit Lotta mich verlassen hat. Die Ehe ist daran zerbrochen, dass mir diese ganze Örnarna-Geschichte um die Ohren flog. Wahrscheinlich wäre sie früher oder später ohnehin in die Binsen gegangen. Nein, es ist ein reiner Zufall, dass ich in den Süden ziehe. Soll dort nett sein, habe ich mir sagen lassen. Und dann ist es auch nicht mehr so weit auf den Kontinent.«

»Da kann man dann auch mal schnell ein paar billige Flaschen Schnaps kaufen«, sagte Holtz.

»Stimmt, aber das nützt mir nichts, ich trinke keinen Alkohol. Ich habe nie getrunken.«

»Weise«, stimmte Holtz zu, wunderte sich dann aber gleich über seine Antwort, denn er wusste einen guten Tropfen allemal zu schätzen.

»Ich habe früh beschlossen, dieses Scheißzeug nicht anzurühren. Ich kenne mich damit also nicht aus. Der Alkohol ist schuld, dass ich keine Familie habe. Keine richtige zumindest«, sagte Jensen.

»Wie meinen Sie das?«

Holtz zog die Jacke aus und hängte sie über die Stuhllehne. Wie bei seinem ersten Besuch fand er den Mann sympathisch, sobald dieser seine Reserviertheit aufgab und sich entspannte. Er wirkte rechtschaffen. Falls es dieses Wort überhaupt noch gibt, dachte Holtz. Er fühlte sich in der sterilen kleinen Küche wohl.

»Mein Vater war Alkoholiker. Später habe ich begriffen, dass er wie Tag und Nacht war. Zu Hause ein verdammtes Schwein, aber bei seinem Regiment ein geachteter Ehrenmann. Meine Mutter ging daran zu Grunde, und ich hatte es nicht leicht. Ann-Sofie auch nicht.«

»Ann-Sofie?«

»Meine Schwester, eigentlich meine Halbschwester. Wir haben dieselbe Mutter.«

»Sie haben doch gesagt, Sie hätten keine Familie?«

»Meine Eltern sind schon lange tot, und Ann-Sofie treffe ich nie. Nie ist vielleicht zu viel gesagt. Sie ist vor einem halben Jahr hier aufgetaucht, hat ein paar Tage bei mir gewohnt und ist wieder abgehauen. Ins Ausland, glaube ich. Sie reist viel. Wir hatten uns nicht viel zu sagen, stellten aber sachlich fest, dass wir beide zu den Verlierern gehören«, sagte er.

»Sie meinen, was Ihre Kindheit angeht?«

»Ja, aber hauptsächlich im Hinblick auf alles, was später geschah. Anfänglich ging es uns ganz gut, nachdem es uns gelungen war, die Bande zu lösen. Ich habe bei einer Wachgesellschaft gearbeitet, und das machte in den ersten Jahren auch Spaß und war interessant. Anschließend ging dann alles den Bach runter.«

»Und bei Ihrer Schwester?«

»Bei ihr lief zuerst auch alles glatt. Sie ist in die Fußstapfen meines Stiefvaters getreten, obwohl sie ihn hasste. Vielleicht war das ja irgendeine Art Protest. Ich weiß nicht.«

Holtz erfüllte plötzlich ein leichtes Unbehagen. Er wusste nicht recht, was es bedeutete, es war wie ein leichtes Kribbeln unter der Haut.

Jensen füllte einen Topf mit Wasser.

»Ich wollte eigentlich immer einen Wasserkocher kaufen, aber irgendwie kam es nie dazu. Vielleicht sollte ich das ja jetzt anlässlich des Umzugs tun. Ich muss ohnehin eine Menge neue Sachen anschaffen. Neues Leben. Neue Dinge.«

Holtz' Gedanken waren abgeschweift, und es dauerte ein paar Sekunden, bis er den Faden wiedergefunden hatte.

»Aber all das hier?«, fragte er und machte eine ausholende Geste. »Was wird aus den Möbeln?«

»Alles secondhand. Lotta hat damals alles mitgenommen, sogar meinen Lieblingssessel. Ich hatte nicht die Kraft zu widersprechen, ich hätte darum kämpfen sollen. Ich durfte außer meinen Schallplatten und Büchern, die sie hasste, nur einen Gegenstand behalten.«

Er wühlte in einer Schublade des Küchenschranks herum.

»Da ist es ja«, sagte er und drehte sich mit einem Filetiermesser in der Hand zu Holtz um.

Holtz starrte das Messer an.

»Das ist der einzige Gegenstand, den sie von unserem gemeinsamen Haushalt zurückgelassen hat. Ist das nicht unglaublich? Ich habe lange geglaubt, das sei ein Zeichen, dass sie will, dass ich es verwende. Gegen mich selbst, meine ich.«

Holtz hatte das Gefühl zu träumen.

Das Wasser kochte.

»Ich habe nur Teebeutel, aber das stört Sie doch nicht, oder?« Jensen legte das Messer auf die Spüle.

Holtz merkte, dass sich seine Nackenmuskeln verspannt hatten, er hatte seine Schultern hochgezogen. Ein dumpfer Schmerz zog sich den Nacken entlang zum Kopf hinauf.

Er senkte die Schultern, atmete aus und gab sich Mühe, sich nichts anmerken zu lassen.

»Sie sprachen von den Fußstapfen Ihres Stiefvaters.«

Pär Jensen sah ihn erstaunt an und versuchte, sich zu erinnern, worüber sie gerade gesprochen hatten. Dann fiel es ihm wieder ein.

»Ann-Sofie ist auch zum Militär gegangen, sie war eine der ersten Frauen, die die Offizierslaufbahn eingeschlagen haben. Die erste Zeit war nicht leicht, aber dann ging es offenbar gut. Aber … ich weiß nicht, was geschah, sie schied jedenfalls aus.«

Holtz hatte einen trockenen Hals. Er räusperte sich.

»Sie sagten, dass sie sich im Ausland aufhält?«

Er hörte selbst, wie seine Stimme sich überschlug, doch Pär Jensen schien es nicht aufzufallen.

»Ja, seit sie aufgehört hat zu arbeiten, ist sie viel gereist. Wollen Sie Milch im Tee?«

»Nein, danke. Mir fällt übrigens gerade ein, dass ich noch eine Sitzung habe. Wir müssen das Teetrinken auf ein anderes Mal verschieben.«

Holtz hatte es plötzlich eilig, sich zu erheben. Er zog die Jacke, die sich verhakt hatte, mit Mühe von der Lehne.

»Ein anderes Mal wird es wohl nicht geben. Ich fahre morgen«, sagte Pär Jensen enttäuscht mit einer leeren Teetasse in der Hand. Er stellte die Tasse zur Seite und folgte Holtz in die Diele.

Holtz fielen wieder die vielen Jacken auf, die dort hingen. Ausschließlich dunkle Windjacken.

»Sammeln Sie solche Jacken?«, fragte er. Sein Unbehagen wollte nicht weichen, und er lächelte verlegen, während er versuchte, seine Unruhe zu unterdrücken.

»Man kann mich wohl kaum als Sammler bezeichnen, aber

Jacken gefallen mir, ich weiß auch nicht, warum. Ich habe mir viel zu viele zugelegt. Außerdem sind sie alle fast gleich. Außer dieser hier natürlich, das ist ein Dufflecoat.« Stolz nahm er einen halblangen, braunen Mantel mit Kapuze von einem der Haken.

Holtz sah den Mantel nicht an.

Sein Blick war auf etwas anderes gefallen, das unter dem Dufflecoat gehangen hatte.

Auf eine grüne Baskenmütze mit einem goldgelben Abzeichen mit Inschrift.

Der Regen kam peitschend in eiskalten Güssen. Holtz überquerte den fast leeren Parkplatz im Dauerlauf. Zwei Wohnwagen und ein Wohnmobil standen in der hintersten Ecke unter einer kräftigen Birke mit zwei Stämmen. Nur ein Auto unbestimmter Marke mit Spoiler und Zusatzscheinwerfern leistete Holtz' Minibus Gesellschaft.

Der Strafzettel schien ihn höhnisch anzulächeln, als er sich seinem Fahrzeug näherte.

Wie ist es nur möglich, hier ein Strafmandat zu bekommen?, dachte er und fluchte, dass er sich nicht um das Schild gekümmert hatte, auf dem deutlich stand, dass die Parkgebühr rund um die Uhr zu entrichten sei.

Er riss den Zettel von der Windschutzscheibe und schmiss ihn auf die Erde, ehe er die Fahrertür aufriss und sich förmlich auf den Sitz warf, während ein neuer eiskalter Schauer gegen die Scheibe trommelte.

Konnte das ein Zufall sein?

Warum hatte niemand die Schwester erwähnt? Wussten die Ermittler überhaupt von ihr? Oder von dem Vater?

Er ließ den Motor an, drehte die Heizung hoch und schaltete das Radio ein. Mit geschlossenen Augen lehnte er sich zurück und spürte, wie es langsam warm wurde. Der Geruch von Wärme und Feuchtigkeit umschloss ihn.

Nach einigen Minuten öffnete er die Fahrertür, stieg aus und hob das Strafmandat auf. Obwohl es nass war, faltete er es zusammen und steckte es in die Innentasche seiner Jacke.

Holtz wählte eine Nummer auf seinem Handy. Eine Stimme teilte mit, Bo Såtenäs sei im Augenblick nicht zu erreichen, man könne jedoch eine Nachricht auf Band sprechen.

Holtz dachte einige Sekunden nach, legte auf und rief dann wieder an.

Nach der Ansage teilte er nur kurz mit, er müsse so schnell wie möglich mit ihm sprechen. Während er in die Stadt zurückfuhr, rief er im dritten Stock des Präsidiums an.

»Hallo, hier ist Holtz«, sagte er, als Adrian Stolt sich meldete.

»Gibt es Informationen über die familiären Verhältnisse der Örnarna-Mitglieder?«

»Nein, eigentlich nicht, nur was Lukas Rander betrifft. Die anderen haben wir nur zu Informationszwecken vernommen, wie du weißt. Wir haben uns nicht näher mit ihnen befasst. Warum fragst du?«

»Es gibt also nichts über Pär Jensen?«

»Nein. Sein Alibi war schließlich perfekt. Er war mit seinem Chor unterwegs, und zwar sowohl zum Zeitpunkt des Mordes an Jenny Svensson als auch während des Mordes an Benny Rosvall. Er ist von jeglichem Verdacht befreit. Wieso willst du das eigentlich wissen?«, fragte er dann.

»Ich bin auf dem Weg zu euch. Trommel schon mal die anderen zusammen. Es ist wichtig. Ich erzähle alles Weitere, sobald ich da bin.« Er legte auf.

Das Telefon klingelte sofort wieder.

»Hallo, du hattest angerufen. Ich war nur eben auf dem Klo und hatte das Telefon vergessen«, sagte Bo Såtenäs.

»Du hattest etwas von *Quantum satis* gesagt, als ich das erste Mal bei dir war, aber ich erinnere mich nicht mehr so ganz, was genau damit gemeint ist«, sagte Holtz.

»Das Erforderliche zu tun, ungefähr.«

»Okay, aber in welchem Zusammenhang?«

»Warum fragst du?«

Såtenäs klang misstrauisch, abwartend.

»Das kann ich dir nicht erzählen, aber es ist wichtig. Kannst du es mir so erklären, dass ich es verstehe?«

»Es gibt Leute, nicht viele, aber immerhin, die diese Arbeit etwas zu ernst nehmen«, erwiderte Såtenäs.

»Verdammt, kannst du dich nicht deutlicher ausdrücken?«

»Immer mit der Ruhe, ich denke nach. Das ist nicht so einfach. Können wir uns nicht treffen?«

»Ich habe zu wenig Zeit. Es sei denn, du könntest herkommen?«, meinte Holtz.

»Ich kann in einer Stunde bei dir sein. Bist du im Präsidium?«

»Ruf mich an, wenn du da bist, dann treffen wir uns am Empfang«, sagte Holtz.

Er merkte, dass er viel zu schnell fuhr, und nahm den Fuß vom Gas. Zwei Strafmandate an einem Tag wären dann doch etwas viel, dachte er.

Das Konferenzzimmer war eigentlich für eine Studiengruppe reserviert, aber Knut Sahlén strich einfach den Namen der unbekannten und noch ahnungslosen Person durch, der auf der kleinen weißen Tafel neben der Tür stand. Das Zimmer war mit Steuergeldern aufwendig renoviert worden und stellte neben dem Entree und dem Speisesaal für Galadiners den luxuriösesten Raum des gesamten Präsidiums dar. Niemand vom Ermittlerteam kannte jemanden, dem es geglückt war, das Konferenzzimmer zu reservieren, da es immer von Studiengruppen oder der Polizeiführung blockiert war, die dort unbegreifliche Fragen diskutierte.

»Wir wollen nicht gestört werden. Postiere jemanden an der Tür, es gibt sicher eine Zivilkraft, die gerade nichts Besseres zu tun hat«, sagte Sahlén zu Adrian Stolt, der zudem die Anweisung erhielt, etwas Leckeres zu organisieren. Egal was.

Eine halbe Stunde saßen Ulf Holtz, Bo Såtenäs, Knut Sahlén, Adrian Stolt, Ellen Brandt, der Staatsanwalt Mauritz Höög und Pia Levin um den ovalen Tisch versammelt.

Alle außer Knut Sahlén empfanden in den Ledersesseln mit hoher Rückenlehne ein gewisses Unbehagen, aber der Teller mit den Zimtschnecken auf dem Tisch hellte die Stimmung auf. Außerdem lagen neben jedem Platz Blöcke und Stifte mit dem Polizeiwappen.

»Bedient euch einfach«, sagte Knut Sahlén.

Holtz fragte sich, ob er die Stifte, den Block oder die Zimtschnecken meinte.

»Also, Holtz, du hast das Wort.«

Sahlén starrte ihn an.

Holtz erhob sich langsam, nahm aber gleich wieder Platz, als ihm klar wurde, dass er das, was er zu sagen hatte, genauso gut im Sitzen vorbringen konnte. Die Klimaanlage summte. Die Temperatur betrug konstante zwanzig Grad. Das konnte nötig werden, denn der eiskalte Regen, der noch vor einer Stunde gewütet hatte, war von einer strahlenden Sonne abgelöst worden.

»Gestern habe ich die Antwort vom GFFC erhalten«, sagte er und versuchte, seiner Stimme Nachdruck zu verleihen.

Niemand reagierte.

»Wie gesagt, das GFFC, das sich sonst nicht gerade durch seine Schnelligkeit auszeichnet, meldete sich bezüglich der Rückstände auf der Ummantelung, die in England analysiert worden sind.«

Knut Sahlén machte ein misstrauisches Gesicht. Mauritz Höög ebenfalls.

»Und? Was haben sie herausgefunden?«, fragte Sahlén.

»Die DNA ließ sich nicht ermitteln«, meinte Holtz, »aber eine Fußnote des Berichts hat mich auf einen Gedanken gebracht.«

»Eine Fußnote?«, sagte Sahlén.

»Ja, eine Fußnote, aus der hervorgeht, dass sich nicht einmal feststellen lässt, ob die Spur von einem Mann oder von einer Frau stammt. Ich habe also Ellen um Hilfe gebeten. Ellen?« Er nickte ihr zu.

Ellen Brandt räusperte sich, strich ein paar imaginäre Knitter ihrer Hose glatt, holte tief Luft und ergriff das Wort.

»Ich habe mich bei Interpol erkundigt, ob sie Kristina Becker ausfindig machen konnten, ihr wisst schon, die Frau, die den Örnarna angehört hat und irgendwo in Spanien verschwand. Erstaunlicherweise ist es Interpol tatsächlich gelungen. Aber aus unerfindlichen Gründen hat uns niemand davon unterrichtet. Irgendwo ist die Information hängengeblieben, aber ich habe alles hier. Die Unterlagen sind vor kurzem via Kryptofax eingetroffen.« Sie klopfte mit dem Finger auf einen Ausdruck, der vor ihr lag.

»Und inwiefern bringt diese Information unsere Ermittlung weiter?«, wollte Sahlén wissen.

»Auf Holtz' Bitte hin haben wir ihre Fingerabdrücke mit den Abdrücken verglichen, die wir an einem der Tatorte, dem Keller, in dem Peter Konstantino ermordet wurde, gesichert hatten.«

Knut Sahlén sah aus, als würde er gleich die Geduld verlieren.

»Könntest du jetzt bitte zur Sache kommen«, sagte er und verdrehte die Augen.

»Sie war es nicht. Die Abdrücke haben nicht übereingestimmt.« Brandt überlegte, ob sie sich jetzt über Sahléns Art ärgern oder die Sache auf sich beruhen lassen sollte. Sie entschied sich für Letzteres.

Knut Sahlén versuchte nicht einmal, seinen gedehnten Seufzer zu unterdrücken.

»Wenn ihr euch die Mühe gemacht hättet, bei mir nachzufragen, hätte ich euch sagen können, dass Kristina Becker nicht mehr zum Kreis der Verdächtigen gehört.«

»Aber …«

»Sie hat sich mit uns in Verbindung gesetzt, als Lukas Rander festgenommen wurde, und uns mitgeteilt, wo sie zum Zeitpunkt der Morde war. Diese Angaben wurden überprüft und lassen sich im Brunnen nachlesen.«

»Das … wusste ich nicht …« Ellen Brandt verstummte.

Ulf Holtz machte sich die entstandene Pause zunutze.

»Das ist meine Schuld. Es war ein Schuss ins Blaue. Man kann nicht ständig alles überblicken. Aber das war sowieso nicht der Grund für diese Besprechung«, sagte er.

»Sondern?«

»Heute Morgen habe ich einen Besuch gemacht, rein zufällig eigentlich, der seltsamerweise zu meiner Überlegung passt, dass wir uns zu sehr darauf eingeschossen haben, dass es sich um einen Mann handelt.«

»Und wen hast du besucht?«, wollte Adrian Stolt wissen.

»Pär Jensen.« Ulf Holtz ließ den Namen in der Luft hängen.

»Wir hatten uns doch darauf geeinigt, ihn nicht mehr zu

behelligen«, sagte Knut Sahlén, nachdem es ein paar Sekunden lang vollkommen still gewesen war.

»Genau«, meinte Mauritz Höög.

Die anderen sagten nichts.

»Ich weiß. Er kann schließlich nicht geschossen haben, da er ein wasserdichtes Alibi besitzt. Aber um eine lange Geschichte kurz zu machen, ich habe mich also entschlossen, ihn noch einmal zu treffen, um ihm den Laptop zurückzugeben, den wir von ihm geliehen hatten.« Bei dem Wort »geliehen« malte er Anführungszeichen in die Luft.

»Ich vermute, ich muss dich nicht darauf hinweisen, dass es nicht deine Aufgabe ist zu entscheiden, wann beschlagnahmte Gegenstände zurückerstattet werden«, sagte Sahlén.

Ulf Holtz fuhr fort, ohne darauf einzugehen.

»Wie dem auch sei, wir haben uns getroffen, und er hat mir von seiner Schwester Ann-Sofie erzählt.«

»Und?«, fragte Knut Sahlén.

»Laut Adrian hat niemand Pär Jensens familiäre Verhältnisse untersucht, und daher war ich ausgesprochen überrascht, als mir Pär Jensen erzählte, womit sich seine Schwester beschäftigt«, sagte er.

Bo Såtenäs, der an diesem Tag einen Tarnanzug trug und bislang geschwiegen hatte, räusperte sich.

»Ich überlege nur, ob ich hier wirklich benötigt werde?«, sagte er.

»Das frage ich mich auch.« Mauritz Höög klopfte zerstreut mit seinem teuren Füllfederhalter auf den Tisch.

»Dazu kommen wir noch. Ihr könnt euch auf Bosse verlassen, oder?«, sagte Holtz und suchte den Blick seines Freundes in Tarnkleidung.

Såtenäs antwortete nicht. Er nickte nur.

Den anderen schien das Nicken als Garantie zu genügen.

»Pär Jensens Schwester ist Berufsoffizierin, jedenfalls war sie das«, fuhr Holtz fort, nachdem sich alle wieder ihm zugewandt hatten.

Im Raum wurde es still.

Holtz wartete auf eine Reaktion.

»Davon gibt es viele. Welche Art von Offizierin? Bei der Marine vielleicht?«, meinte Knut Sahlén, um das Schweigen zu beenden. Er lachte über seinen Witz, aber niemand begriff, was daran lustig sein sollte.

»Hat diese Geschichte irgendeine Pointe? Was hat Pär Jensen noch über seine Schwester erzählt?«

»Als ich von ihrem ehemaligen Beruf erfuhr, habe ich nicht weitergefragt. Ich hielt es für angezeigt, die Information an euch weiterzuleiten. Ich hatte es ganz einfach eilig, von dort wegzukommen«, sagte Ulf Holtz. »Wie auch immer, als ich ihn vor ...« Er sah auf die Uhr. »... knapp drei Stunden verließ, habe ich eine grüne Baskenmütze mit einem Abzeichen in seiner Diele entdeckt.«

Bo Såtenäs sah plötzlich hochinteressiert aus.

»*Quantum satis*«, sagte er, ehe Ulf Holtz weitersprechen konnte. »Oder?«

Alle im Raum starrten erst Såtenäs, dann Holtz an.

»Ja. Und deswegen habe ich diesen Mann auch hierhergebeten«, sagte Holtz und bat Såtenäs fortzufahren.

Bo Såtenäs schien erst zu zögern, aber dann begann er zu erzählen:

»Das ist Latein und bedeutet ungefähr ›das Erforderliche‹. In gewissen Kreisen, Jäger und Scharfschützen hauptsächlich, sieht man sich als etwas ganz Besonderes, ein Mensch, der tut, was erforderlich ist, *quantum satis* eben.«

Er sprach diese zwei Worte langsam und feierlich.

»Ich verstehe überhaupt nichts. Was soll denn erforderlich

sein?«, fragte Pia Levin, die bis dahin nichts gesagt und nur eine Zimtschnecke gegessen hatte. Sie wischte sich ein paar Krümel aus dem Mundwinkel und sah Såtenäs fragend an.

»Man könnte es als eine Bruderschaft bezeichnen. Die meisten sind recht vernünftig und ausgezeichnete Soldaten. Es handelt sich nicht um einen Geheimbund. Sie tragen ihr Abzeichen offen und stolz. Sie sind einfach sehr engagiert.«

»Die allermeisten sind vernünftig, meinten Sie?«, sagte Knut Sahlén, der allmählich zu verstehen schien, worauf das Gespräch hinauslief.

»Sie trainieren mehr als die anderen und pflegen fast nur untereinander Umgang«, fuhr Såtenäs fort.

»Meine Güte, gibt es wirklich solche Leute beim Militär?«, fragte Ellen Brandt.

»Ja und nein. Diejenigen mit Selbstbeherrschung sind tragbar, aber einige gehen leider zu weit. Sie kommen mit dem Druck nicht klar und verschwinden dann irgendwie von den Soldlisten«, sagte er.

»Warten Sie. Was hat Pär Jensen damit zu tun? Er hat doch bei einem Wachunternehmen und nicht beim Militär gearbeitet?«, wandte Mauritz Höög ein.

Holtz hob die Hand, als hätte er es mit einem vorlauten Kind zu tun.

»Als ich im Auto saß, fiel mir plötzlich ein, was du gesagt hast, als du mir die Liste der zweifelhaften Militärangehörigen ausgehändigt hast«, sagte Holtz.

Såtenäs' Gesichtsausdruck veränderte sich, als ihm aufging, was Holtz meinte.

»*Annie get your gun*. Was weißt du über sie, wer ist sie?«, fragte Holtz, den Blick auf Såtenäs gerichtet.

Während der nächsten halben Stunde veränderte sich die Stimmung im Konferenzraum erheblich.

»Schafft ihn her. Deckung einer Straftat muss einstweilen reichen. Pär Jensen kommt hinter Schloss und Riegel, und seht zu, dass ihr die Schwester findet. Wir wollen schließlich nicht, dass sie weiterhin frei herumläuft, oder?«, sagte Mauritz Höög.

Knut Sahlén übertrug der Gruppe die Aufgabe, Ann-Sofie Jensens Fingerabdrücke zu beschaffen und diese mit dem Abdruck auf dem Klebeband, das Holtz in dem Kellerabteil sichergestellt hatte, zu vergleichen.

»Irgendwo sind ihre Fingerabdrücke sicherlich registriert. Schließlich war sie beim Militär, und dort herrscht eine vorbildliche Ordnung, nicht wahr?«, sagte er zu Såtenäs gewandt, der immer bedrückter wirkte.

Såtenäs war vom Staatsanwalt dazu aufgefordert worden, Vertraulichkeit zu wahren. Sobald er sich von Holtz und Levin verabschiedet hatte, begab er sich zu seinem Regiment zurück.

»Warum hast du mir nicht von der Fußnote erzählt?«, fragte Pia Levin säuerlich, als sie einige Minuten später allein mit Holtz in seinem Büro war.

»Ich kann verstehen, dass du dich übergangen fühlst. Aber es war nur so eine vage Idee, auf die ich mir keinen rechten Reim machen konnte. Ich hatte das Gefühl, die Sache noch etwas reifen lassen zu müssen«, sagte er.

Er sah ihr vergebungsheischend in die Augen. Langsam entspannten sich ihre Gesichtszüge. Die Enttäuschung darüber, dass er sie nicht in seine Überlegungen einbezogen und diese wie sonst immer mit ihr diskutiert hatte, schwand.

»Wenn es so ist, wie wir glauben, wird deine Urinsuche nichts ergeben«, sagte sie und lachte trocken.

»Die hätte ohnehin nichts ergeben. Ist dir klar, wie viele

Leute schon an diesen Baum gepinkelt haben, von Hunden ganz zu schweigen?«, meinte Holtz mit einem breiten Lächeln.

»Da ist noch etwas, was ich nicht verstehe.«

»Und zwar?«, fragte Holtz.

»Warum ist nicht schon früher jemand auf Ann-Sofie Jensen gekommen? Das Ermittlerteam hat schließlich alle in Frage kommenden Militärangehörigen überprüft, auch die, deren Namen uns Såtenäs gegeben hatte«, sagte sie.

»Das liegt an der patriarchalen Struktur.«

»Und was hat die, verdammt noch mal, mit dieser Sache zu tun?«

Holtz zwinkerte ihr zu, lächelte und trat dann auf den Korridor und schlenderte in die Pausenecke. Levin schüttelte den Kopf.

Am Automaten zog sich Holtz einen Tee, ging damit in sein Büro und schloss die Tür hinter sich. Aus einer Schreibtischschublade nahm er einen Stapel Papierbögen, die alle mit Rechtecken und Strichen in unterschiedlichen Farben bemalt waren. Holtz betrachtete ein Blatt nach dem anderen. Er verfolgte die Linien und ging die gesamte Ermittlung von Anfang an durch, um zu sehen, ob er irgendwann einmal die Lösung gestreift hatte. Nirgends fand er etwas, das er bislang übersehen hatte und das ihn in die richtige Richtung geführt hätte.

Er trank einen Schluck von dem inzwischen abgekühlten Tee und verzog das Gesicht. Dann legte er die Bögen wieder sorgfältig aufeinander, klopfte mit dem Stapel auf die Schreibtischplatte, bis alle Blätter exakt aufeinanderlagen, und warf ihn dann in den Karton für das Altpapier. Ich werde es nie jemand anderem gegenüber zugeben, dachte er, aber es ist langsam an der Zeit, dass ich mir eine andere Arbeitsmethode zulege.

Das Licht drang durch die Lamellen der Jalousie.

Ein Strahl fiel schräg über den Schreibtisch, aber es handelte sich nur um die Illusion von Sonnenlicht, denn das Büro lag mitten im Gebäude und besaß keine Fenster. Das Licht kam von einer starken Deckenlampe im Korridor vor dem Zimmer.

Pär Jensen hatte die ganze Nacht nicht geschlafen. Seine Augen waren blutunterlaufen, und er hatte einen schlechten Geschmack im Mund. Die Polizisten, die seine Wohnung gestürmt hatten, waren nicht gerade sanft mit ihm umgesprungen. Mit gezogenen Waffen, schusssicheren Westen, maskierten Gesichtern und Helmen hätte es auch keinen Unterschied gemacht, wenn sie behutsam vorgegangen wären. Der Schock wäre vermutlich genauso groß gewesen. Sein Herz hatte gehämmert, als er zu Boden gedrückt dagelegen hatte, ohne sehen zu können, was um ihn herum vorging. Aber die Schritte, die Stimmen und die allgemeine Hektik im Zimmer hatten ihm verraten, dass die Wohnung rasch durchsucht wurde.

Nur eine Minute nachdem er mit zufriedener Miene den letzten Umzugskarton geschlossen hatte, wurde er in Handschellen und mit einem Puls von fast zweihundert aus der Wohnung geschleppt.

Diese Szene ging ihm immer wieder durch den Kopf.

Er folgte dem Lichtstrahl auf dem Tisch mit dem Blick. Die ganze Nacht lang hatten sich seine Gedanken überschlagen. Warum wollten sie wissen, wo Ann-Sofie war? Woher sollte er das wissen? Während der frühmorgendlichen Vernehmung war ihm dann nach und nach aufgegangen, was die Polizei glaubte.

Dass Ann-Sofie der Graffitimörder war.

Absurd, verrückt, schwachsinnig, reine Lüge, war seine erste Reaktion, aber im Laufe der Vernehmung, als seine mentale Lähmung nachließ, kam er zu einer neuen Einsicht.

Er wusste schließlich, dass sie einem Jägerbataillon angehört hatte, hatte sich aber nie nach Einzelheiten erkundigt. Sie hatte ihn vor einigen Monaten ein paar Tage lang besucht, das stimmte. Er hatte keine Ahnung, ob sie sich mit Computern auskannte. Ob sie an die Informationen über die Graffitimaler hatte gelangen können? Das glaubte er nicht.

Sie hatte vom Militär ihren Abschied genommen, weil sie reisen und die Welt sehen wollte. Nicht? War sie dazu aufgefordert worden, ihr Abschiedsgesuch einzureichen? Davon wusste er nichts. Wo sie sich jetzt aufhielt, konnte er auch nicht sagen. Aggressiv? Möglicherweise streng, vielleicht auch militärisch, aber nicht mehr als andere Soldaten. Die Baskenmütze? Ja, die gehörte ihr, sie hatte sie vergessen.

Das Bild seiner Schwester kristallisierte sich immer deutlicher heraus, und als Ellen Brandt mit zwei Bechern Kaffee und zwei belegten Broten auf einem Tablett zurückkehrte, verließ ihn der letzte Zweifel.

Sie setzte sich, schaltete das Tonband ein und sprach mit unpersönlicher Stimme Uhrzeit, Datum und ihre Namen aufs Band und dass es sich um eine Vernehmung handelte.

»Warum ausgerechnet Ann-Sofie?«, fragte Pär Jensen.

»Ich weiß nicht, aber wir hoffen, dass Sie uns helfen, sie zu finden, damit sie uns selbst hinsichtlich unseres Verdachts aufklären kann.«

Nach zwanzig weiteren Vernehmungsminuten verließ Brandt den Raum, kehrte aber gleich wieder zurück.

»Ich habe mit dem Staatsanwalt gesprochen. Sie sind wegen Verdacht auf Beihilfe zum Mord, Schutz eines Straftäters und Unterdrückung von Beweismaterial vorläufig festgenommen.«

Er sah sie an, ohne etwas zu entgegnen. Er hatte keine Kraft mehr.

»Falls es Sie tröstet, es handelt sich um minderen Tatverdacht.«

Akazia saß wie immer auf dem Tisch im Hinterzimmer der chemischen Reinigung und zeichnete, als vier junge, gut gekleidete Männer hinter ihm den Raum betraten.

Ausnahmsweise war Akazia allein. Obwohl er normalerweise immer auf der Hut war und der Perlenvorhang geklappert hatte, reagierte er zu spät. Der Schlag traf ihn an der Schläfe.

Der Arzt, der ihn nähte, meinte, er hätte verdammtes Glück gehabt. Hätte er den Kopf vor dem Schlag mit der Eisenstange nicht etwas zur Seite gedreht, wäre er jetzt tot oder zumindest schwer verletzt. So hatte er nur eine Gehirnerschütterung davongetragen, von der er sich nach einigen Tagen erholt haben würde.

Wenn er sich ausruhte.

Akazia hatte jedoch ganz andere Pläne.

In den letzten Wochen hatte sich der Streit zugespitzt. Die Graffitimaler schienen Freiwild zu sein. Die Angriffe erfolgten meist unerwartet und waren wohl vorbereitet, die Graffitimaler wehrten sich, so gut es ging. Niemand konnte sich mehr sicher fühlen, aber nach außen hin fiel nur auf, dass fast keine Graffiti mehr entstanden und dass in den Krankenhäusern die Anzahl junger Männer zunahm, deren Platzwunden genäht werden mussten.

Einige Fahnder hatten diese Entwicklung bemerkt, aber da selten Anzeige erstattet wurde, wurde auch nicht ermittelt. Zur Anzeige kam es nur, wenn sich die Angreifer irrten und versehentlich einen Unbeteiligten niederschlugen. Das galt für beide Seiten. Glatze, Maßanzug und durchtrainierter Körper konnten ebenso gefährlich sein wie zu weite Hosen und Turnschuhe mit offenen Schnürsenkeln.

Hinkend verließ Akazia das Krankenhaus.

Nach dem Erfolg mit dem Rathaus hatten sich er und die anderen unauffällig verhalten. Die Politiker waren außer sich gewesen, und die Polizei hatte erwogen, die alte Graffitikommission wieder einzusetzen. Gerüchteweise hieß es, einige der alten Örnarna seien wieder aktiv.

Aber es war all diese Unannehmlichkeiten wert gewesen. Akazia verzog das Gesicht, als sein Lachen den leisen Kopfschmerz in einen schneidenden Schmerz verwandelte.

Das Graffiti am Rathaus hatte ihm Lust auf mehr gemacht. Aber dieses Mal würde er die Arbeit alleine ausführen und allen zeigen, wer der Meister war.

Der Kies knirschte unter seinen Füßen, als er sich langsam mit einer Harke in der Hand rückwärtsbewegte. Die langen, geraden, parallel verlaufenden Linien ließen Holtz an den Winter und an Skilanglauf denken. Er lehnte die Harke an die Mauer und betrachtete sein Werk. Perfekt. Jetzt stellte sich nur die Frage, wie er zurückkommen sollte, ohne das Muster zu zerstören. Ich muss ganz einfach neben dem Weg hergehen, dachte er.

Holtz hatte freigenommen.

Seine Arbeit an dem dreifachen Mord war fast beendet, da die Person, die der Graffitimorde verdächtigt wurde, identifiziert war.

Rasch war das Rätsel gelöst worden.

Ann-Sofie Jensen war ein leuchtender Stern am Zenit des Militärs gewesen. Eine Frau, eine Soldatin. Perfekt für PR-Zwecke und für das Militär ungeheuer wichtig in einer Zeit, in der alle nur von Einsparungen redeten und niemand etwas von einer effektiven Landesverteidigung wissen wollte. Sie hatte an der Militärhochschule studiert und gleichzeitig noch ein Informatikstudium absolviert. Im Feld galt sie als ungewöhnlich begabt. Sie konnte genauso gut mit Waffen umgehen wie taktisch planen und Angriffe organisieren. Außerdem hatte sie sich bei Erkundungsmissionen ausgezeichnet und gehörte zu den besten Scharfschützen, die je ausgebildet worden waren.

Aber irgendetwas ging schief.

Ann-Sofie Jensen war eine Belastung geworden und wurde gebeten, ohne größeres Aufhebens den Hinterausgang zu wählen. Eine großzügige Abfindung, ein gutes Zeugnis und der Rang einer Majorin hatten ihr den Abschied leicht gemacht.

Ann-Sofie Jensen verließ das Militär, ohne dass es irgendwelche Wellen geschlagen hätte.

Bis jetzt.

Alles stimmte bis hin zum Fingerabdruck, nur ein Rätsel blieb ungelöst, das Motiv.

Und solange niemand wusste, wo sie sich aufhielt, würde die Frage nach dem Warum auch nicht beantwortet werden können.

Großalarm im ganzen Land und Fahndung via Interpol hatten nichts ergeben.

Ann-Sofie Jensen war spurlos verschwunden.

Endlich war es richtig Sommer geworden. Das wechselhafte Wetter schien beschlossen zu haben, dass jetzt Wärme angesagt sei, und Holtz freute sich, dass die Bäume endlich genügend Licht erhielten. Auf dem Ehrenplatz am Zaun würde der japanische Ahorn ein wohltuendes Sommerleben im Exil verbringen.

Die Mädchen hatten vorgehabt, zum Abendessen zu kommen, aber beide hatten absagen müssen. Eine dringliche Abschiebung war Eva dazwischengekommen. Linda hatte keinen Grund genannt, aber das tat sie nie.

Holtz genoss die Stille und überlegte, ob sich in seinem Garten wohl Bambus pflanzen ließ, als ihn die Klingel in die Wirklichkeit zurückriss.

Der Strauß dunkelroter Gerbera, den ihm Nahid Ghadjar hinhielt, kontrastierte mit ihrem schwarzen, glänzenden Haar.

»Die hier sind für dich«, sagte sie.

Holtz war so überrascht, sie zu sehen, dass er nicht wusste, was er entgegnen sollte.

»Als Dank für alles und als Entschuldigung dafür, dass ich einfach so verschwunden bin«, sagte sie.

»Komm rein.«

»Ich wollte nur …«

»Komm trotzdem rein. Egal, was du vorhattest, meine ich.« Holtz nahm die Blumen in Empfang und ließ sie eintreten.

Im hellen, kühlen Wohnzimmer roch es frisch geputzt und frisch gelüftet. Eine weiße, sehr dünne Leinengardine bewegte sich im Wind in der offenen Terrassentür.

»Wir gehen raus. Ich stelle nur rasch die Blumen in eine Vase«, sagte Holtz.

Nahid Ghadjar ging in den Garten.

Ihre Fußabdrücke beschrieben einen Bogen auf den geharkten Linien. Holtz fand das hübsch und folgte ihnen mit dem Blick, bis sie am Rand der Wiese endeten, wo Ghadjar ihm zugewandt stehengeblieben war.

»Du hast wirklich einen schönen Garten, das ist mir bei meinem letzten Besuch gar nicht aufgefallen«, sagte sie.

»Ich weiß gar nicht, ob man das wirklich einen Garten nennen kann, aber danke, ich habe damit noch viel vor.«

»Viel vor?« Ein Lächeln umspielte ihre Mundwinkel.

»Irgendwann soll das hier ein japanischer Miniaturgarten werden. Aber damit muss ich vermutlich warten, bis ich in Rente gehe«, meinte er.

»Kannst du damit wirklich so lange warten?«

Ihm war klar, dass sie ihm damit schmeicheln wollte, aber er freute sich trotzdem.

Sie sah aus, als würde sie nachdenken. Dann sagte sie:

»Ich wurde plötzlich so unsicher. Ist das wirklich was für

mich? Bin ich nicht gerade dabei, mein Leben wegzuwerfen? Deswegen bin ich am letzten Tag auch nicht mehr zum Praktikum gekommen. So ergeht es mir manchmal. Ich bin dann unerklärlich verunsichert und angsterfüllt«, sagte sie so schnell, dass sie sich verhaspelte.

»Angst? Wovor?«

»Ich weiß nicht. Es war alles so seltsam. Ich konnte einfach nicht«, sagte sie.

»Aber… die Prüfung war doch einfach nur zum Spaß, das habe ich doch gesagt. Davor hättest du doch keine Angst haben müssen.«

Nahid Ghadjar lachte.

»Nicht die Prüfung, du Dummkopf. Ich hatte Angst, ich… ach… ich weiß selber nicht, was ich meine.«

Ulf Holtz und Nahid Ghadjar verbrachten den ganzen Abend in dem kleinen Garten. Er hatte sich schon ewig nicht mehr so ausführlich mit jemandem unterhalten. Sie sprachen über ihr Leben und über sein Leben.

Fast nicht über die Arbeit.

»Wer ist eigentlich Mona Stridh?«, fragte sie dann beiläufig.

»Warum?« Er wurde ernst.

»Man spricht über euch.«

Holtz dachte einen Augenblick nach. Eine Falte tauchte zwischen seinen Augen auf, und er biss sich auf die Unterlippe.

»Das ist eine lange Geschichte«, sagte er.

»Ich höre mir gerne lange Geschichten an.«

»Möchtest du ein Glas Wein?«, fragte er und erhob sich, um eine Flasche zu holen. »Du trinkst doch Wein, oder?«

»Ja. Jedenfalls gibt es keine religiösen Hinderungsgründe, falls du das meinst. Ich bin vermutlich genauso sehr Muslimin wie du Christ.« Sie lächelte.

Holtz holte zwei hellgraue Decken und legte ihr eine um die Schultern. Die andere legte er auf seinen Stuhl. Dann ging er den Wein und zwei Gläser holen.

»Hast du Hunger?«, rief er aus der Küche.

»Nein, mach dir keine Mühe.«

Als sie beide wieder in Decken gehüllt mit einem Glas würzigen Rotweins in der Hand auf den Holzstühlen saßen, erzählte Ulf Holtz von Mona Stridh oder der Frau des Ministers, wie er sie gelegentlich auch nannte.

Nach außen hin war sie glücklich gewesen. War aus einem kleinen Ort in der Provinz in die Großstadt gezogen mit allem, was das mit sich brachte. Ihr Mann hatte bei der Gewerkschaft Karriere gemacht und war dann Minister geworden. Aber hinter der schönen Fassade hatte Chaos geherrscht. Häuslicher Terror. Er hatte sie geschlagen. Oft und brutal.

»Nach langer Zeit hat sie ihren Mut zusammengenommen und ihn angezeigt. Da die Sache politisch brisant war, gingen alle auf Zehenspitzen. Alles unterlag der Geheimhaltung. Vor dem Gesetz sind alle gleich, dass ich nicht lache«, sagte er.

»Was passierte dann? Wurde er bestraft?«

»Nein, natürlich nicht. Die Ermittlung wurde eingestellt, bevor es zur Anklageerhebung kam. Der Staatsanwalt war der Meinung, dass sich nichts beweisen ließe. Aber die Beweise waren vorhanden. Dokumentierte Verletzungen, unerklärliche Blutspuren in ihrem Haus und einiges andere«, sagte Holtz.

»Wie ging es weiter?«

»Sehr viel später rief Mona mich an. Er war noch brutaler geworden und hatte damit gedroht, sie umzubringen. Sie war natürlich verzweifelt und bangte um ihr Leben. Ich habe versprochen, ihr zu helfen.«

Nahid Ghadjar zog die Knie hoch und stützte sich mit den Armen darauf ab. Sie fror.

»Was konntest du tun?«

»Ich habe die Ermittlungsakte kommen lassen, die der Geheimhaltung unterlag, und sie ihr gegeben«, sagte er ohne weitere Umschweife.

»Wozu brauchte sie die?«

»Sie wollte damit zu einer Zeitung gehen und so dafür sorgen, dass die Ermittlungen wieder aufgenommen wurden. Sie hoffte, dass der Druck der Medien zu groß werden würde. Das hoffte ich auch.«

»Und wie lief es?«

»Lausig. Keine Zeitung wollte sich damit befassen. Sie haben sich ganz einfach nicht getraut. Als die Reporter begannen, Fragen zu stellen, machte die Polizei gemeinsame Sache mit der Regierungskanzlei. Keiner erfuhr etwas, und die Akte wurde als Fälschung und politische Hetze abgetan.«

»Und was geschah mit dir?«

»Nicht viel. Da es die Akte offiziell nie gegeben hatte«, sagte er und deutete Anführungsstriche mit den Fingern an, »konnte sie natürlich auch niemand regelwidrig beschafft haben. Alle wussten natürlich, dass ich es war, und die meisten fanden es eigentlich auch richtig. Aber mein Verhältnis zu den Chefs ist seither gelinde ausgedrückt etwas getrübt.«

»Warum hast du die Sache nicht weiterverfolgt und hinsichtlich der gesicherten Spuren eine Aussage gemacht? Du wusstest doch, dass die Beweise echt sind?«, fragte sie.

Holtz sah gequält aus.

»Ich weiß nicht. Ich weiß es wirklich nicht«, sagte er und erhob sich, um noch eine Flasche Wein zu holen.

Der Reißverschluss verfing sich im Stoff, löste sich dann aber wieder, als Ann-Sofie Jensen vorsichtig an dem mattschwarzen Schieber zog. Die schwarzen Plastikhäkchen griffen ineinander, und der Reißverschluss schloss sich vollkommen lautlos und verbarg den perfekt geschnürten und polierten Stiefelschaft.

Sie richtete sich auf, nachdem sie sich überzeugt hatte, dass keine losen Enden an den Knöcheln herabhingen. Die dicke, weiche Hose saß perfekt. Mit einem fast unhörbaren Klappern wurde der Gürtel mit der viereckigen Messingschnalle angezogen.

Der Blick, der ihr im Spiegel begegnete, war klar und konzentriert. Ihr nackter Oberkörper war rosig von der heißen Dusche. Obwohl die Haut noch warm war, bekam sie eine Gänsehaut, und ihre Brustwarzen wurden steif. Sie überlegte, was kommen würde, wie die Nacht sie empfangen und schützen würde, wenn sie den Auftrag ausführte.

»*Quantum satis*«, sagte sie zu ihrem Spiegelbild.

Ann-Sofie Jensen ging in dem kleinen Zimmer, das sie gemietet und mit einem Bett und einem Spind – ausrangierte Militärbestände – eingerichtet hatte, auf und ab. Eine blauweiß karierte Tagesdecke, die sie bei derselben Gelegenheit gekauft hatte, war fest über die Matratze gespannt. Es gefiel ihr in diesem Raum, sie fühlte sich darin geborgen, und deswegen verbrachte sie hier auch sehr viel Zeit. Sie verließ das Zimmer nur, um ihre Arbeit als Nachtwächterin in der Fabrik zu verrichten und ihre Mission zu erfüllen: die Gewohnheiten der Schmierer auszuspähen und sie zu liquidieren.

Den Job hatte sie nicht wegen des Geldes angenommen, sondern um einen klaren Kopf zu behalten. Sie war gerne allein, wusste aber aus Erfahrung, dass sich das Alleinsein von einem Freund in einen Feind verwandeln konnte. Es reichte, ein paar Mal in der Woche an der Fabrikpforte zu sitzen und Leute rein- und rauszulassen, um das Gefühl zu haben dazuzugehören und gesehen zu werden.

Es hatte sie erstaunt, wie leicht es gewesen war, diese Arbeit zu bekommen. Niemand hatte ihre Geschichte, dass man mit dem Studiendarlehen nicht weit komme, in Frage gestellt. Offenbar hatte niemand ihre Angaben überprüft. Sie hatte eine Uniform, einen Ausweis und einen Schlüsselbund bekommen.

Langsam kühlte sich die warme Haut ab, und sie zog ein weißes T-Shirt über den Kopf.

Die Spindtür war nur angelehnt. Den großen Koffer mit dem Scharfschützengewehr hatte sie herausgehoben und auf den Boden gestellt. Sie öffnete den Koffer. Langsam strich sie mit den Fingerspitzen über die Waffe und sah sie fast verliebt an. Sie ließ die Finger einige Male über den Stahl gleiten, über den Kolben und über den Lauf. Es duftete ganz leicht nach Waffenfett. Sie wollte die Waffe so gerne aus dem Koffer nehmen, sie befühlen, beherrschte sich aber.

»Heute darfst du ausruhen«, sagte sie und klappte den Koffer vorsichtig zu. Das Schloss schnappte ein. Sie stellte den Koffer in den Schrank und schloss die Tür ab.

Ihre Glock hatte sie aufs Bett gelegt. Sie war bereit.

Die Windjacke in derselben matten, dunklen Farbe wie die Hose hing an einem Haken an der Tür. Sie nahm sie herunter, zog sie an und steckte die Waffe in eine Innentasche.

Sie spürte sie kaum.

Jetzt ist es an der Zeit, dachte sie und spürte das vertraute Gefühl der Erwartung und der Aufregung, aber auch das Gefühl, irgendwohin unterwegs zu sein, fast wie Reisefieber.

Er liebte diese Zeit zwischen vier und fünf Uhr morgens. Die Zäsur zwischen Wachsein und Schlaf. Seltsame Dinge geschahen, und andere Regeln schienen zu gelten, wenn die Stadt tief schlief. Tiere, von denen viele glaubten, sie könnten in einer Stadt nicht existieren, spazierten manchmal unbekümmert über die nächtlichen Straßen. Füchse, Rehe und Dachse hatte er schon gesehen. Andere, die manche sicher auch als Tiere bezeichnet hätten, aber zweibeinige, nutzten diese fast nicht existierende Zeit effektiv. Parkscheinautomaten wurden geleert, Garagen aufgebrochen und Fahrräder verschwanden von den Ständern.

Aber meist war es einfach nur still, ganz still, und die Stille war Akazias Verbündete.

Manchmal beobachtete er stundenlang einen Rangierbahnhof, um sich sicher sein zu können, dass die Luft rein war. Er konnte ganz still dasitzen. Jede noch so kleine Bewegung wurde sichtbar, wenn alles schlief, und nachdem der Uhrzeiger die Vier passiert hatte, machte er sich meist ans Werk. Mit raschen Schritten auf den Rangierbahnhof, runter mit dem Rucksack und raus mit den Farben. Das Bild entstand in rasender Geschwindigkeit auf der Außenseite des Waggons. Viele Nächte hatte er gewartet, um rasch während des Übergangs zwischen Wachen und Schlafen zuzuschlagen. Das war seine Zeit, Akazias Zeit. Heute Nacht würde er es ihnen zeigen. Verdammt, das würde er.

Das Handy surrte. Die Vibration wurde vom Nachttisch verstärkt, und das Geräusch wirkte lauter, als es in Wirklichkeit war. Ulf Holtz fuhr aus dem Schlaf und griff nach dem Telefon, das kurz davorstand, vom Nachttisch zu rutschen. Er drückte auf die erstbeste Taste. Hatte er den Wecker des Handys gestellt? Er starrte das Gerät an. Es dauerte eine Weile, bis er begriff, dass das grüne Symbol leuchtete.

»Hallo?«

Der Empfang war schlecht.

»Hallo?«, hörte er. »Bist du das, Holtz?«

»Ja, wer ist da?«, fragte Holtz. Die Nummer auf dem Display hatte ihm nichts gesagt.

»Bengtsson von der Fahndung.«

»Fahndung? Und was willst du von mir?«

»Ich habe versucht, die anderen zu erreichen, aber da war niemand«, erwiderte Bengtsson.

Holtz verstand überhaupt nichts.

»Bitte ganz langsam, damit ich mitkomme«, sagte er.

»Ich lasse einen Burschen überwachen, der Akazia heißt, einen dieser Schmierer. Wir beobachten ihn schon seit einigen Tagen – oder Nächten, um genau zu sein. Jedenfalls hat er sich heute Nacht auf seine gewöhnliche Runde begeben, und ich bin wie immer hinterher«, sagte Bengtsson.

»Ich kapiere immer noch nichts …« Holtz sah auf die Uhr, die schwach in der Dunkelheit leuchtete. Es war vier Uhr.

»Gerade als ich ihm folgen wollte, tauchte eine dunkel gekleidete Gestalt zwischen mir und Akazia auf.«

»Eine Gestalt?«

»Es sieht aus, als würde noch jemand das Objekt überwachen. Ich dachte, einer von unseren Leuten, Planungsfehler also. Aber es gibt niemanden, der mir das bestätigen könnte, deswegen rufe ich bei dir an«, sagte Bengtsson.

Langsam begriff Holtz, was er hörte. Er schüttelte den Kopf, um Ordnung in seine Gedanken zu bringen.

»Wo bist du jetzt?«

»Kennst du diesen neuen Autobahntunnel, der am südlichen Brückenende beginnt?«

»Ja …« Holtz war sich nicht ganz sicher, was Bengtsson meinte.

»Ich stehe an der Zufahrt. Akazia ist in den Tunnel gerannt.«

»Und der andere?«

»Weiß nicht, habe ihn aus den Augen verloren.«

Wenn es denn ein Er ist, dachte Holtz.

»Bleib, wo du bist, und versuch's weiter bei Knut Sahlén, Adrian Stolt oder wem auch immer. Verständige den Diensthabenden, bitte ihn, ein paar Streifenwagen zu schicken und das Einsatzkommando zu alarmieren. Sie sollen sich aber diskret verhalten. Rühr dich nicht von der Stelle. Ich bin gleich bei dir«, sagte Holtz und beendete das Gespräch.

Er schwang die Beine über die Bettkante, nahm seine Kleider, die zusammengefaltet auf einem Stuhl lagen, zog sich an und eilte zu seinem Wagen hinaus.

Der Lastzug näherte sich mit hoher Geschwindigkeit, bremste jedoch auf Höhe des Schildes, das die automatische Geschwindigkeitsüberwachung ankündigte. Der Anhänger schwenkte leicht aus, fand dann aber schnell wieder in die Spur zurück, und die Rücklichter verschwanden im Tunnel.

Akazia stand mit an die Felswand gedrücktem Rücken da. Es roch nach Benzin und Asphalt, aber ein schwacher Luftzug sorgte dafür, dass die Luft trotzdem sauber wirkte. Die Scheinwerfer, die die Felswand und das weiße Dach beleuchteten, schienen einen weichen Lichtrahmen zu bilden. Aber unten an der Fahrbahn über einer etwa einen Meter hohen hellen Betonmauer zuhinterst an der Wand fand sich ein Streifen Dunkelheit. Akazia war in den letzten Tagen mehrmals mit einem geliehenen Auto durch den Tunnel gefahren. Vielleicht war es auch gestohlen gewesen. Er wusste es nicht, aber Jimjim hatte gesagt, er könne es haben, so oft er wolle. Darüber, dass Akazia keinen Führerschein hatte, hatte sich niemand Gedanken gemacht.

Der Plan war einfach. Zwei Kilometer in den Tunnel hinein lag ein großer, beleuchteter blauer Mosaikbogen, der als Schmuck gedacht war, aber auch als Wegweiser dienen sollte. Akazia wusste, dass die Zeit knapp war, wenn er den Bogen erst einmal erreicht hatte. Wenn die Verkehrsüberwachung so auf Zack war, wie immer behauptet wurde, dann war in wenigen Minuten ein Streifenwagen da. Akazia rechnete jedoch damit, dass der Anblick eines Menschen an dem Bogen erst einmal Verwirrung und Ratlosigkeit auslösen würde. Er wusste genau, wie er entkommen konnte. Alle fünfzig Meter gab es einen Notausgang in den Tunnel der Gegenfahrbahn. Er kontrollierte, ob sein Rucksack richtig saß, zog die Schnürsenkel noch einmal an und klappte den dunklen Kragen so weit hoch, dass er sein halbes Gesicht verdeckte. Die schwarze Baseballkappe, die er mit dem Schirm nach hinten getragen hatte, drehte er herum, damit auch die obere Hälfte seines Gesichts nicht zu sehen sein würde. Er kletterte auf eine alte Holzkiste, die auf der Erde lag, und sprang geschmeidig auf die schmale Krone der Betonmauer. Mit gleichmäßigen, raschen Schritten lief er dicht an der Wand entlang und im Schutz der Dunkelheit in den Tunnel hinein.

Unter jedem Auge zog sie mit der fettigen Tarnfarbe einen dicken schwarzen Strich. Sie nahm mit der Rechten die Glock aus der versteckten Innentasche ihrer Jacke und wog sie in der Hand. Mit routiniertem Blick kontrollierte sie, dass alles in Ordnung war, bevor sie die Waffe wieder zurücksteckte. Sie klopfte leicht auf die Außenseite der Jacke, um sich zu versichern, dass die Pistole auch gut lag. Nachdem drei Autos und zwei Lastzüge direkt an ihr vorbeigebraust waren, begab sie sich langsam in den Tunnel. Als das Dröhnen des letzten Lasters verklungen war, beschleunigte sie ihren Schritt und sprang wie Akazia wenige Minuten zuvor auf die Mauer. In der Tasche an ihrem Bein schabte die Rolle mit schwarzem Klebeband.

Bengtsson war außer sich. Immer wieder hatte er versucht anzurufen, aber jedes Mal war nur die Mitteilung »Kein Empfang« auf seinem Display aufgetaucht. Er hatte gerade seinen Wagen am Ende der Brücke in mehreren Hundert Meter Entfernung geparkt, als ihm klargeworden war, dass Akazia die Rampe zum Tunnel hinuntergegangen war. Einige Sekunden lang hatte er erwogen, ihm mit dem Auto hinterherzufahren, aber er stand auf der falschen Seite, und es hätte zu lange gedauert, die Fahrtrichtung zu wechseln. Also war er Akazia ein Stück zu Fuß gefolgt, bis er Holtz telefonisch erreicht hatte.

Bengtsson entschloss sich, Holtz' Anweisungen, an Ort und Stelle zu bleiben und abzuwarten, zu befolgen. Er war so müde gewesen, dass er fast schon gemeint hatte, sich alles nur eingebildet zu haben, und dass Akazias Verfolger eine Halluzination gewesen war. Er schrieb es auch seiner Müdigkeit zu, dass er sein Funkgerät vergessen hatte. Er hatte sich so daran gewöhnt, mit dem Handy zu telefonieren, dass er das relativ sperrige Funkgerät meist im Auto zurückließ.

Ein warmer Sprühregen erfüllte die Luft. Holtz wischte sich die Stirn ab. Sie war nass und klebrig. Sein Mund war trocken, und seine Zunge kam ihm zu groß vor. Ich hätte mir die Zähne putzen sollen, dachte er. Er war fast ganz allein auf der Straße. Innerhalb einer knappen Viertelstunde erreichte er das Brückenende, an dem die Bauarbeiter trotz der frühen Stunde schon beschäftigt zu sein schienen. Holtz kümmerte sich nicht um das Schild, das zu vorsichtigem Fahren aufforderte. Im Rückspiegel fing er wütende Blicke von Männern in orangefarbenen Schutzwesten auf. Die Hauptstadt lag unterhalb der Brücke vor ihm und funkelte, als ein paar wenige, verlorene Sonnenstrahlen durch die schwarzen Wolken am Horizont brachen.

Holtz fuhr schneller, verließ die Brücke und folgte den Pfeilen, die zum Tunnel wiesen.

Ein einzelnes Auto stand in einer Parkbucht für Fahrzeuge zur Tunnelwartung. Er hielt hinter diesem Wagen und schaltete den Motor aus. Dann atmete er einige Male tief ein und schloss die Augen. Was zum Teufel tue ich hier eigentlich? Das fällt wirklich nicht in mein Ressort, dachte er.

Die schwülfeuchte Gewitterluft schlug ihm entgegen, als er die Fahrertür öffnete. Er blieb einen Augenblick neben dem Auto stehen. Unsicher. Dann lief er im Dauerlauf auf den Tunneleingang zu.

Da stand doch jemand? Ihm schoss durch den Kopf, dass er nicht einmal richtig wusste, wie dieser Bengtsson von der Fahndung aussah. Er blieb stehen und betrachtete die Gestalt aus der Ferne. Das muss er sein, dachte er und näherte sich langsam dem Mann, der zu telefonieren schien.

Bengtsson, der zum zehnten Mal verfluchte, dass er mit seinem Handy nicht durchkam, hatte nicht gemerkt, wie sich ihm jemand von hinten näherte, aber jetzt spürte er plötzlich eine Präsenz in der Nähe.

Er steckte das Handy langsam in die Jackentasche und griff nach seiner Pistole, die mit dem Griff nach vorne im Gürtel steckte. Mit einer einzigen Bewegung zog er die Waffe, lud sie mit der Linken durch und warf sich herum.

Dann hielt er abrupt inne.

Die schwarze Mündung der Pistole kam Holtz größer vor, als sie eigentlich war. Das Loch wirkte gigantisch.

Verdammt, verdammt, verdammt, dachte er.

Der Mann mit der Pistole senkte die Waffe und seufzte erleichtert.

»Schön, dass du gekommen bist. Jetzt erkenne ich dich«, sagte er.

»Bengtsson? Fahndung?«

Der Mann nickte.

Holtz atmete auf und schloss die Augen. Sein Herz raste, und sein trockener Mund war noch trockener geworden.

»Ich dachte, mein letztes Stündlein hätte geschlagen«, sagte er mit einem schrägen Lächeln.

Bengtsson betrachtete Holtz ein paar Sekunden lang schweigend. Er erwiderte das Lächeln nicht.

»Ist Akazia da reingegangen?«, fragte Holtz, da Bengtsson keine Anstalten machte, etwas zu sagen.

»Ja, vor etwa einer Viertelstunde.«

»Und der andere?«

»Weiß nicht. Ich habe gesehen, wie er Akazias Auto gefolgt ist, aber danach … ich weiß nicht.«

»Könnte der Verfolger auch in den Tunnel gegangen sein?«

»Ich weiß nicht, vielleicht. Ich hatte den Tunnel nicht die ganze Zeit im Blick. Als das Telefon nicht funktioniert hat, bin ich die Böschung rauf, um besseren Empfang zu haben. Da konnte ich dich dann erreichen, aber jetzt hat das Handy wieder kein Netz.«

Bengtsson sah unglücklich aus.

Holtz zögerte, als erwäge er verschiedene Möglichkeiten.

»Ich gehe rein«, sagte er dann.

»Soll ich mitkommen?«

Holtz zögerte erneut.

»Es ist besser, du holst Verstärkung. Geh zum Auto und versuche noch mal, die Einsatzzentrale zu erreichen. Oder noch besser Knut Sahlén. Hast du eigentlich kein Funkgerät?«, fragte Holtz, als käme ihm dieser Gedanke erst jetzt.

Bengtsson sah noch unglücklicher aus, falls das überhaupt möglich war.

»Nein … das ist im Auto.«

Holtz wollte schon etwas erwidern, besann sich aber dann eines Besseren. Er schüttelte nur den Kopf und lief im Dauerlauf in den Tunnel.

»Was soll ich Sahlén sagen?«, rief Bengtsson hinter ihm her.

»Dass wir möglicherweise Ann-Sofie gefunden haben. Er weiß dann schon Bescheid«, antwortete Holtz über die Schulter und verschwand im Tunnel.

Der Rucksack scheuerte auf dem Rücken und schlug ab und zu an die Felswand. Akazia lief langsamer und fasste einen dunklen Schatten an der Wand in etwa fünfzig Meter Entfernung ins Auge.

Der Schatten war ein kleiner Schacht, eine Einbuchtung, die in den Fels gehauen worden war, wahrscheinlich um irgendwelche Wartungsarbeiten ausführen zu können. Er drückte sich hinein. Der Schweiß brannte ihm in den Augen, und er wischte die salzigen Tropfen mit dem Handrücken weg. Ab und zu donnerten Fahrzeuge vorbei. Das Geräusch nahm zu, wenn sie sich näherten, und verschwand, wenn das

Auto oder der Sattelschlepper an ihm vorbeirollte. Alle fuhren etwa gleich schnell.

Akazia lehnte den Kopf gegen den warmen Granit der Felswand und blickte nach oben. Die riesigen, weißen Platten der abgehängten Decke schwebten über ihm. Obwohl Auspuffgase und Staub eine dünne Schmutzschicht darauf hinterlassen hatten, reflektierten sie das Licht und erzeugten die Illusion sicheren Tageslichts. Akazia wusste jedoch, dass sie sich weit unter der Erdoberfläche befanden. Das Dröhnen der Gebläse an der Decke war einschläfernd, und ein paar Sekunden lang hatte er das Gefühl, im Stehen einzunicken. Seine Schultermuskeln waren angespannt. Langsam beugte er den Kopf nach vorne. Dann zur Seite, nach links und nach rechts. Die Spannung ließ nach, und seine Kraft kehrte zurück. Seine Gedanken wurden klarer. Akazia schob sich aus dem kleinen Schacht auf die Betonmauer.

Er schwankte etwas, als ein Sattelschlepper auf ihn zudröhnte, fand dann aber sein Gleichgewicht wieder. Mit kleinen, vorsichtigen Schritten ging er weiter in den Tunnel hinein. In weiter Ferne ahnte er den blauen Lichtschein, der sein Ziel war.

Ann-Sofie Jensen regte sich nicht und atmete kaum. Das Objekt – es war ihr lieber, ihn so zu nennen – war unbegreiflicherweise verschwunden, obwohl das eigentlich unmöglich war. Sie war ein gutes Stück hinter ihm geblieben, aber nah genug bei ihm, um jede seiner Bewegungen im Auge zu behalten.

Sie folgte ihm nun schon seit Tagen. Abwartend. In dieser Nacht hatte sich etwas verändert. Sie konnte es nicht genau benennen, es nicht rational erklären, aber sie wusste einfach, dass es in dieser Nacht geschehen würde. Sie wusste, dass sich das Objekt allein auf den Weg machen würde. Ihre Stunde war gekommen, der Moment, die Aufgabe zu erledigen.

Nachdem sie ihn eine Weile beschattet hatte, merkte sie, dass etwas nicht stimmte. Da war noch jemand. Sie entdeckte den Wagen des anderen fast sofort und unterdrückte den Impuls, sich zurückzuziehen, das Objekt laufen zu lassen. Etwas trieb sie an, das Gefühl, dass ihre Stunden gezählt waren. Sie musste die Arbeit beenden. Der Mann, der Akazia so dilettantisch verfolgte, hatte sie nicht entdeckt. Sie war sich da fast sicher. An der Tunneleinfahrt, ein Stück von der Stelle entfernt, an der sie ihren Wagen abgestellt hatte, hatte sie ihn mühelos abgeschüttelt. Geschmeidig war sie auf die Betonmauer gesprungen, wie es das Objekt ebenfalls getan hatte, und war wie er von der Dunkelheit verschluckt worden.

Eine plötzliche Bewegung. Sie spürte sie mehr, als dass sie sie gesehen hätte. Das war er, er bewegte sich wieder vorwärts. Auch sie setzte sich in Bewegung.

Die weißen Streifen, die den Abstand zur Kante markierten, flossen ineinander, als er über sie hinwegrannte. Wenn mir ein Auto zu nahe kommt, ist alles vorbei, dachte Holtz und verlangsamte seine Schritte. Es gab keine plausible Erklärung, warum er in den Tunnel gerannt war. Keine einzige, das wusste er. Alle Alarmglocken schrillten und riefen ihm zu anzuhalten, umzukehren.

Aber er lief weiter.

Und ich bin nicht einmal bewaffnet, dachte er. Sein Herz pochte aufgeregt in seiner Brust, aber bereits nach einer Minute hatte sich seine Atmung normalisiert und sein Puls beruhigt. Wie lang ist dieser Tunnel eigentlich, und was will ich hier finden?

Vielleicht stimmte es ja gar nicht. Akazia hatte sich womöglich gar nicht in den Tunnel begeben. Dieser Bengtsson schien schließlich etwas konfus zu sein. Und der Verfolger? Gab es den überhaupt? Vielleicht handelte es sich ja trotz allem um einen anderen Beamten. Holtz dachte fieberhaft nach, suchte nach einer logischen Erklärung.

Aber er wusste es.

Er wusste, dass vor ihm im Dunkeln eine Jagd stattfand. Eine Menschenjagd.

Die Reihe Monitore erinnerte an die im Tower eines Flughafens, aber statt Flugzeugen huschten Fahrzeuge unter den Kameras entlang. Warnlampen und Messinstrumente, die drahtlos mit Detektoren in mehreren Kilometern Entfernung verbunden waren, zeigten Luftfeuchtigkeit, Wärme, Bewegung und Rauch an. Rund um die Uhr wurde der Verkehr in dem großen Tunnelsystem überwacht, das die verschiedenen Stadtteile miteinander verband. Da die Überwachung von Computern erledigt wurde, lag die Bemannung nachts weit unter dem geforderten Sicherheitsstandard. Die Gewerkschaft hatte einen besonders hohen Nachtzuschlag gefordert, was die Beamten im Rathaus dazu veranlasst hatte, Personal einzusparen. Schließlich passierte ohnehin nie etwas. Die zwei Augenpaare, die entdecken sollten, was sich wider Erwarten doch ereignete, waren wie in allen anderen Nächten damit beschäftigt, sich gegenseitig beim Kartenspiel zu schlagen.

»Verdammt, Stege, du machst es einem nicht leicht«, sagte der, der Biffen genannt wurde.

Auf den Monitoren hinter ihnen sauste ein Fahrzeug nach dem anderen vorbei.

Das blaue Licht sah fast unwirklich aus. Akazia sprang von der Betonmauer und landete federnd auf beiden Füßen. Sein Kopf schmerzte. Er verzog das Gesicht, rieb sich die Stirn, aber achtete darauf, nicht die Naht zu berühren. Es war fast ganz still, nur wenige Fahrzeuge fuhren an ihm vorbei. Langsam näherte er sich dem blauen Bogen.

Akazia war nie in einer Kirche gewesen, zumindest konnte er sich nicht erinnern, aber er glaubte, dass man sich so in einem Heiligtum fühlen musste. Ehrfurcht erfüllte ihn. Er trat bis auf wenige Schritte an den Bogen heran. Es war ihm egal, ob ihn hier jemand sah. Dass ihn eine Kamera jeden Augenblick vor die Linse bekommen würde. Er war wie in Trance.

Der Lärm kam unerwartet. Die Hupe des Sattelschleppers schnitt durch ihn hindurch. Das Dröhnen hallte von der Felswand wider und veranlasste ihn, sich in eine dunkle Ecke zu werfen.

Der Lärm verebbte.

Der Schock, den der auftauchende Sattelschlepper ausgelöst hatte, hatte ihn wach gerüttelt. Akazia nahm den Rucksack ab und kniete sich im Schutz der Dunkelheit hin. Er nahm die vier Spraydosen aus dem Rucksack und vergewisserte sich, dass die Spraydüsen sauber waren und dass er die richtige Farbe erwischte.

Er hatte sorgfältig gewählt. Silber, Dunkelrot, Orange und Schwarz.

Los jetzt. Etwas trieb ihn an. Akazia holte ein paar Mal rasch Luft, beugte den Kopf vor und dehnte die Nackenmuskeln. Er raffte die Dosen zusammen, sah in die Richtung, aus der die Fahrzeuge kamen, und wartete, bis zwei Taxis an ihm vorbeigefahren waren. Dann war er mit ein paar schnellen Sätzen bei dem blauen Bogen und stellte drei der Spraydosen auf die Erde. Er begann, die schwarze mit kräftigen, gleichmäßigen Bewegungen zu schütteln. Sein Herz raste.

Ann-Sofie Jensen verspürte einen vertrauten Schauer. Es kribbelte unter der Haut, und ihre Wangen erhitzten sich. Sie öffnete den Mund einige Male, so weit es ging, und bewegte dann den Unterkiefer seitlich hin und her. Im Kopf hörte sie ein Knirschen.

Jetzt lagen zwischen ihr und dem Objekt nur noch fünfzig Meter. Ein Kinderspiel.

Ulf Holtz ging langsamer. Einige Hundert Meter vor ihm leuchtete es blau. Er hatte diesen Lichtschein schon oft im Vorbeifahren gesehen, aber nie näher darüber nachgedacht. Er hatte Angst. Sollte er umkehren? Was konnte er tun? Mit einem entschlossenen Schritt beschleunigte er dann jedoch wieder sein Tempo. Hoffentlich sieht mich jemand, dachte er und blickte immer wieder zu den Überwachungskameras hinauf, die an der Decke hoch über seinem Kopf montiert waren.

»Scheiße!« Biffen knallte seinen Kaffeebecher auf den Tisch. Es spritzte. Ein dunkler Fleck breitete sich auf der aufgeschlagenen Zeitung aus. Einige Tropfen liefen über die Tischkante auf sein Knie.

»Scheiße!«, wiederholte er und hob den Hörer des Telefons an der Wand ab. Die Leitung ging direkt zur Einsatzzentrale der Polizei, ohne dass er wählen musste. Es klingelte.

»Was ist los?«

Biffens Kollege Gunnar Modin kam von der Toilette und zog den Reißverschluss hoch. Wie immer blinzelte er dabei.

»Ein Verrückter rennt im Tunnel herum.«

»Und da ist auch noch jemand, der nicht rennt«, sagte Modin und deutete auf einen anderen Monitor.

»Scheiße, was ist da eigentlich los«, sagte Biffen, gerade als die Einsatzzentrale antwortete.

Die Spraydose zischte, und ein feiner schwarzer Nebel traf die beleuchtete blaue Mosaikwand. Mit geübten, flinken Bewegungen malte Akazia den Buchstaben A. Er ließ die weiße Düse los, und die Farbe versiegte. Dann trat er ein paar Schritte zurück, um sein Werk zu bewundern. Er hob den Arm ein weiteres Mal.

Die Pistole war kalt.

Die Mündung, die an seine Schläfe gedrückt wurde, schien aus dem Nichts zu kommen. Noch ehe er begriff, was eigentlich passierte, spürte er einen starken Arm um seinen Hals. Das Metall drückte sich tiefer in seine Haut und gegen den Schädelknochen. Die Kopfschmerzen, unter denen er seit seiner Gehirnerschütterung litt, kehrten mit voller Kraft zurück.

Ihm wurde eiskalt. Seine Gedanken überschlugen sich, prallten gegen seinen Schädelknochen. Ein Inferno.

Der Griff um seinen Hals wurde noch härter. Plötzlich sah er nur noch rot vor Augen. Es blitzte in seinem Kopf. Die Spraydose fiel zu Boden. Akazia sah sie in Zeitlupe fallen. Seine Gedanken verwirrten sich.

Ann-Sofie Jensen zog das Objekt rasch zu Boden. Einen Arm um seinen Hals, die Glock fest an seine Schläfe gedrückt. Er fiel. Das Blut wich aus seinem Kopf, und zwei Sekunden, nachdem sie sich lautlos an ihn angeschlichen hatte, lag er bewusstlos auf der Erde.

Sie fühlte mit zwei Fingern den Puls an seinem Hals. Er lebte. Das stabile, schwarze Klebeband gab ein zischendes Geräusch von sich, als sie es von der Rolle zog und ihm die

Hände auf dem Rücken fesselte. Anschließend zog sie ihn hoch, so dass er sitzend an der Felswand lehnte.

Zwei breite Klebestreifen über den Mund.

Langsam kehrte das Blut in den Kopf zurück, und ebenso langsam kehrte Akazias Bewusstsein zurück. Seine Arme waren nach hinten gedreht und schmerzten fast ebenso fürchterlich wie sein Kopf.

Zwei Augen mit dicken schwarzen Strichen darunter begegneten seinem Blick, als er wieder etwas sehen konnte.

Er versuchte zu sprechen, zu schreien, aber das ging nicht. Er konnte den Mund nicht öffnen, und einen Augenblick lang erfüllte ihn der irrsinnige Gedanke, gar keinen Mund zu haben. Aber dann spürte er das Plastik an den Lippen und nahm den Geruch von Klebeband wahr.

Die Augen vor ihm waren ausdruckslos.

»Ich will, dass du weißt, warum du stirbst«, sagte die Stimme.

Akazia spürte, wie es zwischen seinen Beinen nass wurde. Der Schrecken mischte sich mit Beschämung.

Schweiß lief ihm in die Augen, ohne dass er etwas dagegen unternehmen konnte.

Die Szene war unwirklich. Sie erinnerte Holtz an eine Oper, die er einmal gesehen hatte. Die einzige vermutlich. Am Bogen saß ein junger Mann an die Wand gelehnt. Vor dem Mann war eine dunkle Gestalt in der Hocke auszumachen. Das Bild sah ganz friedlich aus, als hätten die beiden eine Pause eingelegt, ein kleiner Schwatz am Wegesrand. Holtz näherte sich langsam. Er drückte sich an die Wand und hoffte, dass er nicht zu sehen sein würde. Er versuchte, sich unsichtbar zu machen, befürchtetet aber dass die helle Hose, die er in aller Eile angezogen hatte, ehe er aus dem Haus gestürzt war, schreiend auf ihn aufmerksam machte. Ihm fiel auf, dass schon eine ganze Weile keine Autos mehr vorbeigefahren waren. Es war fast ganz still, nur das langsame Kreisen der Ventilatoren war zu hören. Holtz blickte abwechselnd auf die beiden Gestalten und an die Decke, um zu sehen, wo die Überwachungskameras hingen.

Er hatte eine Idee.

Dort. An einer Eisenstange hing so etwas wie ein schwarzes Rohr. Das musste eine Kamera sein. Er schaute zu dem Rohr hoch, als suchte er Augenkontakt. Mit den Lippen formte er langsam und überdeutlich das Wort »Wartet«. Dann hob er langsam den Zeigefinger an den Mund, um die Kamera zum Stillsein zu ermahnen.

Hoffentlich sieht jemand hin, und hoffentlich sind da draußen auch genügend Leute, dachte er, als er eine Stimme hörte. Die Stimme hallte im Tunnel wider und erreichte Holtz' Ohren ganz seltsam von der Seite, obwohl er sich absolut sicher war, dass die Stimme einer der beiden Personen vor ihm gehörte. Er drehte den Kopf etwas zur Seite, um sie besser zu verstehen.

Biffen und Gunnar Modin waren in ein Hinterzimmer der Kontrollzentrale geschoben worden. Eine etwas verschlafene Ellen Brandt versuchte nach besten Kräften, ihnen zu entlocken, was sie gesehen hatten und was vorgefallen war.

Wo noch vor weniger als zwanzig Minuten tiefster Frieden geherrscht hatte, war jetzt fieberhafte Aktivität ausgebrochen. Der Überwachungschef, ein Einsatzleiter und etwa zehn weitere Personen hatten zusammen mit Knut Sahlén und Adrian Stolt vom Kontrollraum Besitz ergriffen.

Ungefähr zu dem Zeitpunkt, zu dem Biffen mit der Einsatzzentrale der Polizei telefoniert hatte, hatte Bengtsson Knut Sahlén erreicht. Dann war alles sehr schnell gegangen.

Alle Tunnelzufahrten waren mit Schlagbäumen gesperrt worden. Innerhalb weniger Minuten hatten sich Streifen- und Rettungswagen vor jeder Ein- und Ausfahrt befunden. Das Nationale Einsatzkommando war in höchste Bereitschaft versetzt worden und wartete nur auf den Befehl, in den Tunnel einzudringen.

»Schaut euch das an.«

Alle drehten sich zu Adrian Stolt um, der auf einen der Monitore zeigte.

»Was zum Teufel soll das heißen?«

»Dass wir nichts unternehmen und uns auf Abstand halten sollen«, sagte Knut Sahlén.

Er schien sich jedoch auch nicht ganz sicher zu sein, was er von Holtz' Pantomime vor der Kamera halten sollte.

»Ist das ratsam? Ich meine abzuwarten?«, fragte Adrian Stolt.

Knut Sahlén bedachte Stolt mit einem Blick, als hielte er ihn für verrückt.

»Schickt die Einsatztruppe rein«, sagte er dann knapp.

Holtz konzentrierte sich. Er drehte den Kopf noch ein kleines bisschen. Die Unterhaltung erreichte ihn nur in Wortfetzen.

»Wer gibt dir das Recht, das Gesetz in eigene Hände zu nehmen, anderen alles kaputt zu machen … Leute wie ihr seid Abschaum, ihr zerstört diese Welt … ihr müsst bezahlen … mein Bruder und ich tun das Richtige … die Gesetze verhöhnen … Gesetz … zerstörtes Leben … Tod verdient …«

Akazia begriff, dass alles aus war.

Die Frau vor ihm wirkte fest entschlossen, ihn zu bestrafen. Er und seinesgleichen verkörperten das Böse, alle Ungerechtigkeit, die über jene hereinbrach, die das Rechte taten. Er begriff nicht, woher dieser ganze Hass kam oder warum er dafür büßen sollte. Aber dass alles vorbei war, daran konnte kein Zweifel bestehen.

Ihr Blick veränderte sich. Er wurde klar und scharf. Sie stand auf. Er verstand.

Das Klebeband schnitt in die Haut, seine Arme waren gefühllos, und seine Augen brannten.

Er wollte nicht sterben, nicht sterben.

»Tun Sie es nicht! Ann-Sofie, tun Sie es nicht.« Holtz versuchte, in ruhigem Tonfall zu sprechen, aber seine Stimme überschlug sich trotzdem.

»Tun Sie es nicht. Es ist vorbei. Sie können nicht entkommen«, rief er.

Er ging mit ausgestreckten Händen, damit sie sehen konnte, dass er unbewaffnet war, auf die beiden zu.

Sie reagierte nicht. Blieb einfach mit dem Rücken zu ihm stehen.

»Ich heiße Ulf Holtz und bin Kriminaltechniker. Ich habe mit Ihrem Bruder gesprochen. Er hat von Ihnen erzählt, und ich verstehe Sie. Niemand kommt hier ohne mein Okay rein. Sie brauchen sich also keine Sorgen zu machen. Lassen Sie uns darüber reden, über Sie.«

Ann-Sofie Jensen drehte sich langsam zu Holtz um. Erst blickte sie ihn erstaunt an, dann lächelte sie.

Holtz erkannte sofort, dass er einen Fehler begangen hatte.

Sie hob die Pistole.

Er sah, dass sich die Muskeln ihrer Hand spannten, und ihm war klar, dass sie abdrücken würde.

Jegliche Kraft verließ ihn.

Wie konnte ich nur so dumm sein? Wie konnte ich nur glauben, dass ich sie davon abbringen könnte? Verdammter Amateurpsychologe, dachte er und schloss die Augen.

Der Schuss schallte durch den Tunnel.

Als der ohrenbetäubende Knall zwischen den Felswänden widerhallte, öffnete Holtz die Augen und sah zu seinem Erstaunen, dass Ann-Sofie Jensen mit gewaltiger Kraft nach vorne geschleudert wurde.

Vier schwarzgekleidete Gestalten traten mit gezogenen Waffen aus den Schatten. Rasch hatten sie Ann-Sofie Jensen erreicht. Einer presste ihr den Lauf eines Gewehrs zwischen die Schultern und drückte sie dann mit dem Stiefel nach unten.

Sie stöhnte und lag dann still.

Eine Kugel hatte sie in der rechten Schulter erwischt.

Akazia hätte beinahe wieder das Bewusstsein verloren.

Ulf Holtz erging es genauso.

Er zog die Nase kraus und blickte etwas gequält drein.

»Lass den Unsinn, probier wenigstens mal.«

Nahid Ghadjar reichte ihm das kleine dickwandige Glas, das bis zum Rand mit schwarzem Kaffee gefüllt war.

Holtz zögerte, führte es dann aber doch langsam an die Lippen, schlürfte ein paar Tropfen und stellte es wieder auf den Kaffeetisch.

»Gut, nicht wahr?«

»Willst du meine ehrliche Meinung hören?«

Holtz versuchte, keine Miene zu verziehen.

Sie nickte erwartungsvoll.

»Überbewertet«, sagte er und trank noch einen winzigen Schluck.

Nahid Ghadjar schüttelte den Kopf, als hätte sie es mit einem ungehorsamen Kind zu tun. Das schwarze Haar bewegte sich wie ein dünner Vorhang. Sie nahm ein paar Strähnen zwischen die Finger und strich sie dann hinters Ohr.

Holtz hielt ihren Blick fest.

Sie sah ihm tief in die Augen.

»Wie geht es dir?«, fragte sie nach langem Schweigen.

»Gut. Sogar ganz ausgezeichnet. Warum?«

»Ich frage mich nur, wie man sich fühlt, wenn man in den Lauf einer Pistole starrt und glaubt, sterben zu müssen. Das muss ein Schock sein, eine Vorahnung des Todes.«

Eine Weile sagte er nichts. Nahid Ghadjar wollte sich gerade noch einmal wiederholen, da hob er die Hand.

»Ich denke noch darüber nach, wie ich es ausdrücken soll.«

Er stellte das leere Glas auf den Tisch, biss sich auf die Unterlippe und sah ihr in die Augen.

»Ich dachte, was für ein Pech, was für ein Pech, ausgerechnet zu sterben, kurz nachdem ich dich kennengelernt habe. Es ist lange her, dass es jemanden gab, mit dem ich mich richtig unterhalten konnte … einen Freund.«

»Ich bin sehr froh, dass du noch lebst«, sagte sie und lächelte voller Herzlichkeit.

Holtz wusste nicht, was er sagen sollte, und lächelte ebenfalls.

»Weshalb hat sie die Morde begangen?«, fragte Nahid Ghadjar.

Der Zauber war gebrochen.

»Irgendwie hat sie ihr eigenes Versagen mit dem ihres Bruders vermengt. Sie sah es als ein Versagen der Familie und suchte nach einer Art Genugtuung. Die Graffitimaler verkörperten den Feind, den es zu bekämpfen galt«, sagte er.

»Aber warum?«

»Das frage ich mich auch.«

Holtz sah fast gequält aus.

»Tatsache ist, dass ich sehr viel darüber nachdenke, ich kann einfach nicht anders. Die Psychologen werden aus ihr nicht schlau. Sie reden von Projektionsrache.«

»Projektionsrache? Davon habe ich noch nie gehört«, sagte Nahid Ghadjar.

»Wenn die Gerichtspsychiater erst mal loslegen, dann lässt sich alles erklären. Eine der führenden Rechtspsychiaterinnen hat übrigens eine eigene Erklärung. Sie hat behauptet, Ann-Sofie Jensen leide an einer unspezifischen psychischen Störung mit militärisch gefärbten Überzeugungen von psychotischer Wertigkeit, an Verstimmungssyndrom und Identitätsproblemen«, sagte er kopfschüttelnd. Nahid Ghadjar begann zu lachen, laut und befreiend.

»Wie hieß das noch gleich?«, fragte sie, nachdem sie sich die Tränen aus den Augen gewischt hatte.

»Ach, vergiss es«, sagte Holtz, stand auf und nahm ihren Arm, als sie gingen.

Ann-Sofie Jensen wurde einer ausführlichen rechtspsychiatrischen Untersuchung unterzogen, die zu dem Ergebnis kam, dass sie an einer ernsten psychischen Störung litt. Aber da das Amtsgericht meinte, ein weiteres Gutachten zu benötigen, erhielt der Juristische Rat der Sozialbehörde den Auftrag, eine noch gründlichere Beurteilung vorzulegen.

Der Juristische Rat kam zu einem gegenteiligen Ergebnis. Ann-Sofie Jensen leide nicht an einer ernsten psychischen Störung und sei daher voll straffähig. Das Amtsgericht ließ sich überzeugen und verurteilte sie für drei vorsätzliche Morde zu einer lebenslänglichen Gefängnisstrafe.

Laut Urteil hatte sie die Morde mit großer Rücksichtslosigkeit geplant und begangen. Die Spuren von den Tatorten sowie ihr Geständnis und ihre Kooperation ermöglichten einen zügigen Prozess. Ihr Verteidiger setzte dann trotzdem eine Revision durch, da er der Meinung war, dass man sie zur Unterbringung in einer Anstalt und nicht zu einer Gefängnisstrafe verurteilen solle. Das Landgericht ließ sich von der Verteidigung überzeugen und bewertete Ann-Sofie Jensens Geisteszustand neu. Man berief sich nun wieder auf die Befunde der ersten Untersuchung und verurteilte sie zur Einweisung in eine Klinik, aus der sie nur nach erneuter Begutachtung entlassen werden durfte. Wie genau man zu diesem Schluss gekommen war, erfuhren nur wenige, da der größte Teil des

Prozesses unter Ausschluss der Öffentlichkeit stattfand und das meiste, was Ann-Sofie Jensen betraf, mit Rücksicht auf ihren psychischen Zustand und die Sicherheit des Reiches unter Verschluss blieb.

Gelbes Laub wurde von den plötzlichen Windböen über die Straße gepeitscht. Welke Grasbüschel lugten aus den Asphaltritzen hervor. Er trat gegen eine leere Dose, die scheppernd ein paar Meter über die Erde rollte und dann wieder liegen blieb. Als er vor ihr stand, hob er sie auf. Fanta.

Zwiespältig stand Ulf Holtz mit der verbeulten und zerkratzten Dose in der Hand da und bereute, sie überhaupt angefasst zu haben. Er sah sich um, ließ sie fallen und eilte dann mit hochgezogenen Schultern in dem kühlen und feuchten Wind weiter.

Ein niedriger Holzzaun grenzte den fast leeren Parkplatz ein. Kleine, daran befestigte Nummern kennzeichneten die einzelnen Parkplätze. Etliche dieser Blechschilder fehlten jedoch, und an einigen Stellen war der Zaun mit der abblätternden weißen Farbe zwischen zwei Pfosten durchgebrochen. Jemand musste daraufgesprungen sein.

Ein großes Schild an der Einfahrt forderte Besucher auf, die Gästeparkplätze zu benutzen, auf den anderen Stellplätzen sei das Parken nur mit Genehmigung gestattet. Holtz hatte so weit wie möglich vom Hauptgebäude entfernt geparkt. Er wollte es noch hinauszögern.

Eigentlich konnte er sich nicht erklären, warum er überhaupt hierhergefahren war. Er zögerte, ging dann aber doch auf die drei reihenhausähnlichen Gebäude zu, die einen grünen Platz mit verkrümmten Obstbäumen umschlossen. Es hätte sich um eine ganz normale Wohnsiedlung handeln können, wäre nicht der hohe Metallzaun gewesen, der die Gebäude miteinander verband und nach vorne abgrenzte.

An einem der Häuser war der Hof mit einem Drahtgeflecht überspannt, was den Gedanken an einen riesigen Vogelkäfig, eine Voliere, in ihm hervorrief. Die einzigen Vögel, die Holtz jedoch erblickte, waren drei Krähen, die auf dem Vorplatz herumhüpften. Eine von ihnen hinkte.

Er ging zu dem Haus neben der Auffahrt und klopfte an einer Tür mit einem weißen Schild, auf dem »Haupteingang« stand. Die Tür war abgeschlossen, aber er vermutete, dass ihn jemand hatte kommen sehen, da zwei Videokameras auf den Eingang gerichtet waren. Nach ein paar Sekunden summte der Türöffner. Jetzt ließ sich die Tür mühelos öffnen.

»Hallo. Ich vermute, Sie sind Ulf Holtz?« Die Frau, die ihn empfing, war groß und stattlich. Sie hatte einen wachen Blick und wirkte sympathisch. Sie streckte die Hand aus, und er schüttelte sie.

»Stimmt. Habe ich mit Ihnen telefoniert?«

»Ja. Ich bin Beatrice Lind. Willkommen in Backen. Folgen Sie mir bitte.« Sie ging vor ihm her.

Das Haus war wie ein normales Wohnhaus eingerichtet. Er hatte Krankenhaus- oder Wartezimmermöbel erwartet.

»Sind Sie zum ersten Mal hier?«, fragte sie, als sie eine Tür, neben der »Oberärztin« stand, erreichten.

Er bejahte und betrat ihr Büro.

»Irgendwann ist immer das erste Mal.« Sie lächelte ihn ironisch über den Rand ihrer Brille hinweg an. »Nehmen Sie doch bitte Platz.«

»Danke, aber ich bin gekommen, um …«

»Ich will Ihnen nur erst ein paar Dinge erklären«, unterbrach sie ihn auf eine Art, die keinen Widerspruch zu dulden schien. Sie deutete auf einen Besucherstuhl in dem hellen

Zimmer, in dem die Bücherregale bis an die Decke reichten.

»Ich habe mich eben noch etwas eingelesen«, meinte sie, als er vor dem Schreibtisch Platz nahm.

»Eingelesen?«

»Hier kommen nur selten Polizeibeamte zu Besuch und noch seltener solche, die sich in Ihrer Situation befinden. Ich habe also ein paar Nachforschungen angestellt.«

»Ich kann Ihnen leider nicht folgen.«

»Ann-Sofie hätte Sie um ein Haar erschossen, nicht wahr?«

»Ja, aber …«

»Da drängt sich mir natürlich die Frage auf, was Sie hier wollen. Als ihre behandelnde Ärztin kann ich nichts gestatten, was sie aufregt oder aus dem Gleichgewicht bringt. Sie hat sich erstaunlich schnell stabilisiert, aber das kann sich sehr rasch wieder ändern. Ich will also wissen, was Sie hier wollen, denn hier sind Sie kein Polizeibeamter, sondern nur Besucher. Noch dazu ein Besucher, der einen Konflikt mit der Patientin hatte.«

Ulf Holtz zögerte, und das ärgerte ihn. Auch wenn er einen solchen Empfang nicht erwartet hatte, konnte er ein gewisses Verständnis dafür aufbringen. Schließlich hatte er sein Anliegen ziemlich schwammig formuliert und am Telefon nicht erwähnt, dass Ann-Sofie Jensen ihn bedroht hatte. Er wusste eigentlich nicht, warum er diese Information ausgelassen hatte, und jetzt war es zu spät, den Schaden zu beheben.

Er entschied sich, so ehrlich wie möglich zu sein.

»Konflikt? Ja, so kann man das auch ausdrücken. Mein Besuch hat jedoch nichts mit den Drohungen zu tun, ich habe auch nie behauptet, dass mein Anliegen dienstlicher Natur sei. Ich bin einfach nur interessiert. Neugierig ist vielleicht das bessere Wort.«

»Und worauf?«

»Warum sie es getan hat. Der Fall hat mich ungewöhnlich stark berührt. Ich will wissen, was ihre Taten ausgelöst hat. Ich kann das nicht besser erklären.«

Beatrice Lind nickte nachdenklich. Holtz wartete. Er ließ seinen Blick über die Bücher schweifen und fragte sich, ob es jemanden gab, der sie alle gelesen hatte. Er dachte an das Regal in seinem Büro voller Handbücher mit klugen Gedanken und erprobten Methoden, die er jedoch kaum noch zu Rate zog. Ich muss mich wirklich besser auf dem Laufenden halten, dachte er.

»Ich bin etwas skeptisch«, sagte sie. »Ann-Sofie hat sich zwar schon mit Ihrem Besuch einverstanden erklärt und erwartet Sie sogar mit Spannung, aber ich weiß nicht …«

Er war gleichzeitig enttäuscht und erleichtert. Enttäuscht, weil er sie wohl doch nicht treffen und keine Antworten erhalten würde, und erleichtert, weil er ihr nicht gegenüberstehen würde und die Sache hinter sich lassen konnte. Er konnte nach Hause fahren und Ann-Sofie Jensen vergessen.

»Aber vielleicht ist es ja einen Versuch wert«, meinte Lind und erhob sich von ihrem bequemen Bürostuhl.

»Wie meinen Sie das?«

»Sie könnte vielleicht von Ihrem Besuch profitieren. Und prinzipiell bin ich für Besuche, egal wer kommt. Natürlich nur mit Zustimmung des Patienten.«

Er brauchte einen Moment, bis er begriff, was sie gesagt hatte. Sie hatte den Besuch genehmigt.

Er bat darum, noch kurz die Toilette aufsuchen zu dürfen, und wusch sich sorgfältig die Hände. Trotzdem fühlten sie sich immer noch etwas klebrig an.

Beatrice Lind begleitete ihn durch das Gebäude. Die Oberärztin begrüßte alle, die ihnen begegneten, mit einem Hallo.

Einige antworteten ganz normal und wandten sich dann wieder ihren Verrichtungen zu, andere reagierten nicht. Sie grüßten zwei Frauen, die Essen zubereiteten, andere tranken Kaffee und lasen. Ulf Holtz fand es seltsam, dass all diese sehr normal wirkenden Frauen schwerer Verbrechen für schuldig befunden worden waren und ihre Strafe aufgrund ernsthafter psychischer Störungen statt im Gefängnis auf unbestimmte Zeit in der Rechtspsychiatrischen Anstalt Backen verbüßten.

»Nicht gerade das Kuckucksnest, oder?«, sagte Beatrice Lind, als hätte sie seine Gedanken gelesen. »Nur wenige sitzen hinter Schloss und Riegel. Die meisten dürfen sich frei im Haus und auf dem Hofplatz bewegen. Sie dürfen auch auf den Wegen am See Spaziergänge machen.«

»Und wofür ist dann dieser Käfig?«

»Nicht alle genießen diese Freiheit.«

»Und wie steht's mit Ann-Sofie Jensen?«

»Sie darf sich auf dem gesamten Klinikgelände uneingeschränkt bewegen. Wir rechnen nicht mit Rückfällen, solange sie die richtigen Medikamente und die richtige Therapie erhält.«

»Und wie geht es ihr? Kann man sich normal mit ihr unterhalten?«

»Ja, allerdings. Sie begreift, dass sie krank ist, bestreitet ihre Taten und deren Ursachen nicht. Sie kann die Diagnose in- und auswendig.«

»Und wie lautet diese Diagnose?«

»Darüber kann ich nicht sprechen. Das werden Sie verstehen. Es unterliegt der Schweigepflicht. Aber Sie können sie natürlich selbst fragen.«

»Wie lange muss sie behandelt werden? Wissen Sie das?«

»Ich kann nur Vermutungen anstellen, aber sie wird sicher

bald Freigang erhalten. Und wenn sie damit klarkommt, dann werde ich ihre Entlassung befürworten.«

»So bald schon?«

»Tja. Vielleicht in ein paar Monaten, vielleicht in einem Jahr. Wenn sie austherapiert ist, dann gibt es für uns hier nichts mehr zu tun. Wir wollen und können nichts unternehmen, um ihre Entlassung zu verhindern, wenn es so weit ist.«

»Kann sie nicht gefährlich sein?«

»Nein, meiner Meinung nach nicht …«

»Aber …«

»Hier ist es«, sagte sie abweisend. Sie standen vor einer geschlossenen Tür am Ende des Korridors.

Sie klopfte. Eine Stimme rief »Herein«, und sie traten ein.

Ulf Holtz betrachtete die Frau am Schreibtisch in dem kleinen, aufgeräumten und spärlich möblierten Zimmer. Es dauerte ein paar Sekunden, ehe ihm klar wurde, dass es sich um Ann-Sofie Jensen handelte. Sie trug das dunkle Haar in einer Pagenfrisur und sah munter aus. Ihre Wangen wiesen eine gesunde Farbe auf, und sie war fülliger, als er sie in Erinnerung hatte. Kaum etwas erinnerte an die drahtige Frau mit Bubikopf, hohen Wangenknochen und düsterem Blick, die in einer schwülen Nacht vor mehreren Monaten eine scharf geladene Pistole auf ihn gerichtet hatte.

»Hallo«, sagte sie mit herzlicher Stimme.

»Hallo«, erwiderte Holtz und konnte ein Gefühl der Unwirklichkeit nicht ganz abschütteln.

Nachdem sie sich begrüßt hatten, fragte Beatrice Lind, ob sie sie allein lassen sollte, was beide bejahten.

»Rufen Sie einfach in den Korridor, oder drücken Sie auf einen der roten Knöpfe an der Wand, wenn Sie etwas brauchen«, sagte sie und ging.

»Wollen wir einen Spaziergang machen? Hier drin ist es so warm«, meinte Jensen.

»Natürlich«, antwortete Ulf Holtz. Er war sich zwar etwas unschlüssig, versuchte aber, seine Unruhe nicht zu zeigen.

»Müssen wir nicht Bescheid sagen? Ich meine, dass wir das Gebäude verlassen?«, fragte er, um etwas Zeit zu gewinnen. Er hoffte von ganzem Herzen, dass sich die Klinik in ihrer Einschätzung der Patientin nicht getäuscht hatte.

»Nein. Kommen Sie, wir gehen zum See.«

Sie verließen das Klinikgelände und folgten einem Weg, der von den Häusern wegführte. Ulf Holtz bemerkte einen sehr niedrigen Zaun, der in etwa drei Meter Entfernung parallel verlief.

»Was ist das?«

»Wir dürfen den Zaun nicht überqueren. Dort verläuft die Grenze.«

»Was passiert, wenn Sie es doch tun?«

»Ich weiß nicht. Ich habe es nie versucht«, erwiderte sie und zuckte mit den Achseln.

»Das ist ja kein ernstzunehmendes Hindernis. Haben Sie nie Lust, einfach abzuhauen?«

»Nein. Ich will hier sein, verstehen Sie. Hier bin ich geborgen, und außerdem wüsste ich auch nicht, wo ich sonst hinsollte.«

Er glaubte, sie zu verstehen.

Der Herbst hielt den Wald in seinem Griff, und die Bäume hatten fast alles Laub verloren. Der Waldgeruch und die kühle Luft munterten ihn auf. Er entspannte sich, und es gelang ihm, den Gedanken abzuschütteln, dass er neben einer Frau herging, die drei unschuldige junge Menschen getötet hatte und die ihn vermutlich ebenfalls umgebracht hätte, wenn das Einsatzkommando nicht aufgetaucht wäre.

»Wir können uns da hinsetzen«, sagte sie und deutete auf eine Bank am See.

Sie setzten sich und genossen die Stille.

»Hören Sie«, sagte sie, »wenn ich glaubte, dass es einen Sinn hätte, würde ich Sie um Verzeihung bitten. Aber ich weiß nicht, ob es etwas bedeutet.«

»Warum sollte es keinen Sinn haben?«

»Ich weiß, dass ich schreckliche Dinge getan habe. Aber eigentlich war ich das nicht. Die Person, die das getan hat, existiert nicht mehr.«

Holtz wusste nicht recht, was er sagen sollte. Er wählte sorgsam seine Worte und probierte sie erst im Kopf aus, bevor er sie aussprach.

»Ich weiß, dass Sie krank waren oder vielleicht immer noch sind, aber man ist doch wohl trotzdem für seine Taten verantwortlich?«, sagte er und fürchtete sofort, zu weit gegangen zu sein. Wie sollte er wissen, wie sie reagieren würde?

Sie antwortete nicht, sondern schien sich in eigenen Gedanken zu verlieren.

Ulf Holtz sah sich um. Er wollte sie nicht unter Zeitdruck setzen. Zwei große Pilze sprossen ein Stück von der Bank entfernt aus dem Laub. Der eine schien bald umzufallen und hatte ein großes Loch in seinem dicken Hut. Der andere stand aufrecht und stattlich da. Er fragte sich, ob man sie wohl essen konnte. Wieder einmal streifte ihn der Gedanke, dass er mehr Zeit in der Natur verbringen müsste, statt immer nur mit dem Auto zwischen seinem Haus und seiner Arbeit hin- und herzufahren. Die teuren Kleider, die er immer wieder in den Outdoor-Läden kaufte, zog er viel zu selten an.

»Der Befehl kam, nachdem die Motoren angelassen worden waren«, sagte sie.

»Wie bitte?«

»Der Befehl zum Rückzug kam, nachdem die Motoren angelassen worden waren. Wissen Sie, wie es riecht, wenn Flugzeugmotoren warmlaufen?«

»Nein, das kann ich nicht behaupten.«

»Ich habe diesen Geruch immer noch in der Nase, als hätte er sich dort eingebrannt. Als hätte sich ein bestimmter Augenblick im Leben für immer in meiner Nase festgesetzt.«

»Aber was hat das …«

»Alles, wozu ich trainiert worden war, konzentrierte sich in dem Augenblick, als ich auf der Startbahn stand. Die gesamte Energie in meinem Körper war auf ein einziges Ziel gerichtet. Alles andere hörte auf zu existieren. Da kam der Befehl«, sagte sie.

Ihre Stimme war irgendwie belegt, als suchte sie während des Sprechens in ihrem Gedächtnis.

Er wusste nicht, ob er sie bitten sollte, ihm zu erklären, was sie meinte, oder ob er sie einfach reden lassen sollte. Aber dann begann sie zu erzählen. Fing ganz von vorne an. Erst zögernd, dann immer flüssiger.

Ann-Sofie Jensen war bei ihrer Mutter, ihrem Halbbruder und ihrem Stiefvater, dem hohen Offizier, aufgewachsen. Der Stiefvater trank phasenweise, und seine Unberechenbarkeit machte Ann-Sofie und ihren Bruder zu wachsamen und verängstigten Kindern. In ihrer Familie war Ordnung angesagt. Gutes Benehmen wurde belohnt, schlechtes bestraft. Das Problem war nur, dass es eigentlich gar nicht möglich war, sich richtig zu benehmen. Er fand immer etwas zu kritisieren, und deswegen wurde viel häufiger bestraft als gelobt. Körperlich waren sie nie misshandelt worden. Aber die Worte. Beschimpfungen wie »Du verdammte Niete, du blöder Nichtsnutz, du wertlose Missgeburt«, Worte, die die beiden Geschwister sowohl schwächten als auch abhärteten. Ihre Mutter half ihnen nie, soweit sie sich erinnern konnte. Ann-Sofie Jensen konnte sich nicht einmal mehr entsinnen, wie ihre Mutter ausgesehen hatte oder was für einer Tätigkeit sie nachgegangen war. Vermutlich hatte sie nichts getan. Sie war wie ein Schatten, an den man sich unmöglich erinnern konnte.

Sobald wie möglich verließen die beiden Geschwister ihr Elternhaus und blickten nie mehr zurück. Nach außen wirkten sie stark, aber sie besaßen ein quälend schlechtes Selbstbewusstsein. Beide wählten ein Leben in Uniform. Er als Wachmann, sie als Soldatin. Sie entfremdeten sich, lebten beide ein eigenes Leben und trafen sich als Erwachsene kaum noch.

Sie entdeckte bald, dass sie ihren Platz gefunden hatte, und ging ganz in dem Leben der Berufssoldatin auf.

»Schießen lag mir, und ich wurde mit allen Anforderungen fertig, sowohl den psychischen als auch den physischen«, sagte sie und strich ein herabgefallenes Blatt von ihrem Knie. »Jedenfalls glaubte ich das.«

Sie wandte sich an Holtz.

»Es dämmert. Sollen wir noch ein Stück weitergehen?«

Ulf Holtz nickte, und sie folgten dem Weg weiter Richtung Wasser. Sie schwieg eine Weile, dann fuhr sie mit ihrer Erzählung fort.

»Ich durfte Scharfschützin in einem Jägerbataillon werden, nach ein paar Jahren suchte mich jemand vom Hauptquartier auf und fragte mich, ob ich an Spezialaufträgen interessiert sei.« Sie hängte sich bei Holtz ein. Dieser betrachtete verblüfft ihren Arm, machte aber keinen Versuch, sich ihr zu entziehen.

»Wir waren zwölf. Zwölf Auserwählte. Die besten der Besten, die auf Abruf überall auf der Welt zur Verfügung standen«, sagte sie. »Wir trainierten zwei lange Jahre, in jedem Terrain gegen jeden erdenklichen Feind zu kämpfen.«

Holtz ahnte, dass es sich bei dem, was sie erzählte, um ein hochgradiges Staatsgeheimnis handelte. Irgendwann einmal würde er Bo Såtenäs fragen, aber er zweifelte eigentlich nicht daran, dass sie die Wahrheit sagte. Er spürte ihre Wärme neben sich und erahnte ihren muskulösen und geschmeidigen Körper unter dem Mantel.

»Plötzlich war es so weit. Der Befehl kam. Wir sollten aufbrechen. Die Stunden des Trainings waren vorbei, und es sollte zum Ernstfall kommen.«

»Was war passiert?«

»Der Außenminister hatte in einem schwachen Augenblick versprochen, mit einer Truppe in einen gerade aufgeflammten Konflikt am Horn von Afrika einzugreifen. Die Einzigen, die verfügbar waren, waren wir«, sagte sie, gerade als sie wieder das Krankenhausgelände erreichten.

Starke Scheinwerfer beleuchteten die Gebäude, und in dem bleichen Licht wirkten sie wie ein richtiges Gefangenenlager, fand Holtz.

Sie gingen ins Haus und in die kleine Gemeinschaftsküche, in der mehrere Frauen saßen und aßen. Holtz begrüßte sie und wunderte sich, dass nirgends Personal zu sein schien.

»Das ist Teil der Rehabilitierung, alles soll so normal wie möglich sein«, erklärte Ann-Sofie. »Aber sie sind da, da können Sie Gift drauf nehmen.«

Sie fragte ihn, ob er Hunger habe, und er antwortete, dass er gerne ein Butterbrot äße. Sie machten sich ein Tablett mit belegten Broten und Tee und setzten sich in eine ruhige Ecke des Raums. Als sie gegessen und getrunken hatten, bat Ulf Holtz sie fortzufahren.

»Alles, was wir so lange geübt hatten – die endlosen Wiederholungen, die langen Nächte im Gelände, die Stunden mit einem Scharfschützengewehr auf der Erde –, würde jetzt zur

Anwendung kommen. In wenigen Stunden waren wir bereit zum Abflug. Ich erinnere mich noch, als wäre es gestern: Die Motoren liefen warm, und die Herkules-Transportflugzeuge wurden beladen, während ich die letzten Vorbereitungen getroffen und meine Waffen ein letztes Mal überprüft habe und dann mit meinen Kameraden auf die Startbahn gegangen bin. Wir waren alle extrem gut vorbereitet. *Quantum satis*. Niemand sagte etwas. Es waren nur noch wenige Minuten …«

Sie schwieg eine längere Zeit.

»Da kam der Gegenbefehl. Man hatte die Operation abgeblasen«, flüsterte sie und trank einen großen Schluck Wasser aus einem Glas, das sie aus der Küche mitgenommen hatte.

Holtz sah, dass sie sich verändert hatte. Ihre Züge waren schärfer geworden, ihr Blick hatte sich verdunkelt, und sie hatte sich in entlegene Gedanken verloren. Er sah sich nach einem roten Alarmknopf oder nach jemandem, den er notfalls rufen konnte, um, aber es gab weder einen Knopf noch Personal.

»Soll ich was holen? Brauchen Sie was?«, fragte er ängstlich.

Sie schwieg lange. Ihr Kiefer bewegte sich.

Genauso plötzlich, wie sie sich verändert hatte, war sie wieder wie vorher. Sie lächelte und wandte sich ihm zu.

»Die Ärzte glauben, dass es irgendwann da geschah. Die Anspannung, die gebrochen wurde, ohne dass sie sich irgendwo hätte entladen können, hat etwas bei mir ausgelöst, einen Prozess, der sich nicht aufhalten ließ.«

»Was geschah mit Ihnen?«

»Ich erinnere mich nicht mehr an sonderlich viel aus dieser Zeit, aber Hypnose und Therapie haben mir dabei geholfen, einiges zurückzuholen«, sagte sie und trank wieder einen Schluck Wasser.

Nach dem Gegenbefehl war Ann-Sofie Jensen in ein schwarzes Loch gefallen. Sie hatte jeder Form von normalem Leben den Rücken gekehrt und noch intensiver trainiert. Es kam vor, dass sie wochenlang schießen übte und tagelang eingegraben und getarnt dalag, um auf den perfekten Schuss zu warten. Nach einiger Zeit war allen klar, dass sie ein Sicherheitsrisiko darstellte, eine perfekte Soldatin, die zu nichts zu brauchen war. Eine Maschine, die sich nicht mehr abstellen ließ. Als man versuchte, sie dazu zu überreden, sich in ärztliche Behandlung zu begeben, reichte sie ihr Abschiedsgesuch ein, und beim Militär war man so froh, das Problem endlich los zu sein, dass man ihr bereitwillig eine größere Abfindung und einen höheren Dienstgrad zuerkannte und dann vergaß, dass sie je existiert hatte. Ann-Sofie Jensens Leben beim Militär wurde mit einem Geheimhaltungsstempel belegt, und in der Welt, für die sie alles geopfert hatte, existierte sie nicht mehr.

»Aber was haben Sie getan, nachdem Sie ausschieden?«, fragte Holtz. Er näherte sich der Frage, derentwillen er gekommen war, dem Ende der Geschichte.

»Ich bin herumgereist, aber nach einigen Monaten, ich glaube, es war im Januar oder Februar, habe ich Pär besucht. Ich wohnte einige Tage bei ihm, und wir redeten bis spät in die Nacht über alles, was gewesen war. Fast so wie früher, als wir klein waren.«

»Aber was brachte Sie dazu ...«

Sie sah ihn mit einem gequälten Blick an.

»Ich bin mir nicht ganz sicher, aber ich habe mir erklären lassen, dass das eine Art Projektion war. Man könnte sagen, dass ich seine Feinde übernahm. Plötzlich hatte ich ein Ziel im Leben. Ich konnte das tun, was ich am besten beherrschte, Feinde vernichten«, sagte sie.

»Das verstehe ich nicht. Sie hatten doch gar nichts mit diesen Leuten zu tun, überhaupt nichts.«

»Pär war es sehr schlecht ergangen. Er hat mir erzählt, was passiert war: Diese Schmierer waren seine Feinde. Feinde, die sein Leben zerstört hatten. Er hasste sie. Alles war ihre Schuld.«

»Aber wie wurden es Ihre Feinde?«, fragte Holtz.

»Ich weiß es eigentlich nicht. Vielleicht brauchte ich sie ja«, sagte sie und blinzelte, als ermüdete sie allmählich.

Holtz schwieg.

»Das Training hat von mir Besitz ergriffen«, sagte sie. »Ich kann es nicht richtig erklären, aber ich stand außerhalb meines Körpers und sah einfach zu, als der Soldat in mir ein Ziel erblickte, einen sinnvollen Auftrag, den er ausführen konnte. Es gibt ein Wort dafür … es fällt mir nur gerade nicht ein«, sagte sie.

Ulf Holtz schüttelte den Kopf.

»Ich verstehe, dass das seltsam wirkt«, sagte sie, als sie seine Miene bemerkte.

»Ich weiß nicht, ob seltsam das richtige Wort ist. Aber wo hatten Sie die Liste her? Woher wussten Sie, auf wen Sie es abgesehen hatten?«

»Das war kinderleicht. Wie Sie sicher wissen, habe ich EDV studiert, und an diese Liste zu gelangen war ein Kinderspiel. Ich kopierte sie eines Nachts, als Pär schon schlief.«

Und besiegelte damit das Schicksal dreier Menschen, dachte Holtz.

Ein durchdringendes Signal ertönte im Raum.

Er zog fragend die Brauen hoch.

»Es ist Sperrstunde. Unsere Freiheit hat Grenzen«, sagte sie, »und ich habe auch keine Kraft mehr.«

Zwei Wärterinnen betraten das Zimmer. Sie unterhielten sich mit allen und halfen beim Aufräumen.

»Leider müssen wir Sie bitten zu gehen«, wandte sich eine von ihnen in freundlichem, aber sehr bestimmten Tonfall an Holtz. »Nach der Sperrstunde dürfen sich keine Unbefugten mehr auf dem Gelände aufhalten.«

Holtz überlegte, ob er protestieren sollte, aber er sah ein, dass es keinen Sinn hatte.

Er suchte nach Ann-Sofie Jensens Blick, um sich zu verabschieden. Sie sah ihn an und nickte.

Da bemerkte er es.

Ein kurzes, fast unmerkliches Zucken in einem ihrer Mundwinkel. Er erinnerte sich plötzlich an ihr Lächeln aus der Nacht im Tunnel. Das Lächeln, als sie abgedrückt hatte.

Im nächsten Augenblick war es verschwunden.